D1670198

Giovanni Guareschi

Die schönsten Geschichten
von Don Camillo
und Peppone

GIOVANNI GUARESCHI

Die schönsten Geschichten von Don Camillo und Peppone

... und da sagte Don Camillo ...

... aber Don Camillo
gibt nicht auf ...

ULLSTEIN

. . . und da sagte Don Camillo . . .

Titel der italienischen Originalausgabe
Gente cosi / Mondo piccolo
Ins Deutsche übertragen von
Rosemarie Winterberg
© 1982 Albert Müller Verlag AG
Rüschlikon – Zürich

. . . aber Don Camillo gibt nicht auf . . .

Titel der italienischen Originalausgabe
Lo Spurnarnarino pallido Mondopiccolo
Ins Deutsche übertragen von
Ragni Maria Gschwend
© 1983 Albert Müller Verlag AG
Rüschlikon – Zürich

Ex Libris Ausgabe · Januar 1989

© 1989 Verlag Ullstein GmbH, Frankfurt/M · Berlin
Alle Rechte vorbehalten
Druck und Binden: Ebner Ulm
Printed in Germany 1989

ISBN 3 550 08561 3

... *und da sagte Don Camillo* ...

Inhaltsverzeichnis

In wilder Ehe

Damit ist der Augenblick gekommen, vom Smilzo zu erzählen, dem «Oberkurier» der Gemeinde und Chef des «proletarischen Überfallkommandos» der Sektion, und der Augenblick auch, ihn als das zu bezeichnen, was er tatsächlich war: ein Sittenloser.

Oder, besser noch: ein Schamloser. Denn einer, der sich nicht um den Skandal schert, den das Zusammenleben mit der Geliebten in einem kleinen Dorf auslösen kann, ist nur ein Schamloser. Und schamlos auch die Unglückselige, die mit ihm das Bett teilt.

Die Leute nannten die Moretta «Smilzos Ausgehaltene», aber in Wirklichkeit konnte das Mädchen bestens für sich selber aufkommen, denn es war tüchtig und arbeitete wie ein Mann und so gut, daß man ihr den Pflugtraktor anvertraute, und den schweren Lancia von Censetti lenkte sie genau so sicher wie Peppone. Und wenngleich die Frauen des Dorfes sie eine Schlampe nannten, gab es kein Mannsbild, das bei einem Annäherungsversuch nicht eine Ohrfeige von der Sorte eingefangen hätte, daß ihnen die eigene Adresse entfiel.

Jedenfalls war sie der Dorfskandal, zusammen mit dem Tölpel Smilzo, der sie «meine Genossin» nannte und mit ihr auf der Fahrradstange durch die Ortschaft fuhr, wenn nicht gerade er auf der Stange und die Verrückte im Sattel saß.

Als Don Camillo, aufgewiegelt von allen Betschwestern des Dorfes, einmal von «gewissen Schlampen» gesprochen hatte, «die auf dem Rennrad herumrasen und dabei den Hintern zeigen wie das Gesicht», hatte die Genossin Moretta angefangen, im Überkleid zu gehen, und der blaue Overall mit dem roten Halstuch war zu ihrer Uniform geworden, was erst recht einen höllischen Skandal hervorrief.

Als Don Camillo den Smilzo einmal zu fassen bekam, versuchte er ihm zuzureden, seine Situation doch «zu regeln», aber der Smilzo grinste ihm höhnisch ins Gesicht.

«Da gibt's nichts zu regeln. Wir machen genau das Gleiche wie die Dummköpfe, die heiraten – nicht mehr und nicht weniger.»

«Die Ehrbaren, nicht die Dummköpfe!» widersprach Don Camillo.

«Die Dummköpfe, die alle Schönheit der Vereinigung zweier Zwillingsseelen damit verpfuschen, daß sie einen Mamelucken von einem Bürgermeister und einen Tabakschnupfer von einem Propst dazwischen setzen!»

Don Camillo schluckte den Tabakschnupfer und beharrte auf seiner Mahnung. Doch der Smilzo höhnte weiter:

«Wenn der liebe Gott gewollt hätte, daß Männer und Frauen sich nur nach der Heirat vereinigen können, dann hätte er außer Adam und Eva auch einen Priester ins irdische Paradies gesteckt. Die Liebe ist frei geboren, und frei soll sie bleiben! Eines Tages werden die Leute begreifen, daß die Trauung den Menschen zum Galeerensklaven macht, und sie werden heiraten, ohne Priester nötig zu haben, und dann, dann feiern wir lauter Tanzfeste in den Kirchen!»

6

Don Camillo hatte nichts griffbereit als einen Backstein, und den schleuderte er; aber der Smilzo war jener berühmte Kerl, der es *temporibus illis* geschafft hatte, zwischen den Kugeln einer Maschinengewehrgarbe durchzuwetzen, und so blieb es ein vergeudeter Backstein.

Doch Don Camillo streckte die Waffen noch nicht. Eines Tages gelang es ihm, die Moretta in die Falle zu locken, und die Moretta kam im Overall und mit dem roten Tuch um den Hals ins Pfarrhaus, setzte sich Don Camillo gegenüber und zündete eine Zigarette an.

Don Camillo teilte ihr dafür weder Kopfnüsse aus, noch brüllte er sie an, sondern sprach mit sanfter Stimme:

«Du bist ein fleißiges Mädchen. Ich weiß, daß dein Haus sauber ist, daß du gut mit dem Geld umgehst, daß du niemandem etwas Böses nachsagst. Ich weiß auch, daß du deinen Mann gern hast.»

«Ich habe keinen Mann; ich habe einen Genossen», berichtigte die Moretta.

«Ich weiß, daß du deinen Genossen gern hast», fuhr Don Camillo geduldig fort. «Ich glaube also, wenngleich du nie zur Beichte hast kommen wollen, daß du eine anständige Frau bist. Warum benimmst du dich dann so, daß die Leute dich für eine unanständige Frau halten?»

«Die Leute, die stecke ich mir hier rein», erklärte die Moretta gelassen und klopfte mit der flachen Hand auf die Gesäßtasche ihres Overalls.

Don Camillo, der allmählich ein bißchen rot sah, fing vom Heiraten zu reden an, aber die Moretta fiel ihm ins Wort.

«Wenn der liebe Gott gewollt hätte, daß die Männer

und Frauen sich nur nach der Heirat vereinigen können ...»

«Danke», unterbrach Don Camillo, «den Rest kenne ich bereits.»

«Die Liebe ist frei geboren, und frei soll sie bleiben», schloß die Moretta ernst. «Die Ehe ist Opium für die Liebe.»

Die alten Frauen gaben keine Ruhe und fanden sich in Abordnung auch beim Bürgermeister ein, um zu sagen, es sei eine Schande für die ganze Gemeinde, und er habe die Pflicht, die öffentliche Moral zu schützen, und was der schönen Dinge mehr sind.

«Ich selber bin verheiratet», antwortete Peppone, «und ich kann alle trauen, die sich trauen lassen wollen, aber ich kann niemanden zwingen, der nicht heiraten will. So ist heute das Gesetz. Wenn einmal der Papst regiert, dann wird es anders sein.»

Die Frauen ließen nicht locker. «Wenn Ihr es als Bürgermeister nicht könnt, dann könnt Ihr es als Sektionschef: die Schamlosen sind ja alle beide in Eurer Partei eingeschrieben. Es ist auch für Eure Partei eine Schande.»

«Ich will's versuchen», versprach Peppone.

Er versuchte es tatsächlich.

«Eher trete ich zu den Christdemokraten über, als daß ich heirate», gab der Smilzo zurück.

So wurde nicht mehr darüber gesprochen, und die Zeit verging, und der Skandal der beiden Schamlosen ging hinter der Politik unter. Eines schönen Tages aber kam er wieder hoch, und es war eine ganz böse Sache.

Eine ziemliche Weile hatte man die «Genossin» nicht

mehr zu sehen bekommen, als mit einemmal eine Neuigkeit von Mund zu Mund sprang: Die Genossen seien jetzt zu dritt, sagte die Hebamme, denn es sei ein kleines Mädchen zur Welt gekommen, das die beiden Lumpenmenschen gar nicht verdienten, so hübsch sei es.

Die alten Frauen begannen Sprüche und Schimpfwörter zu dreschen, die «Politischen» zeterten: «Da haben wir die Moral dieser Schweine von Kommunisten!»

«Wetten, daß diese Gottlosen das Kind nicht einmal taufen lassen?» hieß es auch. Das drang bis zu Peppone vor, der stehenden Fußes zu den beiden nach Hause eilte.

Don Camillo las in seinem kleinen Studierzimmer, als der Smilzo eintrat.

«Da wäre etwas zu taufen», sagte der Smilzo.

«Schönes Etwas!» knurrte Don Camillo.

«Braucht man neuerdings die Genehmigung von Eurem Minister Andreotti, um Kinder auf die Welt zu bringen?» erkundigte sich der Smilzo.

«Man braucht nur euer mieses Gewissen», gab Don Camillo zurück. «So oder so, das ist eure Sache. Ich sag' dir, wenn dein Frauenzimmer von *Genossin* im Overall aufkreuzt, ohrfeige ich euch alle hinaus! Kommt in zwanzig Minuten vorbei.»

Die Moretta kam mit dem Bündel im Arm, und bei ihr waren der Smilzo, Peppone und seine fein herausgeputzte Frau.

Don Camillo trat unter die Kirchentür. «Alles Rote weg!» befahl er, ohne hinauszusehen, ob überhaupt jemand etwas Rotes trug. «Hier ist das Gotteshaus, nicht das Volkshaus.»

«An Rotem ist hier nichts als der Nebel, der Euch die Birne vollraucht!» erwiderte Peppone finster.

Sie traten ein. Don Camillo machte den Taufstein bereit und begann mit der Zeremonie.

«Name?» murmelte er.

«Rita Palmira Valeria», sagte die Mutter leise.

Don Camillo erkannte die kommunistischen Politiker-namen sofort und brauste auf: «Sonst noch was?»

«Rita heißt meine Mutter, Palmira ist *seine* Mutter, und Valeria war meine Großmutter», protestierte die Moretta.

«Ihr Pech!» meinte Don Camillo trocken. «Also Emilia, Rosa, Antonietta.»

Peppone scharrte mit dem Fuß wie ein Pferd. Der Smilzo seufzte und schüttelte leicht den Kopf.

Nach der Taufe gingen sie ins Pfarrhaus, um die Eintragung ins Taufregister vorzunehmen.

«Ist es denn bei der neuen Regierung verboten, Palmi-ro zu heißen?» fragte Peppone bissig. Doch Don Camil-lo hörte gar nicht zu, sondern bedeutete ihm lediglich, er und seine Frau könnten jetzt gehen.

Am Tisch blieben der Smilzo und die Moretta mit dem Kind zurück. Don Camillo ging und schloß die Tür.

«Enzyklika *rerarum novium*», maulte der Smilzo ge-langweilt und schnitt das Gesicht eines Mannes, der sich in sein Schicksal ergibt.

«Keine Reden», sagte Don Camillo kalt und von oben herab. «Nur eine Bemerkung: Es passiert gar nichts, wenn ihr nicht heiratet, es bricht nichts zusammen. Ihr seid ja bloß zwei Küchenschaben, die versuchen wollen, einen Pfeiler von Sankt Peter zu zernagen. Weder ihr, noch euer Erzeugnis interessiert mich.»

10

In diesem Augenblick regte sich etwas in dem Bündel; das erwähnte «Erzeugnis» sperrte die Augen auf und lächelte Don Camillo an. Es war ein so liebliches, frisches, sauberes Gesichtchen, daß Don Camillo nach einem Moment der Fassungslosigkeit das Blut zu Kopfe stieg und die Pferde mit ihm durchgingen.

«Ihr Tröpfe!» schrie er. «Ihr habt kein Recht, die Last eurer Dummheit diesem Geschöpf aufzubürden! Ihr habt kein Recht, etwas so Reines und Unschuldiges zu beschmutzen! Es wird eine bildschöne Frau werden, und die Leute werden sie beneiden und sich ringeln vor Schadenfreude, daß man diese Blume beflecken kann, indem man sie ‹Tochter einer Ausgehaltenen› schimpft. Wenn ihr nicht so ein Lumpenpack wärt, würdet ihr eure Tochter nicht der Bosheit von Heuchlern und Neidern ausliefern! Dir kann es gleich sein, was die Leute von dir sagen, aber wie kann dir das Gift gleich sein, das die Leute deinetwegen gegen dein Kind schleudern?»

Don Camillo hatte die Fäuste erhoben und die Brust gebläht, so daß er noch größer und kolossaler aussah, und die beiden Frevler hatten sich in eine Ecke verdrückt.

«Heiratet, ihr Kanaillen!» brüllte Don Camillo wütend.

Der Smilzo war blaß, er schwitzte und schüttelte verzweifelt den Kopf. «Nein, nein, das wäre für uns das Ende. Wir müßten uns vor den Leuten zutode schämen!»

Das Kind fand es offenbar lustig; es begann wieder zu lachen und bewegte vergnügt die Händchen; da fühlte sich Don Camillo völlig elend.

«Ich bitte euch!» flehte er. «Sie ist *zu* schön!»

Es geschehen verrückte Dinge auf dieser Welt: Da

nimmt einer, beispielsweise, einen Eisenhammer und will eine Tür einschlagen, und es gelingt ihm nicht, sie auch nur um einen Millimeter zu bewegen. Schließlich hält er erschöpft inne, hängt seinen Hut an die Türklinke, um sich den Schweiß abzuwischen, und da hört man ein Klicken und die Tür geht von selber auf.

Die Moretta war eine Stahltür, aber auch sie hatte ihre Türklinke, und als nun Don Camillo plötzlich zu toben aufhörte und mit einer Stimme, die einem andern zu gehören schien: «Ich bitte euch, sie ist *zu* schön!» sagte, da erschrak sie dermaßen, daß sie sich in einen Sessel warf und losweinte.

«Nein, nein», schluchzte sie, «das geht nicht: Wir sind schon seit drei Jahren verheiratet, aber das weiß niemand, weil wir auswärts geheiratet haben. Wir waren doch immer für die freie Liebe. Und wir haben nichts gesagt.»

Der Smilzo nickte: stimmt.

«Die Ehe ist Opium für die Liebe», erklärte er. «Die Liebe ist frei geboren. Wenn der liebe Gott ...»

Don Camillo ging einen Augenblick hinaus, um sich das Gesicht zu erfrischen. Als er zurückkam, fand er den Smilzo und die Genossin Ehefrau ziemlich ruhig. Die Moretta reichte Don Camillo ein Blatt Papier: es war der Trauschein.

«Unter Beichtgeheimnis», flüsterte sie.

Don Camillo nickte. «So bist du also bei deinem Arbeitgeber als ledig eingetragen und beziehst nicht einmal Familienzulage», sagte er zum Smilzo.

«Genau», bestätigte dieser. «Für den Sieg der Idee kann man dieses und noch andere Opfer bringen.»

Don Camillo gab das Papier zurück.

«Ihr seid zwei Mamelucken», stellte er sehr ruhig fest. Dann, weil das Mädelchen ihn schon wieder anlächelte, berichtigte er: «Ihr seid zweieinhalb Mamelucken.»

Und der Smilzo drehte sich noch in der Tür um und grüßte mit erhobener Faust: «Daswidanje, Genosse Pfarrer!»

Der Kampf um die arme Matilde

Als man unter dem Fußboden des berüchtigten Mord-zimmers den ehemaligen Podestà Torconi und seine Frau Mimi ausgrub, um sie zum Friedhof zu tragen, kam auch die Geschichte der alten Matilde ans Tagelicht, die als Dienstmädchen bei den Torconis gearbeitet und von der man nichts mehr gehört hatte.

Die Leiche der alten Matilde lag nämlich unter denen ihrer Herrschaft. Die Biolchis hatten auch sie ermordet, um den einzigen Zeugen ihrer Untat zu beseitigen und somit ganze Arbeit zu leisten.

Nun aber kam Peppone auf den Plan. Ohne Um-schweife erklärte er, für die Torconis sei zwar Don Camillo zuständig, und die möge er ruhig behalten, die Matilde dagegen gehöre dem Volk, denn sie sei ein Kind des Volkes gewesen, ein Opfer des herrschaftlichen Eigennutzes.

Don Camillo straffte die Schultern. «Finde ich nicht», sagte er. «Die Matilde war wohl ein Kind des Volkes und eine Werktätige, aber ein Opfer des Halbpächters Biolchi, also eines Arbeiters und Sohnes des Volkes. *Er* hat sie schließlich umgebracht.»

«Wenn es eine soziale Gerechtigkeit gäbe», wider-sprach Peppone, «dann wäre die Matilde nicht gezwun-gen gewesen, bei Torconi Dienstmädchen zu sein, und dann hätte Biolchi sie nicht umgebracht. Die Matilde wird also vom Volk beerdigt.»

«Sie wird von mir beerdigt, zusammen mit den Torconis, denn es handelt sich um drei Christenmenschen, die christlich gelebt und Anrecht auf ein christliches Begräbnis haben. Dir gehören die andern beiden, die viehisch gelebt haben und viehisch gestorben sind: Hol dir die Biolchis. Da die Carabinieri sie umgelegt haben, geben sie dir erst noch Gelegenheit zu einem Schlag gegen Regierung und Polizei.»

Peppone starrte Don Camillo finster an.

«Euch würde ich gerne begraben», sagte er. «Sogar mit der Blaskapelle.»

«Danke – ich mag diese Musik nicht.»

Sie stritten lange. Peppone hätte sich damit zufrieden gegeben, dem Leichenwagen der Matilde eine Abordnung mit der roten Fahne folgen zu lassen, doch Don Camillo gab nicht um einen Millimeter nach, und Peppone schrie beim Weggehen wütend, die Sache sei noch nicht erledigt.

An diesem Abend fand im Volkshaus eine hochwichtige Versammlung statt, und als tags darauf Don Camillo nach der Trauerfeier aus der Kirche trat, um den Leichenzug zu begleiten, standen vor ihm, sauber in Reih und Glied und unter dem Kommando des Smilzo, fünfzig dieser unerwünschten Kerle aus Peppones Schar. Sie trugen keine Fahnen, keine roten Halstücher, nicht einmal das Abzeichen im Knopfloch.

«Wenn Ihr mir unterwegs den Streich spielt, rote Tücher oder Fahnen oder Schilder herauszuziehen, dann setzt es etwas ab!» sagte Don Camillo zu Peppone.

«Paßt es so, wie sie jetzt sind?» knurrte Peppone.

«Dürfen sie so, wie sie jetzt sind, hinter dem Sarg der Matilde hergehen, oder müssen sie ein vom Vatikan genehmigtes Gesicht aufsetzen?»

«So sind sie in Ordnung», antwortete Don Camillo.

Der Leichenzug formierte sich, und hinter dem Wagen der Matilde reihten sich die fünfzig Leute von Peppone ein. Als der Zug sich in Bewegung setzte, nahmen die fünfzig ihre Mützen ab.

Es war für die Haarschneider der Sektion ein hartes Stück Arbeit gewesen, aber jetzt bot sich ein wahrhaft interessanter Anblick: Man hatte die fünfzig zuerst kurzgeschoren und dann in geduldiger Mühe auf dem Schädel jedes einzelnen mit der Schere das Zeichen von Hammer und Sichel bis auf die Haarwurzeln eingekerbt. Es sah aus, als trüge jeder ein kleines Gartenbeet auf dem Kopf, und zuerst bemerkten es die Leute gar nicht, dann aber war der Teufel los.

Don Camillo ließ den ganzen Leichenzug anhalten und begab sich zu dem Stoßtrupp.

«Nur Leute, die statt dem Hirn Sägemehl und statt dem Gewissen Mist im Kopf haben, bringen es fertig, aus einem Begräbnis eine Hanswursterei zu machen!» brüllte er sie an.

Die fünfzig waren harte und entschlossene Burschen; als aber Don Camillo vier von ihnen mit gewaltigen Ohrfeigen außer Gefecht gesetzt hatte, faßten auch die andern Trauergäste Mut, und es gab einen unerhörten Krawall.

Doch auch das war vorgesehen: Im Volkshaus drängte sich eine wartende Menge, die jetzt wie ein Blitz in das Getümmel fuhr. Schon flogen die ersten Stockschläge. Die Roten hieben drein wie die Wilden, und außerdem half ihnen ihre taktische Organisation: Sie hatten schon die Oberhand, als die göttliche Vorsehung Don Camillo eine schwere Wirtshausbank in die Hände spielte.

16

Mit einer Eichenbank in den Fäusten war Don Camillo nicht mehr ein Mann, sondern der Einfall der Westgoten. Unter diesen Schwüngen ging die taktische Organisation der Roten in die Binsen. Schließlich drehte Don Camillos Bank sich in der leeren Luft; die Leute hatten sich alle an den Rand der Piazza zurückgezogen.

Plötzlich war es mäuschenstill, was Don Camillo verwunderte. Doch die Erklärung ließ nicht auf sich warten: Mit einer Eichenbank in den Fäusten kam Peppone langsam auf ihn zu.

Ein Duell auf Eichenbänke zwischen zwei Kolossen wie Peppone und Don Camillo war ein Schauspiel, das einem schon Schauer der Erregung über den Rücken jagen konnte. Und die Leute hielten stumm den Atem an.

Die beiden maßen sich, aber keiner von ihnen konnte sich entschließen, die Bank als erster hochzuheben. Es kam so heraus, daß sie zuletzt beide gleichzeitig die Waffe zückten. Die Bänke wirbelten durch die Luft und krachten dann wuchtig aufeinander.

Don Camillo und Peppone führten eine ausgezeichnete Klinge – will sagen, Bank – und fochten eine ganze Weile kräftig, ohne einen Treffer zu erzielen. In einem günstigen Augenblick ließ Peppone einen wohlgezielten Hieb in Richtung Don Camillos Kopf sausen. Doch der parierte, und Peppones Bank barst entzwei.

Die Zuschauer schrien entsetzt auf, und das hatte unvorhergesehene Folgen:

Die Kutscher der drei Leichenwagen waren vom Bock gestiegen und hatten sich, von dem Schauspiel fasziniert, ganz vorne hingestellt. Der Aufschrei der Menge machte die beiden Pferde des ersten Wagens scheu, sie gingen hoch und versetzten damit die Pferde der andern beiden Wagen in Alarm. Der zweite Aufschrei, den die Leute aus Angst vor den scheuenden Pferden ausstießen, gab den Ausschlag: die Tiere brannten durch. An den auseinanderstiebenden Menschen vorbei schossen die drei Wagen davon, zwischen Don Camillo und Peppone hindurch, die gerade noch ausweichen konnten.

Don Camillo warf seine Bank weg. «Die Toten schämen sich, dem unwürdigen Schauspiel beizuwohnen, das die Lebenden bieten», sagte er. Und auch Peppone ließ fallen, was von seiner Waffe übriggeblieben war.

Die scheugewordenen Pferde rasten über das Seitensträßchen aufs offene Feld zu; die drei Leichenwagen schwankten und hüpften bedenklich. Da machten sich die Leute auf, um den Toten nachzurennen.

Und als der Abend kam, galoppierten die Pferde noch immer auf den Dammstraßen umher. Es war schon stockdunkel, als es endlich gelang, sie anzuhalten und ins Dorf zurückzuführen.

Nun holte jedermann Fackeln, Laternen und dicke Kerzen heraus, und es wurde der großartigste Trauerzug, den man je gesehen hatte.

Auch Peppones Trupp war dabei – aber alle hatten sie die Mützen aufgesetzt und sich in drei Rotten aufgeteilt, eine hinter der alten Matilde, eine hinter dem Leichenwagen der Frau Mimi und eine hinter dem des Podestà.

Es war wirklich ein außergewöhnliches Begräbnis, und Don Camillo platzte fast vor Zufriedenheit.

«Man soll im Leben die Dinge nie ins Tragische ziehen», sagte Peppone zu Don Camillo, als sie aus dem Friedhof traten. «Mit Vernunft kann man sich allemal einigen.»

18

«Klar», stimmte Don Camillo zu. «Wozu hat uns der Herrgott einen Verstand gegeben? Um vernünftig zu reden.»

Peppones Schule

Es dauerte einige Zeit, dann geschah etwas anderes, bei dem sich zeigte, daß das vernünftige Gespräch die Grundlage alles Guten ist, vor allem des friedlichen Zusammenlebens.

In diesem Fall müssen wir allerdings in Gedanken eine Landkarte studieren, sonst versteht man rein gar nichts.

Der große Fluß zieht seiner Wege, und natürlich streben ihm von beiden Ufern da und dort Nebenflüsse und Bäche zu. Der Tincone ist eines der Flüßchen, die in den großen Fluß münden, und daher führt die parallel zum Strom verlaufende Straße, die den Ortsteil Pieve mit dem Ortsteil La Rocca verbindet, an einer Stelle über den Tincone. Sie überquert ihn auf einer wackeren und ziemlich langen Brücke, denn das Flüßchen ist hier, nur zwei bis drei Kilometer oberhalb der Mündung, ordentlich breit. Pieve und La Rocca liegen je fünf Kilometer von der Brücke über den Tincone entfernt, der die Grenze zwischen den beiden Fraktionen bildet.

Das ist die Geografie der Geschichte, in der es um das öffentliche Unterrichtswesen geht.

Die Schule, die beiden Ortsteilen zu dienen hatte, stand in La Rocca, und so mußten die armen Schulkinder von Pieve Tag für Tag zweimal zehn Kilometer unter die Füße nehmen, und zehn Kilometer sind auch in der Ebene immerhin zehn Kilometer und noch mehr, denn Kinder haben eine Vorliebe für Abkürzungen, und da die Straße schnurgerade verlief, war jede Abkürzung ein Umweg.

Jedenfalls sandten die von Pieve eines Tages eine Frauenabordnung ins Gemeindehaus, um dem Bürgermeister Peppone klipp und klar zu sagen, wenn er nicht auch in Pieve ein Schulhaus bauen lasse, würden sie ihre Kinder nicht mehr zur Schule schicken.

Geld hatte die Gemeinde so viel, daß man es mit der Laterne suchen mußte. Eine neue Schule in Pieve bedeutete genau eine Verdoppelung der Spesen, und so beschloß Peppone, nachdem er mit übermenschlichen Kräften die Mittel für einen Schulhausbau zusammengekratzt hatte, die Schule in La Rocca zu schließen und die neue an der Molinettobrücke zu erstellen, also auf halbem Weg zwischen den beiden Fraktionen.

Und da erhob sich nun das Problem.

«Ja», sagten die von La Rocca, «einverstanden mit der Schule an der Brücke – aber auf unserer Seite.»

«Ja», sagten die von Pieve, «einverstanden mit der Schule an der Brücke – aber auf unserer Seite.»

Natürlich hatten sie, wenn man es genau nahm, beide unrecht (was auf dasselbe herauskommt, wie wenn sie beide recht gehabt hätten), weil die eigentliche Mitte zwischen Pieve und La Rocca sich weder auf dem einen, noch auf dem anderen Ufer des Tincone, sondern mitten auf der Brücke befand.

«Ja, sollen wir denn die Schule mitten auf die Brücke stellen?» rief Peppone nach endlosen Diskussionen mit den Abordnungen beider Fraktionen erbost aus.

«Der Bürgermeister seid *Ihr*», bekam er zur Antwort. «Es liegt bei Euch, herauszufinden, wie man die Sache unparteiisch regeln kann.»

«Um die Sache unparteiisch zu regeln, müßte ich euch alle in die Mitte der Brücke tragen, euch einen Mühlstein um den Hals binden und samt und sonders in den Fluß werfen!» schnauzte Peppone. Womit auch er nicht ganz unrecht hatte.

«Es geht hier nicht um hundert Meter auf oder ab», belehrte man ihn. «Es ist eine Frage der sozialen Gerechtigkeit.» Damit stopften sie ihm den Mund, denn wenn Peppone etwas von sozialer Gerechtigkeit hörte, nahm er innerlich Achtungstellung an, als stünde er vor dem Wunder der Erschaffung des Weltalls.

Inzwischen spannen sich die üblichen Plänkeleien ab.

Einige Burschen von La Rocca kamen eines Abends auf die Brücke, zogen in der Mitte mit roter Farbe einen dicken Strich quer über die Straße und sagten, die von Pieve täten gut daran, dieses Zeichen nie zu überschreiten – wegen der heißen Luft, die sie drüben erwarten würde.

Am folgenden Abend pinselten einige große Bengel von Pieve parallel zur roten Linie eine grüne und erklärten, die von La Rocca sollten sich nur ja hüten, sie zu übertreten.

Am dritten Abend trafen die beiden Gruppen gleichzeitig auf der Molinettobrücke ein. Einer von La Rocca spuckte über die grüne Linie, und einer von Pieve spuckte über den roten Strich. Nach einer Viertelstunde zappelten drei Burschen im Fluß, und fünf hatten ein Loch im Kopf. Das Dumme war nur, daß von den dreien im Fluß zwei aus Pieve waren und einer aus La Rocca, so daß man, um quitt zu sein, unbedingt noch einen Roccaner in den Tincone schmeißen mußte, während von den fünf Eingebeulten drei aus La Rocca und zwei aus Pieve stammten, was es notwendig machte, einem weiteren Pieviner ein Loch in den Kopf zu hauen. Und das alles um der sozialen Gerechtigkeit willen.

Die blutigen Köpfe und die Brückenstürze nahmen an Zahl von Tag zu Tag zu, und den Halbwüchsigen schlossen sich die älteren Burschen und dann die reifen Männer an.

Eines Tages kam der Smilzo, der als Beobachter ständig in der Nähe der Brücke herumschlich, atemlos zu Peppone gelaufen und meldete das Unheil: «Eine Frau aus Pieve und eine Frau aus La Rocca haben sich auf der Molinettobrücke verprügelt!»

Wenn Frauen sich in solche Angelegenheiten einmischen, ist der Teufel los; sie sind es nämlich, die den Ehemännern, den Brüdern, den Verlobten, ja, sogar den Söhnen oder Vätern die Flinte in die Hand drücken. Die Frauen sind ein Fluch in der Politik, und leider macht die Politik eben 95 Prozent aller Dinge auf Erden aus.

Tatsächlich kam es denn auch gleich danach zu den ersten Messerstichen und Gewehrschüssen.

«Wir müssen sofort eine Entscheidung treffen», sagte Peppone. «Sonst können wir statt einer Schule einen neuen Friedhof anlegen.»

Abgesehen davon, daß man bei Beerdigungen sehr viel mehr fürs Leben lernt als auf der Schulbank, war die Lage durchaus ernst. Und diesmal war Peppone wirklich auf dem Posten.

Im großen Fluß lagen seit vielen, vielen Jahren zwei jener alten schwimmenden Mühlen vertäut, die aus einem Paar nebeneinanderliegender Lastkähne mit einem quer daraufgestellten Holzhäuschen bestehen. Peppone ließ die beiden Mühlen den Tincone hinauf bis unter den mittleren Brückenbogen schleppen, mit dicken Ketten an den Brückenpfeilern befestigen, und aus den beiden Häuschen machte er eine einzige große Baracke. Ein Steg verband die vier Lastkähne mit dem Ufer von La Rocca, ein zweiter mit dem Ufer von Pieve.

Und so wurde eines Tages die schwimmende Schule feierlich eingeweiht.

Es kamen sogar eine Menge Leute (ganz zu schweigen von den Journalisten, die wie ein Falkenschwarm einfielen) aus der Stadt herauf, um die schwimmende Schule zu sehen.

Der einzige Mißstand ergab sich, als Beletti, der Bengel, der seit sechs Jahren die dritte Klasse wiederholte, eines Tages die Nase voll hatte und den Lehrer Torrini in den Fluß warf.

Bügermeister Peppone aber geriet nicht aus der Fassung, als er davon hörte.

«Italien ist ein Mittelmeerland», stellte er gelassen fest. «Die Hauptsache ist, daß man schwimmen kann.»

Die rabiate Giannona

Don Camillo war ganz und gar nicht davon angetan, sich in innere Familienangelegenheiten einzumischen, aber sein Pfarrschäflein Grolini bedrängte und beschwor ihn so lange, bis er eines Nachmittags seinen Mut in beide Hände nahm und den Schritt entschlossen zur Drogerie lenkte.

Es war «tote» Geschäftszeit, gerade richtig, um mit der Drogistin in Ruhe plaudern zu können, und die Giannona biß denn auch gleich den Köder an und schwatzte fröhlich drauflos.

«Und Alfredo, benimmt er sich immer gut?» fragte Don Camillo so nebenbei wie möglich.

«Reden wir nicht davon, Hochwürden!» antwortete Giannona, deren Gesicht sich verfinsterte.

Don Camillo zog das große rotweiße Taschentuch heraus und trocknete sich die Stirn – so pflegte er sich manchmal Mut zu machen.

«Wenn ich ehrlich sein soll», brummte er dann, «mir scheint, Ihr faßt ihn ein wenig zu hart an.»

Giannona holte tief Luft und blähte die Brust auf, und wen wundert's, daß Don Camillo beinahe Angst bekam; denn hatte er auch eine imposante Gestalt und Hände wie Schaufeln, so war doch die Giannona ein solches Trumm Weib, daß sie ihm beinahe auf den Kopf spucken konnte.

«Ah, so ist das!» keifte sie. «Der Gauner ist ins Pfarrhaus gelaufen, um mich anzuschwärzen!»

«Er hat Euch nicht angeschwärzt», beteuerte Don Camillo. «Er bedauert nur, daß Ihr ihn so behandelt.»

Giannona ballte die Fäuste: «Und wie meint Ihr, daß ich ihn behandle?»

«Nicht gerade gut, wenn es wahr ist, was Euer Mann gesagt hat», antwortete Don Camillo achselzuckend. «Natürlich will ich meine Nase nicht in Eure Privatangelegenheiten stecken ...»

«Mir scheint, Ihr steckt sie nur zu sehr hinein, Hochwürden!» gab Giannona zurück.

«Ich tue nur meine Pflicht», stellte Don Camillo fest; er spürte, wie ihm die Ohren heiß wurden. «Wenn ein anständiger unglücklicher Mann den Pfarrer um Hilfe angeht, kann der Pfarrer sich nicht weigern, einzugreifen. Denkt daran, daß ich Euch getraut habe.»

«Hättet Ihr es nur nie getan!» schrie Giannona ihn an.

«Die Ehe ist etwas Ernstes, und man sollte es sich recht überlegen, bevor man diesen Schritt unternimmt. Außerdem habt Ihr einen braven Mann geheiratet, und ihm verdankt Ihr auch Eure Position.»

«Gar nichts verdanke ich ihm! Ich bin es, die den ganzen Karren zieht! Als ich hier hereinkam, war das der verlottertste Laden des ganzen Ortes. Ich habe ihn in die Höhe gebracht, und wenn die Geschäfte heute gut gehen, ist das allein mein Verdienst.»

«Es ist Euer beider Verdienst, denn auch Euer Mann schuftet von früh bis spät. Aber selbst wenn Ihr den größeren Anteil daran hättet, so gibt Euch das nicht das Recht, den Ärmsten zu mißhandeln.»

«Den Ärmsten? Ihr habt den Mut, ihn einen ‹Ärmsten› zu nennen?»

«Wie anders soll ich einen Ehemann nennen, der von seiner Frau geohrfeigt wird?»

Giannona hob ihre Herkulesarme zum Himmel: «Er hat die Gemeinheit so weit getrieben, Euch das zu sagen?»

«Ja – und er hat es auch so weit getrieben, mir die blauen Flecken von Euren Schlägen zu zeigen.»

«So ein Lügner, so ein elender!» brüllte Giannona. «Dem schlage ich heute noch den Schädel ein!»

Don Camillo versuchte die Entfesselte zu beschwichtigen, aber sie fiel ihm ins Wort: «Hochwürden, kümmert Euch um Eure eigenen Angelegenheiten. Ich will nicht, daß meine Familienverhältnisse in der Öffentlichkeit herumgezerrt werden!»

«Gerade deswegen bin ich gekommen», erklärte Don Camillo. «Die Sache hat einen Punkt erreicht, an dem Euer Mann von einem Tag auf den andern etwas ganz Schlimmes anstellen kann. Dann werdet Ihr sehen, was für ein Skandal dabei herauskommt. Und dann wird es nicht mehr nur der Pfarrer sein, der sich in Euer Privatleben einmischt, sondern ganz Ober- und halb Mittelitalien. Es ist meine Pflicht, Euch das zu sagen, und jetzt habe ich es gesagt. Früh gewarnt ist halb gerettet.»

Mit dem «gerettet» meinte Don Camillo die Giannona. Alfredo nämlich war ein kleines, mickriges Männchen, das man nicht als «halb gerettet», sondern nur als völlig verloren betrachten konnte.

Kaum war Don Camillo gegangen, tobte Giannona auf der Suche nach ihrem Gatten durch das Haus. Daß sie ihn nicht fand, steigerte ihre Wut noch.

Um elf Uhr nachts war sie noch auf, so wach wie nie zuvor. Doch sie wartete umsonst, denn Alfredo hatte alles andere im Sinn als heimzukehren.

Don Camillo hatte ihm die Szene in der Drogerie Wort für Wort berichtet, und am Ende hatte Alfredo kopfschüttelnd gemeint: «Ich verstehe. Es ist wohl besser, wenn ich mich von zu Hause fernhalte.»

Don Camillo wollte ihn ermahnen, keine Dummheiten zu begehen und die Sache nicht noch mehr zu komplizieren. Dann aber betrachtete er den kleinen, mageren Kümmerling, dachte an die gewaltige, überlebensgroße, wutentbrannte Giannona und beschränkte sich darauf, zu sagen: «Wie du meinst.»

Alfredo schlief auf dem Diwan im Wohnzimmer des Pfarrhauses. Besser gesagt: Er versuchte zu schlafen, aber es gelang ihm nicht. Die ganze Nacht hindurch zermarterte er sich das Gehirn nach einem Ausweg. Denn natürlich konnte er eine Nacht von zu Hause fortbleiben; er konnte auch zwei Nächte fortbleiben. Aber dann mußte er wohl oder übel wieder einmal heimgehen. Und dort erwartete ihn Giannona. Eine Giannona, die noch mehr Giannona war als sonst. Eine Giannona, die vor Wut platzte.

Beim ersten Morgengrauen sprang Alfredo vom Diwan und verließ das Pfarrhaus. Er verließ es durch die Hintertür, zu den Feldern hin, und bahnte sich seinen Weg durch das taunasse Gras. Sein Entschluß war gefaßt. Es war ein tollkühner Entschluß, aber der einzig mögliche.

Und so sah Peppone, der in der Schmiede gerade Feuer anmachte, mit einemmal Grolini im Tor auftauchen. Das war so eine Überraschung, daß ihm die Sprache wegblieb.

«Was willst du?» fragte er angriffslustig, als er sicher war, daß kein Gespenst vor ihm stand.

«Ich muß mit dir reden.»

28

Peppone trat auf ihn zu. «Auch ich muß mit dir reden», sagte er, als er dicht vor ihm stand. «Und zwar nur ein Wort: ‹Dreckskerl!›»

Grolini steckte es ohne Wimpernzucken ein. «Peppino», flehte er, «mißhandle du mich nicht auch noch!»

Als Peppone sich als «Peppino» angesprochen hörte, wurde er wütend. «Peppino ist tot!» schrie er Grolini an. «Peppino war dein Freund in der Kindheit, der Freund, der dich immer vor denen beschützt hat, die dich verhauen wollten. Peppino ist an dem Tag gestorben, als du ihn verraten hast, du vermaledeiter Dreckskerl.»

«Ich habe dich nie verraten», erwiderte demütig der kleine Mann, der in diesem zerknitterten Aufzug noch mickriger und melancholischer aussah als sonst.

Peppone packte ihn am Jackenaufschlag: «Kamerad, wir haben ein gutes Gedächtnis!»

Grolini ließ sich durchschütteln, ohne auch nur eine Andeutung von Widerstand zu leisten. «Peppino, sei doch gerecht: Was habe ich dir denn getan?»

«Hör auf, mich Peppino zu nennen, oder ich knalle dich an die Wand! Von dem Tag an, als du im schwarzen Hemd herumliefst, in Stiefeln und der Mütze mit dem Vogel drauf, hast du mich nicht mehr Peppino genannt. Weißt du noch? Von da an sagtest du ‹Herr Bottazzi› zu mir, wenn du unbedingt mit mir sprechen mußtest. Und wenn du konntest, hast du an mir vorbeigesehen, um nicht grüßen zu müssen. Da war ich nicht mehr ‹Peppino›, da war ich ein ‹Staatsfeind›!»

Grolini ließ sich auf eine Kiste sinken. «Peppino, erinnere dich, daß ich dir nie etwas getan habe. Und du weißt auch, daß ich versucht habe, dir zu helfen, als du es nötig hattest.»

«Diese Rechnung ist bereits beglichen, Kamerad Grolini Alfredo. Im Jahr fünfundvierzig, als wir an die Reihe kamen, da hat Genosse Bottazzi nämlich Order gegeben, dir kein Haar zu krümmen. Aber Verrat bleibt Verrat. Warum bist du zu meinen Feinden gegangen? Was brauchtest du den Faschisten beizutreten? Was wollte ich denn von dir? Daß du ein ‹Staatsfeind› würdest wie ich? Nein, du Miststück! Ich wollte nur, daß du dich aus der Politik heraushältst, daß du mit der Schweinerei nichts zu tun hast. Ich wollte wenigstens einen Menschen haben, der mich nicht als einen gefährlichen Verbrecher ansieht!»

Der kleine Mann schüttelte den Kopf: «Peppino, ich war verzweifelt; ich *mußte* es tun.»

«Du mußtest?» brüllte Peppone los. «Du? Ein Mann, der niemanden nötig hatte, um leben zu können? Ein Gewerbetreibender mit einem Geschäft, das damals schon lief wie geschmiert?»

«Peppino, versuch doch, mich zu verstehen: Ich konnte nicht mehr, ich wußte nicht mehr aus noch ein. Sie hatte schon angefangen, mich schlecht zu behandeln … Sie hatte schon angefangen, mir Ohrfeigen auszuteilen.»

Verblüfft starrte ihn Peppone an. «Ohrfeigen? Wer denn?»

«Die Giannina …»

Als Peppone die Giannona «Giannina» nennen hörte, erfaßte ihn ein Lachkrampf.

«Aber was hat die Giannina damit zu tun?» keuchte er, als er wieder Luft bekam. «Was hat die mit dem Faschismus zu tun?»

«Eine ganze Menge. Als sie mich nämlich als Schwarzhemd sah, mit Stiefeln und dem Adler an der Mütze, da wagte sie es nicht mehr, mich zu mißhandeln. Sie hatte Respekt, sogar wenn ich in Zivil war. Es genügte, daß sie das Abzeichen sah. Sobald sie anfing herumzuschreien, sagte ich: ‹Ich muß jetzt zu den Schwarzhemden. Wir haben eine Bezirksversammlung.› Dann war sie sofort still. Sie hat schon immer eine Heidenangst vor der Politik gehabt.»

Peppone hörte mit offenem Mund zu.

«Peppino, ich schwör's dir. Ich schwöre, daß ich es nur deswegen getan habe. Und als es mit dem Faschismus aus war, hat sie wieder angefangen, mich zu verhauen. Sie nutzt es aus, daß sie stark ist wie ein Elefant und ich armer Unglückswurm mich ihr gegenüber nicht einmal auf den Füßen halten kann. Sie schlägt mich. Sie gibt mir Ohrfeigen und sogar Hiebe mit dem Knüppel.»

Daß die Giannona ihren Mann wie einen Handlanger behandelte, wußte Peppone. Daß sie aber soweit ging, ihn zu verprügeln, das hätte er nicht gedacht.

«Und du Trottel läßt dir das gefallen?» schimpfte er. «Ja, bist du denn nicht imstande, ihr zu zeigen, daß du der Herr im Haus bist?»

Grolini schüttelte den Kopf. «Gestern habe ich den Pfarrer überredet, zu ihr zu gehen», seufzte er. «Er hat ihr eine ordentliche Standpauke gehalten.»

«Und dann?»

«Und dann bin ich über Nacht nicht nach Hause gegangen, weil sie mir sonst den Schädel eingeschlagen hätte. Und jetzt bin ich hier. Wenn du mir nicht hilfst, springe ich in den Fluß.»

Peppone wurde es unbehaglich zumute. «Aber hör doch! Wenn es Don Camillo nicht geschafft hat, der doch ihr Pfarrer ist, was sollte denn ich erreichen? Ich bin doch für sie der ‹gefährliche Kommunist›, der Antichrist! Wenn du willst, daß ich ihr eine Tracht Prügel verabreiche, gern. Aber mehr kann ich nicht tun.»

«Doch», sagte Alfredo. «Wenn du willst, kannst du.»

Peppone sah den armen Geschundenen voller Mitgefühl an. «Was heißt das?»

«Nimm mich in die kommunistische Partei auf.»

«Dich? Nachdem du bis zuletzt als Schwarzhemd den großen Bolzen gespielt hast?»

Entmutigt breitete Alfredo die Arme aus: «Dann ist es also nicht wahr, Peppino, daß deine Partei die Unterdrückten verteidigt …»

Um neun Uhr stand Giannona in der Drogerie und wartete blaß vor Wut auf die Rückkehr ihres Mannes, als der Smilzo eintrat.

«Guten Morgen», sagte er knapp. «Ich muß dringend den Genossen Grolini sprechen.»

Verwirrt starrte ihn die Frau an: «Was für einen Genossen Grolini?» stammelte sie.

Der Smilzo lachte. «Keine Scherze, Gnädigste! Grolini Alfredo, des Amilcare, Drogist – ist das Ihr Mann oder nicht?»

«Ja.»

«Dann rufen Sie ihn gefälligst. Er muß dringend ins Büro kommen, weil der Landesparteisekretär hier ist und persönlich mit ihm reden will.»

«Im Augenblick ist er nicht hier», antwortete Giannona eingeschüchtert.

«Gut. Dann geben Sie ihm diesen Brief, sobald er kommt.»

Der Smilzo überreichte ihr einen Umschlag und verschwand.

«An den Genossen Grolini Alfredo – Dringlichst!
Streng vertraulich!!» las Giannona und las es noch einmal und konnte die Augen nicht von dem Umschlag mit Hammer und Sichel und dem Aufdruck «Kommunistische Partei Italiens» lösen. Da klingelte die Ladentür, und Giannona blickte auf.

Es war Alfredo. So geschniegelt und gebügelt und mit vier Gläschen Grappa im Tank wirkte er wie ein normaler Mann. Im übrigen blitzte an seinem Jackenaufschlag das rote Abzeichen mit dem Hammer und der Sichel.

«Etwas Neues?» fragte Alfredo.

Giannona hielt ihm den Brief hin. «Der ist eben abgegeben worden», stotterte sie. «Der Landesparteisekretär sucht dich ...»

«In Ordnung. Ich komme zurück, sobald ich frei bin.»

«Alfredo», wandte Giannona beinahe schüchtern ein, «wenn man dich mit dem Parteiabzeichen sieht, verlieren wir einen Haufen Kunden ...»

«Wir befassen uns mit der sozialen Gerechtigkeit, nicht mit der Kundschaft!» wies Alfredo sie kategorisch zurecht.

Dann ging er stolz, feierlich, schicksalsträchtig hinaus. Es war fast wie das Vorspiel zur Oktoberrevolution.

Sobald sie sich für kurze Zeit losreißen konnte, lief die Giannona ins Pfarrhaus.

«Don Camillo, helft mir!» flehte sie. «Alfredo hat etwas Wahnsinniges angestellt! Er ist der kommunistischen Partei beigetreten.»

«Das ist ja schrecklich!» meinte Don Camillo.

Es war tatsächlich schrecklich, denn Don Camillo hatte die größte Mühe, nicht loszuprusten.

«Was wird bloß aus mir?» jammerte Giannona.

«Wer weiß?» seufzte Don Camillo. «Wer weiß, was Euch armer Frau geschehen kann, jetzt, da Ihr den Teufel im Hause habt?»

Verängstigt kehrte Giannona nach Hause zurück; sobald Alfredo sie hörte, der im Polstersessel der guten Stube ein friedliches Schläfchen hielt, richtete er sich auf und hielt sich das aufgeschlagene Parteiblatt «Unità» vor das Gesicht.

Darum blieb die rabiate Giannona, als sie unter die Tür trat, wie vom Blitz getroffen stehen und schaltete dann schleunigst den Rückwärtsgang ein.

Gewissensfrage

Die längste Zeit schon ließ Peppone den Hammer auf den Amboß knallen, doch wenn er noch so heftig auszog, es gelang ihm nicht, sich den Gedanken aus dem Kopf zu schlagen, der ihn verfolgte.

«So ein Trottel!» knurrte er vor sich hin. «Eine schöne Bescherung wird der mir anrichten.»

In diesem Moment hob er den Blick und sah, daß der Trottel dastand, vor dem Amboß.

«Ihr habt mir den Jungen verstört», sagte Stràziami finster. «Die ganze Nacht hat er getobt, und jetzt liegt er mit Fieber im Bett.»

Peppone hämmerte weiter. «Du bist selber schuld», antwortete er, ohne ihn anzuschauen.

«Das Elend ist schuld», erwiderte Stràziami.

«Wir hatten dir einen Befehl erteilt, und in der Partei wird gehorcht, ohne Widerspruch.»

«Der Hunger der Kinder befiehlt mehr als die Partei.»

«Nein – die Partei muß vor allem anderen stehen.»

Stràziami zog ein Kärtchen aus der Tasche, legte es auf den Amboß, und Peppone hörte zu hämmern auf.

«Hier hast du den Ausweis zurück», sagte Stràziami. «Das ist keine Parteikarte mehr, das ist ein Ausweis, daß man unter Polizeiaufsicht steht.» – «Was redest du da!»

«Ich sag's, wie es ist. Für meine Freiheit hab' ich Kopf und Kragen riskiert. Ich denke nicht daran, auf sie zu verzichten.»

35

Peppone legte den Hammer nieder und trocknete sich mit dem Handrücken die Stirn. Stràziami war einer seiner wenigen wirklich Getreuen; er hatte an seiner Seite gekämpft, hatte Hunger, Verzweiflung und Hoffnung mit ihm geteilt.

«Du verrätst unsere Sache», sagte Peppone.

«Es ist die Sache der Freiheit. Wenn ich auf meine Freiheit verzichte, *dann* verrate ich unsere Sache.»

«Denk doch: wir müßten dich hinauswerfen! Du weißt, daß man nicht austreten kann. Wer den Austritt gibt, wird ausgeschlossen.»

«Ja, das weiß ich. Und wer eine große Schweinerei macht, wird drei Monate bevor er sie gemacht hat ausgeschlossen. Und dann sagen wir, die andern seien Heuchler. Leb wohl, Peppone. Tut mir leid für dich, weil du von jetzt an verpflichtet bist, mich als deinen Feind zu betrachten, während ich dich nach wie vor als meinen Freund betrachte.»

Peppone sah ihm nach; dann raffte er sich auf, warf den Hammer mit einem Fluch in die Ecke und ging hinaus, um sich hinten im Gemüsegarten hinzusetzen. Daß Stràziami aus den Reihen der Partei ausgeschlossen werden könnte, mochte er sich gar nicht ausdenken. Schließlich sprang er auf.

«An allem ist dieser verfluchte Pfaffe schuld», folgerte er. «Aber diesmal werd' ich's ihm geben!»

Der «verfluchte Pfaffe» blätterte im Pfarrhaus in zerlesenen Broschüren, als Peppone vor ihm auftauchte.

«Jetzt seid Ihr wohl zufrieden!» fuhr Peppone ihn wütend an. «Endlich ist es Euch gelungen, einem der Unsern etwas zuleide zu tun.»

Don Camillo musterte ihn neugierig.

«Sind dir die Wahlen zu Kopf gestiegen?» erkundigte er sich.

«Schöne Heldentat! Einem Unglücklichen, dem von eurer schmutzigen Gesellschaft nichts als Leid widerfahren ist, die Ehre abzuschneiden!»

«Ich verstehe noch immer nichts, Genosse Bürgermeister.»

«Ihr werdet schon verstehen, wenn ich Euch sage, daß Stràziami Euretwegen aus der Partei ausgeschlossen wird. Jawohl, Euretwegen! Ihr habt sein Elend ausgenutzt, habt ihm eine Falle gestellt, habt ihm eins von Euren amerikanischen Dreckpaketen angedreht, und der Kommissar hat es gestern abend erfahren, hat Stràziami zu Hause ertappt, ihm das ganze Zeug aus dem Fenster geschmissen und ihn dann geohrfeigt.» Peppone war außer sich.

«Beruhige dich, Peppone», mahnte Don Camillo.

«Einen Dreck beruhige ich mich! Wenn Ihr die Augen gesehen hättet, die der Bub machte, als man ihm das Essen vor der Nase wegnahm und als er sah, wie sein Vater ins Gesicht geschlagen wurde, wärt Ihr auch nicht so ruhig, sofern Ihr einen Funken Gefühl habt!»

Don Camillo wurde blaß, stand auf, ließ sich wiederholen, was der Kommissar getan hatte, und richtete einen Finger auf Peppones Brust. «Kanaille!» rief er aus.

Peppone schnaubte vor Wut. «Die Kanaille seid Ihr, der den Hunger der Ärmsten zu Wahlzwecken ausnutzt!»

Don Camillo packte eine Eisenstange, die in der Kaminecke stand. «Wenn du noch einmal den Mund aufmachst, bringe ich dich um!» schrie er. «Ich habe niemandes Hunger ausgenutzt, ich habe hier Pakete für alle Armen, und ich verweigere keinem Armen sein Paket. Mich interessiert der Hunger der Armen, nicht ihre politische Einstellung. Aber weil du Kanaille keinem helfen kannst, der Hunger leidet, weil du in deinem Magazin nur bedrucktes Papier und Lügen hast, darum willst du, daß niemandem geholfen wird. Und wenn einer bedürftigen Leuten etwas gibt, behauptest du, er wolle Stimmen fangen, und verbietest den Leuten von deiner Partei, die Sachen anzunehmen, und wenn's einer trotzdem annimmt, behandelst du ihn als Volksverräter. *Du* verrätst das Volk, weil du ihm wegnimmst, was die andern ihm geben. Politik? Propaganda? Der Junge von Stràziami, die Kinder deiner andern armen Genossen, die aus Angst vor dir ihre Pakete nicht abholen, die wissen nicht, daß Amerika sie ihnen schickt. Die wissen nicht einmal, ob es ein Amerika gibt. Für die ist es einfach etwas zu essen, und das nimmst du ihnen weg. Du Kanaille siehst ein, daß einer, der sein Kind hungern sieht, in der Not für das Kind Brot stiehlt, aber daß er dieses Brot annehmen darf, wenn Amerika es ihm anbietet, das siehst du nicht ein. Weil das zum moralischen Nachteil Rußlands wäre! Was wußte denn Stràziamis Bub von Amerika und Rußland? Endlich hätte er einmal seinen Hunger stillen können, und da kommst du und reißt ihm das Essen vom Munde weg. Du, Kanaille, nicht ich!»

Peppone schüttelte den Kopf. «Ich habe nichts gesagt und nichts getan.»

«Du hast zugelassen, daß so ein Nichtsnutz die gemeinste Schandtat der Welt verübt hat: einen Vater vor seinem Kind zu schlagen. Das Kind hat doch immer ein unendliches Zutrauen zu seinem Vater, es achtet ihn stets als den Stärksten von allen, es hält ihn für unantastbar – und du hast es zugelassen, daß ein hinterhältiger Tropf diese Illusion zerstört, das einzige Gut, das das Schicksal auch dem ärmsten Kind gelassen hat. Was würdest du sagen, wenn ich heute abend zu dir nach Hause käme und dir vor deinem Jungen Ohrfeigen austeilte?»

Peppone hob die Achseln. «Das müßte man erst mal können.»

«Und ob ich es kann!» schrie Don Camillo wutentbrannt. «Und ob ich es könnte!» Dabei packte er die dicke Eisenstange, die er in den Händen hielt, an beiden Enden, biß die Zähne zusammen und bog die Stange, knurrend wie ein Tiger, zu einem U.

«Daraus mache ich dir und Stalin eine Krawatte, und den Knoten auch noch dazu!» versprach er. Peppone betrachtete ihn besorgt und sagte nichts mehr.

Don Camillo öffnete den Schrank und nahm ein Paket heraus, das er Peppone reichte.

«Bring es ihm, wenn du nicht der letzte Dummkopf bist! Das schickt nicht Amerika oder England oder Portugal: das schickt die göttliche Vorsehung, die keine Wählerstimmen nötig hat, um im Weltall an der Regierung zu bleiben. Du kannst auch die übrigen abholen und selber verteilen lassen.»

«Gut, ich schicke Euch den Smilzo mit dem Lieferwagen», brummelte Peppone und verbarg das Paket unter seinem Mantel. An der Tür drehte er sich um, legte das Paket auf einen Stuhl, hob die U-förmige Eisenstange auf und versuchte sie geradezubiegen.

«Wenn du das schaffst, stimme ich für die Volksfront», grinste Don Camillo.

Peppone wurde vor Anstrengung puterrot. Dann

schmetterte er die Stange, die sich nicht um einen Millimeter bewegt hatte, zu Boden. «Wir brauchen Eure Stimme nicht, um zu siegen», sagte er, nahm das Paket wieder auf und ging hinaus.

Stràziami saß die Zeitung lesend vor dem Feuer, und der kleine Junge kauerte neben ihm.

Da trat Peppone ein, legte das Paket auf den Tisch, löste die Schnur und machte die Umhüllung auf.

«Hier», sagte er zu dem Jungen. «Das ist für dich. Das schickt dir der liebe Gott persönlich.»

Dann streckte er Stràziami etwas hin. «Und das ist für dich, du hast es auf meinem Amboß vergessen.»

Stràziami nahm den Parteiausweis und legte ihn in die Brieftasche. «Schickt den auch der liebe Gott persönlich?» fragte er.

«Alles kommt vom lieben Gott», knurrte Peppone. «Alles: das Gute und das Böse. Es trifft, wen's trifft. Jetzt hat's uns getroffen.»

Der Bub war aufgesprungen und betrachtete glückselig die auf dem Tisch ausgebreiteten Wundergaben.

«Keine Angst, diesmal nimmt es dir keiner weg», versicherte ihm Peppone.

Der Smilzo traf am Nachmittag mit dem Lieferwagen ein. «Der Chef schickt mich, die Ware abzuholen», sagte er zu Don Camillo. Und Don Camillo zeigte ihm die im Flur aufgestapelten Liebesgabenpakete.

Als der Smilzo beim letzten Gang mit Paketen beladen auf Don Camillos Türschwelle stand, versetzte ihm dieser einen Fußtritt von zwei Tonnen Wucht ins Hinterquartier, so daß die ganzen Pakete und der halbe Smilzo im Kasten des Lieferwagens landeten.

«Schreib das auch auf die Rechnung», erklärte Don Camillo, «zusammen mit den Namen, die du gestern aufgeschrieben hast.»

«Mit Euch rechnen wir dann am 19. April ab», erwiderte der Smilzo, während er sich aus dem Wagen herauswand. «Euer Name steht zuoberst auf der andern Rechnung.»

«Gut. Sonst noch was?»

«Nein, ich bin bedient: Ich hab' von allen dreien auf die Nase bekommen, von Peppone, von Stràziami und von Euch. Und warum das alles? Weil ich einen Befehl ausgeführt habe.»

«Falsche Befehle führt man nicht aus», rügte Don Camillo.

«Richtig. Das Schwierige ist bloß, es vorher zu wissen, wenn sie falsch sind», sagte der Smilzo. Und seufzte.

Das Gasthaus im Walde

Von Süden her reichte das Gebiet der Gemeinde bis zum Stivone, einem unbedeutenden Nebenflüßchen, das jedoch zwischen zwei hohen Dämmen dahinlief, weil es sich in den großen Fluß ergoß und während der Hochwasser die Rückstauung sehr gefährlich werden konnte.

Am anderen Ufer des Stivone fing das Gebiet der Gemeinde Castelpiano an, und in der Luftlinie waren es zwischen unserem Weiler und jenem von Castelpiano ganze sieben Kilometer. Wollte man allerdings auf der Erde von einem zum anderen gelangen, mußte man wohl oder übel fast zwölf Kilometer in Kauf nehmen.

Betrachtete man die ganze Angelegenheit von oben, so erkannte man mühelos, daß der erste Gedanke desjenigen, der, *temporibus illis*, die Straße angelegt hatte, durchaus der gewesen war, die beiden Zentren durch eine gradlinige Straße miteinander zu verbinden. Und tatsächlich lief die Straße von Castelpiano aus denn auch gut und gern drei Kilometer weit entschlossen auf ihr Ziel zu. Aber nach diesen dreitausend Metern schwenkte sie nach links, dann nach rechts, dann wieder nach links und so weiter, und sie verlor sich in einem solchen Wust von Kurven und Gegenkurven, daß sie acht Kilometer für eine Strecke brauchte, die nach allen Regeln der Logik in nur drei hätte zurückgelegt werden können.

Von da an hörte die Straße auf, verrückt zu spielen, wurde gerade wie bei den ersten drei Kilometern, durchlief so den letzten Teil der Strecke und erreichte ganz vernünftig ihr Ziel.

Natürlich gab es seit langem ein Projekt, sie zu begradigen: einen einfachen Plan, dessen Kosten sogar durchaus im Rahmen des Möglichen standen. Es ging lediglich darum, drei Kilometer Straße zu bahnen und in Casalta eine Brücke über den Stivone zu bauen.

Das Projekt, das seit etlichen Jahren höchstens als Argument für die Wahlpropaganda gedient hatte, war 1933 endlich in Angriff genommen worden: die Baupläne für die Brücke waren bis in alle Einzelheiten fertig, und die zur Begradigung vorgesehene Strecke vorschriftsmäßig abgesteckt worden.

Nach dem Abstecken hatte sich herausgestellt, daß die Straße, nachdem sie die neue Brücke über den Stivone hinter sich gelassen hatte, genau drei Meter vor der Vorderseite des Bauernhauses des Folini vorbeiführen würde.

Folini war zu jener Zeit vierzig Jahre alt, und nur mit Hilfe seiner Frau bearbeitete er die fünfzehn Biolche Boden von Casalta. Es war eine mühselige Plackerei, und Folini fiel sie immer schwerer; außerdem sah er, wie seine Frau sich wie eine Kerze verbrauchte. Kaum hatte er nun die Absteckpflöcke gesehen, die die Geometer quer durch seine Äcker aufgepflanzt hatten, und aus der Veröffentlichung des endgültigen Projekts die Bestätigung entnommen, daß die Straße vor seinem Haus verlaufen werde, zögerte er keinen Augenblick. Er behielt das Haus und einen Streifen des Baugrundes zu beiden Seiten der künftigen Straße und verkaufte den Rest.

«Das ist unsere Chance», erklärte er der Frau: «Wir bringen das Haus anständig in Ordnung und stellen ein

Gasthaus auf die Beine. Der Baugrund entlang der Straße bleibt uns, so verhindern wir, daß jemand in unserer Nähe ein anderes Gasthaus eröffnet, um uns Konkurrenz zu machen. Wenn die Straße erst einmal begradigt ist, kommt der ganze Verkehr hier vorbei: Der Markt in Castelpiano ist der wichtigste im ganzen Gebiet, und wir werden unser Auskommen haben, ohne uns umzubringen.»

Auch die Frau lockte der Gedanke sehr, ein Gasthaus zu eröffnen, und nachdem sie alles aufgelöst hatten, was es aufzulösen gab, machten Folini und seine Frau sich daran, das Haus umzugestalten. Der Vater der Frau war Maurer; seit einiger Zeit arbeitete er nicht mehr, da er die sechzig überschritten hatte, aber in diesem speziellen Fall griff er doch wieder zur Maurerkelle. Der Stivone war nur zwei Schritte entfernt und lieferte Sand und Kies, und Folini hatte das Pferd und den Karren behalten. Der Alte machte sich an die Arbeit, Tochter und Schwiegersohn fungierten als Handlanger.

Mehr als ein Jahr verwendeten sie dafür, alles baulich in Ordnung zu bringen, aber es lohnte sich. Als dann auch Fenster und Türen, Möbel, Küche, Keller etc. an ihrem Platz waren, warf Folini das wichtigste Problem auf: «Wie soll es heißen?»

Der Alte hatte diesbezüglich keine Vorstellung, aber unter dem Eindruck der Ereignisse schlug er dann vor, es «Gasthaus Garibaldi» zu nennen.

Frau Folini wies den Vorschlag zurück, da sie das Unternehmen nicht mit der Politik vermengt sehen wollte. Für sie wäre «Küche nach Hausfrauenart» vollkommen ausreichend gewesen.

Folini war nicht leicht zufriedenzustellen, und Don

Camillo, der in Jagdausrüstung auf Gott weiß welchen Wegen dorthin geraten war, fand die drei angeregt debattierend vor.

«Streitet ihr euch?» erkundigte er sich.

«Nein, wir suchen den Namen.»

«Welchen Namen?»

«Den Namen des Lokals.»

Don Camillo wußte von nichts, und dann, nachdem die Folinis die Zusicherung bekommen hatten, daß er mit keiner lebenden Seele darüber sprechen werde, ließen sie ihn das Haus besichtigen.

«Hochwürden, gefällt Ihnen die Idee nicht auch?» sagte Folini am Ende.

«Eine schöne Idee, gewiß», brummte Don Camillo. «Aber ich hätte erst damit angefangen, nachdem die Straße fertig ist.»

«Sie machen die Straße, das ist eine Frage von Monaten», entgegnete Folini, «und dann wird das hier ein Volltreffer sein.»

Das Jahr 1934 ging dahin. 1939 starb Frau Folinis Vater, ohne die Freude erlebt zu haben, daß mit den Arbeiten an der neuen Straße begonnen worden wäre. Niemand dachte mehr an die Begradigung.

Dann brach der Krieg aus, und nicht einmal die Folinis hatten noch den Mut, daran zu denken, daß die Begradigung vor dem Ende des Unglücks in Angriff genommen werden könnte.

«Wir werden Geduld haben müssen», sagte Folini. «Ist der Krieg erst einmal zuende, wird alles ins Lot kommen.»

Folini brachte sich schon seit Jahren als Taglöhner durch, denn sein Geld war längst aufgebraucht. Jeden

Morgen ging er zur Arbeit, und bevor er sich auf den Weg über die Felder machte, sagte er zur Frau:

«Ich verlasse mich auf dich.»

«Mach dir keine Sorgen», gab die Frau zur Antwort.

Und nachdem ihr Mann verschwunden war, fing sie an zu fegen, zu polieren und abzustauben.

Die Tatsache, daß das «Gasthaus zur Sonne» mitten in einer Waldung, an der trostlosesten und verlassensten Stelle der Erde erstanden war, hatte keine Bedeutung. Die Straße war nicht vorhanden, aber nach dem Krieg würde man sie anlegen, und dann mußte alles bestens vorbereitet sein.

Der Hund Ful stürzte sich in einen Akazienwald, Don Camillo folgte ihm und brach, einem Panzer gleich, durch das Gezweig.

Nach einem langen, ermüdenden Marsch trat Don Camillo auf eine Lichtung hinaus, auf einen grünen, weichen Teppich. Es war ein vollkommenes Rechteck, und etwa in der Mitte der einen Längs-Seite stand ein schmuckes Häuschen. Er ging darauf zu, und ein alter Mann mit weißem Schnurrbart trat heraus und kam ihm entgegen.

«Sieh mal einer an, Folini! Ich dachte, du seist irgendwo gestorben. Wieso hast du dich nie mehr in der Kirche blicken lassen? Dabei warst du doch ein guter Christ!»

«Das bin ich noch immer, Hochwürden. Aber ich habe keine Minute Zeit.»

«Und was machst du Schönes?»

«Arbeit, wohin man blickt, und das bißchen Zeit, das mir bleibt, brauche ich für den Betrieb. Schließlich muß ich ja meiner armen Frau zur Hand gehen.»

46

Don Camillo sah Folini verblüfft an.

«Ich begreife nicht recht, von was für einem Betrieb du sprichst.»

«Das Gasthaus», erläuterte Folini.

Sie waren beim Haus angelangt, an dessen Vorderseite eine schöne Pergola angelegt war, unter der Tische und grün gestrichene Bänke standen.

«Hochwürden, erinnert Ihr Euch, als ich Euch das Lokal vor zwanzig Jahren zeigte? Jetzt sollt Ihr mal etwas sehen!»

Don Camillo folgte Folini und stand gleich darauf in einem schönen, mit Fresken ausgemalten Saal mit einem hohen Getäfer aus glänzendem Holz rings an allen Wänden, Gardinen mit rot-weißem Schachbrettmuster an den Fenstern, schön verteilte Tischchen – auf jedem stand eine kleine Vase mit Feldblumen.

Dem Eingang gegenüber stand ein großer Schanktisch, dahinter ein Regal voller Flaschen.

«Ihr könnt Euch nicht vorstellen, welche Opfer uns das alles gekostet hat, aber man darf sich nicht von den Zeiten überrollen lassen, wenn man vorwärts kommen will. Heutzutage verlangen die Leute einfache, heitere, moderne Sachen. Ich habe auch schon die ganze elektrische Anlage mit Ventilator und Rauchentlüfter soweit fertig; wenn sie die Straße machen, legen sie bestimmt auch die Leitung, und so brauche ich nichts anderes mehr zu tun, als mich anzuschließen.»

Sie gingen in die Küche.

«Seht Ihr, Hochwürden? Weiße Kacheln, Holzherd und Herd mit Gasflasche. Und da ist auch schon der elektrische Kühlschrank. Ich habe schon fünf Raten bezahlt. Es ist hart, aber das holen wir wieder raus.»

Eine kleine, etwas gekrümmte alte Frau erschien, mit einem kleinen Kopftuch auf den Haaren und in schneeweißer Schürze.

«Habt Ihr alles gesehen, Hochwürden?» sagte die Alte. «Was haltet Ihr von den Bocciabahnen?»

Sie traten ins Freie: Hinter dem Haus war ein ausgedehnter Garten mit einer großen Pergola und zwei nebeneinander liegenden Bocciabahnen. Die Kugeln glänzten wie die eines Billardspiels.

«Seit zwanzig Jahren opfern wir uns auf», erklärte Folini, «aber wenigstens haben wir die Genugtuung, ein Lokal zu haben, das in der ganzen Gegend konkurrenzlos ist. Wenn mir eine kleine Spekulation glückt und ich genug dabei verdiene, bringen wir hier draußen eine Beleuchtung mit diesen weißen, modernen Röhren an, die ein herrliches Licht geben und halb so viel verbrauchen wie die anderen Lampen.»

«Vor den weißen Lampen», warf die Alte streng ein, «mußt du den Brunnen in Ordnung bringen. Das ist wirklich nötig!»

«Das sind mir ja schöne Sachen», feixte Folini, «der Brunnen ist längst gemacht, die Pumpe arbeitet, und es fehlen nur noch der Tank und die Leitung bis zur Küche, zum Waschraum und zum Abort.»

Er wandte sich Don Camillo zu:

«Wir kriegen einen von diesen modernen aus weißer Emaille und mit Wasserspülung, nach dem englischen System. Wenn man es zu etwas bringen will, muß man es so machen.»

«Hochwürden, bitte nehmt doch Platz», sagte die Alte. «Hättet Ihr lieber ein Glas Weißwein oder Rotwein?»

«Wir haben Wein, der zwanzig Jahre alt ist», erklärte

der Alte stolz. «Solchen findet Ihr sonst nirgends.»

«Danke, keinen Wein. Nur ein Glas Wasser.»

Die Alte ging ins Haus, und Don Camillo setzte sich an einen Tisch unter der Pergola. Er wußte nicht, was er sagen sollte. Überdies wußte er auch nicht, ob es überhaupt angebracht war, etwas zu sagen.

«Folini», meinte er schließlich, «alles, was du mir hier gezeigt hast, ist wunderschön. Aber ich an deiner Stelle würde die Dinge jetzt so lassen wie sie sind und erst wieder anfangen, wenn die Arbeiten an der neuen Straße in Gang gekommen sind.»

Folini schüttelte verneinend den Kopf:

«Im Geschäft muß man es machen wie auf der Jagd: immer mit geladenem Gewehr, immer schießbereit. An dem Tag, an dem die Arbeiten anfangen, müssen wir in der Lage sein, den Betrieb zu eröffnen. So bekommen wir sofort Kundschaft unter den Straßenarbeitern, den Brückenbau-Ingenieuren und so weiter.»

Don Camillo seufzte:

«Folini, red' doch einen Augenblick lang vernünftig: Seit zwanzig Jahren reiben du und deine Frau euch für dieses Gasthaus auf. Und seit zwanzig Jahren hofft ihr vergebens, daß die Arbeiten an der Straße anfangen. Folini: und wenn sie überhaupt nicht anfangen?»

Still wie ein Schatten war die Alte hinzugekommen. Sie stellte das Tablett aus leuchtendem Messing mit dem bis oben mit frischem Wasser gefüllten Krug und dem Glas vor Don Camillo.

«Hochwürden», sagte die Alte, «was zählt, ist der Glaube. Wir verlangen nichts Unmögliches. Wenn sie Straßen anlegen und dabei die Berge durchbohren, warum sollten sie da nicht drei Kilometer Straße durch die

Felder anlegen? Wenn wir in diesen zwanzig Jahren angefangen hätten, die Lust zu verlieren, ich und mein Mann, dann hätten wir es längst wegen dieser verflixten Straße getan. Wir sind sicher, daß uns die göttliche Vorsehung helfen wird, und daß man bald mit den Arbeiten an der Straße anfangen wird. Nicht wahr, Folini?»

«Natürlich ist das wahr», rief der Alte lebhaft, an den die letzte Frage gerichtet gewesen war. «Jetzt ist es nur noch eine Frage von Monaten, allerhöchstens!»

Don Camillo trank sein Wasser und erhob sich.

«Wartet, Hochwürden, ich gehe schnell ein paar Birnen für Euch pflücken», sagte Folini. «Nur eine Minute!»

Als der Alte sich entfernt hatte, näherte sich die Frau Don Camillo.

«Um Himmelswillen, Hochwürden», flüsterte sie ihm zu, «weckt keine Zweifel in diesem armen Kerl. Seit zwanzig Jahren lebt er nur für sein Gasthaus. Nicht, daß er mir noch vor Kummer stirbt.»

Die Alte verschwand still, und kurz darauf kam Folini mit dem Körbchen voller Birnen zurück.

Sie traten zusammen auf die weiche, grüne Lichtung hinaus und gingen schweigend bis an die Stelle, wo der Pfad im Akazienwald verschwand.

«Hochwürden», flüsterte Folini, «sagt so etwas nie wieder! Die Ärmste lebt nur von der Hoffnung, daß sie die Straße machen. Ihr dürft ihre Seele nicht verbittern.»

«Jesus», rief Don Camillo ungestüm, als er vor Christus am Hochaltar kniete, «willst du den einfältigsten Trottel der Welt sehen?»

Er schlug sich zweimal kräftig auf die Brust und erklärte:

«Da ist er!»

«Wer sich erniedrigt, wird erhöht werden», antwortete Christus lächelnd.

Don Camillo aber war wütend:

«Jesus», flehte er, «tu' mir einen Gefallen und versetze mich in die Lage, mir selbst einen Fußtritt zu geben.»

«Törichte Bitten zur Ausübung von Gewalt kann ich nicht erhören. Quäle dich nicht, Don Camillo. Liebe deinen Nächsten wie dich selbst. Liebe dich selbst wie deinen Nächsten.»

«Nein, Herr, einen Idioten wie diesen Don Camillo kann ich nicht lieben!»

«Im Gegenteil, Don Camillo: Liebe ihn mehr als jeden anderen, denn er, der glaubt, die anderen den Weg des Glaubens zu lehren, kommt mitunter vom Weg ab und merkt es nicht einmal.»

Don Camillo protestierte stolz:

«Herr, dumm bin ich, das stimmt, aber den Weg des Glaubens kenne ich sehr wohl!»

«Wer sich erhöht, wird erniedrigt werden, bei der ersten Gelegenheit erkläre auch dies, Don Camillo», flüsterte Christus.

Um die Wahrheit zu sagen, ließ die Gelegenheit nicht auf sich warten: Am Nachmittag um fünf kam der Smilzo und klebte eine Bekanntmachung an die Mauer der Pfarrerwohnung. Don Camillo kam sofort herbeigelaufen, und seine Absichten waren eher kriegerischer Natur.

«Bürger», begann die Bekanntmachung, *«die demokratische Verwaltung ist stolz, Euch ankündigen zu können, daß eines Eurer großen Anliegen demnächst ver-*

51

wirklicht wird. Morgen beginnen die Arbeiten zur Begra-
digung der Straße nach Castelpiano ...»

«Sieh dir das an und lerne, du dummes Stück», rief
Don Camillo.

Der Smilzo, der in sicherer Entfernung stehengeblie-
ben war, fragte: «Wie meint Ihr, Hochwürden? Ist etwas
nicht in Ordnung?»

«Ich rede nicht mit dir.»

«De gustibus non disputoribus», behauptete Smilzo
und bestieg wieder sein Fahrrad. «Es gibt auch Leute,
denen es Spaß macht, mit sich selber zu reden.»

«Jesus», sagte Don Camillo, nachdem er im Laufschritt vor dem Hochaltar angekommen war, «ich muß
den Folinis sofort diese Bekanntmachung bringen!»

«Nicht nötig», antwortete Christus. «Die haben nie
gezweifelt. Sie haben immer fest daran geglaubt, daß die
Straße angelegt würde. Zu dir haben sie nur deshalb so
gesprochen, weil sie wußten, daß du nicht an ein so
tiefes Vertrauen glauben kannst. Sie wußten, daß du sie
für verrückt erklärt hättest.»

Don Camillo senkte den Kopf.

«Jesus», stammelte er, «wie kann man in einer Angelegenheit wie dieser begreifen, ob es sich um eine fixe Idee
oder um Vertrauen auf die göttliche Vorsehung handelt?»

«Das sind Dinge, die man nicht begreifen, sondern
nur fühlen kann. Du mußt lernen, dem gesunden Men-
schenverstand zu mißtrauen, Don Camillo. Sehr oft ist
er nichts anderes als Nichtverstehen.»

Don Camillo wandte sich betrübt ab. Sehr bald aber
dachte er an die grüne Lichtung mitten im Akazienwald.
Er dachte an die Straße, die sie durchschneiden würde,
und ihm wurde leicht ums Herz.

Nacht im «Kreml»

Die Häuser im Hauptort drängten sich dicht aneinander, als getraute sich keines, allein dazustehen, und die Gassen und Sträßchen, die alle in die Hauptstraße mündeten, waren eng und krumm; trotzdem lag das Ganze wie ein Reiskorn unter tausend anderen verstreut in der endlos weiten, flachen Landschaft.

Auch hier aber hatten die Leute den «Zentrumsfimmel», und wenn einer sich ein Haus bauen mußte, schien es undenkbar, das auch nur fünfzig oder sechzig Meter vom «Zentrum» entfernt zu tun. Sobald Menschen vom Lande in einem «städtischen Agglomerat» von ein paar Baracken wohnen, werden sie ebenso dumm wie die Städter, und anstatt in die freien grünen Felder hinauszublicken, schließen sie die Augen und träumen von Wolkenkratzern.

Die Tavonis wollten sich schon seit vielen Jahren ein Haus bauen; aber natürlich wollten sie es im Zentrum, und im Zentrum gab es an unbebauter Fläche längst nur noch den Hauptplatz. So warteten sie geduldig und zuversichtlich, und das Warten sollte sich denn auch lohnen.

Im Zentrum stand eine verfallene, vor mehr als fünfzig Jahren entweihte Kirche. Ein häßliches Ding aus tropfenden Ziegelsteinen, das höchstens noch als Hauptquartier der Dorfmäuse taugte. Eine Ungezieferburg, die keiner zu betreten wagte, weil ihm jeden Augenblick die Wände über dem Kopf zusammenstürzen konnten.

Im Lauf der Zeit wurde die ehemalige Kirche immer mehr zu einer öffentlichen Gefahr; den letzten Schlag hatte ihr das Hochwasser versetzt, das die ohnehin schon zu schwachen Grundmauern vollends ins Wanken brachte.

Man mußte sie unbedingt abbrechen; doch auch das Niederreißen eines Hauses kostet Geld, besonders wenn es im eigentlichen Dorfkern und an einer schmalen Straße steht.

Da kam jemandem Tavoni in den Sinn, und man machte ihm einen Vorschlag: Wenn er das alte Gemäuer auf seine Kosten niederreißen lasse, bekomme er das Grundstück zu einem Vorzugspreis.

Tavoni brauchte keine zwei Minuten Bedenkzeit; er unterschrieb sogleich den Vertrag und begann mit dem Abbruch.

Seit fünfzig Jahren hatten alle die baufällige Kirche täglich gesehen, die eben deswegen entweiht und aufgegeben worden war, weil sie eine Gefahr für die Gläubigen darstellte und angesichts der verrutschten Fundamente auch nicht repariert werden konnte. Aber erst als Tavoni mit den Arbeiten begonnen hatte, witterten die Leute das «Geschäft», und nachdem sie vergeblich versucht hatten, mit unsinnigen Angeboten Tavoni das «Geschäft» wegzuschnappen, sagten sie, Tavoni sei ein Trottel.

«Nur ein Dummkopf», behaupteten sie, «kann auf den Grundmauern einer Kirche ein Wohnhaus aufbauen.»

Tavoni aber demolierte gelassen weiter, und als alle Trümmer weggeräumt waren, bekamen manche beim

54

·Anblick der wunderbaren freien Baufläche fast die Gelbsucht. Es war ein harter Schlag, aber man versuchte das Gesicht zu wahren, indem man daran festhielt, es sei eben doch eine hirnwütige Idee, ein Haus auf die Fundamente einer ehemaligen Kirche zu stellen. Das dauerte allerdings nicht lange, denn als der Schutt beseitigt war, ließ Tavoni auch die Grundmauern ausheben. Er wollte ein Haus, das von zuunterst bis zuoberst neu war.

Ein paar Tage lang fraßen die Leute ihre Wut in sich hinein, aber endlich lief die erlösende Neuigkeit durch das Dorf:

«Tote! Unter dem Kirchenboden lagen große Gräber voller Gebeine und Totenschädel.»

Wagenladungen von Gebeinen und Schädeln, erzählten die Leute. In Wirklichkeit waren es bloß einige Säcke voll armseliger Knochen, die sogleich zum Friedhof gebracht wurden, aber die Leute taten nun einmal so, als wären Dutzende von Tonnen Skelette zutage gekommen. Jemand war sogar abgeschmackt genug, in der Provinzzeitung die Nachricht vom Fund einer «antiken Totenstadt» erscheinen zu lassen, gekrönt von dem Satz: «Wie aus dem genannten Dorf verlautet, soll Herr Tavoni die Bauarbeiten abgebrochen haben, um anstelle des geplanten Hauses einen marmornen Säulenstumpf zum Gedenken an die makabre Ausgrabung errichten zu lassen.»

Tavoni spie Gift und Galle, tat ihnen jedoch den Gefallen nicht, klein beizugeben. Im Gegenteil, er trieb die Arbeiten voran und grub weiter, bis er auf völlig unberührte Erde stieß. Dann ließ er neue Grundmauern aus Beton errichten, füllte den riesigen Hohlraum mit Kies und Schotter aus dem Fluß und versiegelte ihn auf

Bodenhöhe mit einer zwei Spannen dicken Betonschicht.

Die Neider höhnten: «Er hat keinen Keller angelegt, weil er sich vor den Toten fürchtet!»

Tavoni aber fürchtete sich offensichtlich weder vor den Toten noch vor den Lebenden, denn das Haus strebte mit ungeheurer Schnelligkeit in die Höhe. Und das bedeutete, daß Tavoni es kaum erwarten konnte, in sein neues Heim zu ziehen.

Inzwischen gingen den Leuten die Giftpfeile aus; als die elegante Wohnstätte innen und außen fertig, Mauerwerk und Farbe trocken war, hielt Tavoni feierlich Einzug, und die Zuschauer empfanden es, als hätte er eine Gewalttat begangen.

Und da Tavoni seinen Sieg geschickt ausnutzte und keine Gelegenheit ausließ, öffentlich zu erklären, es wohne sich in dem neuen Haus so herrlich, daß er sich wie neugeboren fühle, begannen die Unterlegenen richtig zu leiden.

Doch bald nahte der Tag der Vergeltung.

Wer war der erste, der Alarm schlug? Unmöglich, das herauszufinden: irgend jemand war es einfach gewesen. Und gleich geriet das Dorf in Aufruhr.

Die Leute trennten sich in zwei Lager: solche, die daran glaubten, und solche, die nicht daran glaubten.

«Das mußte ja so kommen», sagten die einen. «Man baut kein Wohnhaus über den Gebeinen von Toten. Die Toten wollen in Ruhe gelassen werden.»

«Das ist dummes Altweibergewäsch», sagten die andern. «Aber man sollte wirklich kein Haus über den Gebeinen von Toten bauen.»

Und so erzählten es alle weiter, die einen in abergläubischer Furcht, die andern mit spöttischer Miene: daß es in dem Haus nicht geheuer sei.

Verschlossene Türen klappten nächtlicherweile unvermittelt auf und zu, das Licht gehe immer wieder aus, man höre seltsame Geräusche.

Die einzigen, die natürlich von alledem nichts wußten, waren Tavoni und seine Frau. Ihnen wäre es nicht im Traum eingefallen, in ihrem neuen Haus merkwürdige oder besorgniserregende Vorkommnisse zu bemerken. Doch es fand sich jemand, der sich die Mühe nahm, die umittelbar Betroffenen ins Bild zu setzen.

«Schreckliche Leute in diesem Dorf», sagte eines Tages die Drogistin zu Tavonis Frau. «Leute, denen es fast schlecht wird, wenn sie jemanden sehen, dem es gut geht. Wissen Sie, was ich vor weniger als einer halben Stunde einer gewissen Person gesagt habe, die mit der Geschichte von den Gespenstern daherkam? Es wäre besser, es würde jeder darauf achten, was in seinem eigenen Haus vorgeht, habe ich gesagt.»

«Die Geschichte mit den Gespenstern?» fragte Frau Tavoni neugierig. «Was ist damit? Ich habe nichts gehört.»

«Ach, wissen Sie, das übliche dumme Geschwätz. Jetzt heißt es, daß es in Ihrem Haus spuke: Türen, die zuschlagen, Kettengerassel, Licht, das ausgeht, undsoweiter. Alles bloß wegen der paar Knochen, die man zwischen den Grundmauern gefunden hat. Machen Sie sich nichts daraus, Frau Tavoni, lachen Sie darüber, wie ich.»

Frau Tavoni lachte durchaus nicht darüber. Sie erzählte die Geschichte brühwarm ihrem Mann und blickte sehr beunruhigt drein: «Verstehst du?» schloß sie. «Man sagt im ganzen Dorf, bei uns sei es nicht geheuer.»

«Laß sie doch reden!» lachte Tavoni. «Schließlich wohnen wir in unserem Haus und wissen genau, daß die Gespenster nur in den Köpfen der Leute spuken, die der Neid plagt.»

Eines Abends erlosch während des Essens plötzlich das Licht, und Frau Tavoni stieß einen durchdringenden Schrei aus. Dann ging das Licht wieder an, aber in der Nacht schlug irgendwo eine Tür zu, und da verfiel Frau Tavoni in Krämpfe.

Am folgenden Tag eilte sie zu Don Camillo und beschwor ihn, das Haus zu segnen. Die Leute sahen Don Camillo hingehen und fanden sich bestätigt: Es spukte wirklich bei den Tavonis, sonst hätten sie nicht den Priester geholt, um das Haus zu segnen.

Die Geschichte mit den Gespenstern bildete bald den allgemeinen Gesprächsstoff, und als Peppone eines Abends sein Büro im Volkshaus betrat, ertappte er den Smilzo dabei, wie er sich mit Bigio ernsthaft über Geister unterhielt.

Peppone war entrüstet. «Solches Geschwätz von kindischen alten Weibern will ich hier drin nicht hören! Daß sich ausgerechnet im Volkshaus Überbleibsel der schlimmsten mittelalterlichen Verdummung breitmachen, ist unerträglich!»

«Chef», brummte der Smilzo eingeschüchtert, «wir haben doch nur gesagt, was die Leute sagen.»

«Über solchen Quatsch redet man überhaupt nicht!» wies ihn Peppone zurecht. «Im Gegenteil, wenn man jemanden so etwas dahersagen hört, erklärt man laut und deutlich, daß das einfältige Ammenmärchen sind. Die erste Pflicht jedes Genossen ist es, das Volk geistig zu heben, ihm die Köpfe vom Nebel des klerikalen

Wunderglaubens zu befreien. Solange das werktätige Volk noch an Geister und Gespenster glaubt, kann von proletarischer Revolution ja gar nicht die Rede sein!»

Die Bagatelle mit dem Spuk wuchs sich – in den Augen Peppones – in kurzer Zeit zur Schande des Dorfes aus. Und als er eine alte Frau sah, die sich bekreuzigte, während sie an Tavonis Haus vorbeieilte, war das Maß voll. Wütend lief er ins Gemeindehaus, schloß sich in seinem Bürgermeisterbüro ein und verfaßte einen unmißverständlichen Aufruf:

«Bürger!

Wegen eines Witzboldes, der aus bösartigem Spaß ein Gerücht in die Welt gesetzt hat, wurde im Dorf das Märchen vom sogenannten Gespensterhaus verbreitet, mit allen Zeichen der Volksverdummung, wie sie des letzten Jahrhunderts würdig sind. Abgesehen vom sozialen Rückschritt macht sich damit das Dorf zum Gespött der umliegenden Gemeinden, was schweren moralischen und materiellen Schaden nach sich zieht.

Es wird daher an die Bürgerschaft appelliert, an den ungebildetsten Klassen der Bevölkerung ein Werk der Aufklärung zu vollbringen, damit dieses Gerede aufhört, ansonsten unser Dorf in Kürze zum Gegenstand von Witzen wird, wie Piolo, wo sie einst den Kirchturm verschieben wollten und dabei Stroh unter ihre Füße legten, daß es aussah, als bewege sich der Turm, während sie stillstanden und nach hinten rutschten.

Es wird gebeten, die Schuldigen ausfindig zu machen, damit der Ungehörigkeit ein Ende bereitet werden kann.

Der Bürgermeister
Giuseppe Bottazzi»

Der Smilzo sorgte noch für die richtige Interpunktion, dann wurde der Aufruf in Druck gegeben und an den Straßenecken aufgehängt. Unglücklicherweise verließen nur zwei Stunden danach die Tavonis mit Sack und Pack das neue Haus und kehrten in ihr ursprüngliches Heim zurück.

Das wirkte so einschneidend auf die öffentliche Meinung, daß Peppones tiefempfundener Aufruf ungehört verpuffte und sich im Dorf und in allen Gemeinden der Umgebung große Gruppen von Anhängern des Übernatürlichen bildeten.

Tavoni hängte ein Schild an die Tür des Hauses: «Zu vermieten». Als niemand sich meldete, schrieb er ein neues: «Zu verkaufen».

Leute mit Geld gab es genug, und das Geschäft wäre günstig gewesen; doch niemand hatte den Mut, zuzuschlagen.

So trat eines Sonntagvormittags Peppone in das Café, in dem sich die wohlhabenden Landwirte jeweils nach der Messe trafen, und meinte sarkastisch: «Wenn man denkt, daß alle dem Tavoni das Geschäft wegschnappen wollten, als er den Vertrag unterschrieb! Jetzt, wo er das Haus um ein Butterbrot verkauft, will niemand es haben. Bammel ist halt noch stärker als Egoismus!»

Filotti, der am schnellsten reagierte, sprach allen aus dem Herzen, als er sagte:

«Wenn Sie soviel Mut haben, warum kaufen Sie es nicht selbst?»

«Mut genügt nicht: Da braucht's Geld. Und ich habe keins.»

«Aber Ihre Partei hat Geld. Lassen Sie es doch von der Partei kaufen.»

«Wir sind nicht die Bauernpartei, wir können nicht mit Geld um uns schmeißen.»

«Sie haben doch die vier Millionen für die Vergrößerung des Volkshauses. Wenn Sie das lassen, wie es ist, und für drei Millionen die Tavoni-Villa kaufen, sparen Sie Ihrer Partei eine Million und machen ein Bombengeschäft.»

Tatsächlich war man im Begriff, das Volkshaus aufzustocken und anzubauen. Das ganze Dorf wußte das und kannte den Kostenvoranschlag bis in alle Einzelheiten.

«Das Haus ist wie gemacht für die Einrichtung von Büros, des Archivs undsoweiter», fuhr Filotti fort. «Schade, daß die mittelalterliche Volksverdummung auch bei den Progressiven herrscht.»

Das war eine öffentliche Herausforderung, auf die Peppone nur antworten konnte: «Eigentlich keine schlechte Idee.»

Es war sogar eine ausgezeichnete Idee, denn die Villa hatte mehr als sechs Millionen gekostet und wies alles auf, was für die Unterbringung des Hauptquartiers der Roten geeignet war.

Also packten die Roten zu, und schon wenige Tage später nahm Peppone samt zugehörigen Siebensachen im neuen Haus feierlich Einsitz.

Und alsogleich hatte das Volk den passenden Namen für die Tavoni-Villa gefunden: *Kreml*.

Als im Kreml alles eingeräumt war, versammelte Peppone nach dem Abendessen seinen Stab um sich und sagte: «Alle wichtigen Dokumente liegen jetzt hier – wir dürfen sie natürlich nicht allein lassen. Von nun an hält jede Nacht jemand Wache. Wer will heute hierbleiben?»

Niemand antwortete.

«Schön», brummte Peppone. «Dann bleibst du, Smilzo.»

«Wenn ich das gewußt hätte», wandte der Smilzo ein, «hätte ich mir von meiner Frau eine Thermosflasche Kaffee mitgeben lassen. Ich möchte nicht einschlafen. Und Zigaretten habe ich auch nicht bei mir.»

«Macht nichts», tröstete Peppone.

«Hol dir, was du brauchst, und komm zurück. Ich warte solange.»

Der Smilzo verschwand, und nach und nach gingen auch die andern. Peppone saß allein in den stillen Wänden des «Kreml» und blickte sich zufrieden um. Es war wirklich ein prächtiges Haus, gut gebaut, bequem, weitläufig. Die Partei hatte ein ausgezeichnetes Geschäft gemacht.

«Auch Gespenster können für etwas gut sein», dachte er und rieb sich die Hände.

Vom Kirchturm schlug es elf Uhr.

«Wie lange braucht denn dieser Tropf, um mit dem Kaffee zurückzukommen?» dachte Peppone verärgert.

. Peppone schaltete das Radio ein, aber in diesem Augenblick schlug im oberen Stockwerk eine Tür zu: jemand mußte ein Fenster offen gelassen haben. Peppone stand auf und ging ruhig zur Treppe. Kaum hatte er ein paar Stufen erstiegen, wurde das Licht schwach, flackerte noch ein Weilchen und erlosch.

Die Tür klapperte immer noch, und gleichzeitig drang vom Dachboden her ein merkwürdiges Quietschen herunter.

Peppone suchte die Schachtel mit den Streichhölzern in allen Taschen, fand sie aber nicht.

Er stieg weiter hinauf. Vor einer Tür suchte er den

Lichtschalter und fand auch diesen nicht. Aber das war sowieso nutzlos: es mußte an der elektrischen Leitung etwas nicht in Ordnung sein.

Er trat in das Zimmer, das finster wie eine Grabkammer war, und hinter ihm fiel die Tür mit einem Knall wie von einem Revolverschuß zu.

Tastend tappte er auf das Fenster zu, als er aus dem Erdgeschoß Schreie hörte.

Entsetzliche Schreie.

Dann Musik.

Offenbar brannte das Licht wieder, und damit lief auch das Radio. Peppone fand den Lichtschalter, drehte. Licht flammte auf, und Peppone stand dicht vor zwei riesigen Augen, die ihn anstarrten.

Nichts: das große Stalinporträt, das jemand hier an die Wand gelehnt hatte.

Er ging wieder hinunter und setzte sich vor den Radioapparat, den er aber gleich ausschaltete, denn draußen war ein Gewitter aufgezogen, und die Blitze störten den Empfang.

Er schaute auf die Uhr, die Mitternacht zeigte. War das möglich, daß er eine Stunde gebraucht hatte, um in den ersten Stock hinauf zu gehen und zurückzukommen?

Nicht nur möglich, sondern richtig: Eben schlug es vom Kirchturm Mitternacht.

Wieder sonderbare Geräusche aus dem Obergeschoß – was machte dieser verflixte Smilzo bloß? Warum kam er nicht?

Es war heiß in dem Zimmer, Peppone fühlte sich ganz feucht vor Schweiß. Er trat zum Fenster und öffnete die Glasflügel. Als er eben auch die Fensterläden aufsper-

63

ren wollte, ging erneut das Licht aus. Diesmal schlagartig.

Er versuchte die Jalousien im Dunkeln aufzubekommen – und hatte den abgerissenen Riegel in der Hand. Er drückte mit aller Kraft, doch die Fensterläden waren wie zugenagelt.

Die Zimmertür knarrte.

Peppone glaubte zu ersticken: Er spürte die Anwesenheit eines unbekannten Feindes im Zimmer, eines Feindes, der mit jedem Augenblick näherrückte.

Stockstill blieb er stehen, mit zusammengebissenen Zähnen und geballten Fäusten. Noch zehn Minuten hielt er durch, und sie kamen ihm vor wie ein Jahrhundert; seine Nerven waren angespannt wie Violinsaiten, und das Herz hämmerte in seiner Brust, daß es schmerzte.

Er hielt durch, bis er im Genick den kurzen, eisigen Atemzug des Unbekannten fühlte.

Da gab Peppone den Widerstand auf und schlug das Kreuz.

Das Licht flammte wieder auf.

Das Zimmer war leer. Die Fensterläden ließen sich weder öffnen, noch hinausstoßen, weil es in die Mauer eingelassene Rolläden waren.

Peppone schlief auf dem Stuhl ein. Als der Smilzo eintraf, war es schon sechs Uhr morgens.

«Chef», stammelte der Smilzo, «bin ich zu spät?»

«Nein, du hast nur die Hosen voll.»

«Man tut, was man kann», flüsterte der Smilzo gedemütigt.

Peppone ging nach Hause. Es hatte zu regnen aufgehört, und die Sonne ging auf, rot und groß hinter dem leichten Nebelschleier, der über den Pappelreihen lag.

«Wenn der Kerl von einem Priester das erführe», dachte Peppone, während er vor dem Pfarrhaus vorüberging, «der würde sich schön freuen!»

Don Camillo jedoch erfuhr es nie, und so war der einzige, der sich an dieser Geschichte freute, der liebe Gott.

Das Altersheim

Pocci, der Wucherer, der sein ganzes Leben damit verbracht hatte, Reichtümer anzusammeln, starb. Und da er nichts mitnehmen konnte, spielte er den Großzügigen und vermachte Geld und Gut wohltätigen Institutionen in der Stadt.

«Ein Aas – im Leben wie im Tod», sagten die Leute vom Dorf, als sie von dem Testament erfuhren.

Doch Pocci war so gemein, daß er dem Dorf nicht einmal die Genugtuung gönnte, ihn zu beschimpfen. Als niemand es mehr erwartete, zog der Notar einen versiegelten Umschlag hervor, «Zwei Monate nach meinem Tode zu öffnen».

Pocci hinterließ sein Haus, drei Millionen Lire in bar und ein ansehnliches Grundstück einem zu errichtenden Altersheim. Testamentsvollstrecker der Pfarrer, der Bürgermeister und sechs weitere, mit hinterhältiger Sorgfalt ausgesuchte Persönlichkeiten.

Don Camillo, Peppone und die übrigen Komiteemitglieder fanden sich zur Testamentseröffnung im Büro des Notars ein, und es war ein harter Schlag für alle, denn keiner der Einberufenen hatte etwas von der Anwesenheit der andern gewußt. Sie maßen einander mit finsteren Blicken und ließen die Lesung über sich ergehen.

Als der Notar geendet hatte, sagte keiner ein Wort.

«Wer schweigt, stimmt zu», stellte der Notar fest. «Ihr

nehmt also an und verpflichtet euch als Testamentsvollstrecker, ein Heim für die bedürftigen Alten der Gemeinde zu errichten und zu verwalten.»

«Augenblick!» rief Peppone. «Reden wir doch geradeheraus: Der alte Pocci hat sich auch in dieser Angelegenheit als das große Aas benommen, das er immer gewesen ist.»

«Herr Bürgermeister!» mahnte Don Camillo. «So spricht man nicht von Toten!»

«Herr Pfarrer», erwiderte Peppone, «als Pocci diesen Wisch hier eigenhändig unterschrieb, war er nicht tot, sondern lebendig. Also war er das Aas, das wir kennen. Und darum hat er noch diese letzte Schindluderei mit uns getrieben und als Testamentsvollstrecker acht Personen ausgelesen, von denen jede die andern sieben auf den Tod nicht ausstehen kann. Es muß schwer gewesen sein, eine solche Kombination auszuklügeln, doch der alte Pocci hat es fertiggebracht: politische Differenzen, Interessenstreitigkeiten, alte Rivalitäten der verschiedensten Art, undsoweiter undsofort, kurz, wenn jeder von uns seinem eigenen aufrichtigen Impuls folgen dürfte, würde er den andern sieben ins Gesicht spucken. Seht Ihr, was ich meine?»

«In gewissem Sinne schon», brummte Don Camillo.

«Gut», fuhr Peppone fort. «Wir sind also hier anwesend und nennen ihn, als Lebenden und nicht als Toten, ein Aas, das unter dem noblen Vorwand der menschlichen und sozialen Solidarität allen acht von uns die Galle hochtreiben will, mit dem Ziel, daß wir einander die Köpfe einschlagen und das ganze Komitee im Krankenhaus oder im Gefängnis landet. Und daher schlage ich vor, daß wir dem Verstorbenen, mit Verlaub, die

Zunge herausstrecken und es jemand anderem überlassen, das Altersheim zu verwirklichen.»

«Einverstanden!» stimmte das Komitee lebhaft zu, ausgenommen Don Camillo.

«Der Herr Gemeindepfarrer billigt unseren Entscheid nicht?» erkundigte sich Peppone angriffslustig.

«Der Herr Gemeindepfarrer gestattet sich lediglich, Euch darauf hinzuweisen, daß die acht Testamentsvollstrecker, die Pocci bezeichnet hat, unersetzbar sind. In dem Dokument steht ausdrücklich, daß das Vermächtnis automatisch an das Altersheim von Palermo geht, wenn wir es nicht alle acht annehmen.»

«Palermo?» rief Peppone aufgebracht. «Was hat Sizilien damit zu tun?»

«Das müßte man den Herrn Pocci fragen. Ich weiß ebensowenig wie Sie, Herr Bürgermeister. Also: Wenn wir nicht annehmen, bringen wir das Dorf um ein riesengroßes Benefiz, und dann ist das ganze Dorf gegen uns und macht uns für den Schaden verantwortlich.»

Peppone ließ die Faust auf den Schreibtisch krachen: «Da haben wir's, was der alte Pocci wirklich wollte: das Dorf noch einmal ärgern und uns persönlich hereinlegen!»

«Das glaube ich nicht», wandte Don Camillo ein. «Ich glaube vielmehr, daß ihn eine ganz andere Absicht beseelte. Eine sehr löbliche Absicht: uns zu zwingen, daß wir zum Wohl des Dorfes unsere Antipathien vergessen. Uns einen Anlaß zu liefern, über den wir alle einig sein können.»

Peppone ließ seinen Blick über die Runde schweifen. «Für mich», sagte er, «ist Poccis Ziel kein anderes, als uns einen Streich zu spielen. Und da würde ich sagen:

Nehmen wir die testamentarische Verfügung an. Unsere privaten Beziehungen bleiben, wie sie sind; aber wir müssen uns verpflichten, bei den Verhandlungen über das Altersheim jede übermenschliche Anstrengung zu unternehmen, um einig zu sein.»

«Bravo!» lobte Don Camillo. «Das müssen wir zum Wohl der Gemeinde tun.»

Die übrigen sechs verharrten in bockigem Schweigen, doch ihre Augen sagten: «Nein!»

«Das Wohl der Gemeinde ist mir egal!» betonte Peppone heftig. «Wir müssen jetzt nur darum einig sein, damit wir unsererseits dem alten Pocci eine Nase drehen!»

«Wenn es darum geht, den Pocci hereinzulegen, dann nehme ich alle Bedingungen an», stimmte einer der sechs zu.

«Ich auch», sagte ein zweiter.

Alle waren damit einverstanden, nur Don Camillo hielt an seinem Standpunkt fest: «Ich mache mit, aber nicht, um Pocci eine Nase zu drehen, sondern zum Wohl der Gemeinde. Man darf das Gute nicht als Mittel zum Bösen mißbrauchen.»

Die Versammlung meuterte: «Kommt nicht in Frage! Entweder Ihr macht ebenfalls mit, um den Pocci hereinzulegen, oder wir ziehen unsere Zusage zurück.»

«Tut mir leid», erwiderte Don Camillo. «Ich kann das Gute nicht für Böses einsetzen. Das geht gegen das Grundprinzip der christlichen Religion. Ich muß das Böse bekämpfen, um das Gute zu erlangen. Ihr seid eine Bande von Missetätern, die das Gute (die Errichtung eines Altersheims) dazu benutzt, die Seele eines armen Verblichenen zu piesacken. Eigentlich müßte ich mich zurückziehen und damit euer gotteslästerliches Unternehmen platzen lassen. Dadurch aber würde ich alte, bedürftige, unglückliche Menschen schädigen. Ich mache also mit, doch muß ganz klar sein, daß ich mich des Bösen bediene (eurer schlechten Hintergedanken), um das Gute in Form des Altersheimes zu erlangen.»

Peppone protestierte: «Ach so! Ihr macht also das Altersheim, weil Ihr ein Ehrenmann seid, und wir machen es, weil wir Halunken sind! Der Herr Priester will, wie immer, eine Vorzugsstellung.»

«Es hindert euch ja niemand, es mir gleichzutun», gab Don Camillo ruhig zurück. «Ihr braucht den Auftrag lediglich anzunehmen, um den Lebenden etwas Gutes zu tun, statt um einen Toten zu ärgern.»

«Den Lebenden! Den Lebenden!» fuhr Peppone auf. «Wenn ich einmal tot bin, kümmern die Lebenden sich auch nicht um mich!»

Die andern sechs wiegten ernst die Köpfe, wie um zu sagen: «Da hast du wohl recht.»

«So oder so», schloß Peppone, «sind wir uns in den Grundzügen offenbar alle einig. Ist jemand hier, der sich der Initiative eines Altersheims widersetzt?»

Niemand widersetzte sich.

Als sie das Notariat verlassen hatten, gingen die acht auseinander, ohne sich auch nur zu grüßen.

In der Kirche angekommen, kniete Don Camillo vor dem Gekreuzigten am Hauptaltar nieder. «Jesus», rief er aus, nachdem er die ganze Geschichte ausführlich erzählt hatte, «ich danke Euch, daß Ihr die böse Absicht des alten Pocci durchkreuzt habt. Er hoffte, wir würden uns an die Gurgel springen, und statt dessen ...»

«Don Camillo», unterbrach Christus streng, «wie

kannst du behaupten, daß Pocci mit dem Vermächtnis böse Absichten verband?»

Don Camillo breitete die Arme aus: «Jesus», stammelte er, «alle haben es gesagt, dort beim Notar ... Ich nicht, natürlich. Im Gegenteil, ich habe ihn verteidigt. Armer Herr Pocci: Möge Gott ihm die Qualen der Hölle leichter machen.»

«Don Camillo!»

«Herr», rechtfertigte sich Don Camillo hastig, «ich würde mir nie anmaßen, mich an die Stelle der Göttlichen Gerechtigkeit zu setzen. Ich gebe lediglich die öffentliche Meinung wieder.»

Poccis Haus war eines der schönsten, geräumigsten und behaglichsten des Dorfes und hatte auch einen großen Garten. Es schien für ein Heim wie geschaffen zu sein.

Die Barmittel genügten reichlich für den Umbau und die Einrichtung. Das Grundstück, das Pocci dem Altersheim vermacht hatte, war eines der besten der Gemeinde, wurde von fleißigen, ehrlichen Pächtern bewirtschaftet und warf eine ausgezeichnete Rendite ab.

Das Achterkomitee funktionierte von der ersten Sitzung an geradezu beispielhaft: Die Diskussionen wurden in heiterer Gelassenheit geführt, und die Arbeiten kamen großartig voran.

In vier Monaten war alles bereit, und als die Kommission vollzählig zur Abnahme erschienen war und alles zur vollsten Zufriedenheit vorgefunden hatte, wandte man sich dem Programm der Einweihung zu.

Hier brachte Don Camillo einen schwerwiegenden Einwand vor: «Meiner Meinung nach muß das Heim nicht bloß als Gebäude eingeweiht werden, das für die

Aufnahme alter Bedürftiger bereitsteht, sondern als in Betrieb stehende Institution. Es so leer einzuweihen, das wäre doch, als würde man ein Schiff auf dem Trockenen vom Stapel lassen, ohne es aufs Meer hinaus zu schicken. Die Bürger müssen das Altersheim in Betrieb, also mitsamt den Insassen sehen. Nur so können sie sich ein genaues Bild von der Leistungsfähigkeit der ganzen Einrichtungen machen. Was meint ihr?»

Die andern kratzten sich nachdenklich die Köpfe.

«Natürlich!» rief Peppone. «Das Heim ohne Insassen ist wie eine elektrische Leitung ohne Strom oder eine Bahnlinie ohne Bahn. Und überdies weiß man ja, wie das vor sich geht: Da kommen die Journalisten und fragen die alten Leute aus: Wie alt seid Ihr? Wie geht es Euch? Was seid Ihr von Beruf gewesen? und so weiter.»

«Außerdem», sagte einer der andern sechs, «wenn die Insassen im Heim sind, können wir die richtige, praktische Abnahme durchführen. Und alles, was möglicherweise noch nicht ganz klappt, vor der offiziellen Einweihung in Ordnung bringen.»

Es galt also, die alten Leute zu finden, die im Heim unterkommen sollten, und das war wirklich kein schwieriges Unternehmen, denn es gab in der Gemeinde nur fünf bedürftige Betagte, und die kannte jeder: Giacomone, 75 Jahre, wohnhaft im Dorf selbst; Ranieri, 78 Jahre, in Torricella; Girardengo, 80 Jahre, in Trecaselli; Joffini, 79 Jahre, in Fiumetto und die Miràcola, 85 Jahre, in Crociletto.

Fünf arme Teufel, die zwar nicht bettelten, aber doch von Almosen lebten. Giacomone, hochaufgeschossen und so dünn, daß ihm die Knochen fast durch die Haut zu stechen schienen, war ein Opfer des Streiks von 1908:

damals hatte er seine Stelle verloren und war seither arbeitslos geblieben. Fünfundvierzig Jahre lang hatte er sich kümmerlich durchgeschlagen, fast nur von Wein gelebt und in Scheunen und Ställen geschlafen.

Ranieri, mittelgroß und mit mächtigem Seehundschnauzbart, hieß in Wirklichkeit anders, aber man nannte ihn Ranieri oder Fröschl, weil er etwa zweimal in der Woche «Frösche fangen» ging – das heißt, daß man ihn besoffen in einem Graben schlafend fand. Und als man ihn einmal aus dem Graben der Nationalstraße vier zog, da hatte sich doch tatsächlich ein Frosch in seiner Jackentasche verkrochen.

Girardengo war der kleinste der vier. Sein richtiger Name war Bedetti, aber da er steife Knie und verrostete Hüftgelenke hatte, sich nur mit Zehnzentimeterschrittchen vorwärtsbewegen konnte und einen ganzen Tag brauchte, um einen halben Kilometer zurückzulegen, war er in Girardengo umgetauft worden, was ungefähr Zipperlein hieß.

Jeder, der ihn fragte, wohin er gehe, bekam von Girardengo unweigerlich die Antwort: «Ich muß deiner Schlampe von Schwester einen Expreßbrief bringen.»

Joffini war der Ernsteste und Fleißigste. Stets reinlich gekleidet, verbrachte er sein Leben zwischen den Deichseln eines Handkarrens. Niemand hatte ihn je ohne seinen Karren gesehen. Ob Sommer oder Winter, er schob ihn über die Landstraßen der Bassa, und alle zweihundert Meter hielt er an, setzte sich auf eine Deichsel, nahm seine Tabakpfeife heraus, zündete sie an, und wenn in der Pfeife ein Zigarrenstummel steckte, blies er Rauch aus dem Mund, wenn nicht, sog er einfach die nach Pfeifenrohr stinkende Luft ein.

Die alte Miràcola dagegen trug ständig einen Korb am Arm; sie war so klein und zierlich, ihr schneeweißes Haar so sauber frisiert, daß alle Leute sie gernhatten. Mit Erfolg «bekreuzigte» sie Wundrosen und Verstauchungen – daher der liebevolle Spitzname «Miràcola».

Die fünf Altersheimkandidaten lebten völlig unabhängig voneinander; jeder hatte seinen eigenen Wirkungsbereich, seine eigene Kundschaft, sie begegneten sich überhaupt nie.

Sie begegneten sich erst an dem Tag, als der Smilzo in der Funktion eines Hilfspolizisten sie einsammelte und ins Gemeindehaus brachte, wo der Bürgermeister und Don Camillo und die andern sechs vom Achterkomitee sie erwarteten.

Es war vereinbart, daß Peppone im Namen aller die Begrüßungsansprache halten sollte, und als die fünf armen Alten vor ihm standen, sagte Peppone mit herzlicher, aber feierlicher Stimme: «Wir haben euch zusammengerufen, um euch etwas Schönes mitzuteilen. Etwas Schönes für euch wie für uns. Denn während ihr es seid, die den materiellen Nutzen haben werdet, wird uns der moralische Nutzen zuteil, die Genugtuung, daß wir endlich die erste aller sozialen Pflichten erfüllen können: die Fürsorge für die Bedürftigsten.»

Die fünf beäugten Peppone, Don Camillo und die andern sechs voller Mißtrauen.

«Wie ihr sicherlich wißt», fuhr Peppone fort, «wird demnächst das Altersheim eröffnet, und darum haben wir euch hergebeten.»

«Ich bin nicht alt», brummte Giacomone. «Mich geht das nichts an.»

«Du bist fünfundsiebzig», erwiderte Peppone, «also bist du alt.»

«Wenn einer noch arbeiten und sein Stück Brot verdienen kann, ist er nicht so alt, daß man ihn ins Armenhaus stecken muß», beharrte Giacomone.

Nun wurde Peppone ärgerlich: «Red keinen Quatsch, Giacomone: Du hast schon nie etwas getan, als du jung warst, geschweige denn jetzt, da du alt bist. Seit ich ein kleiner Junge war, sehe ich euch herumgehen und um Almosen bitten.»

«Ich habe nie gebettelt!» protestierte Giacomone.

«Ich auch nicht!» behauptete Ranieri.

«Ich tue seit fünfzig Jahren meinen Dienst mit dem Handkarren und verdiene meinen Lebensunterhalt!» rief Joffini.

Peppone lief puterrot an. «Schluß jetzt! Ab heute abend seid ihr im Altersheim. Und wenn ihr nicht geht, lasse ich euch hintragen!»

«Und wenn du mich hintragen läßt, reiße ich aus!» schrie Girardengo wütend.

Die Miràcola begann still zu weinen und wischte sich mit einem Zipfel ihres schwarzen Kopftuches die Augen.

«Und was habt Ihr zu flennen?» fragte Don Camillo.

«Ich will in meinem Bett sterben, nicht im Hospital», stammelte die alte Frau.

«Hospital?» kreischte Peppone wütend und drückte damit die heilige Entrüstung der ganzen Kommission aus. «Welcher Lump hat die Frechheit, von einem Hospital zu reden? Smilzo, schmeiß die Leute in den Krankenwagen und fahr sie zum Heim, damit sie es sehen!»

Als sie das Wort Krankenwagen hörte, fing die Alte

erst recht zu weinen an. «Herr Peppino», flehte sie, «habt doch Respekt vor einer armen alten Frau, die Euch auf dem Arm getragen hat, als Ihr zwei Monate alt wart ...»

Auf das Wort Peppino und den Vorwurf reagierte Peppone mit einem so argen Fluch, daß Don Camillo den Nichtangriffspakt verletzte und zu der Alten sagte: «Anstatt ihn im Arm zu halten, hättet Ihr ihn gescheiter von der Brücke in den Kanal geworfen.»

Die fünf armen Teufel wurden in den Lieferwagen verladen und weggebracht. Peppone, Don Camillo und die andern sechs folgten zu Fuß. Sie waren alle stocksauer: «Wir reißen uns alle Beine aus, um ihnen Gutes zu tun, und sie behandeln uns, als wären wir Henker!»

«Und jetzt?»

Die fünf Unglücklichen, die verloren im großen Vorraum des Altersheims herumstanden, fuhren zusammen, als sie Peppones Stimme hörten.

Man führte sie zur Besichtigung durch das ganze Gebäude. «Das ist die Küche, wo man euch das Essen kocht», erklärte Peppone. «Gesundes, sauberes, nahrhaftes Essen. Und reichlich.»

«Frühstück, Mittagessen, Vesper und Abendessen», fügte Don Camillo hinzu. «Und das alle Tage. Aus mit der Ungewißheit!»

Dann gelangte man in den weiten, hellen Speisesaal. «Aus und vorbei ist es mit dem Brotverdrücken an einem Grabenrand», sagte Peppone.

«Ihr eßt wie rechte Christenmenschen am gedeckten Tisch, an der Wärme im Winter und in der Kühle im Sommer.»

76

Dann betraten sie den Schlafsaal mit den in Reihe stehenden Betten.

«Jesusmaria!» stöhnte die Miràcola.

«Jesusmaria was?» wollte Don Camillo wissen.

«Ich will nicht an einem Ort schlafen, wo Männer schlafen.»

«Dummes Zeug! Das ist doch die Männerabteilung. Ihr schlaft in der Frauenabteilung.»

Nun zeigte man den künftigen Insassen die glänzenden Porzellanwaschbecken, das Krankenzimmer, die kleine Bibliothek, den Aufenthaltsraum mit den bequemen Stühlen und die Garderobe mit der schon bereitgelegten Wäsche und den Kleidern, die an den Bügeln hingen.

«Warmwasserheizung, elektrisches Licht, warmes und kaltes Wasser, Radio und, wenn die Station Montepelli erst gebaut ist, auch Fernsehen. Zeitungen, Bücher, Werkstätte, wenn einer Lust hat, sich die Zeit mit kleinen Arbeiten zu vertreiben. Und der feine Garten, um Luft und Sonne zu genießen. Meint ihr immer noch, wir seien Halunken, die euch etwas Böses antun wollen? Schurken, die euch ins Hospital stecken? Mörder, die euch im Gefängnis einsperren? Das ist euer Haus, und jeden Tag habt ihr freien Ausgang. Also – was habt ihr zu sagen?» Selbstsicher wartete Peppone auf Antwort.

«Es ist wunderbar», sagte Giacomone.

«Direkt herrschaftlich», fügte Ranieri hinzu.

«Schön!» seufzte Joffini. «Wenn man wollte, könnte man hier auch den Handkarren unterbringen.»

«Aber klar!» lachte Peppone zufrieden und blinzelte den andern sieben zu.

Girardengo sah sich noch immer um.

«Sicher», murmelte er. «Sicher, mehr könnte man gar nicht verlangen.»

«Und Ihr, was meint Ihr?» fragte Peppone vergnügt die Miràcola.

«Ich bin nur eine arme alte Frau», jammerte sie leise. «Was soll ich sagen?»

«Gefällt es Euch oder nicht?»

«Es macht mir Angst, so schön ist es.»

«Ihr werdet Euch daran gewöhnen. Ihr werdet Euch schnell daran gewöhnen!»

Da mischte sich Don Camillo ein: «Wir freuen uns alle sehr, daß euch euer Haus gefällt. In einer Woche wird alles funktionieren, und dann ist auch das Personal da. Also verbleiben wir so: Ihr habt Zeit, eure kleinen Angelegenheiten zu regeln, und in einer Woche stellt ihr euch hier ein, ohne daß wir euch noch einmal extra einladen, und beginnt euer neues Leben.»

Peppone blinzelte dem Verwalter zu, der den Wink verstand, vortrat und jedem der fünf eine Tausendernote in die Hand drückte: «Das bedeutet, daß ihr von heute an vom Altersheim betreut werdet: Das ist die Unterstützung für die Tage, die ihr noch warten müßt. Giacomone und Ranieri – bitte, betrinkt euch nicht.»

Die fünf hielten ihren Geldschein fest in der Hand, als sie weggingen.

«Wir sind über den Berg!» rief Peppone zufrieden. «Man muß eben Geduld haben mit alten Leuten.»

«Besonders mit diesen», fügte Don Camillo hinzu. «Sie haben vom Leben nie etwas Gutes bekommen und können es nun fast nicht glauben, daß die Göttliche Vorsehung sich auch ihrer erinnert.»

Jetzt war alles bereit, aber als die sieben Tage verstrichen waren, zeigte sich niemand.

Man wartete noch zwei Tage, dann wurde der Smilzo auf die Suche nach den fünf Heiminsassen geschickt.

Es dauerte noch einmal drei Tage, bis er sie aufgespürt hatte, und als sie gefunden waren, kehrte der Smilzo mit leeren Händen zurück.

«Ja, ich habe sie gefunden, aber wenn ihr sie holen wollt, müßt ihr selber gehen», erklärte er dem Komitee. «Ich bringe es nicht fertig.»

«Smilzo!» schimpfte Peppone. «Du hast die Befehle auszuführen!»

«Chef, ich habe mich deinen Anordnungen noch nie widersetzt. Es ist nur so, daß es diesmal ein Befehl ist, den ich nicht ausführen kann. Ich kann dich höchstens hinbegleiten.»

Sie fuhren alle acht auf dem von Smilzo gelenkten Camion Peppones los; sie waren wütend und durchaus gewillt, die Bettler notfalls mit Gewalt zur Ordnung zu bringen. Der Lastwagen rumpelte über die staubigen Straßen und blieb hinter der Häusergruppe von Crociletto vor einer einsamen Baracke stehen.

«Das ist das Haus der alten Frau», erklärte der Smilzo.

«Dann laden wir dieses Weib als erste auf!» schrie Peppone. «Nachher schnappen wir uns die andern. Ob sie weint oder brüllt, in einer Stunde ist sie im Altersheim!»

Die Tür war mit einer Kette verriegelt. Peppone trat mit Wucht dagegen, und nach ein paar Minuten ging die Tür auf, und es erschien die Miràcola.

«Hopp, los, und keine Geschichten!» fuhr Peppone

sie an. «Nehmt Euren Plunder und marsch! Ich gebe Euch fünf Min ...»

Weiter kam er nicht, denn seinen Augen bot sich ein wahrhaft ungewöhnliches Schauspiel: Peppone befand sich gar nicht in der Küche, wie er glaubte, sondern in einer Schreinerwerkstatt: Giacomone arbeitete an der Werkbank.

Ranieri polierte eine kleine Tischplatte blank, und Girardengo saß in einer Ecke und flocht einen Stuhlsitz.

«Wir haben eine Genossenschaft gegründet», erklärte Giacomone gelassen.

«Jeder von uns hat sich an seinen alten Beruf erinnert und die Arbeit wieder aufgenommen. Die Miràcola hat uns das Haus zur Verfügung gestellt und kocht für uns. Joffini holt mit seinem Handwagen die Arbeiten und bringt sie zurück. Mit den fünftausend Lire haben wir die Werkbank und das notwendigste Werkzeug gekauft.»

Peppone trat näher und betrachtete sich, was Giacomone gerade in Arbeit hatte. Und auch die andern traten näher und betrachteten es sich.

Es war eine bescheidene, aber tüchtige Handwerkerleistung.

«Na schön», brummte Peppone und leitete den Rückzug ein. «Wenn ihr uns braucht, dann wißt ihr ja, wo wir sind.»

Stumm verließen sie die Hütte und stiegen in den Lastwagen. Bei der Kurve an der alten Kloake, kurz nach der Einbiegung ins enge Sträßchen von Pioppaccio, mußte der Smilzo bremsen, weil ein Handkarren auf der Grabenböschung stand. Der Karren war mit zerbrochenen Stühlen und zerschlagenen Holzkübeln beladen.

Auf einer Deichsel saß Joffini mit der Pfeife im Mund, und auf der Karrenwand stand mit roter Lackfarbe:

Handwerker-Genossenschaft
«Freiheit»

Der Smilzo zirkelte rechts vorbei, und als sie an Joffini vorüberfuhren, beugte sich Don Camillo aus dem Lastwagen und warf ihm eine halbe Toscano-Zigarre in den Schoß.

Die andere Hälfte stopfte er sich selber in den Mund und zündete sie an, um nicht hinter Peppone und den andern zurückzustehen, die wie Fabrikschlote drauflosrauchten.

Das Meisterwerk

An jenem Morgen sprang Peppone schon um vier Uhr aus den Federn. Er war sozusagen mit einem Knoten im Kopf eingeschlafen und brauchte daher keinen Wecker.

Kurz vor Mitternacht nämlich, als er schon am Haustor stand, um abzuschließen, hatte man ihm die Nachricht überbracht, daß die Klerikalen in der Villa von Filotti eine Geheimversammlung abgehalten hatten. Dem Informanten, der sich in unmittelbarer Nähe des Sitzungsortes herumgedrückt hatte, war es gelungen, einen Satz aufzuschnappen, den eines der klerikalen großen Tiere beim Verlassen des Hauses laut zu den andern geäußert hatte: «Morgen haben wir etwas zu lachen!»

Was sollte morgen vorgehen? Peppone fand keine Antwort auf diese quälende Frage, und nachdem er alle Rädchen seines Gehirns umsonst in Bewegung versetzt hatte, beschloß er, das einzige, was man tun könne, sei, sofort schlafen zu gehen, um im frühesten Morgengrauen wieder auf den Beinen zu sein.

Um viertel nach vier begann Peppone seine Inspektionsrunde durch die verlassenen Straßen des schlafenden Dorfes.

Er bemerkte nichts besonderes: Die an die Mauern geklebten Plakate waren dieselben wie am Abend vorher, die Spruchbänder und die Anschlagtafeln auch. Das beruhigte Peppone einerseits, andererseits machte es ihm erst recht zu schaffen: Wenn es sich nicht um einen propagandistischen Streich in Form von Papier handelte, das man an die Wände klebt, was hatten *dann* die Klerikalen ausgeheckt?

Wahrscheinlich etwas Journalistisches – in diesem Fall blieb Peppone nichts anderes übrig, als ruhig zu warten, bis die Zeitungen herauskamen.

Entschlossen überquerte er den Platz und ging zum Volkshaus. Tief in Gedanken versunken, zog er den Schlüssel zum Eingang aus der Tasche – und tat vor Schrecken einen Satz rückwärts.

Auf den Stufen vor der großen Tür lag ein dickes Bündel, das alles andere als vertrauenerweckend aussah. Peppone dachte gleich an eine Höllenmaschine. Schon in den nächsten Sekunden jedoch geschah etwas, das diese Vermutung über den Haufen warf: aus dem Bündel ragte ein winziges, winkendes Händchen.

Mißtrauisch trat Peppone wieder näher, und als er einen Zipfel des schwarzen Tuches hob, mit dem das Bündel zugedeckt war, entdeckte er an der kleinen Hand einen kleinen Arm und an dem kleinen Arm ein kleines Kind.

Ein so schönes Kind hatte Peppone noch nie gesehen; es konnte höchstens drei, vier Monate alt sein, und es fehlten ihm nur zwei Flügel, daß man es für ein Engelchen gehalten hätte.

Auf dem Jäckchen war mit einer Sicherheitsnadel ein Blatt Papier angeheftet:

«Wenn ihr die Partei der Armen seid, dann ist dieses Geschöpf das ärmste der Welt, denn es hat nichts, nicht einmal einen Namen. Es wird euch anvertraut von einer unglücklichen Mutter.»

Als Peppone diese unglaubliche Botschaft gelesen und wiedergelesen hatte, blieb ihm der Mund offen – aber nur solange, als es unbedingt notwendig war; dann stieß er einen Schrei aus.

Von allen Seiten kamen Leute herbei, die wenig mehr als das Hemd auf dem Leibe trugen und deren Augen noch voller Schlaf waren. Sie alle lasen das Briefchen und starrten sich fassungslos an.

«Ist das denn die Möglichkeit, daß im Atomzeitalter noch solche Dinge vorkommen?» brüllte schließlich Peppone. «Das ist ja das reine Mittelalter!»

«Nur mit dem Unterschied, daß sie im Mittelalter diese Kinder auf die Kirchenstufen legten!» bemerkte der Smilzo, der sich dazugesellt hatte.

Peppone wandte sich um und fragte verblüfft: «Was willst du damit sagen?»

«Daß es vom Mittelalter bis heute ziemliche Fortschritte gegeben hat», erklärte Smilzo. «Immerhin, die unglückseligen Mütter, die gezwungen sind, ihre Kinder wegzugeben, trauen nicht mehr den Pfaffen, sondern ...»

Peppone ließ ihn nicht ausreden; er packte ihn beim Jackenaufschlag und zog ihn zur Volkshaustür. «Nimm das Kind und komm herein!»

Der Smilzo hob das Bündel auf und folgte Peppone in dessen Büro.

«Chef», stotterte er, «warum behandelst du mich so? Habe ich denn so etwas Schlimmes gesagt?»

Peppone war ganz zapplig vor Aufregung. «Smilzo, nimm Papier und schreib den Entwurf. Es ist keine Sekunde zu verlieren! Heute haben *wir* etwas zu lachen!»

Die eilig herbeigerufene Frau des Lungo kümmerte sich um das Kind, der Smilzo griff sich einen Bogen Papier und entwarf den Text. Nach einer Stunde eifriger Arbeit las er Peppone das Ergebnis vor:

«Bürger!

Im Schutze des nächtlichen Dunkels hat heute früh die unbekannte Hand einer unglücklichen Mutter ihr Kind vor die Tür des Volkshauses gelegt, wo Genosse Giuseppe Bottazzi es auffand.

Auf dem ausgesetzten Säugling war folgender Brief angeheftet: ‹Wenn ihr die Partei der Armen seid, dann ist dieses Geschöpf das ärmste der Welt, denn es hat nichts, nicht einmal einen Namen. Es wird euch anvertraut von einer unglücklichen Mutter.›

Bürger!

Obzwar wir die Wahnsinnstat der unbekannten Mutter verurteilen, prangern wir vor aller Welt die soziale Ungerechtigkeit an, deretwegen die Reichen zuviel haben und die Armen nicht einmal genug, um den Hunger ihres Kindes zu stillen.

Sie sind die wahren Schuldigen! Der Arme würde nicht Brot stehlen, wenn ihm der Reiche nicht das Notwendigste vorenthielte!

Die verzweifelte Tat der Mutter, die ihr Neugeborenes aussetzt, ist typisch für die Feudalgesellschaft des Mittelalters, aber die Mentalität des Volkes ist nicht mehr mittelalterlich; während man damals solche Kinder vor die Kirche legte, hinterläßt man sie heute vor dem Volkshaus, was bedeutet, daß das Vertrauen in die Priester zu Ende ist und die Armen nur auf die Kommunistische Partei hoffen, für die alle Menschen gleich sind und Anspruch auf einen Platz an der Sonne haben!

Bürger, wir übernehmen die Vormundschaft über dieses verlassene Geschöpf und fordern Euch auf, geschlossen unsere Liste zu wählen!

Die Sektion der KPI»

Peppone ließ sich die Proklamation noch zweimal vorlesen, wollte das eine oder andere Komma umplaziert haben und schickte dann den Smilzo zu Barchini mit dem Auftrag, fünfhundert Exemplare zu drucken.

Am Nachmittag waren die Anschläge bereit, und die Plakatklebermannschaft sauste damit in alle Richtungen los. Die erste Komplikation ließ nicht auf sich warten: Kaum hatte der Polizeichef das Manifest gelesen, begab er sich zu Peppone. «Herr Bürgermeister, entspricht das, was auf dem Anschlag der kommunistischen Partei steht, der Wahrheit?»

«Maresciallo, glauben Sie, ich würde so etwas erfinden? Das Kind habe ich selber aufgelesen!»

«Und warum haben Sie den Fund nicht gemeldet?»

Verblüfft starrte ihn Peppone an. «Aber er wird doch auf fünfhundert Manifesten, die im ganzen Bezirk hängen, gemeldet!»

«Das habe ich gesehen. Aber wir müssen ein Protokoll aufnehmen und unsererseits Anzeige erstatten. Wer Kinder aussetzt, macht sich strafbar. Und wer sagt Ihnen überhaupt, daß der Säugling tatsächlich das Kind der Frau ist, die den Zettel geschrieben hat? Und wer sagt Ihnen, daß es eine Frau gewesen ist? Und wenn das Kind seinen Eltern geraubt und dann ausgesetzt worden wäre?»

Da erstattete Peppone dem Maresciallo regelrecht Anzeige, und dieser befragte die Zeugen und verfaßte das Protokoll.

«Und wo befindet sich das Kind jetzt?» wollte der Beamte am Ende wissen.

«Bei sich zu Hause», antwortete Peppone stolz: «Im Volkshaus.»

«Wer hat es in Verwahrung?»

«Die kommunistische Partei. Wir haben es adoptiert.»

«Eine Partei kann keine Kinder adoptieren. Sie kann auch keine Kinder in Verwahrung nehmen. Der Säugling muß einem vom Staat anerkannten Institut übergeben werden. Wir betrachten also Sie persönlich, Herr Bürgermeister, als für das Kind verantwortlich. Wir melden es bei einem Kinderheim in der Stadt an, und morgen früh übergeben Sie es den Beauftragten dieses Kinderheims.»

Peppone betrachtete den Polizeichef finster. «Ich übergebe gar nichts», sagte er dann. «Das Kind adoptiere ich persönlich.»

Der Maresciallo schüttelte den Kopf. «Alle Achtung vor Ihrer Großzügigkeit, Herr Bürgermeister. Aber das ist nicht möglich, bevor alle Nachforschungen abgeschlossen sind.»

«Während Sie den Fall untersuchen, ist der Kleine bei mir und meiner Frau bestens aufgehoben. Wir haben bereits vier Kinder aufgezogen, und das recht gut, wenn ich nicht irre. Im übrigen haftet somit nicht irgendein Unbekannter für das Kind, sondern die oberste Behörde der Gemeinde, nämlich der Bürgermeister.»

Darauf wußte der Maresciallo keinen Einwand mehr. «Gehen wir und sehen wir uns das Kind an», brummte er.

«Machen Sie sich keine Umstände – ich lasse es hierherbringen.»

Bald darauf kam Lungos Frau mit dem Kleinen im Arm. Kaum hatte der Maresciallo einen Blick auf das Kind geworfen, rief er aus: «Donnerwetter! Das ist ja ein Meisterwerk! Wie kann man nur ein so wunderschönes Geschöpf aussetzen!»

Peppone seufzte. «Auch die schönsten Kinder können nicht von der Luft leben.»

Der Polizeichef brauchte keine langen Untersuchungen anzustellen. Noch am selben Abend wurde er dringend nach Torricella gerufen, weil man drei Kilometer außerhalb des Dorfes eine junge Frau tot auf dem Bahngleis gefunden hatte.

In ihrer Handtasche waren eine Identitätskarte und ein Brief, der mit den Worten begann: *«Es ist die übliche Geschichte vom einsamen, betrogenen und verlassenen Mädchen ...»*

Alles übrige ging aus der Identitätskarte hervor; der Maresciallo brauchte nur noch an die Carabinieri der fernen Stadt zu schreiben, in der das Mädchen wohnhaft gewesen war, und die Antwort abzuwarten.

Die Antwort kam: Es handelte sich tatsächlich um ein Mädchen, das ganz allein auf der Welt stand, und das Kind war als ihr Sohn eingetragen.

Der Maresciallo teilte es Peppone mit. «Wenn Sie wollen, können Sie jetzt die Adoption in die Wege leiten», sagte er. «Sollten Sie jedoch Ihre Meinung geändert haben ...»

«Ich ändere meine Meinung nicht.»

Das Findelkind war wirklich ein Meisterwerk; wer immer es anschaute, war überwältigt. Schließlich bekamen auch Bicci und seine Frau es zu sehen und gerieten völlig aus dem Häuschen.

Die Biccis waren steinreich; alles im Leben war ihnen gelungen, nur das eine nicht: Sie hatten keine Kinder bekommen. Jetzt träumten sie nur noch davon, zu einem Stammhalter zu gelangen.

Beim Anblick des Findelkindes sagten sie gleich: «Den schickt uns der liebe Gott! Er hat niemanden auf der Welt. Er gehört uns!»

Sie liefen zu Don Camillo und erklärten ihm alles. «Nur Sie können etwas unternehmen! Peppone hört nur auf Sie!» beschworen sie ihn.

Und Don Camillo mußte in Begleitung des Maresciallo bei Peppone anklopfen. Sie wurden ziemlich unhöflich empfangen. «Politik?» erkundigte sich Peppone.

«Nein. Etwas Ernsteres. Es geht um dieses Kind.»

Nachdem Peppone sich die von Don Camillo übermittelten Vorschläge des Ehepaares Bicci angehört hatte, antwortete er mit einem trockenen «Nein».

«Ich bin im Besitz eines Briefes», sagte er dann, «den die arme Frau in Torricella aufgegeben hat, bevor sie sich unter den Zug warf. Er ist identisch mit dem Schreiben, das Sie, Signor Maresciallo, in der Handtasche gefunden haben. Und der Brief war an mich adressiert.»

«An Sie? Also kannten Sie das Mädchen!»

«Nein. Der Brief war an den ‹Chef des Volkshauses› gerichtet, und der bin ich, und so hat man ihn mir persönlich zugestellt.»

Der Polizeichef lächelte ungläubig: «Daß die Ärmste, nachdem sie ihr Kind vor dem Volkshaus abgelegt hatte, dem Chef des Volkshauses einen Brief schrieb, kann ja sein. Aber wie können Sie behaupten, daß es sich um das gleiche Schreiben handelt wie das, das in der Handtasche lag und an die Justizbehörde gerichtet war?»

«Aus dem einfachen Grund, daß in meinem Brief stand: ‹Einen identischen Brief habe ich auch an die Justizbehörde geschrieben›.»

Peppone holte ein maschinenbeschriebenes Blatt aus der Tasche: «Das Original ist an einem sicheren Ort. Und der Brief lautet wörtlich: ‹*Es ist die übliche Geschichte vom einsamen, betrogenen und verlassenen Mädchen. Der Mann, der mich betrogen hat, ist ein reicher, schamloser Egoist. Vor meinem Tod habe ich meinen Sohn denen anvertraut, die gegen die Reichen, ihren Egoismus und ihre Schamlosigkeit kämpfen. Ich will, daß sie ihn zu einem Feind der Reichen erziehen. Was mich dazu treibt, ist nicht Rachsucht, sondern der Wunsch nach Gerechtigkeit.*›»

Der Maresciallo blieb ungerührt. «Ich weiß nichts», behauptete er. «Ich habe den Brief an die zuständige Stelle weitergeleitet, und nur die zuständige Stelle kann sich dazu äußern.»

«Richtig – aber ich habe einen handgeschriebenen Brief der Kindesmutter in meinem Besitz, samt Unterschrift und Adresse ‹An den Chef des Volkshauses›. Niemand hätte mich hindern können, den Brief fotografieren und Riesenplakate daraus machen zu lassen. Stellen Sie sich vor, Herr Gemeindepfarrer, wie das gewirkt hätte, wenn es mir eingefallen wäre, das Kind als Wahlpropagandamotiv zu mißbrauchen! Finden Sie nicht auch, Signor Maresciallo?»

«Das fällt nicht in meine Kompetenz, Herr Bürgermeister. Ich habe Ihnen alles gesagt, was zu sagen ist.»

Eine ganze Weile verharrten Don Camillo und Peppone in Schweigen. Dann fragte Peppone: «Hochwürden, hätte ich das Recht oder nicht, Euch mit einem Hammer den Kopf einzuschlagen?»

«Nein. Nur Gott hat das Recht, einem Menschen das Leben zu nehmen.»

«Gut: Hätte also der Herrgott die Pflicht oder nicht, dem Menschen das Leben zu nehmen, der in dieser Pfarrgemeinde als Kirchenoberhaupt amtet?»

«Gott hat keine Pflichten, Gott hat nur Rechte. Und vor Gott haben die Menschen nur Pflichten.»

«Ausgezeichnet!» rief Peppone. «Und was wäre also in diesem Fall meine Pflicht vor Gott? Das Kind den Biccis zu geben, damit sie einen miesen Egoisten daraus machen, wie sie selber sind?»

«Oder es selber zu behalten und in der Schule des Hasses aufzuziehen?» gab Don Camillo zurück.

In der großen Küche stand die Wiege, und in der Wiege schlief das Kind. Als Don Camillo und Peppone vor ihm standen, schlug es die Augen auf und lächelte.

«Wie schön er ist!» entfuhr es Don Camillo.

Peppone wischte sich den Schweiß von der Stirn. Dann verließ er die Küche und kam mit einem Blatt Papier zurück. «Hier ist der Originalbrief der Mutter», erklärte er. «Ihr könnt kontrollieren, ob ich die Wahrheit gesagt habe. Lest nur!»

«Behalt den Brief!» wehrte Don Camillo ab. «Ich schwöre dir, ich zerreiße ihn, wenn du ihn mir gibst!»

«Ich will nichts wissen. Hier – wenn Ihr lesen wollt, lest!»

Zwischen Don Camillo und Peppone stand die Wiege, und Peppone reichte den Brief hinüber.

Aber eine winzige Hand griff nach dem Stück Papier und zerknüllte es zwischen den Fingerchen.

Peppone öffnete seine Pranke und starrte verdutzt auf das Kind, dessen kleine Fäuste das Blatt in Fetzen rissen.

«Jesus! . . .» ächzte Don Camillo mit weit aufgerissenen Augen.

In diesem Augenblick kam Peppones Frau herein: «Welcher Esel hat ihm dieses Papier gegeben?» schimpfte sie. «Und auch noch mit Tintenstift geschrieben! Wenn er das in den Mund steckt, vergiftet er sich ja!»

Rasch sammelte sie die Fetzen ein und warf sie ins Herdfeuer. Dann hob sie den Kleinen aus der Wiege und hielt ihn in die Höhe: «Hochwürden, haben Sie gesehen? Ist er nicht ein Meisterwerk? Fragen Sie doch mal Ihren Präsidenten De Gasperi, ob er so etwas zustandebrächte!»

Und das sagte sie, als hätte sie selber es zustandegebracht.

Don Camillo ging nicht auf die Provokation ein. Ausgesucht höflich verabschiedete er sich: «Wiedersehn, Frau Bottazzi. Wiedersehn, Herr Bottazzi. Wiedersehn, Herr Bottazzi junior.»

Und Herr Bottazzi junior antwortete mit einem hohen, zarten Triller, der Don Camillo ins Herz drang und es mit Trost und Hoffnung erfüllte.

Festival

Das Landhaus der Grafen Rocchetta stand in der Fraktion Gariola. Ein großes Gebäude aus dem 19. Jahrhundert, das von der Landstraße her gesehen ziemlich weit im Hintergrund war; man gelangte zu ihm, nachdem man eine breite Allee durchschritten hatte, die zwei Reihen riesiger Pappeln imposant flankierten.

Die Grafen Rocchetta waren dem Volk dieser Gegend doppelt verhaßt: einmal haßte man sie, weil sie Adlige, zum anderen, weil sie Gutsbesitzer waren.

Ihnen gehörten in der Tat etliche Tausend Biolche Land, die sie in Halbpacht hatten und mit Hilfe einiger jener Gutsverwalter leiteten, die vom Ewigen Vater anscheinend speziell dazu geschaffen wurden, um die Besitzer auszusaugen und sie den Bauern gegenüber unsympathisch erscheinen zu lassen.

Wenn die Rocchettas auf dem Land waren, sah man sie nie herumlaufen, weder in Gariola noch sonst irgendwo. Sie beschränkten sich darauf, im Eiltempo vorbeizufahren, wie Paschas in dicken Straßenkreuzern hingeflegelt, vor denen die Leute, unter gewaltigen Staubwolken hustend, auseinanderstoben.

Die Rocchettas waren eher töricht als böse und beurteilten die sie umgebende Welt in Gariola nicht nach persönlichen Erfahrungen, sondern nach den Aussagen ihrer Gutsverwalter, Geschäftsführer und Vertrauensleute. Und um den Nachwuchs vor unziemlichen Kontakten zu bewahren, hatten sie die beiden Jungen, den Giorgio und die Elisabetta, zur Ausbildung ins Ausland geschickt.

Während der Ferien holten sie sie vom Pensionat ab, um sie ans Meer oder in die Berge oder zu einer Kreuzfahrt zu befördern. Alles ging denn auch ausgesprochen gut bis zu dem Tage, an dem Elisabetta, genannt Betty, nach Vollendung des siebzehnten Lebensjahres heimkehrte, versehen mit einem unnützen Diplom, das ihr eine unnütze, ehrenvoll beendete Ausbildung bescheinigte.

Elisabetta war hier geboren, in dem großen gelben Haus, und die heimische Luft bekam ihr sehr viel besser als die des Meeres oder der Berge. Und da, zu allem anderen, ein Mädchen von siebzehn Jahren kein Kind mehr ist und es somit nicht ratsam ist, sie mit einer Hauslehrerin in die Welt hinaus zu schicken, beschlossen die Rocchettas, das Mädchen bis nach Abschluß der Drescharbeiten auf dem Land in Gariola zu behalten.

Dann wollten sie mit ihm an die Côte d'Azur fahren.

Man überschüttete Betty geradezu mit Ermahnungen: Man erklärte ihr, sie dürfe auf gar keinen Fall die Grenzen des Besitzes überschreiten. Man sagte ihr auch warum und wieso. Das Mädchen antwortete, es habe genau verstanden, und das Ergebnis war, daß Elisabetta sich am Nachmittag des darauffolgenden Tages, nachdem sie das Rennrad des Bruders aufgespürt hatte, in den Sattel schwang und ins Unbekannte hinausfuhr.

Der Graf und die Gräfin hatten ihr erklärt, das Gebiet sei voll feuerroter Proletarier, und darum zog das Mädchen, um nicht aufzufallen, vernünftigerweise einen blauen Overall an, den es im Traktorenschuppen gefunden hatte; vorher schlang es sich noch einen auffallenden roten Schal um den Hals.

Natürlich krempelte es Ärmel und Hosenbeine hoch, bevor es seelenruhig davonradelte. Es war fest überzeugt, daß niemand es in dieser Verkleidung erkennen werde, doch mußte selbst ein Stein sie durchschauen.

Wir dürfen allerdings nicht vergessen, daß Elisabetta ein außerordentlich schönes Mädchen war. Außerdem malte sie sich nicht an und bewahrte so ihre mädchenhafte Anmut und Frische. Elisabetta war unerhört anziehend.

Sie fuhr die Dämme hinauf und hinunter, geriet mit den Füßen hin und wieder ins Flußwasser, durchquerte sechs, sieben Dörfchen. Und da Sonntag war, saßen in jedem Dorf Leute vor den Cafés und Wirtshäusern.

Was wiederum bedeutet, daß jede Fahrt Elisabettas durch die Dörfer mit Beifallsbekundungen begrüßt wurde, was sie überhaupt nicht störte, denn sie war selbstsicher genug und vertraute überdies ihrer perfekten Tarnung.

Sie hatte sich noch nie so prächtig amüsiert.

Die Gräfin, die im Garten schlummerte, wurde durch die Ankunft eines Mädchens jäh in die harte Wirklichkeit zurückgerufen. Es war die Tochter einer Hausmagd, die schweißgebadet und keuchend dastand.

«Was ist los?» erkundigte sich die Gräfin.

«Das Fräulein!» stammelte die Unglückliche.

«Das Fräulein?»

«Ja ... Mein Bräutigam und ich, wir kamen beim Fest der *Unità* im Dorf vorbei, und da haben wir gesehen, wie das Fräulein gerade zum Festival hineingegangen ist. Es hatte einen Overall an und ein rotes Taschentuch um den Hals.»

Die Gräfin sah das Mädchen verblüfft an:

«Bist du verrückt geworden?»

«Nein, ich bin sicher. Es hatte das Rennrad des jungen Herrn dabei. Ich habe gesehen, wie es das Rad in den Fahrradständer gestellt hat ... Ich konnte es nicht glauben, darum habe ich mich versteckt und es beobachtet, und es war wirklich das Fräulein. Es tanzte, und alle wollten mit ihm tanzen, weil es so gut tanzt ... Oh, es tanzt wirklich gut! ... Ich habe mich gleich von meinem Bräutigam mit dem Motorrad herbringen lassen. Ich möchte nicht, daß dem Fräulein etwas passiert: Die dort sind alle rot, und es sind üble Kerle aus allen Fraktionen dabei.»

Die Gräfin verlor die Beherrschung nicht:

«Sage Luigi, er soll den 1400er vorfahren und warte auf mich, ich komme sofort.»

Zehn Minuten später startete der 1400er in Richtung Dorf, mit Luigi am Steuer; die Gräfin und das Mädchen fuhren mit.

«Wir wollen versuchen, die Angelegenheit ohne Aufsehen zu erledigen», erklärte die Gräfin ihm unterwegs. «Ich lasse den Wagen noch vor dem Festival anhalten. Du steigst aus, gehst auf den Festplatz, siehst zu, daß du bis zum Fräulein vordringen kannst und sagst ihm, daß ich hier draußen auf es warte.»

Als sie die erste Ecke des Festplatzes erreicht hatten, ließ die Gräfin anhalten, und das Mädchen stieg aus:

«Bemühe dich, nicht aufzufallen», schärfte die Gräfin ihm ein.

Die Gräfin kochte vor Zorn und hätte am liebsten

geschrien; das aber sparte sie sich auf, bis sie die mißratene Tochter wiederhatte.

«Das haben wir davon, daß wir sie zum Lernen ins Ausland geschickt haben!» dachte sie. Und dann kamen ihr die schrecklichen Einzelheiten über den Overall, das rote Taschentuch und das Rennrad in den Sinn.

Was das gnädige Fräulein Elisabetta betraf, so dachte es in diesem Augenblick an nichts Schreckliches: es amüsierte sich noch immer, wie es sich nie zuvor amüsiert hatte.

Es verging vor Hitze und schwitzte wie zwei schwer arbeitende Proletarierinnen, aber seine Beine flitzten unermüdlich hin und her. Die Jünglinge machten erbarmungslos Jagd auf das Mädchen, und kaum fing es an, mit einem zu tanzen, so kam schon ein anderer, um zu «trennen».

Am Festival waren zwei Orchester, die einander abwechselten, so daß Elisabetta keine einzige Verschnaufpause hatte.

Jetzt hatten alle nur noch Augen für die kleine Brünette im blauen Overall und mit dem roten Taschentuch um den Hals, und schließlich fiel sie auch Peppone auf.

«Kennst du die dort?» fragte er den Smilzo.

«Nie gesehen, seit ich mich erinnern kann. Die ist nicht von hier, Chef. Der sieht man von weitem an, daß sie was Besseres ist: Ware aus der Stadt.»

«Darüber besteht kein Zweifel», brummte Peppone. «Es steht ihr auf der Stirn geschrieben: Das Ding kommt von der anderen Seite des Flusses. Sieh nur, wie sie tanzt. Übrigens nicht schlecht, alles in allem.»

«Ja, Chef, aber es ist eine alltägliche Schönheit. Außerdem haben die von dort keinen Anstand. Ich habe gehört, sie sei mit einem Rennrad gekommen.»

Peppone sah auf die Uhr:

«Leg' jetzt los, Smilzo, es ist soweit.»

Smilzo durchpflügte die Menge, trat vor das Orchester, und mit einer Handbewegung ließ er das Spiel abbrechen. Er kletterte auf die Bühne, und nach einem Gongschlag, der die Leute zum Schweigen brachte, erklärte Smilzo:

«Jetzt lassen alle Tänzer ihre Tänzerinnen los und stellen sich im Kreis auf. Die Tänzerinnen haben am Eingang einen Hut aus buntem Papier bekommen, auf den eine Nummer gedruckt ist. Jede Tänzerin setzt ihren Hut auf, dann stellen sich alle hintereinander auf und laufen dreimal um den Saal herum. Jeder Tänzer hat am Eingang einen Zettel bekommen. Sobald er nun seine Wahl getroffen hat, schreibt er die auf dem betreffenden Hut stehende Nummer auf seinen Zettel und wirft diesen beschriebenen Zettel in die hier vorne stehende Urne. Ganz einfach, ganz klar, ganz demokratisch.»

Die Jünglinge strömten an der Saalwand zusammen, die in der Mitte verbliebenen Mädchen setzten ihre Papierhütchen auf, und während die Musik in gedämpften Tönen einen heiteren Marsch spielte, begannen sie mit ihrer Parade.

Auch Elisabetta machte es wie alle anderen, und ihr Hütchen trug die Nummer 108. Sie machte sich keine Gedanken darüber, welchen Zweck diese komische Angelegenheit haben mochte.

Es war ein Spiel.

Die Tochter der Hausmagd betrat das Gelände des Festivals, als die Mädchen bereits mit ihrer Parade begonnen hatten. Es gelang ihr nicht einmal, bis zu den drei ersten Zuschauerreihen vorzudringen.

Sie wartete, aber als die drei Runden beendet waren, brüllte Smilzo: «Kommission an die Arbeit!» und gab Anweisung, wieder zum Tanz aufzuspielen. Und das Mädchen mußte es aufgeben, bis zu Elisabetta durchzukommen.

Drei Tänze, dann ertönte von neuem der Gong.

Wieder erschien Smilzo auf der Orchesterbühne und hielt ein Blatt Papier in der Hand.

«Ergebnis der Abstimmung», brüllte Smilzo. «Die Kommission hat die Zettel geprüft und alle in Ordnung und für gültig befunden. 70 Prozent der Stimmen entfielen auf die Nummer 108, 10 Prozent auf die Nummer 15, 10 Prozent auf die Nummer 80 und 10 Prozent auf die Nummer 93. Damit ist das Fräulein, das die Nummer 108 trägt, mit erdrückender Mehrheit als Erste bewertet worden und wird zum Sternchen der *Unità* ernannt.»

Brausender Beifall begrüßte die Worte Smilzos, der fortfuhr:

«Das Fräulein Nummer 108 möge bitte zur Kommission kommen, um den ersten Preis entgegenzunehmen. Er besteht aus einer Flasche Parfüm und einem Jahresabonnement der großen Wochenzeitung *«Neue Wege»*. Außerdem wird ihr Bild in eben dieser Wochenzeitung veröffentlicht.»

Smilzo sprach auch zu den übrigen drei, die zu gleichen Teilen den zweiten Preis erhielten, aber die Tochter der Hausmagd hörte das schon nicht mehr; sie rannte hinaus, um der Gräfin ihren schrecklichen Bericht zu erstatten.

«Nun?» fragte die Gräfin, kaum daß sie das Mädchen

wieder auftauchen sah, «hast du mit ihr gesprochen?»

«Das konnte ich nicht! Sie haben sie zum Sternchen der *Unità* gewählt, und sie bekommt gerade den Preis. Sie wollen auch ihr Bild in den *Neuen Wegen* veröffentlichen lassen.»

Es galt einzugreifen, bevor es zu spät war, und die Gräfin ließ sich mit dem Wagen bis vor das Festzelt fahren und betrat es mit entschlossener Miene.

Sie ging fest entschlossen hinein, bahnte sich mühsam einen Weg durch die Menge und arbeitete sich auch wirklich bis zur Bühne der Kommission vor, genau in dem Augenblick, als Peppone zu Elisabetta sagte:

«Und jetzt nennen Sie diesem jungen Mann Ihren Vornamen, Nachnamen und die Anschrift für das Abonnement der *Neuen Wege*. Ich bin sicher, daß dieser Preis noch willkommener sein wird als das Parfümfläschchen. Es gibt kein lieblicheres Parfüm als Kultur und geistige Weiterbildung.»

Der Fotograf war schon dabei, abzudrücken. Mit letzter Anstrengung gelang es der Gräfin, zwischen die Tochter und den Fotografen zu treten.

Peppone erkannte die Gräfin sofort und sah sie mit offenem Mund an.

«Herr Bürgermeister», erklärte die Gräfin, indem sie auf Peppone zuging. «Ich bitte Sie, dieses Dummerchen zu entschuldigen. Sie ist gerade erst vom Internat zurückgekehrt und weiß nichts, aber auch gar nichts. Ich wäre Ihnen dankbar, wenn Sie jede Publizität vermeiden würden. Sie verstehen mich: Die Leute würden über uns und über Sie lachen ... Schlagen Sie mir diese Bitte nicht ab, machen Sie die Wahl rückgängig ... Und was meine Tochter betrifft, so verspreche ich Ihnen, daß sie die Strafe bekommen wird, die sie für ihre Frechheit verdient.»

Das Mädchen wurde blaß.

«Mama, ich wollte doch nichts Böses. Ich kam einfach herein, um zu tanzen.»

«Schäme dich», sagte die Mutter mit harter Stimme.

Ein älterer Mann, der in der allerersten Reihe stand, mischte sich ein:

«Warum sollte sie sich schämen?» rief er. «Was hat sie denn Schlimmes getan? Wir sind doch keine Mörder!»

Die Leute im Hintergrund begannen drohend zu murmeln; eine Frau schrie, zur Gräfin gewandt:

«Wenn meine Tochter hier ist, die genauso alt ist wie Ihre, warum sollte dann nicht auch Ihre Tochter hier sein können? Was glauben Sie eigentlich? Daß meine Tochter ein Stück Dreck ist?»

Das drohende Murmeln wurde lauter, und die Gräfin fühlte ihr Herz schneller schlagen. Aber sie ging sofort zum Gegenangriff über:

«Gute Frau», sagte sie lächelnd, «ihre Tochter ist hier, aber auch Sie, die Mutter, sind hier. Ich hingegen war nicht hier, als meine Tochter hereinkam.»

«Aber jetzt sind auch Sie hier, Frau Gräfin», entgegnete die Frau, «also machen Sie keine Geschichten.»

Jetzt wußten es alle, und das Gemurmel wurde immer besorgniserregender.

«Wir sind genau so erschaffen wie alle anderen!» fing jemand zu brüllen an.

Peppone vermittelte mit seiner autoritärsten Stimme:

«Genug! Der Vorfall ist abgeschlossen. Jeder ist frei zu tun und zu denken, was er für richtig hält. Wenn es also der Frau Gräfin nicht gefällt, daß ihre Tochter den

Titel des Sternchens der *Unità* bekommt, das steht ihr frei! Auch wir sind höchst zufrieden, daß Ihre Tochter nicht das Sternchen der *Unità* wird.»

«Gut so!» brüllte die Menge.

«Ruhe!» fuhr Peppone fort. «Da die Dinge nun einmal so liegen, gilt die Wahl der Nummer 108 als Sternchen als annulliert. Daher holt sich jetzt jeder Tänzer einen neuen Zettel, und wir schreiten sofort zur Wahl. Und zwar: Da die drei nach der Nummer 108, das heißt nach der ehemaligen 108, gewählten Konkurrentinnen den gleichen Rang haben, wählt das Publikum unter diesen drei. Bitte vortreten, die Nummer 15, die Nummer 80 und die Nummer 93!»

Man bildete einen Kreis, und die drei Mädchen stellten sich in die Mitte.

«Nummer 15, Nummer 80, Nummer 93! Jeder wählt die, die ihm am besten gefällt!»

Die Wahl war rasch wiederholt, und kurz darauf ertönte der Gong. Die Leute schwiegen, und in die tiefe Stille hinein ließ sich Peppones Stimme vernehmen:

«Ergebnis der Wahl: Die Nummer 108 hat hundert Prozent der Stimmen bekommen. Und obwohl dies nicht vereinbart war, ist es doch der Wille des Volkes, und das Fräulein Nummer 108 ist zum Sternchen der *Unità* gewählt worden und erhält den ersten Preis, bestehend aus einer Flasche Parfüm und einem Jahresabonnement der Wochenzeitung «*Neue Wege*». Bitte Nummer 108 nach vorn treten!»

Es erhob sich tosender Beifall. Es war die reinste Naturkatastrophe.

Elisabetta, die mit der Mutter zusammen von der Menge abgesperrt in der Nähe stand, wurde blaß:

«Mama!» flehte sie, «was soll ich denn jetzt tun?»

«Geh, Idiotin!» antwortete die Mutter mit leiser Stimme.

Elisabetta ging, und als die Leute sie so schön und anmutig auf der Bühne stehen sahen, erhob sich noch einmal riesiger Applaus.

Man fing wieder zu tanzen an: der letzte Tanz mit beiden Orchestern. Ein Walzer!

Alle tanzten, auch die Alten, und es gab keinen freien Zentimeter; trotzdem bildeten die Leute plötzlich vor dem Orchester einen Kreis, und mitten in der Oase tanzte Peppone mit der Gräfin. Mit der Sternchen-Mutter. Einen Walzer der Weltmeisterklasse.

Genosse Unkraut

Eine dreihundertjährige Eiche erscheint uns als etwas Gewaltiges, das wir mit ehrfürchtigem Staunen betrachten. Wenn aber der Blitz einschlägt und sie von oben bis unten spaltet, wird uns klar, daß auch eine Eiche nichts weiter ist als ein größerer und dickerer Grashalm.

Bewundernd und eingeschüchtert blickten die Leute auf Peppone, der wie eine jahrhundertealte Eiche aus der Masse ragte; eines Tages jedoch entdeckten alle, daß er bloß ein etwas höherer und breiterer Mann als die andern war.

Schon seit einer Weile war Peppone nicht mehr richtig in Form; sein «Motor» lief zwar noch, aber etwas war daran spürbar nicht in Ordnung.

Nun ist es für starke Männer immer demütigend, ja, geradezu beschämend, zum Arzt gehen zu müssen. Und Peppone, ein fast allzu starker Mann, verschob es von Monat zu Monat. Endlich, nicht zuletzt seiner Frau zuliebe, die ihm keine Ruhe ließ, gab er nach und suchte den Arzt auf.

Der tat sein möglichstes, um herauszufinden, was zum Kuckuck im Getriebe dieser großen Maschine sich verbogen oder gelöst haben mochte; zuletzt meinte er etwas ratlos: «Ich glaube, mit der Lunge stimmt etwas nicht. Gehen Sie in die Stadt und lassen Sie sich röntgen, dann sehen wir weiter.»

Fuchsteufelswild kam Peppone nach Hause und erklärte seiner Frau, der Doktor sei ein Idiot und die Sache mit dem Röntgen überhaupt nur ein Trick, den Leuten das Geld aus der Tasche zu ziehen: «Das ist doch eine einzige Clique von Banditen!» schrie er. «Der Doktor schickt dich zum Röntgenologen, der Röntgenologe zum Herzspezialisten, der Herzspezialist zum Leberspezialisten, der Leberspezialist zum Krebsspezialisten, der Krebsspezialist zum Chirurgen. Dann schneiden sie dich auf, nähen dich wieder zu, machen noch einmal auf, geben dir dreitausend Spritzen, stopfen dich mit Spezialmitteln voll, verlochen dich monatelang in einer sündenteuren Klinik und spedieren dich am Ende nach Hause, wenn Geld und Gesundheit futsch sind. Soll er doch selber zum Röntgen gehen!»

Die Frau ließ ihn sich austoben, dann fing sie zu bohren an. «Wann gehst du jetzt zum Röntgen?» fragte sie immer wieder. «Warum gehst du nicht zum Röntgen?»

Fast eine Woche lang hielt Peppone durch. Dann gab er seiner Frau die Waffenstillstandsbedingungen bekannt: «Ich gehe, wenn du mitkommst.»

So begleitete sie ihn also in die Stadt und leistete ihm im Wartezimmer Gesellschaft. Er hatte Glück, denn es warteten eine Menge Leute, so daß er sich eingewöhnen und die Kraft sammeln konnte, allein das Sprechzimmer zu betreten.

Der Röntgenologe, ein wortkarger Mann, las den Begleitbrief des Arztes, hieß die Schwester den Namen notieren und machte sich an die Arbeit.

«Professor, es ist doch nichts?» fragte Peppone, während er sich wieder anzog.

«Ich muß erst das Röntgenbild studieren», erwiderte

der Arzt. «Schicken Sie übermorgen jemanden vorbei, um die Aufnahmen und den Bericht abzuholen.»

Ziemlich besorgt kehrte Peppone ins Wartezimmer zurück und erzählte seiner Frau, wie es gegangen war. Sie munterte ihn auf: «Wenn es schlimm wäre, hätte er es dir gleich gesagt. Daß er zuerst das Bild studieren muß, heißt doch, er hat nichts gefunden.»

Peppone war beschwichtigt, aber zu Hause nahm die Unruhe wieder überhand: «Warum hat er gesagt: ‹Schicken Sie jemanden vorbei›? Warum hat er nicht gesagt: ‹Kommen Sie übermorgen und holen Sie die Bilder und den Bericht?›»

«Jetzt mach dich doch nicht verrückt mit solchen Spitzfindigkeiten!» redete seine Frau ihm zu.

«Das sind keine Spitzfindigkeiten! Wenn die entdekken, daß einer ganz übel dran ist, dann sagen sie es ihm nicht, damit er sich nicht aufregt, und sagen es nur seinen Angehörigen!»

Vergeblich bemühte sich die Frau, ihn zu beruhigen. Peppone war psychisch ein Trümmerhaufen und mußte sich zu Bett legen, weil ein höllisches Fieber ihn packte.

Auch am folgenden Tag blieb er im Bett, und am Abend ließ er den Hausarzt kommen: «Morgen sind die Röntgenbilder bereit. Aber ich habe den Wink schon verstanden und weiß, daß es ganz schlecht um mich steht.»

«Na, na, so schlimm wird's nicht sein ...»

«Lassen Sie nur. Aber die Sache ist die: Ich kann die Bilder nicht abholen, weil ich krank bin. Auf der andern Seite will ich nicht, daß meine Frau hingeht: Wenn es etwas so Schlimmes ist, wie ich befürchte, darf sie nichts davon wissen. Auch die Kinder nicht. Also schreiben Sie dem Röntgenarzt ein paar Zeilen, er soll die Aufnahmen in einem versiegelten Umschlag dem Überbringer für Sie mitgeben. Und dann reden wir zwei allein darüber.»

So tuckerte der Smilzo mit dem Motorrad am andern Morgen los, nahm den Umschlag in Empfang, bezahlte, was zu bezahlen war, und fuhr ins Dorf zurück.

Peppone glühte vor Fieber und Ungeduld.

Endlich, endlich kam der Arzt. Peppone hörte ihn eintreten, hörte seine Frau fragen, ob es etwas Ernstes sei, hörte den Doktor fröhlich antworten: «Nichts von Bedeutung, Frau Bottazzi! Seien Sie unbesorgt!»

Er hörte, wie seine Frau sich über den guten Bescheid freute. Daß der Bescheid für ihn selber nicht gut war, merkte er, sobald der junge Arzt zu ihm in die Kammer trat.

«Wie geht's?» Der Doktor gab sich Mühe, jovial zu sein.

«Wie's mir geht? Das müssen Sie mir sagen!»

Der Arzt war ordentlich verlegen: «Machen Sie sich keine Sorgen. Ich habe die Bilder und den Bericht gesehen ... Nichts ganz Schlimmes. Sie brauchen nur viel Ruhe, dürfen sich nicht aufregen und müssen behandelt werden ... Über die Behandlung werde ich Ihre Frau verständigen.»

Mit einem Ruck setzte sich Peppone auf: «Sie haben sich mit niemandem zu verständigen als mit mir! Also los! Packen Sie aus!»

Der Arzt wischte sich den Schweiß von der Stirn. «Wenn Sie sich aufregen, machen Sie alles nur schlimmer. Sie müssen jetzt ganz gelassen sein ...»

«Und Sie müssen endlich mit der Komödie aufhören!» fuhr ihm Peppone über den Mund. «Her mit dem Umschlag!»

Peppone betrachtete die grauen und schwarzen Flekken der Röntgenaufnahmen, las die merkwürdigen Ausdrücke auf dem beigehefteten Blatt und schimpfte: «Damit kann ja kein Schwein etwas anfangen! Was bedeutet das?»

Der Doktor fing an, schwierige Wörter zusammenzuklauben, aber Peppone unterbrach ihn wütend: «Lassen Sie das! Sagen Sie mir endlich, was mir fehlt, und zwar in einer Sprache, die man hierzulande versteht!»

Der Arzt antwortete, es sei nicht einfach, in der Umgangssprache eine genaue Bezeichnung für die Krankheit zu finden.

«Soll ich Ihnen helfen?» schnaubte Peppone. «Ist es eine bösartige Geschwulst?»

«Nein! Es ist, um einen volkstümlichen Ausdruck zu verwenden, eher das, was die Leute galoppierende Schwindsucht nennen ...»

Da wurde Peppone ganz ruhig und legte sich wieder hin.

«Total?» fragte er.

«Wie meinen Sie das?»

«Ich meine, daß ich genau wissen will, wie es um mich steht. Entweder glauben Sie, einen weibischen Schwächling vor sich zu haben, oder Sie sind selber einer! Ich bin ein Mann und will als Mann behandelt werden. Wenn Sie nicht imstande sind, mir die Wahrheit zu sagen, dann scheren Sie sich weg, dann lasse ich einen Arzt aus der Stadt kommen!»

Der kleine Doktor seufzte.

«Also?» drängte Peppone.

«Also, wenn Sie es unbedingt wissen wollen, nach den Röntgenaufnahmen und dem Befund ist Ihre Lunge in einem besorgniserregenden Zustand. Sie müssen sofort in ein Sanatorium.»

Peppone sah ihm in die Augen: «Und was soll ich in einem Sanatorium?»

«Sie sind äußerst robust, und bei richtiger Behandlung und guter Luft können Sie sich erholen. Wenn Sie hierbleiben, ist Ihr Schicksal besiegelt.»

Nun erklärte der Arzt Peppone ganz genau, was die schwarzen und grauen Flecken auf den Negativen bedeuteten.

«Kapiert», bemerkte Peppone zuletzt. «Wie ein Motor mit geplatzten Zylindern.»

«Nicht ganz», berichtigte der Arzt. «Wie ein Motor, bei dem die Zylinder im Begriff sind, zu platzen.»

«Ein paar Umdrehungen mehr oder weniger ...» brummte Peppone. «Doktor, Sie verstehen Ihr Handwerk: Wenn Sie rein vernünftig, ohne mögliche Wunder einzurechnen, Ihr Urteil abgeben müßten – wieviele Umdrehungen würden Sie mir noch geben?»

«Zwei Monate, Herr Bürgermeister», antwortete der junge Doktor mit gesenktem Kopf.

«Danke», sagte Peppone. «Bitte: reden Sie mit niemandem darüber. Keiner darf es wissen. Jetzt fühle ich mich wie erschlagen, das kommt vom Fieber. Sobald es vorbei ist, reise ich ab. Das bin ich vor allem meinen Angehörigen schuldig. Erzählen Sie meiner Frau irgendein Märchen.»

Doch der Arzt kam nicht dazu, Peppones Frau ein Märchen zu erzählen, denn die hatte hinter der Tür gelauscht und alles gehört. Und als der Doktor aus der Kammer kam, stand sie fassungslos vor ihm.

«Schweigen Sie, sagen Sie niemandem etwas!»

herrschte der Arzt sie an. «Sonst verschlimmern Sie die Lage. Sagen Sie, er habe die Grippe.»

Die Ärmste schwor, keiner Menschenseele etwas zu verraten. Doch wes das Herz voll ist, des geht der Mund über, und wenigstens ihrer Mutter mußte sie ihren Kummer anvertrauen. So galoppierte die Neuigkeit schon anderntags durch das Dorf.

Das Mundwerk einer alten Frau ist eine Windmühle.

Zwei ganze Tage mußte Peppone noch im Bett bleiben, am Morgen des dritten Tages stand er fieberfrei auf. Er hatte einen Stoppelbart, mochte sich aber nicht rasieren, da ihm noch der Mut fehlte, in den Spiegel zu schauen.

Heimlich verließ er das Haus und wandte sich entschlossen dem Volkshaus zu. Es war Sonntag, und er fand den ganzen Stab versammelt.

«Tag, Chef! Wie geht's?» fragte der Smilzo, als er Peppone auftauchen sah.

«Gut!» antwortete Peppone. «Die Grippe erwischt jeden einmal.»

Er nahm eine halbe Zigarre aus der Tasche, steckte sie in den Mund und zündete sie an. Aber noch bevor er zweimal ziehen konnte, packte ihn ein würgender Husten, als hätte ihm jemand den Arm durch den Hals hinuntergesteckt und den Magen umgedreht.

Seine Augen tränten, und es dauerte eine ganze Weile, bis er wieder normal atmen konnte.

«Du solltest nicht rauchen!» rief der Smilzo.

Peppone zuckte mit den Achseln, stürzte ein Glas Wasser hinunter und fragte: «Was gibt's Neues?»

Die Männer vom Stab sahen einander an.

«Nichts!» erwiderte der Lungo. «Das bißchen Post, das eingegangen ist, ist schon erledigt.»

«Und wer hat unterschrieben?» wollte Peppone wissen.

«Ich», antwortete Lungo. «Es war ganz gewöhnlicher Administrationskram.»

Da mischte sich der Smilzo ein: «Red nicht drum herum, zeig ihm die Kopien!» verlangte er ungeduldig.

«Nicht der Mühe wert!» meinte Lungo. «Wie gesagt, es handelt sich bloß um Bürokram. Mitgliedskarten, Pressekampagne und so weiter.»

Der Smilzo ballte die Fäuste: «Lungo, zeig ihm die Kopien und hör auf zu quatschen!»

Mit eisigem Lächeln drohte Lungo:

«Smilzo, kümmere dich um deinen eigenen Dreck. Und trag den Kamm nicht so hoch, sonst lasse ich ihn dir stutzen!»

Da donnerte Peppones Faust auf den Tisch. «Lungo, sofort her mit den Kopien!»

«Nur immer mit der Ruhe, Genosse!» sagte Lungo mit einem Gesicht, das Ohrfeigen meilenweit hätte anlocken müssen.

So etwas war noch nie vorgekommen. Peppone war wie vom Donner gerührt. Dann faßte er sich und wollte losbrüllen, spürte aber, wie sich Smilzos, Bigios und Bruscos Hände an seine Arme klammerten. Er drehte sich um und blickte in die gewohnten Augen des gewohnten Smilzo, des gewohnten Bigio, des gewohnten Brusco.

Die Augen von Lungo, Falchetto, Rossino und der andern drei am Tisch aber waren nicht die gewohnten.

«Nur immer mit der Ruhe», wiederholte Lungo und

111

holte betont langsam den Ordner mit den Kopien aus einer Schreibtischlade.

Als Peppone die letzten Seiten gelesen hatte, schlug er mit der Hand auf den Ordner. «So geht's nicht!» schrie er.

Lungo hob die Schultern: «Die Antworten sind von uns allen festgelegt worden, und alle haben zugestimmt.»

«Ausgenommen wir drei!» berichtigte der Smilzo.

«Ihr wart ja nicht da! Die Sachen waren eilig, da mußte ich mich mit denen beraten, die da waren. Die Partei muß ohne Unterbrechung funktionieren – man kann nicht stehenbleiben und auf die Leute warten, die zurückgeblieben oder in den Graben gefallen sind.»

Peppone antwortete nicht; er packte den Ordner mit den Kopien, drehte ihn in den Fäusten und wollte ihn entzweireißen. Doch er vermochte ihn nicht einmal zu knicken.

Es war, als hätte man Peppone die Muskeln herausgeschnitten.

Scheinheilig breitete Lungo die Arme aus: «Schöne Geschichte!» seufzte er. «Du hast viel Ruhe nötig, Genosse!»

Peppone legte den Ordner auf den Schreibtisch zurück und ging hinaus, ohne jemanden anzusehen.

Er nahm den Weg über die Felder und tappte mit gesenktem Kopf dahin, aber er war nicht allein: Smilzo, Bigio und Brusco hatten sich ihm angeschlossen. Als er es bemerkte, drehte er sich um: «Kehrt wieder um!» sagte er. «Euer Platz ist dort.»

«Unser Platz ist bei dir», widersprach Brusco.

«Wenn ich euch noch einen Befehl geben darf, dann

befehle ich euch, zurückzugehen und dort zu bleiben –
jetzt mehr denn je!»

Die drei wechselten Blicke, dann reichten sie Peppone
die Hand und traten den Rückweg an.

Peppone ging langsam weiter, nach Hause.

Dort erwartete ihn der Arzt: «Sie müssen sofort abreisen! Ihre Frau und ich haben das passendste Sanatorium
gesucht und gefunden.»

«Sie haben mich also hintergangen!» rief Peppone.
«Sie haben geplaudert.»

«Nein, ich schwör's! Ihre Frau hat hinter der Tür alles
gehört.»

«Ich schwöre dir, ich habe es nur meiner Mutter
gesagt!» mischte sich Peppones Frau ein.

Peppone lächelte traurig: «Wenn du's nur deiner Mutter gesagt hast, dann ist ja alles erklärt. Ich reise noch
heute abend, und zwar mit der Bahn – das Autorumpeln
ertrage ich jetzt nicht.»

Peppone schloß sich in seiner Kammer ein und blieb
liegen, bis um vier Uhr der Doktor wiederkam. Der maß
ihm die Temperatur, horchte sein Herz ab und sagte:
«Sie können fahren. Wir melden Sie im Kurhaus telefonisch an. Sie brauchen sich um nichts zu kümmern: Um
zweiundzwanzig Uhr kommen Sie in S. an, und dort
werden Sie mit dem Wagen abgeholt. Ihre Frau schickt
Ihnen alles, was Sie brauchen.»

«Ist gut», nickte Peppone. «Jetzt macht, daß ihr hinauskommt. Ich will vor der Abreise niemanden mehr
sehen. Ich nehme die Abkürzung über den Bruciatino
und steige in Torricella in den Zug. Meine Frau soll mit
den Kindern fortgehen. Sonst bricht mir noch das Herz,
und dann nützt alles nichts mehr.»

Alleingeblieben, zog Peppone sich fertig an, und dann ging er. Aber vorher wollte er noch einen Blick in die Werkstatt werfen.

Alles schien in Ordnung, aber als er sich umsah, bemerkte er in einer Ecke den schweren Hammer, den er jeweils brauchte, um die dicksten Eisen zu schmieden. Er hob ihn auf, um ihn ordentlich auf den Amboß zu legen. Das Ding war verteufelt schwer. Früher, es war noch gar nicht lange her, hatte er diesen Hammer geschwungen, als wär's ein Spielzeug.

Nach Ansicht des jungen Arztes hatte er höchstens noch zwei Monate zu leben – der Gedanke erwürgte ihn fast. Er mußte schnell weg.

Der Feldweg führte gleich hinter der Kirche vorbei. Peppone drückte sich der Kirchenmauer entlang und trat durch die kleine Kirchturmtür ein.

Don Camillo besserte etwas an der Antoniusstatue aus; als Peppone so unverhofft vor ihm stand, fuhr er zusammen.

«Du hast mich ja beinahe erschreckt!» brummte er.

«Gespenster machen immer Eindruck», gab Peppone zurück.

Don Camillo schüttelte den Kopf.

«Es wird abgereist, Hochwürden. Ihr werdet froh sein, einen neuen Bürgermeister zu bekommen.»

«Ich nicht: Ein Roter taugt soviel wie der andere, und beide zusammen taugen nichts.»

«Es werden schon welche froh sein, wenn ich draufgehe, Hochwürden. Die gleichen, die gejubelt haben, als Stalin starb.»

«Red keinen Unsinn. Stalin war etwas anderes.»

Peppone lachte leise auf. «Zwei Monate! Ich kratze genau richtig ab! Volltreffer für die Wahlen! Welch ein Triumph, Hochwürden, wenn Ihr vor meinem Leichenwagen durchs Dorf marschiert!»

Don Camillo spürte einen Stich im Herzen. «Ah ...» versuchte er stammelnd abzuwehren.

«Aber wenn Ihr kein Lump seid, dann müßt Ihr mir beim Begräbnis die rote Fahne lassen. Meine Fahne, für die ich als aufrechter Mann gekämpft habe, die muß dabei sein!»

«Deine Fahne, ja ... die sollst du haben, selbst wenn ich dabei mein Priesteramt verliere ... Aber wenn deine Leute nicht wollen, daß *ich* dich zum Friedhof bringe?»

«Da gilt nur *mein* Wille!» erwiderte Peppone und zog einen versiegelten Umschlag aus der Tasche, den er Don Camillo reichte. «Hier sind die Verfügungen für mein Begräbnis. Ihr macht den Umschlag erst auf, wenn man mich tot herbringt, so wie es draufsteht.»

Jetzt begann Don Camillo zu reagieren. «Aber was soll denn das! Hast du wirklich beschlossen, zu sterben!?»

«Ich nicht. Der da oben hat es beschlossen.»

Don Camillo schüttelte den Kopf: «Vorläufig hat der da oben noch gar nichts beschlossen. Vorläufig hat nur ein Arzt etwas beschlossen. Aber die Zukunft liegt nicht in der Hand des Arztes, sondern in Gottes Hand.»

Peppone lächelte: «So würde ich auch reden, wenn ich Eure Lunge hätte, Hochwürden.»

«Es würde schon reichen, wenn du ein bißchen von meinem Glauben hättest.»

«Ob ich den habe oder nicht, ist meine Sache.»

«Peppone, wenn du schon hier bist, könntest du wenigstens vor Christus niederknien und seine Hilfe erflehen.»

«Nein. Wenn er mich retten will, soll er mich aufrecht stehend retten. Ich will nicht, daß der Herrgott glaubt, ich fürchte mich!»

«Du lästerst im Gotteshaus!»

«Gott weiß, daß ich nicht lästere. Gott versteht mehr als Ihr. Ich habe auch nicht gelästert oder geflucht, als ich das Urteil erfahren habe. Gott hat mir das Leben gegeben, als er es für richtig fand, er kann mir den Tod geben, wenn es Zeit ist.»

Don Camillo seufzte. «Möchtest du nicht vielleicht beichten?»

«Erst wenn es soweit ist.»

«Kann ich etwas für dich tun?»

«Für mich nicht, aber achtet ein bißchen auf meine Kinder.»

«Ich will für dich beten.»

«Nicht nötig. Der Herrgott weiß schon, was er zu tun hat. Der läßt sich von Euren Gebeten nicht dreinreden. Ob Ihr betet oder nicht, Gott ist gerecht und macht, was gerecht ist.»

«Jetzt lästerst du doch: das Gebet ist deiner Meinung nach also nichts wert?»

«Doch, aber um die Seelen zu retten, nicht die Leiber.»

Peppone wandte sich zum Gehen. Dann hielt er inne: «Hochwürden, dreht Euch um, ich will mich bekreuzigen, ohne daß Ihr mich dabei seht: Es soll eine Genugtuung für Jesus Christus sein, nicht für einen reaktionären Priester!»

Don Camillo wandte sich ab und sank auf die Knie,

und als er den Kopf wieder hob, war Peppone verschwunden.

«Jesus», suchte Don Camillo beim Gekreuzigten am Hauptaltar Zuflucht, «er hat mich zum Abschied nicht einmal gegrüßt!»

«Er hat mich gegrüßt, Don Camillo. Das ist mehr als genug.»

Don Camillo fiel das Atmen schwer und schwerer. Ihm war, als wäre mit Peppone ein Stück seines Herzens fortgegangen.

Bigio, Brusco und der Smilzo verbrachten zwei scheußliche Tage im Volkshaus: Lungo und seine Gruppe der «Harten» hatten praktisch die Sektion schon übernommen. Und Peppones drei Getreueste kämpften immer mehr auf verlorenem Posten, als sie dessen System und Grundsätze zäh verteidigten.

Am zweiten Tag stritten sie bis fast gegen Morgen. Lungo wußte Dinge vorzubringen, die den Wilden gefielen, den rücksichtslosen Jungen, die sowieso ständig gegen die alte Garde anrennen.

Man konnte sich über Peppones offiziellen Nachfolger nicht einigen und trennte sich mit der Abmachung, am nächsten Morgen um acht Uhr wieder zusammenzukommen.

Und um acht Uhr waren sie denn auch alle zugegen, der ganze Stab, und alle übernächtigt und vor Müdigkeit gereizt.

Eine Situation, die mit Sicherheit in eine Prügelei ausarten würde; das war schon nach den ersten hitzigen Diskussionsbeiträgen klar.

Um neun Uhr waren alle Voraussetzungen für eine

tüchtige Abreibung der drei Standhaften Smilzo, Bigio und Brusco gegeben.

Um neun Uhr zehn packte Falchetto den Smilzo beim Kragen und hielt ihm seine dicke Faust unter die Nase.

Um neun Uhr zehn und drei Sekunden hob eine Hand, die an Gewalt einer Strafe Gottes glich, Falchetto hoch und ließ ihn in eine Ecke fliegen.

Hinter dieser Hand kam auch der übrige Peppone zum Vorschein.

Ein Peppone, der vor Gesundheit strotzte.

Der Briefordner lag auf dem Schreibtisch; Peppone ergriff ihn, verbog ihn und riß ihn mit einem Ruck entzwei; die zwei Hälften landeten unsanft in Lungos Gesicht.

«Wer nicht durch die Tür hinauswill, soll sich melden; den befördere ich mit Fußtritten durch die Fenstergitter auf die Straße», erklärte Peppone.

Smilzo, Bigio und Brusco starrten Peppone noch immer fassungslos an und brachten keinen Ton heraus.

«Nein, nichts von Wunder», beschwichtigte Peppone sie.

«Im Sanatorium haben sie mich sofort noch einmal geröntgt, und dabei hat sich herausgestellt, daß ich die gesündeste Lunge der Welt habe. Die früheren Bilder waren gar nicht meine, sondern gehörten einem anderen Giuseppe Bottazzi vom gleichen Jahrgang, der sich einen Tag vor mir hatte röntgen lassen. Andere Assistenten, andere Schwester, gleicher Name. So etwas kann vorkommen. – Auf heute abend dann! Jetzt muß ich noch eine bestimmte Sache erledigen.»

Don Camillo empfing Peppone im Pfarrhaus.

«Alles in bester Ordnung, Hochwürden. Ich möchte meinen Brief zurückhaben.»

Nach der ersten Verblüffung fuhr Don Camillo ihn an: «Und statt Gott zu danken, denkst du bloß an den Brief?»

«Der liebe Gott hat nichts damit zu tun. Der verwechselt keine Röntgenbilder, und wenn drei Millionen Leute den gleichen Namen und Vornamen haben, kennt er jeden einzelnen und weiß, welcher gut und welcher schlecht und welcher sosolala ist. Euch ist ein feiner Wahlschlager abhanden gekommen, Hochwürden.»

«Meine Partei» – Don Camillo deutete auf das Kruzifix – «gewinnt immer.»

Peppone wiederholte, daß er den Umschlag mit den Anordnungen für sein Begräbnis zurückhaben wolle.

«Du hast also beschlossen, überhaupt nie zu sterben?» erkundigte sich Don Camillo.

«Ich sterbe, wenn die Zeit dafür gekommen ist.»

«Inzwischen kann der Umschlag doch hier bei den Pfarreidokumenten bleiben, versiegelt. Niemand weiß, was drinsteht, nicht einmal ich.»

«Und wenn Ihr zufällig vor mir sterben solltet?»

«Niemand stirbt ‹zufällig›. Jedenfalls würde das nichts ändern: Der Brief würde versiegelt an meinen Nachfolger übergeben.»

«Euren Nachfolger? ... Aber ob man dem trauen kann? ... Ach was, das ist unmöglich, daß Ihr vor mir sterbt. Unkraut verdirbt nicht.»

«Auf Wiedersehen, Genosse Unkraut!» sagte Don Camillo.

Das freche Mägerlein

Wie gesagt, wenn Frauen sich in die Politik stürzen, sind
sie schlimmer als die entbranntesten Aktivisten. Während nämlich die für Politik Entbrannten ihre Gewalttätigkeiten häufig zum Wohle ihrer *Sache* verüben, begehen die entbrannten Frauen die gleichen Gewalttätigkeiten einzig und allein, um ihren politischen Gegnern
Schaden zuzufügen.

Im Grunde ist es derselbe Unterschied wie zwischen
dem, der in den Krieg zieht, um sein Vaterland zu
verteidigen, und dem, der hingeht, um den Feind umzubringen.

Jo, die Frau des «Mageren», hatte sich bis über beide
Ohren in die Politik eingelassen, und da sie eine temperamentvolle Frau war, schaffte sie spielend nicht nur
ihren Teil, sondern auch noch den ihres Mannes.

Der «Magere» war an einem Leiden gestorben und
hatte sie mit einem knapp dreijährigen Kind zurückgelassen; der Schmerz über den Verlust des Gatten war
allerdings vollauf wettgemacht worden durch den üblen
Streich, den Jo dabei dem Priester hatte spielen können,
indem sie den Toten zivil und unter den Klängen von
«Die Rote Fahne» beerdigen ließ.

Jo war eigentlich ein hübsches Weibsbild und noch
keine dreißig; sie hätte sich einen neuen Mann nehmen
und es besser haben können. Doch um keinen Preis
hätte sie auf ihre Not verzichtet: Sie fühlte, wie die

Entbehrungen zu Gift wurden, und der Haß auf die Gegner wuchs von Tag zu Tag und trug sie, denn Haß war ihr Glaubensbekenntnis.

Sie schlug sich durch, so gut es ging: mit Mähen, Dreschen, Traubenpressen, Maisschälen undsoweiter. In der toten Saison flocht sie Körbe und Körbchen aus Weidenruten, die sie von Haus zu Haus verkaufte.

Sie arbeitete wie eine Wilde, als bereitete ihr die Mühe an sich die größte Befriedigung. Und auch die unverschämtesten Männer hüteten sich, sie zu necken, denn Jo hatte nicht nur eine schlagfertige Hand, sondern war auch imstande, ganze Rosenkränze von Unflätigkeiten hintereinander zu sagen, die selbst den berühmtesten Champions wüster Reden den Atem verschlugen.

Der kleine Bub wuchs auf wie ein Fohlen im Wildzustand, und wenn er nicht allein in dem ärmlichen Häuschen inmitten der Felder zurückblieb, sondern die Mutter begleitete, war er dennoch so gut wie allein, denn sobald die Jo ihn in einer Tenne einstellte, wurde ihm lediglich aufgetragen, die Mutter nicht zu «stören».

Mit fünf Jahren konnte der Junge schon Steine schmeißen wie ein Zehnjähriger und einen Baum voller Früchte in weniger als einer halben Stunde ruinieren.

Er stöberte wie ein Trüffelhund in den Hecken die Nester der Hennen auf, um die Eier zu zerschlagen, er streute Glasscherben auf die Straßen und ähnliches mehr; das alles aber tat er insofern mit Stil, als es strenge Alleinunternehmungen waren. Das «Mägerlein» konnte Kollektivkrawalle nicht ausstehen.

Zwar beteiligte er sich an den Steinwurfschlachten der Dorfjugend, aber als Heckenschütze: Er verbarg sich hinter einem Gebüsch oder in einem Graben und schoß von dort aus seine Kiesel gegen die einen wie gegen die andern ab.

Er handelte allein gegen die gesamte Gesellschaft, als Verwüster, als einsamer Saboteur. Mit ungeheurer Geschicklichkeit führte er jeweils seinen Streich aus und verschwand.

Er war klein, dünn und wieselflink und kam überall durch; seine Boshaftigkeit hatte geniale Züge. Am Abend der letzten Kirchweih hatte er sich in den Fahrrad-Abstellraum neben dem Tanzplatz eingeschlichen und es fertiggebracht, leise und unbemerkt an mehr als fünfzig Gefährten die Luft abzulassen, wobei er noch sorglich die Ventildeckelchen wegwarf.

Er wurde nicht erwischt, und niemand hatte ihn gesehen, aber alle sagten:

«Das kann nur dieses verflixte Mägerlein gewesen sein!»

Eines Tages besuchten ein paar wackere Frauen die Jo und erklärten ihr mit netten Worten, es wäre vielleicht gut, den Kleinen nicht auf der Straße zu lassen, sondern tagsüber in Don Camillos Kindergarten in Obhut zu geben.

Jo war rot geworden und hatte geschrien, eher würde sie ihren Sohn gewissen Damen anvertrauen, die sie kenne, als einem Priesterasyl.

«Sagt dem Don Kamel, er soll sich um seinen eigenen Dreck kümmern!» schloß Jo und feuerte eine solche Salve wüster Worte ab, daß die wackeren Frauen im Laufschritt die Flucht ergriffen.

Voll Entrüstung berichtete die Abordnung Don Camillo vom Ergebnis ihrer Expedition.

«Und wie diese Frevlerin Euch genannt hat, das darf

ich gar nicht sagen!» rief eine der Frauen und warf die Hände himmelwärts.

«Ich weiß es schon!» gab Don Camillo finster zurück.

Das Wetter hatte sich zum Guten gewendet, und seit einer Woche verbrachten die Kinder in Don Camillos Hort die wärmsten Nachmittagsstunden im Freien, auf dem Spielplatz. Das Karussell und die Schaukel waren in Betrieb, und selbst die mürrischsten Kinder hatten ihr Lächeln wiedergefunden.

Don Camillo, gemütlich auf dem Liegestuhl ausgestreckt, rauchte seine halbe Zigarre und genoß in aller Ruhe die Sonnenwärme, als er plötzlich das Gefühl hatte, irgend etwas sei nicht so wie sonst.

Der Spielplatz grenzte auf der Dammseite an eine große Luzernewiese, von der ihn ein hoher Drahtzaun trennte. Daß Don Camillo das Luzernefeld jenseits des Zaunes ganz überblicken konnte, war also völlig normal; nicht normal war bloß, daß die Luzerne an einem bestimmten Punkt immer wieder hin und her wogte.

Offensichtlich hockte irgend etwas Lebendiges dort im hohen Gras, und der Jagdinstinkt sagte Don Camillo, daß es sich nicht um ein Huhn oder eine Katze handelte.

Don Camillo rührte sich nicht; er ließ sogar die Rollläden vor seinen Augen herunter und tat, als schliefe er, um desto ungestörter beobachten zu können.

Wenige Augenblicke später tauchte aus der Futterwiese etwas Dunkles auf, dann etwas Helleres, und Don Camillo fühlte die Augen des Mägerleins auf sich gerichtet. Er hielt den Atem an, und nach einer Weile, von Don Camillos Reglosigkeit beruhigt, wandten sich diese Augen einem anderen Ziel zu.

Das Mägerlein verfolgte das Spiel der Kinder mit so heißem Interesse, daß es schließlich alle Vorsicht vergaß und den ganzen Kopf aus dem Gras streckte, um besser sehen zu können. Doch niemand bemerkte es, und Don Camillo war froh darüber.

Plötzlich duckte sich der Kopf wieder ins Gras und verschwand: Ein großer Gummiball, mit dem die Gruppe der Größeren sich vergnügte, flog, von einem besonders übermütigen Fußtritt getroffen, über den Zaun und landete gute fünfzehn Meter vom Spielplatzrand entfernt in der Luzerne.

«Hochwürden! Der Ball ist in die Wiese gefallen! Dürfen wir ihn holen?»

Don Camillo tat, als schrecke er aus dem Schlaf auf. «Schon wieder?» schimpfte er laut.

«Wie oft habe ich euch gesagt, ihr sollt aufpassen! Das Gras darf doch nicht zertrampelt werden! Zur Strafe ist's für heute aus mit dem Ball. Laßt ihn, wo er ist, ihr könnt ihn morgen holen. Und jetzt laßt mich in Ruhe, ich will schlafen!»

Die Buben maulten ein wenig, dann fanden sie einen alten, aus Lumpen genähten Ball und spielten damit weiter, während Don Camillo sich wieder hinlegte und den Schlafenden spielte.

In Wirklichkeit war er wacher denn je.

Zehn Minuten später begann die Luzerne sich zu bewegen, doch der Kopf des Mägerleins erschien nicht wieder. Und das Wogen des Grases entfernte sich vom Zaun. Das Mägerlein schlich sich also davon; allerdings nicht zum Rand der Wiese, sondern, wie die Bewegung im Feld verriet, eher gegen die Mitte zu.

«Der Schläuling kriecht querüber», dachte Don Camillo, «und verschwindet dann entlang der Hecke am Kanal.»

Jedoch das Mägerlein hielt an einer bestimmten Stelle inne, wechselte dann die Richtung und strebte entschlossen nach links.

Der Pirat hatte sich also des Balles bemächtigt und brachte seine Beute in Sicherheit.

«Na, du Strolch!» brummte Don Camillo vor sich hin, als er die Taktik des Graskorsaren durchschaute. «Das hast du fein eingefädelt. Aber vom Rand der Wiese bis zur Baumreihe mußt du ja doch die Deckung verlassen!»

Das Mägerlein aber war gerissen. Am Rande des Luzernefeldes angekommen, kroch es weiter bäuchlings durch das Gras neben den Bäumen bis zu dem tiefen Graben, der quer zur Baumreihe verlief und in dem es ungesehen davonlaufen konnte.

«Jesus!» flüsterte Don Camillo fast entsetzt, «wer kann einem fünfjährigen Knirps einen so raffinierten Trick beigebracht haben?»

«Don Camillo», antwortete der Gekreuzigte, «wer bringt den kleinen Fischlein das Schwimmen bei? Es ist der Instinkt.»

«Instinkt!» knurrte Don Camillo. «Haben die Menschen denn wirklich den Instinkt des Bösen?»

Don Camillo besorgte den Kindern einen andern Ball und verriet niemandem etwas vom Unternehmen Mägerlein. Er hoffte, den Kleinen wiederzusehen: vielleicht hatte der Ball als Angel und Köder gewirkt. Jeden Tag beobachtete er die Luzernewiese; aber da wogte nichts mehr.

Dann hörte er, das Mägerlein sei krank und könne schon seit einiger Zeit das Haus nicht mehr verlassen.

Tatsächlich hatte der Kleine noch am selben Abend Fieber bekommen. Im Graben hinter dem Luzernefeld hatte er nämlich Wasser vorgefunden, aber da er die Deckung nicht aufgeben konnte, war er weitergekrochen und hatte sich vollgesogen wie ein Schwamm.

Ehe er ins Haus ging, hatte er ein Loch gegraben und den Ball eingebuddelt. Jo war spät heimgekommen und hatte den Buben kalt wie einen Eiszapfen angetroffen.

Zuerst schien es nur eine kleine Erkältung zu sein, die sich mit etwas Wärme und ein paar Pillen kurieren ließ; dann aber wurde die Sache schlimmer, und eines Abends begann das Mägerlein im Fieber zu phantasieren.

Es murmelte immer wieder die gleichen Worte, und erst nach einer ganzen Weile begriff Jo, daß von einem großen Gummiball die Rede war.

«Ist ja schon gut», beschwichtigte ihn die Mutter. «Jetzt wirst du erst einmal gesund, und dann kaufe ich dir den Ball.»

Der Kleine schien beruhigt, aber in der folgenden Nacht, als das Fieber stieg, kam er in seinen wirren Reden wieder darauf zurück: «Der Ball ... der große Ball ...»

«Sei still, reg dich nicht auf! Ich habe doch gesagt, daß ich dir den Ball kaufe, sobald du gesund bist!»

«Nein ... nein ...»

«Du willst ihn jetzt schon? Wenn du brav bist, gehe ich und kaufe ihn.»

«Nein.. nein.. der Ball ...»

Es war offenbar eine fixe Idee. Auch der Arzt sagte, man brauche in dem, was ein Kind im Fieberwahn spricht, keinen Sinn zu sehen.

Als daher der Bub in der nächsten Nacht erneut von einem Ball phantasierte, beschränkte Jo sich darauf, ihn mit «Ja, ja, ist ja schon gut!» zu beruhigen. Erst um ein Uhr früh hörte er auf, wirres Zeug zu reden, und schlief, vom Fieber ermattet, ein. Und Jo warf sich zu Tode erschöpft auf ihr Bett.

An jenem Morgen war Don Camillo früh aufgestanden und rasierte sich schon um fünf Uhr vor dem kleinen Spiegel, den er am Fensterriegel seiner Kammer aufgehängt hatte.

Es war ein schöner Morgen, frisch und klar, und Don Camillo trödelte mit Pinsel und Rasiermesser, denn einerseits hatte er keine Eile, andererseits konnte er von hier oben weit hinausblicken über die grünen Wiesen, den Damm und die Pappeln hinter dem Damm, und hinter den Pappeln glitzerte der Fluß.

Unter dem Fenster lag der Spielplatz mit dem Karussell und der Schaukel, still und verlassen; in wenigen Stunden aber würde die Bande wieder anrücken. Er lächelte beim Gedanken an die frischen, sauber gewaschenen Gesichter und die Augen, in denen noch kleine Stückchen Traum verweilten.

Er betrachtete den hohen Maschenzaun und die Luzernewiese und dachte unwillkürlich: «Dort war er, der kleine Gauner ...»

Er fuhr zusammen, als er etwas Weißliches sich durch das Gras bewegen sah. Was es war, vermochte er nicht zu erraten, aber als das Ding nur noch wenige Meter vom Zaun entfernt war, begriff er: Es war das Mägerlein, das wie ein betrunkener Schlafwandler durch das Feld wankte. Das Mägerlein im langen, weiten Nachthemd, das nichts anderes war als ein altes Taghemd seines Vaters.

Der Bub stolperte, fiel hin, raffte sich auf und kam näher, und an die Brust gedrückt trug er den großen Gummiball.

Am Zaun angelangt, warf er den Ball. Er wollte ihn auf den Spielplatz werfen, aber der Zaun war zu hoch, und der Ball fiel zurück. Das Mägerlein hob ihn auf und probierte es noch einmal, und wieder prallte der Ball am Zaun ab.

Don Camillo atmete schwer, und seine Stirn war schweißnaß. «Jesus!» flehte er. «Gib ihm die Kraft!»

Das Mägerlein war entkräftet, und die Ärmchen, die aus den viel zu großen Ärmeln des väterlichen Hemdes ragten, sahen noch dünner aus als sonst. Der Kleine konnte sich nur mit Mühe auf den Beinen halten; es verging einige Zeit, bis er den Ball wieder hochzuwerfen vermochte.

Don Camillo schloß die Augen. Als er sie wieder öffnete, lag der Ball drinnen auf dem Spielplatz und das Mägerlein auf dem Rücken in der Luzerne, reglos und steif, wie tot.

Don Camillo fuhr wie eine Lawine die Treppen hinunter und war schon im nächsten Augenblick in der Wiese. Er beugte sich nieder, um das Mägerlein aufzuheben, und als er es so leicht auf seinen Armen fühlte, durchdrang ihn Erschütterung und Angst.

Das Mägerlein öffnete für einen kleinen Moment die Augen, und als es sich in den Klauen des großen Mannes sah, flüsterte es: «Don Kamel ... der Ball ist drinnen ...»

«Fein, fein!» antwortete Don Camillo.

128

Der Glöckner, der losgelaufen war, um Jo zu benachrichtigen, fand die arme Frau tobend vor Jammer, denn sie hatte eben das Verschwinden des Kleinen bemerkt.

Als sie dann wenig später ihren Jungen im Wohnzimmer des Pfarrhauses auf dem vor das Kaminfeuer geschobenen Diwan liegen sah, blieb ihr die Sprache weg.

«Ich habe ihn ohnmächtig in der Luzernewiese gefunden, vor zwanzig Minuten», erklärte Don Camillo.

«Im Luzernefeld? Was hatte er denn da zu suchen? Jetzt verstehe ich überhaupt nichts mehr.»

«Wann hast du schon einmal etwas verstanden!» gab Don Camillo trocken zurück.

Dann kam der Arzt und sagte zu Jo, es wäre nicht im Traum daran zu denken, den kleinen Jungen fortzubringen.

Er gab dem Patienten eine Spritze und erklärte Jo, was sie zu tun habe.

Inzwischen bereitete Don Camillo sich in der Sakristei auf die Messe vor.

«Jesus!» wandte er sich an den Gekreuzigten über dem Hauptaltar. «Wie ist das nur möglich? Wie konnte das Kind so handeln, bei der gräßlichen Erziehung, die es bekommen hat? Wer hat es bloß gelehrt, zwischen Gut und Böse zu unterscheiden, wo es doch immer nur im Bösen gelebt hat?»

Christus lächelte. «Don Camillo, wer lehrt die Fischlein schwimmen? Es ist Instinkt. Gewissen kann man nicht lernen, es ist Instinkt. Gewissen ist nicht etwas, das man jemandem gibt, der es nicht besitzt. Du trägst nicht von außen eine brennende Lampe in ein dunkles Zimmer. Die Lampe brannte vielmehr bereits, und das Zimmer war nur dunkel, weil sie von einem dicken

Schleier verhüllt war, und wenn du den Schleier wegnimmst, wird es im Zimmer hell.»

«Aber wer hat den Schleier von der Lampe weggezogen, die in der Seele dieses kleinen Jungen brannte?»

«Don Camillo, wenn die Finsternis des Todes naht, sucht jeder instinktiv in sich ein wenig Licht. Hör auf, nach dem Wie zu forschen, und begnüge dich mit dem Daß. Danke Gott, daß der Kleine das Licht gefunden hat.»

Das Mägerlein blieb zwei Wochen lang im Pfarrhaus, und Jo sah jeden Tag am Morgen und am Abend nach ihm. Sie kam allerdings nicht herein, sondern blieb draußen vor den Gitterstäben des Wohnzimmerfensters. Sie klopfte an die Scheibe, und wenn Don Camillo öffnete, murrte sie: «Ich bin gekommen, um meinen Sohn im Gefängnis zu besuchen.»

Don Camillo antwortete nicht, sondern ließ Jo allein mit ihrem Jungen plaudern.

Aber nach vierzehn Tagen kam Don Camillo einmal unverhofft nach Hause und erwischte das Mägerlein dabei, wie es ihm aus den Pneus des Fahrrades die Luft abließ.

Da stopfte er die ärmlichen Sachen des Kleinen in ein Bündel, hängte ihm das Bündel an den Arm, stellte ihn vor die Tür und sagte: «Fort mit dir, du bist gesund.»

Am Abend kam Jo, dreist wie immer, und fragte: «Was bin ich schuldig?»

«Nichts. Die einzige Entschädigung, die du mir geben kannst, ist die, dich hier nie mehr blicken zu lassen *in Ewigkeit amen.*»

«Amen», knurrte Jo.

Sie ging, aber um ihn zu ärgern, saß Jo am folgenden Sonntag in der Elfuhrmesse. In der vordersten Bank, samt dem Mägerlein.

Als Don Camillo sie vor sich sah, warf er ihr einen fürchterlichen Blick zu, aber aus der Keckheit, mit der sie seinen Augen standhielt, konnte Don Camillo ihre stumme Antwort genau ablesen:

«Du brauchst mich gar nicht so anzufunkeln, Don Kamel – ich habe keine Angst!»

«Sturmwolke»

Für sich allein betrachtet, war es schlicht und einfach ein Dreiradlieferwagen mit geräumiger, tiefliegender, wandloser Ladepritsche und mit Seitenrädern, die viel kleiner waren als das Triebrad hinten.

Es besaß ein solides, hochrot gestrichenes Stahlrohrskelett und vermochte erhebliche Lasten zu transportieren; trotz all dieser schönen Eigenschaften aber war es an und für sich eben nichts weiter als ein Dreiradlieferwagen.

Sobald jedoch der Smilzo dazukam, wurde es zur «Sturmwolke».

Von Natur aus plump, schwerfällig, langsam, verwandelte sich der Lieferwagen des Volkshauses mit dem Smilzo am Steuer in ein kühnes, schneidiges, geradezu pfeilschnelles Geschöpf.

Peppone, der Konstrukteur des Gefährtes, hatte nach Beendigung seines Werkes den Genossen vom Volkshaus erklärt: «Laßt die Reaktionäre ruhig lachen, wenn man wegen der Untersetzung mit dem Ding schnell pedalt und langsam vorankommt. Die Hauptsache ist, daß man damit ans Ziel kommt, egal mit welcher Fracht. Ich bin beim Bau des Dreirades dem Konzept der proletarischen Revolution gefolgt, die an Schnelligkeit verliert, dafür an Stärke zunimmt.»

Bigio und danach auch Brusco und Lungo hatten sich dem Konzept der langsamen und starken proletarischen

Revolution angeschlossen und das Fahrzeug gelobt; als aber der Smilzo an die Reihe gekommen war, hatte er sich auf den Sattel geschwungen und gesagt: «Chef, die Reaktionäre werden nicht dazukommen, wegen der Untersetzung zu lachen!»

In der Tat lachten die Reaktionäre nicht wegen der Untersetzung – sie lachten wegen der Heftigkeit, mit der der Smilzo strampeln mußte, um den Marsch der proletarischen Dreiradrevolution zu beschleunigen.

«Da kommt die Sturmwolke!» lachten die Leute.

Sie hatten eben nicht begriffen, daß das Ganze nicht eine Bein-, sondern eine Glaubensangelegenheit war.

«Ist die Sturmwolke in Ordnung?» fragte Peppone den Smilzo halblaut.

«Bestens, Chef», versicherte dieser.

Da wandte sich Peppone an die andern Genossen: «Es ist schon nach Mitternacht – geht nur nach Hause. Ich und der Smilzo bleiben noch hier und revidieren die Kartei zu Ende.»

Bald danach waren Peppone und der Smilzo allein im Volkshaus.

Sie machten sich eine Weile an der Kartei zu schaffen, dann kam Peppone zur Sache: «Da ist ein heikler Auftrag, und heute nacht wäre es günstig, weil es neblig und der Boden gefroren ist.»

Der Smilzo starrte Peppone ratlos an.

«Keine Angst, du verstehst es noch früh genug», knurrte Peppone. «Im Moment brauchst du nur zu sagen, ob du Lust hast, dich für eine delikate Aufgabe einzusetzen.»

«Dafür bin ich doch da.»

Peppone stand auf, und der Smilzo folgte ihm zu der kleinen Tür, die in den Hof führte.

Nachdem sie den dunklen, stillen Hof überquert hatten, blieben sie unter dem Wellblechvordach stehen, das den Garageneingang schützte.

Vorsichtig öffneten sie das Tor. Drinnen versicherte Peppone sich zuerst, daß der Fensterladen geschlossen war, ehe er eine Taschenlampe anzündete.

«Dreh den Lieferwagen so, daß du ausfahren kannst, und stell ihn dicht ans Tor!» befahl Peppone.

Das ließ sich mühelos bewerkstelligen, denn außer der «Sturmwolke» stand nichts in dem großen Abstellraum. Als der Wagen so stand, wie der Chef es wollte, ging Peppone weiter in den kleinen Holzschuppen, den man von der Garage aus durch eine dicke Panzertür erreichte.

«Hilf mir diese Reisigbündel wegräumen!»

Der Smilzo gehorchte, und bald war die von Peppone bezeichnete Ecke leer. Besser gesagt: sie war leer bis auf zwei klobige Kisten.

Peppone richtete den Strahl seiner Lampe auf die Kisten, und der Smilzo fuhr heftig zusammen. Er kannte diese Art Kisten genau: Militärmaterial, mit schweren Vorhängeschlössern gesichert und versiegelt.

«Faß an, wir tragen sie hinüber!»

Der Smilzo packte einen Handgriff der ersten Kiste: «Teufel, ist das schwer! Man könnte glauben, es wäre lauter Blei darin!» rief er aus.

«Halt den Schnabel!»

Sie schleppten die Kiste in die Garage und luden sie auf die «Sturmwolke».

«Glaubst du, daß du zweimal fahren mußt, oder

134

kannst du beide Kisten auf einmal mitnehmen?» fragte Peppone.

«Das kommt drauf an, wie weit», antwortete der Smilzo. «Am Gewicht liegt's nicht, der Wagen würde sie auch tragen, wenn sie noch schwerer wären.»

«So weit wie von hier bis zu meinem Hinterhof», erklärte Peppone. «Aber man muß durch die Gartenstraße fahren und bei der kleinen Schleuse den Feldweg nehmen.»

Der Smilzo fuhr auf: «Den Feldweg? Chef, wenn ich dort steckenbleibe, brauchen wir einen Kran, um mich herauszuholen!»

«Dummes Zeug! Der Boden ist gefroren und pickelhart. Und wenn du's nicht schaffst, pfeifst du, dann komme ich.»

«Wenn der Boden hartgefroren ist, radle ich mit der ‹Sturmwolke› bis auf den Montblanc!» behauptete der Smilzo selbstsicher. «Los, laden wir auch die andere Kiste auf.»

Als auch diese auf der großen Ladepritsche stand, legte Peppone dem Smilzo eine Hand auf die Schulter: «Smilzo, sag mir ehrlich: Willst du's wirklich tun?»

«Chef, ich lege den zweiten Gang ein, und dann hält mich niemand mehr auf.»

«Smilzo, es geht nicht nur darum, zwei Kisten von hier zu meinem Haus zu bringen. Es geht darum, daß sie hingebracht werden, ohne daß es jemand merkt. Sonst würden wir die Operation nicht um diese Zeit durchführen!»

«Das habe ich schon begriffen. Ich werde sausen wie ein Wilder. Aber was soll ich tun, wenn mir jemand begegnet? Wegfliegen kann ich schließlich nicht!»

135

Peppone gab ihm die letzten Anweisungen: «Ich gehe jetzt auf dem normalen Weg nach Hause. In einer Stunde erwarte ich dich auf dem Karrenweg. Du bleibst hier, und wenn es zwei Uhr schlägt, fährst du los.»

«Gut, Chef ... Damit ich mich beim Fahren einrichten kann: Ist etwas Zerbrechliches darin? ... Vielleicht etwas, das explodieren kann? ...»

«Es ist Ware, die bei mir zu Hause sein muß. Das übrige geht dich nichts an. Tu, was du kannst: Je schneller du von der Straße wegkommst, desto besser für alle.»

Der Smilzo trocknete sich die schweißnasse Stirn. «Schon gut, Chef. Aber vorher muß ich noch auftanken. Ich möchte nicht unterwegs liegenbleiben, weil mir der Sprit ausgeht.»

«Grappa?» brummte Peppone.

«Nein, ich brauche Super: Cognac.»

Peppone entfernte sich und kam mit einer halben Flasche Cognac zurück: «Paß auf, daß dir der Motor nicht ersäuft.»

Der Smilzo blieb allein zurück, aber die Schnapsflasche leistete ihm gute Gesellschaft.

Als er es zwei Uhr schlagen hörte, sperrte er die Garage und das Tor zur Seitenstraße auf, nahm noch einen großen Schluck Cognac und trat in die Pedale.

Der Nebel war dicht, aber der Smilzo kannte den Weg auswendig; außerdem hatte der Branntwein ihm merkwürdigerweise den Blick geschärft.

Schon war er auf der Gartenstraße: Die «Sturmwolke» mit ihrem Cognacbrennstoff lief wie noch nie, und der Smilzo strampelte, als hätte er nicht zwei, sondern sechs Beine.

Das Licht der Laterne bei der Kurve drang schwach durch den Nebel. Nach der Kurve noch hundert Meter, dann kam die Schleuse, und die «Sturmwolke» konnte im Feldweg verschwinden.

Da ist die Kurve. Der Smilzo hat es eilig, die verflixte Laterne hinter sich zu lassen. Ein letzter Schluck, und er biegt mit Vollgas herum.

Doch genau hinter der Kurve lauert die Gefahr: zwei rote Augen glühen im Nebel. Zwei Scheinwerfer. Zwei Fahrräder. Zwei schwarze Schatten.

Zwei Carabinieri!

«Halt da!»

Die «Sturmwolke» läuft auf einem Kieshaufen am Straßenrand auf, der Smilzo schnellt aus dem Sattel, fällt in den Straßengraben, steht wieder auf, springt über den Zaun und verschwindet in den Wiesen, vom Nebel verschluckt.

Inzwischen wartet Peppone auf dem Feldweg. Er muß noch mehr als eine Stunde harren, bis der Smilzo vor ihm auftaucht.

«Und die Ware?» will er wissen.

«Chef, die Carabinieri haben mich bei der Kurve angehalten. Damit sie mich nicht erwischen, bin ich ausgerissen.»

«Halt da!»

Don Camillo – auf dem Rückweg vom alten Bedi, an dessen Sterbebett er gewacht hatte – war eben in die Gartenstraße eingebogen, als er die «Sturmwolke» mit voller Smilzokraft auf sich zurasen sah. Um nicht überfahren zu werden, hatte er «Halt da!» gebrüllt.

Das geheimnisvolle Teufelsfahrzeug hatte angehalten,

und dahinter war ein Mann weggeflitzt und verschwunden. Ein Mann, der so stockbesoffen war, daß er doppelt sah und einen Priester für zwei Carabinieri hielt.

Don Camillo stieg vom Fahrrad, näherte sich argwöhnisch dem Gefährt und erkannte es sogleich. Es war nicht schwer zu erraten, daß der Verschwundene niemand anders sein konnte als die bessere Hälfte der «Sturmwolke».

Um zwei Uhr nachts fuhr der Smilzo einen Transport, und ausgerechnet auf der Gartenstraße?

Für wen denn?

Er dachte an den Feldweg, der von der Schleuse hinter das Haus Peppones führte.

Als er dann die Militärkisten sah, deren Gewicht ausprobierte und feststellte, daß sie verschlossen und versiegelt waren, brauchte er gar nichts mehr zu denken, denn da hatte er schon alles begriffen.

Er legte sein Fahrrad auf die Kisten, schwang sich auf den Sattel des Dreiradwagens und trat in die Pedale. Das Wendemanöver war nicht einfach, aber das Licht der Laterne, das die Kurve erhellte, half ihm, und dann strampelte er los wie eine ganze Schwadron von Smilzos. Er begegnete keiner Menschenseele, und zwanzig Minuten später traf er vor dem Pfarrhaus ein.

Es gelang ihm, die «Sturmwolke» durch die so weit wie möglich aufgesperrte Tür in den Flur zu zwängen. Und da saß sie nun mit ihrer ganzen höllischen Fracht in der Falle.

Mit einem Stemmeisen knackte Don Camillo rasch die Vorhängeschlösser an den beiden Kisten. Fast ängstlich hob er den ersten Deckel hoch, dann mit festerer Hand den zweiten.

138

Ein dicker Hund! So etwas hatte er wirklich nicht erwartet.

Um vier Uhr früh holte Don Camillo den Buchdrucker Barchini aus dem Bett, hieß ihn schnellstens in die Kleider fahren, drückte ihm ein Blatt Papier in die Hand und befahl ihm, sich unverzüglich an die Arbeit zu machen.

Um sechs Uhr fanden sich drei junge Burschen bei Barchini ein und bekamen eine Rolle Papier ausgehändigt.

Um acht Uhr, als der Nebel sich verzog, fanden die Leute an allen Straßenecken Plakate angeklebt, auf denen stand:

FUNDANZEIGE

Heute morgen wurden zwei große Kisten aufgefunden, die Tonnen von unverkauften Exemplaren der Zeitung «Unità» enthalten.

Offensichtlich wurden sie von jemandem verloren, der die besagten Exemplare nicht verkaufen konnte und, um sich vor seinen Vorgesetzten nicht zu blamieren, die ihm zugestellten Zeitungen jedesmal aus eigener Tasche bezahlte.

Um sich der lästig werdenden Ware endlich zu entledigen, nutzte er die neblige Nacht aus, um sie auf Schleichwegen nach Hause zu schaffen, vermutlich über den Feldweg, der kurz vor der Schleuse links abbiegt.

Der zerstreute Verlierer der obenerwähnten drei oder vier Tonnen von Exemplaren der «Unità» kann diese im Pfarrhaus abholen.

Um acht Uhr an diesem Morgen begann ein Hohnge-
lächter, und von fünf nach acht bis Mitternacht defilier-
ten alle schlimmsten Reaktionäre der ganzen Zone
durch den Flur des Pfarrhauses, um sich von der Echt-
heit des Fundes zu überzeugen.

Don Camillo hatte die Veranstaltung gewissenhaft
organisiert. Er hatte die «Sturmwolke» verschwinden
lassen, die Zeitungspakete aus den Kisten genommen
und chronologisch auf dem Fußboden aufgereiht; Anschläge an der Wand wiesen darauf hin, wie der Umfang
der Bündel ständig zunahm – was bedeutete, daß der
Verkauf der Zeitung von Tag zu Tag zurückging.

So lieferte Don Camillo eine exakte Mißerfolgskurve
und formulierte interessante Voraussichten für die Zukunft. Am folgenden Morgen gingen die Leute schon
früh aus dem Haus, weil sie die Reaktion des Unbekannten kaum erwarten konnten. Und in der Tat fanden sie
an den Straßenecken die Antwort:

BEKANNTMACHUNG

*Jeder nazifaschistische Reaktionär kann sich bei der
zuständigen Verwaltung zum doppelten Preis alte Zeitungen beschaffen, um sie dann als Fundsache auszugeben.*

*Es ist dies ein raffiniertes und bequemes System, das
allerdings eine Stange Geld kostet. Doch das ist ja bei den
Knechten der amerikanischen Kriegshetzer zur Genüge
vorhanden!*

Der Typ wußte sich gut zu verteidigen, und die Leute
waren ein wenig verunsichert, denn schließlich sagte er
da nichts Unglaubwürdiges. Trotzdem warteten sie die
Entwicklung voll Zuversicht ab, und vierundzwanzig
Stunden später erschien das dritte Plakat:

140

FUNDANZEIGE

Zusammen mit den Kisten voll unverkaufter Exemplare der «Unità» wurde auch das Fahrzeug aufgefunden, mit dem die genannten Kisten in tiefer, geheimnisvoller Nacht transportiert wurden. Nach Aussage von Fachleuten handelt es sich dabei um einen Dreiradlieferwagen genannt «Sturmwolke». Das Fahrzeug ist im Pfarrhaus zu besichtigen, und der Verlierer kann es gegen Vorweisung des auf den Namen des Herrn Giuseppe Bottazzi ausgestellten Ausweises der K. P. abholen.

Das war ein Volltreffer; wieder strömte das ganze Dorf zum Kirchplatz, und da stand die «Sturmwolke» vor der Pfarrhaustür, wo jedermann sie sehen konnte.

Die Leute wurden nicht müde, sie zu bestaunen, und verweilten in angeregtem Geplauder. Doch da geschah etwas Unerwartetes.

Der Smilzo kam mit der «Sturmwolke» angeradelt.

Er hielt an, zog ein Plakat aus einer Rolle und klebte es mit vier Pinselstrichen Leim an die Pfarrhausmauer. Und die verblüfften Zuschauer lasen:

BEKANNTMACHUNG

Der Herr Giuseppe Bottazzi ist kein «Herr», und die beim Pfarrhaus zu sehende «Sturmwolke» ist nicht die «Sturmwolke».

Diese ist nach wie vor im Besitz des Volkshauses, wie jeder Bürger sich mit eigenen Augen und Händen überzeugen kann. Womit leicht zu beurteilen ist, wer die Verleumder sind, die mutmaßlich auf den Namen Hochwürden Don Camillo hören.

Fassungslos verglichen die Leute die «Sturmwolke» von Don Camillo mit der «Sturmwolke» des Smilzo: Sie waren identisch!

Sie waren auch insofern genau gleich, als sie beide kein Nummernschild trugen.

Don Camillo breitete die Arme aus: «Ich kann mir diesen außerordentlichen Zufall nicht erklären; also nehme ich ihn unbestritten hin. Meine Gutgläubigkeit ist allgemein bekannt. Nachdem das Volkshaus Wert darauf legt, zu beweisen, daß der gefundene Lieferwagen nicht ihm gehört, behalten wir ihn und übergeben ihn dem Asyl, das ihn dringend braucht.»

Don Camillo begegnete Peppone ein paar Tage danach. «Bist du an deinen Zeitungen interessiert?» fragte er ihn. «Ich habe sie noch.»

«Nein», erwiderte Peppone. «Mich interessiert höchstens, warum Ihr auf dem ersten Plakat die «Sturmwolke» nicht erwähnt habt.»

«Wenn man eine Polemik anfängt, muß man die stärkste Patrone immer zurückbehalten.»

«Wenn ich nicht irre, hättet Ihr sie besser gleich abgeschossen.»

«Du irrst: Wenn ich sie gleich abgeschossen hätte, wärst du gezwungen gewesen, den Lieferwagen zurückzuholen. So aber hattest du achtundvierzig Stunden Zeit, einen gleichen zu fabrizieren, und das Asyl hat jetzt den Wagen, den es schon lange brauchte. Als Schmied bist du immer noch der Größte!»

«Peppone grinste höhnisch: «Die Geschichte könnt Ihr dem Pfaffen erzählen!»

«Hab' ich ihm erzählt, und er hat gesagt: ‹Stell dir vor,

Don Camillo, wie blöd der arme Peppone dagestanden wäre, wenn du nicht vor dem Ausstellen der Sturmwolke das Nummernschild abgenommen hättest!»

Don Camillo grub das kleine Metallschild aus der Tasche und gab es Peppone: «Das gehört dir – meine ‹Sturmwolke› habe ich unter meinem Namen eintragen lassen.»

«Nach dem Schurkenstreich und dem Schaden, den Ihr mir zugefügt habt, soll ich wohl auch noch Dankeschön sagen!» brachte Peppone zähneknirschend hervor.

«Nicht nötig, Peppone. Ich gebe mich mit der ‹Sturmwolke› zufrieden.»

Im falschen Gewande

Um den Schnellzug nach Mailand zu erwischen, muß man sich zu der etwa vierzig Kilometer vom Dorf entfernten Station P. begeben. Wer allerdings nicht erst nach neun Uhr in Mailand sein will, dem nützt das Postauto nichts.

Peppone hatte es eilig: er wollte in Mailand ein paar Ersatzteile holen und gleich mit dem nächsten Zug zurückkehren. Der Morgen war kalt und neblig, aber wenn Peppone im Sattel seines Motorrades saß, fürchtete er nichts und niemanden. Durchfroren wie ein Eiszapfen, stellte er sein Fahrzeug auf dem Parkplatz vor der Station ein; für eine Fahrkarte reichte die Zeit nicht mehr, denn der Zug setzte sich bereits in Bewegung.

Er schaffte es gerade noch, aufzuspringen: Vor ihm lag ein völlig leeres Abteil zweiter Klasse, und Peppone vermochte der Einladung nicht zu widerstehen. «Die Spesen werde ich einfach bei der Rechnung für den Traktor draufschlagen», dachte er. «Ich habe keine Lust, mich in die dritte Klasse mit ihrem Gestank und Gewimmel zu stürzen.»

Als der Schaffner kam, löste Peppone sein Billet; dann machte er es sich auf der Polsterbank bequem, nachdem er die Tür geschlossen und die Vorhänge zugezogen hatte, in der geheimen Hoffnung, es werde niemand eintreten, um ihn zu stören.

Es war wirklich gemütlich in dieser Stille; Peppone

döste ein und schlief, bis der Schaffner wieder eintrat, um seine Fahrkarte zu knipsen. Beim Hinausgehen ließ der Mann die Tür ein wenig offen, und Peppone hatte schon die Hand auf der Klinke, um den Spalt zu schließen, als eine Stimme aus dem Gang ihn aufhorchen ließ: «Ich möchte den Klassenwechsel bezahlen.»

Er war sicher, sich nicht getäuscht zu haben: Die Person, die den Aufpreis zu zahlen wünschte, mußte Don Camillo sein.

Peppone schob den Vorhang ein wenig beiseite und starrte verblüfft hinaus, denn der Mann, der dicht vor ihm mit dem Schaffner sprach, hatte die Stimme, das Gesicht und die Gestalt Don Camillos, aber es war nicht Don Camillo.

Er trug nämlich einen Anzug, der nicht das geringste mit der Soutane eines Priesters gemein hatte.

Peppone schloß leise die Tür, streckte sich auf der Polsterbank aus und bedeckte sein Gesicht mit der «Unità». «Don Camillo in Zivil!» knurrte er vor sich hin. «Das ist ja allerhand! Wie der wohl hierhergekommen ist, der verflixte Kerl?»

Das war ganz einfach. Don Camillo war in P. in seinem normalen Priestergewand in den ersten Drittklaßwagen eingestiegen und, als der Zug abfuhr, durch alle Abteile geeilt; als er keine bekannten oder verdächtigen Gesichter bemerkte, hatte er sich in der Toilette eingeschlossen.

Nachdem er sein Priestergewand mit dem in seinem Koffer mitgebrachten bürgerlichen Anzug vertauscht hatte, war er in den Zweitklaßwagen weitergegangen. Es wäre ja möglich gewesen, daß in den Drittklaßabteilen jemandem seine Physiognomie aufgefallen war, und der hätte die Verwandlung des Inhabers dieses Gesichts sicher merkwürdig gefunden. In der zweiten Klasse riskierte Don Camillo nichts, denn aus seinem Dorf reiste niemand, nicht einmal der reichste Landwirt, jemals zweiter.

Als er den Aufpreis bezahlt hatte, öffnete er Peppones Abteiltür ein Stück weit und streckte vorsichtig den Kopf hinein, zog ihn jedoch gleich zurück und schloß die Tür wieder. Einer, der mit der «Unità» über dem Gesicht schläft, kann ja in keinem Fall eine erfreuliche Gesellschaft für einen Priester sein.

So nahm er seinen Koffer und spähte in jedes Abteil, bis er ein gänzlich unbesetztes fand.

In Peppones Kopf unter der «Unità» arbeitete es inzwischen fieberhaft: «Er kann nur nach Mailand fahren – aber warum in Männerkleidern?»

Peppone zog alle Hypothesen in Erwägung, selbst die kühnsten und abwegigsten, und gelangte zum einzig möglichen Schluß: Um herauszufinden, was Don Camillo im falschen Gewande in Mailand vorhatte, mußte man ihn um jeden Preis beschatten.

Peppone vergaß seine Traktorersatzteile: Wenn ein Reaktionär sich verkleidet, steckt bestimmt etwas Unanständiges dahinter.

Sogleich begab er sich auf den Kriegspfad; er sah nach, ob die Luft im Gang rein war, dann eilte er in die dritte Klasse und blieb erst am vorderen Ende des ersten Wagens stehen. Als der Zug in Mailand einfuhr, stieg Peppone mit hochgeschlagenem Mantelkragen aus und marschierte stracks zum Bahnsteigausgang. Bei einem Zeitungskiosk blieb er stehen und behielt die Aussteigenden im Auge. Als er in der Menge die hohe Gestalt

146

Don Camillos erblickte, stieg er die Treppe hinunter und wartete in der Halle auf seinen Mann.

Ob er wohl ein Taxi, den Autobus oder die Straßenbahn nahm? Peppone bereitete sich geistig auf die Verfolgung vor. Doch Don Camillo kam lange nicht, und Peppone dachte schon mit Schrecken, daß er die Seitentreppe benützt haben und unter dem Straßenübergang in den Trolleybus gestiegen sein könnte.

Don Camillo hatte aber einfach zuerst seinen Koffer bei der Gepäckaufbewahrung eingestellt; nach etwa zehn Minuten tauchte er unten in der Halle auf.

Tram, Taxi, Bus? Und wenn ihn ein Privatwagen abholte? Peppone stockte der Atem vor Angst, die Spur des Heimlichtuers zu verlieren. Doch die Spannung löste sich auf ebenso unvorhergesehene wie tröstliche Weise: Don Camillo machte sich zu Fuß auf den Weg. Das erleichterte das Beschattungsunternehmen erheblich, und Peppone schickte sich an, die Verfolgung aufzunehmen.

In diesem Augenblick stellte sich ihm einer der Straßenfotografen in den Weg, mit der Leica um den Hals: «Machen wir einen schönen Schnappschuß?»

«Nichts da!» wehrte Peppone unwirsch ab. Dann kam ihm eine Idee, und er rief den jungen Mann zurück: «Nicht mich», erklärte er ihm. «Aber sehen Sie den Langen dort im braunen Mantel und grauen Hut? Versuchen Sie den zu erwischen, aber ohne daß er es merkt. Ich zahle gut!»

«Wird gemacht», antwortete der Fotograf und stürzte der großen Gestalt nach. In sicherem Abstand folgte Peppone und beobachtete das Manöver. Der Junge war tüchtig: Er überholte Don Camillo unbefangen, versteckte sich hinter einer Straßenbahn und schoß von dort das erste Bild.

Zehn Meter weiter gelang ihm die zweite Aufnahme und wenig später eine dritte.

Don Camillo hatte nichts bemerkt; er erschien inmitten dieses ganzen Gewimmels etwas belämmert. Peppone triumphierte: mit einem Fotodokument dieser Art konnte er im Wahlkampf einiges anfangen. Schon sah er in Gedanken die Plakate mit den Vergrößerungen dieser Aufnahmen und dem Text: «Wer mag der elegante Herr sein, der durch Mailand spaziert?» «Um die Kutte nicht zu entehren, legt man sie natürlich lieber ab!»

Der Fotograf kam zurück:

«Ging glatt wie geölt. Machen wir sechs Abzüge von jeder?»

«Ja, sechs und eine Vergrößerung. Ich brauche sie aber sofort.»

Der Fotograf hob die Arme: «Vor heute abend geht's nicht.»

«Es *muß* gehen.»

Da zog der junge Mann einen Notizblock aus der Tasche, kritzelte etwas hinein, riß das Blatt ab und gab es Peppone: «Um zwei Uhr an dieser Adresse. Es wird alles bereit sein. Sechstausend Lire – drei gleich jetzt und drei bei Ablieferung der Kopien.»

Peppone grub drei Tausender aus und überreichte sie dem Mann: « Daß die Arbeit aber ja gut gemacht ist!»

«Die ‹Fotoscat› ist die beste Firma Mailands.»

Peppone, der während des Gesprächs weitergegangen war und sein Opfer nicht aus den Augen verloren hatte, entließ den jungen Mann mit einem knappen «also gut» und widmete sich ausschließlich Don Camillo.

Dieser schien es durchaus nicht eilig zu haben. Er bummelte nicht nur gemächlich dahin, sondern blieb vor jedem Schaufenster stehen.

«Entweder hat er gemerkt, daß er bespitzelt wird, und tut so, als trödelte er bloß herum», dachte Peppone, «oder er ist auf eine bestimmte Stunde verabredet und versucht die Zeit totzuschlagen.»

Offensichtlich war die zweite Vermutung die richtige, denn auf einmal zog Don Camillo die Taschenuhr heraus, warf einen Blick darauf und beschleunigte seine Schritte.

Peppone folgte ihm mühelos bis zum Platz vor der Scala. Da aber war ein solches Menschengewühl, daß die Sache schwierig wurde. Als Don Camillo gar in die Galerie abbog, brach Peppone der kalte Schweiß aus: «Er hat es gemerkt, und jetzt führt er mich absichtlich in dieses heillose Durcheinander, damit er im richtigen Moment in der Menge untertauchen kann und niemand ihn wiederfindet!»

Tatsächlich wurde Don Camillo, als er die Galerie durchquert hatte und links die Bogengänge des Domplatzes betrat, von der Menge verschluckt.

Doch auch Amateurpolizisten haben einen Schutzengel. Als Peppone schon alle Hoffnung aufgegeben hatte, entdeckte er sein Opfer wieder, das eben durch die Tür des großen Warenhauses ging.

Immer mit Peppone auf den Fersen, ließ sich Don Camillo von den Rolltreppen bis ins oberste Stockwerk tragen.

Dann fuhr er über die andern Rolltreppen hinunter ins Souterrain.

Von hier aus nahm er wieder alle Aufwärtsrolltreppen

bis zuoberst. Und erneut rollte er abwärts, aber nur bis zum Erdgeschoß.

Über die normale Treppe erreichte er das Untergeschoß und reiste anschließend mit den Rolltreppen zum obersten Stock.

Hier schien ihm unvermittelt etwas in den Sinn zu kommen. Er schaute noch einmal auf die Taschenuhr, fuhr mit den Rolltreppen ins Erdgeschoß, verließ das Warenhaus und marschierte im Eilschritt eines Bersagliere auf die Piazza della Scala zu.

Dort bestieg er behende ein Taxi, und das flitzte mit ihm los. Aber Peppone eilte mit dem nächsten Taxi hinterher.

Es war keine lange Fahrt; schon nach wenigen Minuten hatte Don Camillo sein Ziel erreicht.

«Halten Sie hier», sagte Peppone zum Fahrer. «Ich bin mit einem Freund verabredet. Ich warte.»

Der Fahrer zog die Zeitung aus der Tasche und begann ruhig zu lesen, während Peppone vom Rücksitz aus jede Bewegung Don Camillos beobachtete.

Der blieb eine Weile auf dem Gehsteig stehen, dann spazierte er langsam vor einer großen offenen Eingangstür hin und her. Er mußte von Zweifeln oder Argwohn befallen sein. Mit einemmal aber trat er entschlossen durch die Tür.

Peppone strengte seine Augen an, um die eingemauerte Tafel neben dem Eingang zu lesen: «Montecatini!»

Was in aller Welt kann ein Pfarrer aus der Poebene, der verkleidet nach Mailand reist, bei der Direktion eines Chemiewerkes wollen? Etwa Kunstdünger kaufen?

Sonnenklar: Der vatikanisch-amerikanische Klerus

150

und die Großindustrie schmieden ein Komplott zum Schaden des Proletariats, und jetzt, da die Wahlen bevorstehen, stimmen sie ihr Vorgehen miteinander ab.

«Mein Freund kommt offenbar nicht», sagte Peppone zum Fahrer und schickte sich an, auszusteigen, als er Don Camillo auftauchen sah. «Warten wir noch ein paar Minuten», erklärte er dem Fahrer.

Don Camillo wandte sich nach rechts, ging ein paar Schritte weit, kehrte um und ging erneut durch die Tür. Kaum drinnen, machte er kehrt und kam zurück, ging wieder hinein und kam wieder heraus und ging nochmals hinein und kam nochmals heraus, diesmal aber blieb er draußen.

Der Taxichauffeur, der das Manöver mitangesehen hatte, grinste: «Nicht zu glauben, daß so alte Esel sich amüsieren wie die Kinder! Haben Sie das gesehen?»

«Ja, aber ich begreife nichts.»

«Sie sind nicht aus Mailand?»

«Nein.»

«Ach so. Dort ist eine große Kristalldoppeltür, die mit Fotozellen funktioniert. Wenn man über die Schwelle tritt, wird der Strahl unterbrochen, und die Tür geht automatisch auf. Dasselbe passiert beim Hinausgehen. Da, sehen Sie!»

Ein Mann betrat das Gebäude, und Peppone paßte auf.

«Mein Freund kommt nicht mehr», sagte er und stieg aus. Er bezahlte die Fahrt und die Wartezeit und wollte die Verfolgung Don Camillos fortsetzen. Doch nach wenigen Schritten kehrte er um und marschierte geradewegs auf die große Glastür zu, die sich wie durch Zauberei folgsam vor ihm auftat und hinter seinem Rücken schloß. Das gleiche Wunder geschah, als Peppone wieder heraustrat.

Don Camillo bummelte weiter. Er schien nicht die leiseste Ahnung zu haben, wohin er gehen wollte. Trotzdem blieb Peppone auf dem Quivive, denn bei einem Priester, auch wenn er Zivil trägt, kann man nie wissen.

Die Sache drohte außerordentlich eintönig zu werden, doch nahm sie unvermittelt eine interessante Wende. Als man in eine gewisse Gasse eingebogen war, ertönte Geschrei, und hinter Peppone und Don Camillo kam eine dicke Rotte von Leuten gelaufen, die einen Riesenlärm vollführten und mit Tafeln herumfuchtelten, auf denen alles andere als regierungsfreundliche Sprüche standen. Viele der Phrasen hatten offenbar den Zweck, ein nicht näher bezeichnetes «beschissenes Gesetz» zu demaskieren.

Peppone konnte sich in einen Hauseingang zurückziehen, aber Don Camillo, der in der Mitte der Gasse ging, geriet in die Rotte und wurde von dieser vor sich hergeschoben zu dem kleinen Platz, der anscheinend das Ziel der Krawallbande war.

Dummerweise stand auf dem Platz ein grandioses Polizeiaufgebot bereit, und Peppone kam eben zur rechten Zeit, um zu sehen, wie eine ganze Schar der Uniformierten auf die Spitze des Demonstrantenzuges losging.

Wer unter den Elementen der vordersten Staffel allein schon durch die ungewöhnliche Körpergröße herausragte, war natürlich Don Camillo, und auf dessen Haupt ging ein solcher Hagel von Knüppelhieben nieder, daß die Sterne, die er sah, zwei oder drei Firmamente hätten füllen können.

Und da die Rotte in der Gasse so verflucht dichtgedrängt war, konnten die Pechvögel an der Spitze keinen Rückwärtsgang einschalten, und die Gummiknüppel der Polizisten trafen mit wachsender Wucht immer wieder die Köpfe und Buckel der bereits Geprügelten.

Don Camillo, von dieser Sintflut von Hieben überrascht, blieb eine Weile verwirrt stehen. Als er aber begriff, daß die ihm den Kopf zu einem Fesselballon hauen würden, wenn er noch weiter stillhielt, riß er sich mit einem gewaltigen Ruck aus den Fäusten der Polizisten und wollte sich einen Weg zurück bahnen. Sein Rücken, so breit und bequem wie ein Doppelbett, wirkte auf die Beamten geradezu als Einladung. Sie schlugen mit solcher Begeisterung auf seine Schultern ein, daß er sich auf eine andere Rückzugstaktik besann: Die Krempe seines Hutes mit beiden Händen festhaltend, hechtete er kopfvoran in die Menge, riß eine Bresche und gelangte in eine sicherere Position. Von einem Angriff mit Polizeiwagen bedroht, löste sich nun der Demonstrationszug auf. Don Camillo konnte in ein Seitengäßchen schlüpfen und fand in einem Café Zuflucht.

Peppone hatte nur Augen für Don Camillo. Der Anblick, wie dieser die ganzen Polizeiprügel einstecken mußte, erfüllte sein Herz mit unbezähmbarer Wonne.

Der Gedanke daran, daß er im Dorf erzählen konnte, wie es Don Camillo ergangen war, begeisterte ihn erst recht. Er war geradezu selig.

Mit den Ellbogen bahnte er sich einen Weg durch das Gewimmel und betrat wenige Augenblicke nach Don Camillo ebenfalls das Café.

Der große Raum war gedrängt voll; Don Camillo saß an einem Ecktischchen und nahm gerade vorsichtig ein

Inventar der an zugänglichen Stellen befindlichen Beulen und Schrammen vor.

Triumphierend brach Peppone sein Detektivspiel ab, ließ sich an einem Tischchen in unmittelbarer Nähe von Don Camillo nieder und rief vergnügt: «Padrone, ich bezahle eine Runde!»

Der Wirt schielte ihn mißtrauisch an: «Was ist los? Haben Sie im Toto gewonnen?»

«Viel besser!» grinste Peppone. «Ich habe zugeschaut, wie ein Kerl von der Polente alle die Knüppelhiebe abbekommen hat, die ich ihm gern verpaßt hätte! Tüchtig, wirklich tüchtig, die Burschen von unserem Minister Scelba!»

Don Camillo rührte sich nicht. Aber die feine Ironie Peppones hatte keinen großen Erfolg, denn unvermittelt sah er sich von etwa dreißig wilden Gesichtern umringt: lauter Leute, die sich vor dem Gummigewitter der Polizei ebenfalls in das Café gerettet hatten.

«Dreckfaschist!» sagte einer und fegte ihm mit einer Ohrfeige den Hut vom Kopfe. Bevor Peppone auch nur den Mund aufmachen konnte, fielen alle dreißig über ihn her, und jeder tat sein Bestes, mit dem Prügeln auch an die Reihe zu kommen. Zum Glück hatte der Wirt, noch ehe diese Bearbeitung begann, dem Schankburschen ein Zeichen gegeben, und der wetzte wie der Blitz zum nahen Platz, um die dort noch immer wachende Polizei zu alarmieren.

Kaum rochen die Entfesselten den anrückenden Gummi, da brachen sie die Schlägerei ab und verdrückten sich eilig durch die Hintertür. Peppone erhob sich mühsam und sank auf dem Stuhl zusammen. Der Wirt brachte ihm einen Cognac.

Die Polizei trat ein. «Sie sind alle weggelaufen», erklärte der Wirt. «Noch fünf Minuten, und sie hätten ihn zerschmettert!»

Die Polizisten wandten sich Peppone zu. «Kennen Sie sie?»

«Ich kenne niemanden», gab Peppone Auskunft. «Ich bin hier hereingekommen, weil ich zufällig in den Krawall geraten war.»

Er erklärte, wo er herkam und daß der Zweck seines Aufenthaltes in Mailand der Einkauf von Ersatzteilen war. Er zeigte seine Identitätskarte sowie den Brief der Firma, die ihn nach Mailand eingeladen hatte.

«Kennen *Sie* jemanden von diesen Typen?» wandten sich die Polizisten an den Wirt.

«Nie gesehen. Die sind nur hereingekommen, um sich zu verstecken. Lauter Verbrecher, kommunistisches Gesindel. Dann sind sie über den da hergefallen, weil er anderer Ansicht ist als sie.»

Ein Beamter entdeckte Don Camillo in seiner Ecke. «Und der dort, gehörte der auch zur Gruppe?» fragte er argwöhnisch. «Er kommt mir bekannt vor.»

Der Wirt zuckte die Achseln: «Ich weiß nicht. Ein Kommunistengesicht hat er zwar. Aber er ist die ganze Zeit an seinem Tischchen sitzengeblieben.»

Ein «Höherer» zückte sein Büchlein und schickte sich an, ein Protokoll aufzusetzen.

«Lassen Sie doch!» sagte Peppone. «Ihr habt jetzt ohnehin mehr als genug zu tun. Meine Haut ist dick, ich bin nicht so schnell verletzt. Überhaupt fahre ich jetzt sofort in mein Dorf zurück, und damit hat sich's.»

Von der Straße her war Gekreisch zu hören. Die Polizisten sagten «na gut» und gingen.

Der Wirt schenkte Peppone noch einen Cognac ein, was den Motor des Genossen Bürgermeister wieder in Gang brachte. Er strich die zerknitterten Kleidungsstücke glatt, rieb sich über den verbeulten Schädel, stand auf und fragte: «Wieviel macht's?»

Lächelnd schüttelte der Wirt den Kopf und streckte ihm die Hand hin: «Nichts! Unter uns Gleichgesinnten muß man einander doch beistehen! Lebwohl, Kamerad!»

Peppone drückte ihm die Hand und verließ das Café.

Bald danach saßen sie nebeneinander auf einer Parkbank.

«Sowas!» bemerkte Peppone höchst sarkastisch. «Diese Leute einer klerikalen Regierung, die nicht einmal einen Priester respektieren ...!»

«Aber auch diese Kommunisten, die nicht einmal ihre Glaubensgenossen respektieren!» gab Don Camillo zurück.

«Das ist etwas anderes, Hochwürden!» kicherte Peppone. «Das ist etwas anderes!»

«Prügel sind Prügel», stellte Don Camillo fest. «Aber die hier zählen nicht, weil sie auf einem einfachen Mißverständnis beruhen.»

Peppone zündete sich eine Zigarre an, rauchte ein paar Züge und fragte: «Hochwürden, bekommt Ihr diese Ausgangsuniform direkt vom Vatikan?»

Don Camillo seufzte: «Nein, diesen Anzug hat mein Bruder bei mir zurückgelassen. Ich habe ihn angezogen, um ihn ein bißchen auszulüften.»

«Das war eine gute Idee: Ihr habt es so einrichten können, daß er auch gleich richtig ausgeklopft worden ist.»

Don Camillo zog die rechte Hand aus der Manteltasche und zeigte Peppone einen Gummiknüppel: «In dem Krawall ist mir das da in der Hand geblieben ...». erklärte er.

Peppone grübelte aus seiner Tasche ein Fetzchen Stoff heraus. «Auch mir ist etwas in der Hand geblieben», sagte er, «und zwar bei der Schlägerei im Café.»

Es war ein Jackenaufschlag mit einem Kommunistenabzeichen im Knopfloch.

«Tauschen wir die Trophäen!» schlug Don Camillo lachend vor, reichte Peppone den Gummiknüppel und nahm den Jackenaufschlag mit dem Abzeichen.

Peppone drehte den Gummiknüppel in den Händen herum, dann schleuderte er ihn weit weg. «Eine abscheuliche Trophäe, Hochwürden, auch wenn sie mich an eine für mich erfreuliche und für Euch unerfreuliche Episode erinnert.»

Don Camillo warf den Rockaufschlag ebenfalls weg. «Recht hast du, Peppone. Fort damit. Ich habe übrigens noch einen, weil mir in dem Durcheinander zwei in den Händen geblieben sind ... Den aber behalte ich. Vielleicht kommt er mir einmal zugute. Man weiß ja nie.»

Voll Verachtung blickte Peppone auf den Knüppel, den Don Camillo aus der andern Tasche geholt hatte, und sagte: «Bei jeder Gelegenheit enthüllt Ihr Eure schmutzige Faschistenseele!»

«Jawohl, Kamerad!» lächelte Don Camillo.

Zutiefst verärgert entfernte sich Peppone. Bald aber heiterte sich seine Laune auf, weil ihm die am Vormittag aufgenommenen Fotodokumente in den Sinn kamen. Er holte die Quittung aus der Brieftasche, winkte ein Taxi herbei und ließ sich an die aufgedruckte Firmenadresse fahren. Dort fand er nur die Trümmer eines zerbombten Hauses vor.

Dreitausend Lire für drei mit leerer Kamera geschossene Fotos. Drei Fotos, die eine Million wert waren.

Auch für die Rückfahrt mußte Peppone die zweite Klasse benutzen, weil er voller Schrammen und Beulen war. Und kaum saß er in den Polstern, trat Don Camillo im Priestergewand ein.

«Ist die Herrlichkeit zu Ende?» erkundigte sich Peppone.

«Zu Ende.»

«Na ja», meinte Peppone, «wenn Ihr mich fragt: Mailand ist eigentlich gar nicht so großartig, wie die Leute sagen.»

«Es hat seine schlechten und seine guten Seiten», erwiderte Don Camillo, dem trotz allem die Wunder der Rolltreppen im Warenhaus und der «magischen» Glastür des Montecatinigebäudes nicht aus dem Sinn gingen.

Zu Hause angekommen, kniete Don Camillo vor dem Gekreuzigten am Hauptaltar nieder.

«Schon zurück, Don Camillo? Hast du dich nicht amüsiert?»

«Doch, Jesus, sehr sogar – aber man soll es mit dem Vergnügen nie übertreiben.»

Weise Worte.

Schwester Filomena

Peppone steckte bis über die Ohren in Schwierigkeiten. Und das war so gekommen: in den ersten drei Monaten des Jahres hatte sich alles außergewöhnlich gut angelassen, so gut, daß Peppone überzeugt war, sich den neuen Lastwagen leisten zu können.

Es war eine sehr große Verpflichtung, denn sie hatte nicht nur alle seine Reserven bis auf den letzten Centesimo erschöpft, darüber hinaus hatte Peppone noch etliche Wechsel unterschrieben, die er um jeden Preis bezahlen mußte, auch wenn ihm, wie es letzthin leider vorgekommen war, gewisse Verträge für den Transport von Mangold, Tomaten etc., mit denen er fest gerechnet hatte, durch die Lappen gegangen waren.

Zu dieser Bescherung hatten sich weitere hinzugesellt, kleinere zwar, aber nicht weniger unangenehme, und als er auch noch gezwungen war, den jüngsten Sohn zum Arzt zu bringen, weil der arme Kleine von Tag zu Tag weniger wurde, fühlte Peppone sich vom Zustand der Gnade wirklich ausgeschlossen.

Der Doktor untersuchte den Jungen sorgfältig und schüttelte dann den Kopf: «Er ist überhaupt nicht in Ordnung», sagte er. «Er muß unbedingt ans Meer.»

Peppone lachte laut heraus:

«Sie belieben zu scherzen! Ausgerechnet dann, wenn die Partei eine Ferienkolonie im Gebirge organisiert, muß der Junge ans Meer!»

«Mir ist gar nicht zum Scherzen zumute», erwiderte der Doktor kühl. «Wenn Sie zu mir kein Zutrauen haben, lassen Sie ihn doch untersuchen von wem Sie wollen. Und wenn Sie jemanden finden, der über die Notwendigkeit eines Aufenthalts am Meer nicht meiner Meinung ist, gebe ich meinen Beruf auf.»

«Mit Zutrauen hat das nichts zu tun. Ich sage nur, daß ich ihn nicht ans Meer schicken kann, aus dem einfachen Grund, weil die Partei dieses Jahr eine Ferienkolonie in den Bergen organisiert hat. Da gibt es nicht viel zu wählen: Er wird ins Gebirge gehen.»

«Der Junge muß dringend ans Meer. Er braucht Jod. Der Pfarrer hat eine Ferienkolonie am Meer organisiert: schicken Sie ihn also mit dem Pfarrer.»

Peppone machte eine ungeduldige Handbewegung:

«Lassen wir die Dummheiten. Der Pfaffe hat Jod, und die Partei hat keines?»

«Nicht der Pfaffe hat das Jod, sondern das Meer hat es. Und da der Pfaffe die Ferienkolonie am Meer organisiert hat, also ...»

«Also gar nichts!» unterbrach ihn Peppone unhöflich. «Der Pfaffe soll hingehen, wohin er will. Mein Junge geht in die Berge. Besser mit der Partei in die Berge, als mit dem Pfaffen ans Meer! Die geistige Gesundheit ist wichtiger als die körperliche.»

Der Arzt verlor die Geduld:

«Ich kümmere mich nicht um Politik, ich kümmere mich um Krankheiten. Und ich sage Ihnen, daß Sie eine solche Dummheit nicht machen können: Wenn Sie dieses Kind ins Gebirge schicken, ruinieren Sie es.»

«Ich schicke es, wohin es mir paßt und gefällt: Über meinen Sohn habe *ich* zu bestimmen!»

Der Arzt, den die Leute das Doktorchen nannten, war keiner von denen, die sich einschüchtern lassen; er blickte Peppone in die Augen und erklärte laut und mit fester Stimme:

«Ihre Parteiangelegenheiten sind für mein berufliches Gewissen uninteressant. Ich werde meine Pflicht bis zum Äußersten tun.»

«Tun Sie, was Sie nicht lassen können!» schrie Peppone wütend. «Zeigen Sie mich doch bei der UNO an!»

Der kleine Doktor wandte sich nicht an die UNO, er klopfte an eine sehr viel nähere Tür. Und als er vor Peppones Frau stand, kam er sofort auf den Kern der Sache zu sprechen:

«Ich habe Ihren Jungen untersucht! Er muß ans Meer, und zwar schnell! Wenn Sie ihn statt ans Meer ins Gebirge schicken, werden Sie ihn völlig ruinieren. Dann ist es besser, ihn hier zu lassen.»

Die Frau sah ihn voller Mißtrauen an:

«In solchen Angelegenheiten entscheidet mein Mann. Erzählen Sie das ihm.»

«Ich habe es ihm bereits erklärt, und er hat mir zur Antwort gegeben, daß er das Kind ins Gebirge schicken werde, weil er über seinen Sohn zu bestimmen habe. Da aber das Kind nicht nur einen Vater, sondern auch eine Mutter hat, habe ich Ihnen die Sache erklärt, wie es meine Pflicht war. Wenn sich also der Zustand des Jungen verschlechtert oder wenn er gar stirbt, tragen Sie beide dafür die Verantwortung.»

Peppones Frau fing an zu brüllen:

«Die Verantwortung trägt diese widerwärtige, ungerechte Welt! Selbst wenn wir ihn ans Meer schicken wollten – wie denn?»

«Indem Sie ihn für die Ferienkolonie am Meer anmelden», gab der kleine Doktor zurück. «Ich habe Don Camillo den Fall bereits dargelegt, und er ist ohne weiteres bereit, den Jungen mitzunehmen.»

Die Frau knallte dem kleinen Doktor die Tür vor der Nase zu, worauf dieser aber gefaßt war, sogar auf Schlimmeres, und er machte sich weiter nichts daraus.

«Wenn ihr statt eines Backsteins auch nur einen Funken Gewissen im Leib habt, bekommt der Junge die Behandlung, die er braucht», brummte der kleine Doktor in sich hinein.

Zum Glück hatten weder Peppone noch seine Frau einen Backstein im Leib. Peppone sucht noch am selben Abend Don Camillo im Pfarrhaus auf.

«Ich möchte bloß wissen, welchen Unsinn Euch dieses unglückselige Doktorchen erzählt hat», sagte Peppone mit drohender Stimme, kaum daß er vor Don Camillo stand.

«Er hat mir erzählt, daß dein Sohn unbedingt ans Meer muß», antwortete Don Camillo ruhig. «Wenn das Unsinn ist, bedeutet es, daß der kleine Doktor verrückt geworden ist, oder aber, daß du verrückt geworden bist.»

Peppone lachte bitter:

«Ich stecke bis über die Ohren in Schwierigkeiten ...»

«Das weiß ich.»

«Der Junge muß ans Meer, während die Partei eine Ferienkolonie im Gebirge macht ...»

«Das weiß ich.»

«Und der Unterzeichnete ist gezwungen, seine Wahl zu treffen: entweder den Sohn zu verraten oder die Partei ...»

«Das weiß ich nicht.»

«Natürlich wißt Ihr das: darum habt Ihr dem Doktor gesagt, daß Ihr meinen Sohn zusammen mit den Euren akzeptiert!»

«Nein, Genosse Bürgermeister: Solche Gemeinheiten mache ich nicht. Mich interessiert, daß dein Sohn gesund wird. Die Gesundheit deiner Partei interessiert mich nicht.»

Peppone betrachtete ihn mit unaussprechlicher Geringschätzung:

«Heuchler!» schrie er. «Wenn ich meinen kleinen Jungen mit den Jungen Eurer Ferienkolonie gehen lasse, wißt Ihr sehr wohl, was für ein großer Wurf das für Eure Propaganda sein wird! Ihr wißt sehr wohl, was die Leute dann sagen werden!»

Don Camillo riß verwundert die Augen auf:

«Die Leute? Und was können sie schon sagen? Ich stecke ihn übrigens gar nicht in meine Ferienkolonie, deinen Sohn. Er wird sich drei Kilometer von unserem Strand entfernt bei den Kindern einer piemontesischen Gemeinde aufhalten. Dein Sohn wird dorthin fahren, bevor unsere Kinder abreisen. Meinst du denn, ein so großes, unförmiges Untier wie ich, ein so schlimmer Kerl, der mit einer einzigen Ohrfeige dir und jenem Unseligen, der dir beigebracht hat, den Hut auf dem Kopf zu behalten, wenn du in einem fremden Haus bist, das Fell gerben könnte, meinst du wirklich, ein solcher Kerl stelle politische Spekulationen auf Kosten der Spatzenknochen eines kranken Kindes an?»

Peppone nahm den Hut vom Kopf.

«Wenn Ihr es nicht aus Gründen der Spekulation tut, dann tut Ihr es, um die Seele meines Sohnes zu vergiften. Um ihn mir kaputt zu machen! Um mir den Feind ins eigene Haus zu setzen!»

Don Camillo schüttelte den Kopf:

«Dein Sohn wird behandelt werden wie wenn er in einer kommunistischen Ferienkolonie wäre.»

Peppone fing an zu lachen:

«Das ist außergewöhnlich!»

«Keineswegs: Dein Sohn wird nur aufgenommen, weil er ans Meer muß. Sonnenbäder und Meerwasserbäder, Spiele, Spaziergänge und so weiter, ganz wie die anderen. Sonst nichts.»

«Keine Gebete am Morgen, am Mittag, am Nachmittag und am Abend? Keine Predigten? Keine Heiligenbildchen? Keine geistlichen Loblieder? Keine Messen? Keine Kommunionen?»

«Keine, Genosse Bürgermeister. Der Doktor hat gesagt, daß das Kind ans Meer muß, und wir werden uns nur um seine körperliche Gesundheit kümmern.»

Peppone wischte sich die schweißgebadete Stirn.

«Hochwürden», sagte er, «Ihr beliebt zu scherzen, ich nicht. Ich habe ein krankes Kind und stecke bis zum Hals in Schwierigkeiten. Macht Euch das nicht zunutze: das wäre gemein.»

Don Camillo öffnete eine Schublade seines Schreibtischs, zog einen Brief heraus und reichte ihn Peppone.

«Er ist von Schwester Filomena, der Leiterin der Ferienkolonie deines Sohnes.»

Peppone ging ans Fenster und las:

«Hochwürden,

Wir haben einen Platz für das Kind. Ich habe vollkommen verstanden: der Vater ist in einer Zwangslage. Wenn es nicht so gemacht würde, wie Ihr sagt, würde

der Junge nicht ans Meer geschickt und seine Gesund-
heit müßte darunter leiden.

Mit viel Liebenswürdigkeit, damit er sich dessen
nicht bewußt werden kann, wird der Junge jedesmal
dann von den Kameraden ferngehalten, wenn diesen in
irgendeiner Weise, sei es auch nur indirekt, religiöser
Beistand gespendet wird.

Was Ihr da von mir verlangt, ist leicht verrückt, aber
ich bin mir bewußt, daß die Vergehen der Väter nicht
auf ihre unschuldigen Söhne zurückfallen dürfen. Je-
denfalls will ich hoffen, daß Ihr nicht von mir verlangt,
dem Jungen aus den Büchern von Lenin und Stalin
vorzulesen und ihm beizubringen, er müsse den Pfar-
rer erschlagen, sobald er dafür genug groß sei ...»

Peppone gab den Brief zurück:

«Das werde ich ihm selbst beibringen!» brummte er.

Er verharrte ein Weilchen in Gedanken versunken,
dann aber fuhr er auf:

«Hochwürden», schrie er, «diese Angelegenheit stinkt
meilenweit nach einer Komödie. So etwas ist doch gar
nicht möglich. Dahinter steckt ein ungeheurer propa-
gandistischer Schwindel. Ihr habt es darauf abgesehen,
mich lächerlich zu machen.»

Don Camillo legte seine große Hand auf das Brevier.

«Schon gut», sagte Peppone. «Wie geht es jetzt
weiter?»

«Es steht alles auf diesem Blatt. Den Leuten werde
ich erklären, daß du ihn auf deine Kosten in eine Pen-
sion schickst.»

«Und der Doktor?»

«Berufsgeheimnis. Er ist ein anständiger Mensch.»

Peppone war noch immer voller Argwohn:

«Wenn also der Junge gesund wird, muß ich Euch dankbar sein ...»

«Nein, Genosse. Fühlst du dich verpflichtet, dem Briefträger besonders dankbar zu sein, weil er dir einen Brief bringt? Nimm einmal an, ich sei der Briefträger, der dir Schwester Filomenas Brief gebracht hat.»

«Also muß ich der Schwester dankbar sein.»

«Nein, sie hat den Brief nur nach Diktat geschrieben. Nicht sie ist der Absender, es ist der dort, der ans Kreuz genagelt ist.»

«Seht Ihr? Ich wußte doch, daß es ein Schwindel ist!» rief Peppone.

«Nein, die Verpflichtung, dankbar zu sein, hat nur derjenige, der an Gott glaubt. Du glaubst nicht an ihn, folglich bist du mit dem Gewissen deiner Partei vollkommen im Einklang.»

«Hochwürden, fangen wir wieder damit an?»

«Schluß. Wir haben uns nie gesehen. Wir haben nie von Ferienkolonie gesprochen. Nachricht über deinen Sohn bekommst du direkt von Schwester Filomena. Nein, reg dich nicht auf: normaler Umschlag, ohne Absender, an deine Adresse zu Hause gerichtet.»

«Mit gleichlautender Kopie für den Pfarrer!» brüllte Peppone.

Don Camillo seufzte:

«Wie sehr wünschte ich mir, du wärest es, der dringend und unbedingt Meerwasserbehandlungen braucht! Oh, welch unendliche Freude, dich weit ins Meer hinaus zu tragen und dich schön tief untertauchen zu lassen, nachdem man dir einen Rettungsring aus Gußeisen umgelegt hätte. Adieu, Berija!»

«Bitte keine Beleidigungen, Hochwürden!»

«Wenn ich dich noch vor einem Monat Berija genannt hätte, wärest du stolz darauf gewesen! Oh, Vergänglichkeit der sowjetischen Angelegenheiten!»

Peppones Sohn reiste am darauffolgenden Tage ab. Seine Mutter begleitete ihn, und als sie zurückgekehrt war, wollte Peppone alles wissen.

«Wer hat dich empfangen?»

«Eine Krankenschwester und ein Arzt. Sie haben den Jungen untersucht. Sie haben gesagt, man müsse ihn sofort ans Meer schicken und ihm eine besondere Verpflegung geben.»

«Haben sie dir Fragen gestellt?»

«Sie haben alles über den Jungen wissen wollen.»

«Und über mich?»

Die Frau zuckte die Achseln.

«Sie haben nicht einmal gefragt, ob er einen Vater hat. Das sind anständige Leute, die sich für die Gesundheit der Kinder interessieren und für nichts weiter.»

«Anständig offenbar», gab Peppone zu. «Weinte der Junge, als du ihn allein gelassen hast?»

«Keine Rede davon! Sie verstehen es außerordentlich gut, mit Kindern umzugehen. Und in dem Heim gibt es einen Hof mit einem Karussell, Tretautos und so weiter. Er hat nicht mal gemerkt, daß ich weggegangen bin.»

«Karussells, Autos und so weiter», brummte Peppone wütend. «Damit streuen sie dem Proletariat Sand in die Augen.»

Es vergingen ein paar Tage, dann traf der erste Brief ein.

«Sehr geehrter Herr,

Ihrem Sohn geht es gut. Das Meer schadet ihm nicht. Das ist schon etwas. Hoffen wir, daß es ihm hilft.

Wir verhalten uns in allem und mit allem nach Ihren besonderen Wünschen. Bis heute ist alles bestens gegangen. Das Kind schläft im Zimmer der diensttuenden Aufseherin, die keine Schwester, sondern eine normale Angestellte ist, und so entgeht er den Morgen- und Abendgebeten und der Heiligen Messe.

Während der Andachtstunden und dergleichen geht er in Begleitung einer Aufseherin draußen spazieren. Wir lassen ihn einen Augenblick später zu den Mahlzeiten kommen, so kommt er um das Gebet und das Bekreuzigen herum.

Nun gibt es aber doch eine kleine Unannehmlichkeit zu berichten: wir haben immer vermieden, daß der Junge an der morgendlichen und abendlichen Zeremonie des Aufziehens und Einholens der Fahne teilnimmt, weil wir uns gesagt haben, daß es sich nicht um eine internationale Fahne, sondern um die normale, dreifarbige Landesfahne handelt. Der Kleine hat das aber gemerkt, weil er aus dem Fenster geblickt hat, und verlangt, an der Zeremonie teilnehmen zu dürfen.

Da der Kleine, der übrigens für seine sieben Jahre sehr lebhaft und aufgeweckt ist, versichert hat: ‹Wenn ihr mich nicht zusammen mit den anderen die Fahne sehen laßt, schreibe ich meinem Papa, der Bürgermeister ist, und er schlägt euch allen mit einem Faustschlag die Köpfe ein›, wäre es uns lieb, wenn Sie uns sagten, wie wir uns in dieser Angelegenheit verhalten sollen.

Hochachtungsvoll

Schwester Filomena.»

168

Peppone sah seine Frau an.

«Du bist närrisch, ich bin es nicht. Diese verflixte Schwester spielt die Geistreiche, aber wenn sie glaubt, den Typ gefunden zu haben, der sich zum besten halten läßt, täuscht sie sich.»

Er nahm ein Blatt Papier und schrieb die Antwort:

«Sehr geehrte Frau Leiterin,

es freut mich, daß es meinem Sohn gut geht. Ich beehre mich, Ihnen zur Kenntnis zu bringen, daß er als italienischer Staatsbürger das Recht und die Pflicht hat, die Fahne des Vaterlandes zu grüßen. Wohingegen die Ungehörigkeit dieses Sohnes bestraft werden muß, weil nämlich sein Vater niemandem mit einem Faustschlag den Kopf einschlägt, sondern die Hände zu ehrlicher Arbeit benutzt.»

Der zweite Brief vom Meer traf eine Woche später ein, zusammen mit einem Blatt mit dem Bericht des Arztes.

«Sehr geehrter Herr,

ich danke Ihnen für Ihre freundliche Antwort. Wir haben uns nach Ihren Wünschen gerichtet. Wie Sie aus dem beigefügten ärztlichen Bericht ersehen werden, sind die Fortschritte Ihres Kleinen beträchtlich.

Hingegen sorgen wir uns wegen seiner unbesonnenen Unterfangen: Heute morgen, während der Zeremonie des Fahnenhissens, sprang die Schnur aus der Rille der Zugrolle, die oben auf der hohen Stange angebracht ist, und verwickelte sich. Während wir uns überlegten, wie wir das in Ordnung bringen könnten, nutzte Ihr Kleiner die Verwirrung aus, um wie ein Eichhörnchen bis ganz hinauf zu klettern.

*Wir alle haben schreckliche Angst ausgestanden und
würden es begrüßen, wenn Sie Ihrem Sohn schreiben
würden, er sollte nie mehr solche unvorsichtigen Dinge
tun.*

*Ihren Wünschen entsprechend haben wir ihm am Frei-
tag Fleisch statt Fisch gegeben: Jetzt verlangt er, wie die
anderen behandelt zu werden, weil er Fisch sehr gern hat.
Wir erwarten Ihren geschätzten Bescheid, um die Sache
nach Ihren Wünschen regeln zu können.*
Hochachtungsvoll   Schwester Filomena.»

Peppone las den Brief vor, und die Frau geriet sofort
außer sich:

«So ein Lausbub, der blamiert uns ja gehörig!»

«Im Gegenteil, der macht uns Ehre!» brüllte Peppone. «Du wirst nie etwas begreifen!»

Peppones Antwort war kurz und energisch:

«Frau Leiterin,
*wenn jemand etwas zum Ansehen der Fahne des Vater-
landes beiträgt, so begeht er keine Unvorsichtigkeit. Machen Sie sich keine Sorgen: Als ich so alt war wie er,
kletterte ich auf die Telegrafenmasten, und wenn ich oben
angekommen war, machte ich die Fahne.*

*Im übrigen vergessen Sie nicht, daß die Bottazzis ein
dickes Fell haben.*

*Was den Fisch am Freitag betrifft, so handelt es sich
nicht um politische Propaganda, und er kann ihn essen.
Hochachtungsvoll.»*

Dann kam der dritte Brief:

«Sehr geehrter Herr,
*der ärztliche Bericht wird Ihnen sagen, daß es Ihrem
Sohn körperlich von Tag zu Tag besser geht. Geistig*

hingegen macht er uns einiges Kopfzerbrechen: Er ist ein Junge, der sehr wenig redet, und anfangs glaubten wir, daß seine Schweigsamkeit der Schüchternheit zuzuschreiben sei. Wir haben jedoch festgestellt, daß er, der sich nach außen hin grob und mitunter auch gewalttätig und damit scheinbar oberflächlich und ungeschlacht gibt, eine freundliche Seele verbirgt und zum Nachdenken neigt.

Er stellt uns von Zeit zu Zeit höchst heikle Fragen, denen wir ängstlich auszuweichen versuchen. Noch vor einer halben Stunde zum Beispiel fragte er mich: ‹Warum sieht man von den Schiffen zuerst den oberen Teil und dann den Rest?›

Ich erklärte ihm, daß die Rundheit der Erde dies bewirke. Und er: ‹Wenn die Erde rund ist, wo stützt sie sich auf?›

‹Sie stützt sich nicht auf, sie schwebt im leeren Raum.›

‹Und wer hält sie, damit sie nicht fällt?›

Wie Sie verstehen werden, ist es nicht einfach, sich herauszureden, wenn man nicht, wie bei den anderen Kindern, den Schöpfer in Erscheinung treten lassen darf. Ich habe die Angelegenheit in der Schwebe gelassen: Muß ich zur Antwort geben, daß an der Spitze des Universums Stalin ist, oder muß ich ganz allgemein von der Partei sprechen?

Hochachtungsvoll

Schwester Filomena.»

Peppone ballte die Fäuste.

«Hol ein Blatt Papier und schreib, was ich dir diktiere. Und mach ja keine Geschichten!» brüllte er seine Frau wütend an. Los:

«Sehr geehrte Leiterin,

ich richte dieses Schreiben an Sie, um Ihnen zu sagen,

171

*daß mein Mann Sonntag morgen kommen wird, um den
Jungen abzuholen.*

Hochachtungsvoll.»

«Schick das per Eilboten.»

Die Frau versuchte zu protestieren, doch Peppone
schnitt ihr das Wort ab:

«Wenn die dort es nicht weiß, werde ich es ihr erklären. Wenn ich auch ein Proletarier bin, so habe ich doch
meine Würde, mehr noch als die anderen. Ich lasse nicht
zu, daß sie sich über mich lustig machen. Wenn sie sich
auf meine Kosten amüsieren wollen, täuschen sie sich.»

Es war nichts zu machen: Peppone fuhr am Samstagabend los, und nach einer greulichen Reise stand er
schließlich an einem kleinen, blumengeschmückten
Bahnhof.

Es war sieben Uhr morgens, und er war zufrieden, als
man ihm sagte, daß er bis zur Ferienkolonie drei Viertel-
stunden zu gehen habe.

Die Wut, die sich durch die beschwerliche Reise noch
gesteigert hatte, ließ Peppone die Strecke im Laufschritt
zurücklegen, und er schaffte sie in einer halben Stunde.

Er sah das Gebäude mitten im Grünen am Ende eines
Gartenweges und setzte sich auf eine kleine Bank. Es
war noch keine schickliche Zeit.

«Gleich werde ich dieser Pfäffin etwas erzählen!»
dachte er.

Er kam aber nicht einmal dazu, zweimal ordentlich
Luft zu schnappen, denn er vernahm eine leise Stimme:

«Herr Bottazzi?»

Er sprang auf und stand vor einer winzig kleinen
Schwester, die dünn und schmächtig wie ein kleines
Mädchen war.

Sie war noch jung, und ihr Gesicht war sanft und fein.

«Ich bin Schwester Filomena», sagte sie. «Ich warte schon eine Zeitlang auf Sie. Ich habe Ihren Eilbrief bekommen.»

Peppone war voller Zorn, aber wie machte man das, einem so winzigen Dingelchen die Meinung zu sagen, das mit einer so leisen und zarten Stimme sprach?

«Ich bin gekommen, um den Jungen abzuholen», brummte Peppone mit gesenktem Kopf.

«Warum? Warum ihm fünfundzwanzig für seine Gesundheit wertvolle Tage rauben? Was haben wir Ihnen getan?»

«Ich will nicht, daß man sich über mich lustig macht», erklärte Peppone.

«Und wer hat sich über Sie lustig gemacht?»

«Ihre Briefe ... vor allem der letzte.»

«Ich verstehe. Weil ich Sie gefragt habe, ob ich Ihrem Sohn sagen soll, Stalin habe das Universum erschaffen. Oder die Partei.»

Peppone machte eine ungeduldige Handbewegung:

«Lassen wir das. Geben Sie mir das Kind zurück und reden Sie nicht mehr davon.»

Schwester Filomena lächelte:

«Sie sind der Vater, und das Kind gebe ich Ihnen zurück. Aber auch damit ist das Problem nicht gelöst. Morgen oder übermorgen wird das Kind *Sie* fragen, wer das Universum erschaffen habe. Und Sie, verzeihen Sie, was werden Sie ihm antworten?»

«Das ist meine Sache», knurrte Peppone finster.

Schwester Filomena schüttelte den Kopf:

«Es tut mir leid, Sie verletzt zu haben. Wenn ich Sie um Entschuldigung bitte, verzeihen Sie mir dann?»

173

«Nein», sagte Peppone und blickte auf die Spitzen seiner Schuhe.

«Hoffen wir, daß der liebe Gott mir verzeiht. Darf ich Sie wenigstens um einen Gefallen bitten?»

Peppone gab ihr zu verstehen, daß sie es dürfe.

«In Ihrem vorletzten Brief haben Sie geschrieben, daß Sie, nachdem Sie oben auf dem Telegrafenmast angekommen waren, *die Fahne machten*. Was bedeutet das?»

Das war nicht leicht zu erklären.

«Es ist ein Spiel: es besteht darin, daß man den Mast unter die linke Achselhöhle bringt, sich dann auf den rechten Ellenbogen stützt und die ausgestreckten Beine von sich schleudert.»

Schwester Filomena sah ihn verwundert an.

«Das verstehe ich nicht.»

Peppone versuchte, den Gedanken besser zu vermitteln, aber er komplizierte die Dinge nur noch mehr. Schließlich zog er die Jacke aus, klammerte sich an den Beleuchtungspfosten und demonstrierte, was es praktisch bedeutete, *die Fahne zu machen*.

Schwester Filomena sah ihn mit laternengroßen Augen an:

«In Ihrem Alter und mit Ihrem Gewicht wagen Sie noch eine solche Übung?»

Dann, während Peppone sich nach der schrecklichen Mühe schweißgebadet auf die Bank fallen ließ, hob Schwester Filomena die Augen gen Himmel:

«Jesus», sagte sie, «wie schade, daß ein so starker Mann so schlecht ist!»

Schwester Filomenas dünnes Stimmchen ließ Peppone auffahren:

«Genug!» flehte er. «Sie geben mir meinen Sohn zurück, und alles ist zuende!»

«Nein», erklärte Schwester Filomena autoritär.

«Dann lassen Sie mich ihn wenigstens sehen!»

«Das hängt davon ab, wie Sie um neun Uhr auftreten.»

Um neun Uhr kam Peppone mit einem vorzeigbaren Gesicht zurück, und Schwester Filomena ließ ihn eintreten und erlaubte ihm, den Tag zusammen mit seinem Sohn am Strand zu verbringen.

Und als Peppone sich am Abend verabschiedete, fragte ihn Schwester Filomena:

«Wie ist das nun, wenn mir das Kind wieder die bewußte Frage stellt, was soll ich ihm antworten?»

«Antworten Sie von mir aus, was Sie wollen, Schwester», brummte Peppone finster und wütend.

Was Schwester Filomena denn auch tat.

Die beiden Straßen

«Jesus», sagte Don Camillo zum Gekreuzigten des Hauptaltars, «ich stelle mir vor, daß ein gerechter Mann mit guten Augen am Fenster seines Zimmers im obersten Stock des Hauses steht. Kann das eine richtige Geschichte werden?»

«Wenn der Mann am Fenster wirklich ein Gerechter ist und wirklich gut sieht, ja», antwortete Christus.

Don Camillo spann den Faden weiter: «Der gerechte Mann überblickt aus dem hohen Haus das ganze Land weitherum, bis zum Horizont. Und durch das Land läuft eine Straße, die sich unweit des Hauses teilt. Und der Gerechte sieht ganz deutlich, daß eine der Abzweigungen zu einem freundlichen, ruhigen Dorf führt, die andere dagegen in einer trostlosen Hochebene endet, wo der trügerische Boden Menschen und Tiere verschlingt.»

Don Camillo schritt eine Weile vor dem Altar auf und ab, dann blieb er stehen und nahm die Erzählung wieder auf: «Vor dem Scheideweg kann man die Straße nicht schlecht nennen, auch wenn Leute mit der klaren Absicht darauf gehen, dann den Weg zum Treibsand einzuschlagen. So näherte sich ein Mann der Abzweigung, und als der Gerechte ihn erblickte, rief er hinunter: ‹Bruder, wenn du am Scheideweg bist, geh nach rechts, denn links ist die falsche Straße!› Der Mann aber rief zurück: ‹Du irrst dich, die linke ist die richtige, und ich nehme die linke, wie es mir meine Vorgesetzten beigebracht haben.›

Der Gerechte beschwor ihn weiter, nicht den linken Weg einzuschlagen, aber der Mann blieb bei seinem Vorsatz und kam dem Scheideweg immer näher. Und der Gerechte rief: ‹Verflucht sei die linke Straße, und verflucht sei, wer ihr folgt, obwohl er das weiß.›

‚ Doch der Mann, am Scheideweg angelangt, schlägt trotzdem die Straße nach links ein, und der Gerechte sieht ihn dem Hinterhalt und Tod entgegengehen.»

Don Camillo blickte zum Gekreuzigten auf: «Jesus, hat die Geschichte so Hand und Fuß?»

«Nein, Don Camillo. Wenn die Geschichte so endet, ist der Mann am Fenster kein Gerechter und kein Weitblickender.»

Don Camillo breitete die Arme aus.

«Der am Fenster», fuhr er fort, «ruft dem Unglücklichen immer wieder nach: ‹Hör doch auf mich! Du bist verflucht, weil du weißt, daß die Straße verflucht ist, und ihr trotzdem folgst! Kehr um und schlag den richtigen Weg ein!› Aber der andere geht weiter und kommt dem Treibsand immer näher und entfernt sich immer mehr vom Scheideweg. Und es kommt der Augenblick, da er die Stimme des Gerechten nicht mehr hört.»

Don Camillo schielte wieder zu Christus empor. «Jesus, was kann der Gerechte da anderes tun, als das Fenster zu schließen und zu Bett zu gehen?»

«Wenn der Gerechte gerecht sein will, muß er hinuntergehen und dem Unglücklichen nachlaufen und ihn einholen und alles tun, um ihn auf den rechten Weg zurückzuführen», antwortete Christus.

«Das kann er nicht», wandte Don Camillo ein, «weil

‹verflucht ist, wer auf der verfluchten Straße geht, obwohl er weiß, daß sie verflucht ist›.»

«Don Camillo», sprach Christus, «wo willst du hinaus? Was stellst du mir für eine Falle? Was willst du von mir hören?»

«Nichts, denn Ihr habt schon alles gesagt, was Ihr sagen mußtet, und das steht alles klar und deutlich in den heiligen Schriften. Und Eure Begriffe sind ewig, und wie sie für die Vergangenheit gültig waren, müssen sie auch für die Gegenwart und Zukunft gelten. Aber manchmal stehen die Worte den Begriffen vor dem Licht, die sie übermitteln sollten. Manchmal kann der unmittelbare Sinn eines Wortes verhindern, daß man zu dem Begriff vordringt, den es ausdrücken will. Jesus, Ihr habt schon alles gesagt, was zu sagen war, und man kann Euch nur bitten, uns bei der wahren Auslegung des Gesagten zu helfen. Wenn diese Straße verflucht ist, weil sie von der Gnade Gottes wegführt, ist auch der verflucht, der ihr folgt – gesegnet aber der, der sich auf ihr befindet und umkehrt, um in die Gnade Gottes zurückzufinden. Das ist der Begriff, und nur so kann er gemeint sein – wenn aber die bloße materielle Handlung, diese Straße mit den Füßen zu betreten, zur Verdammnis führt, dann wäre der Gerechte auf dem Hinweg verflucht und auf dem Rückweg gesegnet.»

«Gesegnet auch auf dem Hinweg, wenn es ihm nur darum geht, den Unglücklichen zur Umkehr zu bewegen», sagte Christus.

«Don Camillo, darüber darfst du nicht im Zweifel sein. Sonst bist du kein guter Christ.»

Don Camillo errötete: «Ihr vergeßt, daß Ihr mit einem Priester sprecht!»

«Und du vergißt, daß du mit deinem Gott sprichst», lächelte Christus.

«Ich sprach mit meinem Gewissen», entschuldigte sich Don Camillo.

«Die Stimme deines Gewissens sollte die Stimme Gottes sein.»

Demütig neigte Don Camillo das Haupt. «Jesus», sagte er, «ich habe keine Zweifel hinsichtlich des Kerns der Sache, nur hinsichtlich der Form. Wie kann ich ...»

«Du?» wunderte sich Christus. «Was hat das denn mit dir zu tun? Bist du vielleicht der Gerechte und Weitblikkende?»

«Ich bin einfach der Mann am Fenster des Gotteshauses. Ob ich gerecht bin, weiß ich nicht, aber ich vermag den Weg des Guten vom Weg des Bösen zu unterscheiden.»

«Ich weiß dein Zartgefühl zu schätzen, Don Camillo. Aber wenn du der Mann am Fenster bist, dann tu nur das, was dir dein Gewissen eingibt. Am Ende werde ich dir sagen können, ob du ein Gerechter bist oder nicht. Und wenn du es bist, werde ich es dir sagen, auch wenn die Menschen dich als ungerecht betrachten und behandeln. Oder interessiert dich das Urteil der Menschen vielleicht mehr als das Urteil deines Gottes?»

Da verneigte sich Don Camillo, schloß das Fenster, ging hinaus und machte sich auf den verfluchten Weg.

Seit dem berüchtigten Tag des Dekretes, der Exkommunikation der Roten, hatte sich Peppone nicht mehr in der Kirche blicken lassen. Auch die andern nicht, denn die taten sowieso nur, was der Chef ihnen vormachte. Als daher Peppone in der Tür der Werkstatt Don Camillo erscheinen sah, stand er starr wie ein Ölgötze. Dann fing er sich auf.

«Wer ist denn dieser Typ da?» fragte er den Smilzo und zeigte auf Don Camillo. «Sein Gesicht kommt mir irgendwie bekannt vor.»

Der Smilzo, der auf der Schrottkiste sitzend die Zeitung las, stand auf, ging hin und beäugte Don Camillo aus der Nähe, dann setzte er sich wieder auf die Kiste.

«Es muß der sein, der den Laden auf der Piazza hat, unterm Turm», erklärte er mit sublimer Gleichgültigkeit.

Don Camillo rührte sich nicht. «Sagt mir, guter Mann», fragte er höflich, «wohnt hier ein gewisser Peppone, der den Laden an der Piazza hat, gegenüber der Kirche?»

Bei der Bezeichnung des Volkshauses als ‹Laden› ließ Peppone seinen Hammer tonnenschwer auf das glühende Eisenstück auf dem Amboß niedersausen, doch dann fiel ihm ein, daß der Smilzo Don Camillos Kirche eben einen Laden genannt hatte, also riß er sich zusammen und änderte seinen Ton.

«Wir haben uns ja lange nicht gesehen, Hochwürden!» rief er. «Wie geht das Geschäft?»

«Gut», antwortete Don Camillo. «Wir haben das Lokal ein wenig gesäubert, und jetzt fühlen sich alle wohler.»

«Je kleiner die Gesellschaft, desto größer das Vergnügen!» grinste Peppone. «Aber wenn Ihr uns ein paar Räumlichkeiten vermieten wollt, weil jetzt zuviel Platz da ist, wendet Euch getrost an uns. Wir wissen schon nicht mehr, wo wir unsere Leute unterbringen sollen.»

«Wir hingegen wissen sehr gut, wo sie hingehören»,

180

erklärte Don Camillo. «Im übrigen gelingt es der Barmherzigkeit Gottes ausgezeichnet, die Lücken zu füllen, die ihr hinterlassen habt.»

Peppone drehte sich zum Smilzo um. «Gott?» fragte er verwundert. «Wer mag das sein?»

«Och, den Namen hab' ich auch schon gehört», warf der Smilzo hin. «Es wird der alte Besitzer von dem Laden sein, von dem ich eben sprach.»

«Ach ja, jetzt fällt's mir ein. Dieser Mümmelgreis mit dem weißen Bart, nicht wahr?»

«Ja», bestätigte der Smilzo. «Aber jetzt ist er tot.»

«Der Arme!» bedauerte Peppone. «Das wußte ich nicht. Tut mir wirklich leid. Er störte ja kaum und hätte ruhig noch bleiben können.»

Don Camillo zählte im Geist bis zweiundvierzig, dann antwortete er ganz ruhig: «Das stimmt nicht. Gott ist krank geworden vor Kummer, als er euch nicht mehr in der Kirche sah, aber dann ist er genesen, und jetzt geht es ihm prächtig.»

«So?» lachte Peppone zufrieden. «Und was treibt er jetzt Schönes?»

«Er wartet auf euch.»

«Bedaure, aber da wird er sich noch eine gute Weile gedulden müssen», höhnte Peppone.

«Er hat keine Eile – laßt euch ruhig Zeit. Auch wenn es eine Million Jahre dauert, wird er immer noch da sein und warten», sagte Don Camillo. «Ich glaube, er hat euch etwas zu sagen.»

«Das soll er dem Papst erzählen!» meinte Peppone giftig.

«Hat er schon», versicherte Don Camillo. «Genau das hat er ihm gesagt: daß er euch erwartet.»

Das mit dem wartenden Gott gefiel Peppone nicht. «Hochwürden, wenn ich eine Predigt hören will, komme ich zu Euch ins Büro. Hier bin ich bei mir zu Hause, und ich habe keine Heimpredigt bestellt!»

Doch Don Camillo lachte gemütlich: «Was hat das damit zu tun? Ich predige doch gar nicht. Ihr habt gesagt, Gott sei tot, und ich habe euch einfach erklärt, daß er lebt und euch erwartet.»

Verärgert brach Peppone die Spielerei ab. Er warf den Hammer auf den Amboß und pflanzte sich breitbeinig vor Don Camillo auf: «Darf man wissen, was Ihr von uns wollt? Wir kommen ja auch nicht zu Euch!»

«Hat Hochwürden vielleicht vergessen, daß wir exkommuniziert sind?» mischte sich der Smilzo ein.

«Das ist von untergeordneter Bedeutung», erwiderte Don Camillo. «Auch wenn ihr exkommuniziert seid, lebt Gott weiter und wartet weiter auf euch. Entschuldigt schon: Ich bin nicht Mitglied eurer Partei, ich trete nicht im Volkshaus auf, und ich gelte als Feind eurer Partei. Könnte ich deshalb behaupten, Stalin existiere nicht?»

«Stalin existiert, und wie! Und er wartet auf Euch – paßt nur auf!» tobte Peppone.

Don Camillo lächelte. «Das bezweifle ich nicht und habe ich nie bezweifelt. Und wenn ich zugebe, daß Stalin existiert und mich erwartet, warum willst du nicht zugeben, daß Gott existiert und dich erwartet? Ist das nicht dasselbe?»

Peppone verstummte vor dieser elementaren Argumentation. Nicht so der Smilzo: «Der einzige Unterschied ist, daß noch niemand Euren Gott jemals gesehen hat, während man Stalin sehen und anfassen kann. Und obwohl ich selbst ihn nicht gesehen und angefaßt habe, kann man sehen und anfassen, was er geschaffen hat: den Kommunismus!»

Don Camillo hob die Arme: «Und die Welt, in der wir leben, ich, du und Stalin, kann man die vielleicht nicht sehen und anfassen?»

«Basta!» brüllte Peppone. «Fangen wir nicht wieder mit der Geschichte vom Huhn und vom Ei an! Tatsache ist, daß ich exkommuniziert bin, also komme ich nicht mehr in die Kirche, und darum bleibe ich bei mir zu Hause, und Ihr bleibt bei Euch zu Hause, und fertig! Wenn ich Predigten brauche, komme ich zu Euch in den Laden, und wenn Ihr einen Schmied braucht, kommt Ihr zu mir in den Laden.»

«Ich hätte gern einen Riegel für die Kirchturmtür», sagte Don Camillo.

Peppone packte ein Stück Kreide, kritzelte ‹Riegel Kirchturm› unter die übrigen Notizen an die Wand und begann wieder zu hämmern.

«Wenn er fertig ist, schicke ich ihn Euch nach Hause. Guten Tag.»

«Schön», sagte Don Camillo. «Habt Ihr den großen Lastwagen noch?»

«Natürlich», brummte Peppone.

«Führt Ihr immer noch Waren- und Personentransporte in privatem Auftrag durch?»

«Klar.»

«Würdet Ihr mir einen Kostenvoranschlag für zwanzig Personen nach Rom machen?»

Peppones Schuppen lief schon einige Zeit ziemlich schlecht, seit einem halben Jahr war es dem Pechvogel nicht mehr gelungen, einen Transport zu ergattern.

«Was soll dieser Transport bedeuten?» fragte er gepreßt.

«Eine Pilgerfahrt zum Heiligen Jahr», gab Don Camillo Auskunft.

Peppone hämmerte auf seinem Eisenstück herum. «Ich kann nicht etwas unternehmen, was meiner Ideologie widerspricht», erwiderte er finster.

«Komisch», bemerkte Don Camillo. «Ich bin letztes Jahr mit einem ganzen Haufen Priester zusammen nach Rom gefahren, und vom Lokomotivführer bis zum Schaffner waren lauter Kommunisten im Zug. Und doch haben sie keine Schwierigkeiten gemacht. Gelten für ländliche Gebiete andere Vorschriften?»

Peppone schielte nach dem Smilzo, und der Smilzo hob ratlos die Arme.

«In der Stadt gibt es Priester, die sich von kommunistischen Ärzten behandeln lassen», fuhr Don Camillo fort.

«Und die kommunistischen Ärzte behandeln sie. Ich verstehe das nicht.»

Peppone hämmerte noch ein bißchen. «Geht es darum, euch nach Rom zu fahren und in den Tiber zu schmeißen?» knurrte er dann.

«In diesem Fall ist die Fuhre gratis. Wenn ihr dagegen wieder zurück wollt, muß ich es mir überlegen.»

«Nein, hin und zurück», erklärte Don Camillo.

«Ich schicke Euch den Bescheid zusammen mit dem Riegel», schloß Peppone.

Don Camillo verließ die Schmiede.

«Da steckt doch eine dreckige klerikale Finte dahinter», wandte sich Peppone an den Smilzo.

«Wachsamkeit ist die erste Tugend des Genossen»,

bestätigte dieser. «Chef, wenn du fährst, komme ich mit, zu zweit wacht es sich besser.»

Peppone hatte Rom noch nie gesehen; sein Blut geriet in Wallung. Er lief ins Haus, um es seiner Frau zu erzählen.

«Priester hin oder her, ich komme auch!» jubelte sie.

Peppone ging in den Schuppen und betrachtete seinen großen Lastwagen. Er hatte ihn erst vor kurzem neu lackiert, und das Ding glänzte, daß es eine Wonne war. Er stieg in die Kabine und legte die Hände auf das Steuerrad.

Der Smilzo schielte von unten herauf und kratzte sich verlegen am Schädel. Peppone fauchte ihn an: «Gaff nicht so blöd! Wenn ich auf dem Lastwagen sitze, bin *ich* die Partei!»

«Der Chef hat immer recht», räumte der Smilzo ein.

Und so begann in der stillen Abgeschlossenheit von Peppones Schuppen das, was später der berühmte Marsch auf Rom werden sollte – der von Don Camillo und Peppone.

Der «Crik»

Der wenige Schnee, der am Vortag gefallen war, hatte sich in Matsch verwandelt, und alle Straßen waren wie Karrenwege.

Scheußlich, sich mit dem Fahrrad zwischen Pfützen und Radfurchen durchzuwinden – Don Camillo, der seit geraumer Zeit den morastigen Bach entlang navigierte, zu dem die Molinetto-Straße geworden war, schwitzte erbärmlich.

Plötzlich hörte er hinter sich ein heiseres Hupen und trat stärker in die Pedale, denn fünfzehn Meter weiter vorn überspannte eine kleine Brücke den rechten Straßengraben. Dort verließ er die Straße und wartete auf dem Brücklein, bis der von der Hupe angekündigte Wirbelsturm vorüber wäre.

Bei der Einmündung der kleinen Brücke war die Straße fast völlig trocken. Fast: das heißt, bis auf ein tiefes, wassergefülltes Loch in der Mitte. Das aber machte Don Camillo keine Sorgen, denn wenn das Motorvehikel die Mitte der Straße hielt, würde die Pfütze unberührt zwischen den Rädern liegenbleiben. Fuhr es dagegen rechts, dann konnten nur die linken Räder die Pfütze treffen.

Das Gefährt war bis auf wenige Meter herangekommen, und Don Camillo stellte zufrieden fest, daß es ein großer Lastwagen war, dessen Breite allein schon die Möglichkeit eines Schwenkers nach links ausschloß.

Unglücklicherweise handelte es sich nicht um einen normalen Lastwagen. Als Don Camillo das bemerkte, war es bereits zu spät. Kurz vor der Brücke bog der Fahrer so vehement nach links ab, daß die rechten Räder voll in das Wasserloch in der Straßenmitte tauchten.

Daß er Gefahr lief, links in den Straßengraben zu geraten, kümmerte den verflixten Kerl am Steuer überhaupt nicht; ihm lag nur daran, daß das Dreckwasser der Pfütze nach rechts spritzte.

Don Camillo stand da, von Kopf bis Fuß mit Schlamm bedeckt, als hätte man ihn mit einem Pinsel angemalt, und der inzwischen auf die richtige Fahrspur eingeschwenkte *Leopard* entfernte sich torkelnd.

Der *Leopard* war das lotterigste Fahrzeug der Welt; den Namen *Leopard* hatten ihm die Leute gegeben, weil Hunderte von dunklen und rostigen Blechflicken die strohfarbene Karosserie scheckig überzogen.

Niemand begriff, wie der *Leopard* überhaupt fahren konnte, wies er doch kein einziges unbeschädigtes Teilstück auf. Und doch fuhr er von früh bis spät, übervoll beladen mit Sand oder Kies vom Fluß, mit Zementsäcken oder Ziegelsteinen.

Wer den Crik indessen näher kannte, der vermochte sich das Phänomen *Leopard* zu erklären. Lastwagen und Fahrer nämlich waren eins, und es ließ sich unmöglich genau bestimmen, ob der *Leopard* ein Stück vom Crik oder der Crik ein Zubehörteil des *Leopard* war. Deshalb auch der Übername «Crik»: Wagenheber ...

Ursprünglich mußte der Crik ein hübscher Junge gewesen sein; seit er aber dieses Höllenwrack eines Lastwagens aufgegabelt hatte, war er nach und nach etwas ebenso Verlottertes und Zusammengestoppeltes geworden wie sein Fahrzeug.

Er hatte sich Peppones Partei angeschlossen, allerdings unter einer Bedingung: «Wenn es Zeit ist für die Revolution, dann ruft mich. Mit allem anderen aber laßt mich in Frieden, denn ich muß arbeiten.»

Er lebte allein, schlief in dem Häuschen, das ihm die Seinen hinterlassen hatten, und aß, wo es sich gerade traf.

Die Arbeit ließ ihm keine Zeit, sich Freunde oder auch Feinde zu schaffen. Daß er sich auf dem Lastwagen wie ein Aas benahm, entsprang weder Feindseligkeit noch Bosheit; er war einfach überzeugt, daß dies eine der Pflichten sei, die einem der Beruf des motorisierten Fuhrmannes auferlege.

Auch als es ihm gelungen war, Don Camillo vollzuspritzen, obwohl er sich dabei selber den Hals hätte brechen können, hatte er sich nicht etwa darüber gefreut, sondern übellaunig vor sich hingebrummt: «Da sieht man wieder, was man bei diesem verfluchten Gewerbe alles riskieren muß!»

Don Camillo kannte zwar den Crik, aber diese psychologischen Feinheiten entgingen ihm, wie er da schlammübergossen am Straßenrand stand. Er reihte den Crik vielmehr in die Kategorie jener Lumpenkerle ein, die man am Kittel packen und an die Wand knallen sollte. Beseelt vom nicht eben lobenswerten, aber festen Vorsatz, den Crik abzufangen und ihm eine tüchtige Abreibung zu verpassen, radelte er heim ins Pfarrhaus. Er schlich auch eine ganze Weile in der Nähe von Criks Behausung herum, doch der *Leopard* kehrte glückli-

188

cherweise an diesem Abend nicht zur Basis zurück. Glücklicherweise bis zu einem gewissen Grad ...

Nachdem er Don Camillo «eingedeckt» hatte, fuhr der Crik auf der richtigen Fahrspur weiter zur Arbeit: Er war auf dem Weg, Kies aufzuladen. Und zwar bediente er sich in diesen Fällen nicht an den vorbereiteten Lagern dicht unterhalb des Dammes am großen Fluß, wo man zu einem festen Kubikmeterpreis Sand, Schotter usw. beziehen konnte, sondern fuhr mit dem Lastwagen zum Kiesbett des Stivone hinaus und schaufelte sich seine Ladung selber zusammen.

Etwa anderthalb Kilometer vor dem Stivone geriet er in eine Nebelbank; der Crik kannte sich hier genau aus und fand den Weg den Damm hinunter auch so, nur bog er unten ein wenig zu scharf nach rechts ab und landete im Sumpf.

Als es mit Flüchen nicht gelang, den *Leopard* aus dem Dreck zu ziehen, sprang der Crik ab und machte sich daran, mit Steinen und Gestrüpp dem Morast hinter den Rädern etwas Halt zu geben. Dann stieg er wieder auf und schaltete den Rückwärtsgang ein.

Die Reifen rauchten, als sich die Räder im Leeren drehten, doch der Crik wollte um jeden Preis hier heraus und mühte sich weiter ab – mit dem einzigen Ergebnis, daß er immer tiefer einsank. Er schaltete um und versuchte nach vorn loszukommen, wechselte wieder in den Rückwärtsgang, und so weiter.

Zorn übermannte ihn, und brüllend wie ein Tobsüchtiger setzte er seine unsinnigen Manöver fort; endlich griffen die Räder, aber kaum eine Minute später brach dem *Leopard* das alte Herz.

Der Lastwagen stand bis zur Achse im Sumpf, der Motor war blockiert. Der Crik, vor Erschöpfung wie zerschlagen, beruhigte sich.

Er holte unter dem Sitz die Grappaflasche hervor und trank in langen Zügen. Dann sank er hin, fiel in einen bleiernen Schlaf und verbrachte so die Nacht in der Kabine.

Am frühen Morgen erwachte er, sprang vom Wagen, lief zu einem einsamen Häuschen und fand dort jemanden, der ihm ein Fahrrad borgte. Verzweifelt trat er in die Pedale und traf ziemlich bald im Dorf und in Peppones Werkstatt ein.

«Komm, sieh dir den Lastwagen an», keuchte er. «Und nimm Werkzeug mit, es stimmt etwas nicht.»

Der Crik war so aufgeregt, daß Peppone nicht einmal den Mund aufzumachen wagte; er schwang sich auf sein Motorrad, und der Crik klemmte sich samt dem geborgten Fahrrad in den Anhänger.

Bei dem verwünschten Sumpf angekommen, warf Peppone einen langen Blick auf den versunkenen *Leopard* und murrte: «Da braucht's einen Raupenschlepper!»

«Bring mir den Motor in Ordnung, und ich ziehe ihn heraus, ohne Raupenschlepper!» antwortete der Crik. «Es ist ja nicht das erstemal, daß ich steckenbleibe.»

Die Untersuchung, die Peppone dem *Leopard* angedeihen ließ, war lang und gründlich. Am Ende setzte er wieder zusammen, was er auseinandergenommen, deckte wieder zu, was er abgedeckt hatte, und verstaute sein Werkzeug im Motorradanhänger.

«Crik», erklärte er, «das einzige, was man machen kann, ist, ihn bis zum Sommer hier stehen zu lassen.

Dann kannst du ihn vielleicht herausziehen und als Alteisen verkaufen.»

«Chef!» erwiderte der Crik finster, «mir ist nicht ums Spaßen.»

«Mir auch nicht», sagte Peppone. «Nach allem, was ich gesehen habe, ist die Pleuelstange verschoben, die Kupplung verbrannt, das Differential aufgerissen, die Ölpumpe zerbrochen, das Getriebe auseinandergefallen. Da ist nichts, was noch funktionieren könnte.»

«Aber es ist doch nicht möglich», heulte der Crik auf, «daß ich das alles auf einmal kaputtgemacht habe!»

«Du hast es nicht auf einmal kaputtgemacht; es war alles schon ziemlich hin, und jetzt ist es ganz hin. Wie eine Mauer, die sich gesenkt hat: wenn man sie in Ruhe läßt, steht sie noch zehn oder zwanzig Jahre, aber wenn du unten einen einzigen Stein wegnimmst, bricht alles zusammen. Oder wie die Leute, die immer gesund sind, bis sie sich einmal erkälten und dann eingehen, weil gleich acht oder zehn Krankheiten auf einmal ausbrechen.»

Der Crik betrachtete den Lastwagen, dann sagte er: «Ich muß ihn reparieren, um jeden Preis! Man kann doch alles reparieren!»

«Sicher», räumte Peppone ein. «Aber hier bräuchtest du mindestens zweihunderttausend Lire, selbst wenn du einen findest, der dir die Arbeit aus Freundschaft macht, und selbst wenn man nur ersetzt, was schon kaputt ist, und alles drinläßt, was erst in nächster Zeit kaputtgeht.»

Ob zweihunderttausend oder zwei Milliarden, das war für den Crik dasselbe; denn er besaß ohnehin so gut wie nichts.

Peppone bestieg sein Motorrad und fuhr ins Dorf

zurück; der Crik brachte das Fahrrad dorthin, wo man es ihm geliehen hatte, und stand dann lange vor dem *Leopard*. Er wußte, daß Peppone die nackte Wahrheit gesagt hatte. Es war also alles aus.

Das Haus verkaufen? Das wäre ungefähr so gewesen, wie wenn einer, um den rechten Schuh flicken lassen zu können, den noch heilen linken Schuh verkauft.

Langsam machte er sich auf den Weg ins Dorf, aber er kam nicht weit, denn auf einmal fiel ihm ein: «Was soll ich im Dorf? – Etwas anderes arbeiten? – Meine Arbeit ist das hier.»

Er kehrte um, und als er den Damm hinuntersteigen wollte, schlug es Mittag. Da wanderte er bis zum nächsten Ortsteil, kaufte eine Flasche Wein, Brot, ein Stück Gorgonzola, fünf Zigaretten und kehrte in den Sumpf zurück.

Er aß in der Kabine seines Lastwagens. Ein wenig Brot, ein wenig Käse und der halbe Wein blieben übrig. «Das reicht auch fürs Abendessen», dachte er und legte sich hin.

Eine Woche später ging ein Gerede durch das Dorf: der Crik sei übergeschnappt, er verbringe seine Tage damit, in der Kabine des *Leopard* zu schlafen oder um den Lastwagen herumzugehen.

Eines Tages nahm Peppone sein Motorrad und ging mit dem Smilzo zusammen zum Crik.

Der war in der Kabine, und als Peppone ihn anrief, streckte er den Kopf aus dem Fenster. «Ist Revolution?» fragte er.

«Nein», antwortete Peppone.

«Dann laß mich in Ruhe. Ich habe zu tun.»

Es half nichts, weiter in ihn zu dringen. Peppone und der Smilzo gingen wieder.

Als nächstes interessierte sich die Polizei für die Angelegenheit. Sie erschien eines Morgens im Sumpfgelände, als der Crik gerade am Motor herumwerkelte. Der Maresciallo schaute ihm eine Weile zu, dann fragte er höflich: «Im Vertrauen – warum gehen Sie nicht nach Hause?»

«Sobald ich den Lastwagen repariert habe, gehe ich», antwortete der Crik. «Wenn ich die zweihunderttausend Lire hätte, um ihn reparieren zu lassen, ginge ich sofort. Aber ich habe sie nicht, und so muß ich selber damit zurechtkommen. Und nachts bleibe ich hier, damit mir die Einzelteile nicht gestohlen werden.»

Der Maresciallo zuckte die Achseln und entfernte sich.

Der Crik störte niemanden, wollte von niemandem etwas haben. Man ließ ihn in Ruhe. Und so verging ein Monat, bis der Crik eines Morgens ein Klopfen an der Kabinentür hörte und, als er aus dem Fenster blickte, Don Camillo draußen stehen sah, ganz rabenschwarz in dem Schnee, der über Nacht gefallen war.

«Ist das Jüngste Gericht ausgebrochen?» fragte der Crik.

«Leider noch nicht», brummte Don Camillo.

«Dann laßt mich in Ruhe. Ich habe zu tun.»

Er zog den Kopf zurück und drehte die Fensterscheibe zu, doch Don Camillo klopfte erneut.

«Hochwürden!» rief der Crik. «Seid Ihr noch böse, weil ich Euch auf der Straße zum Molinetto ein wenig erfrischt habe? Ist es Euch nicht genug, wenn Ihr seht, daß ich niemanden mehr anspritzen kann?»

«Crik», sagte Don Camillo ernst, «warum bleibst du hier?»

«Das hab' ich dem Maresciallo schon erklärt.»

«Ich bin nicht der Maresciallo.»

«Aber fast», kicherte der Crik. «Ihr seid ein Gendarm des Papstes.»

«Crik, laß den Papst aus dem Spiel. Im Dorf sagen sie, du seist verrückt geworden, aber das glaube ich nicht. Es ist doch gar nicht möglich, daß einer plötzlich den Verstand verliert, wenn er, wie du, überhaupt nie einen gehabt hat.»

«Hochwürden», wehrte sich der Crik, «Ihr macht Euch ja nur über mich lustig, weil Ihr wißt, daß mir ein bißchen lausig zumute ist.»

«Wie kannst du hier leben, Crik? Wer gibt dir zu essen?»

«Weiß nicht. Ab und zu bringt mir einer etwas. Aber das ist wahrscheinlich nur eine Ausrede, um mich anglotzen zu können.»

«Ich verstehe nicht, was du hier machst. Ich sehe einfach keinen Sinn darin. Vielleicht weil das alles überhaupt keinen Sinn hat und du wirklich ein Spinner bist.»

«Einen Sinn hat es schon», behauptete der Crik. «Ich warte hier.»

«Auf was denn?» rief Don Camillo ungeduldig. «Daß Manna vom Himmel fällt? Daß der Herrgott dir einen Raupenschlepper samt einer Equipe Automechaniker schickt?»

Der Crik zuckte die Achseln. «Ich warte.»

«Hilf dir selbst, dann hilft dir Gott!» redete Don Camillo ihm energisch zu. «Man muß sich anstrengen, wenn man etwas erreichen will.»

«Man strengt sich an und hilft sich, solange es geht. Wenn es dann Nacht wird und kein Licht mehr da ist, kann man nur noch warten, bis wieder Tag ist. Auch für mich wird es wieder Tag.»

«Sicher – aber nur, wenn du die Augen aufmachst. Solange du die Augen zusperrst, bleibt es für dich immer Nacht. Los, geh nach Hause, arbeite, dann findest du deinen Weg auch wieder.»

«Meinen Weg hab' ich nicht verloren! Mein Weg ist das hier. Jetzt steht mein Camion still, aber eines Tages wird er wieder laufen! Ich bleibe hier, auf meinem Wagen.»

Damit zog er endgültig den Kopf zurück und schloß das Fenster. Und Don Camillo nahm unter dem Mantel eine Markttasche voller Eßwaren hervor, stellte sie auf die Motorhaube des *Leopard* und ging.

«Jesus», sagte Don Camillo zum Gekreuzigten, als er wieder zu Hause war, «der Crik ist verrückt.»

«Wer der göttlichen Vorsehung vertraut, ist nie verrückt», antwortete Christus.

«Der Crik ist ein Tropf, der weder an Gott, noch an die göttliche Vorsehung glaubt», widersprach Don Camillo. «Der glaubt nur an seinen Lastwagen.»

Christus lächelte: «Das ist doch schon etwas, Don Camillo. Weil dieser Lastwagen sein ganzes Leben ist, glaubt er also an das Leben und damit an Gott.»

Don Camillo war noch nicht länger als eine Stunde fort, als der Crik jemanden um den Wagen trippeln hörte, und als er hinausguckte, bemerkte er ein junges Mädchen, das schnell davonlaufen wollte, als es sich entdeckt sah.

«Keine Angst, keine Angst!» rief der Crik lachend. «Kommt nur und seht Euch das Wundertier an, es kostet nichts.»

Das Mädchen blieb stehen. «Wenn Ihr drinbleibt, gut, aber wenn Ihr herauskommt, renne ich fort, und Ihr seht mich nie wieder.»

«Ich bleibe drin», murrte der Crik. «Was sollte ich draußen?»

Da kam das Mädchen näher, setzte sich auf einen großen Stein und betrachtete den Mann neugierig.

«Gefallen Euch meine äußeren Merkmale?» erkundigte sich der Crik ironisch.

«Ich weiß nicht», gab das Mädchen zurück. «Der Bart deckt Euch das ganze Gesicht zu.»

Diese Bemerkung verblüffte den Crik. Er zog den Spiegelscherben unter dem Sitz hervor, den er immer brauchte, wenn ihm bei der Arbeit Dreck in die Augen geriet, und schaute hinein.

Es war wirklich zum Grausen: Mit seinen sechsundzwanzig Jahren sah er aus wie ein alter Bettler.

Er schielte zu dem Mädchen hinüber. Sie konnte höchstens drei-, vierundzwanzig sein und war, so im Dämmerlicht gesehen, ein ausnehmend hübsches Ding.

Der Crik schämte sich, so über und über dreckig zu sein, und zog den Kopf vom Fenster zurück. «Ende der Vorstellung», verkündete er. «Morgen um vier Uhr ist der Verrückte in Zweitaufführung zu sehen.»

Das Mädchen stand auf und ging. Der Crik dachte nicht weiter an sie. Trotzdem holte er am andern Morgen das Notwendige aus dem Kasten unter dem Sitz und rasierte sich. Dann wusch und kämmte er sich auch noch.

Um vier Uhr erschien das Mädchen wieder, und als es den Crik so gestriegelt und geschniegelt sah, machte es ein sehr zufriedenes Gesicht.

«Warum spielt Ihr den Verrückten, wenn Ihr es doch gar nicht seid?» fragte es.

«Ich spiele nicht den Verrückten!» erwiderte der Crik. «Ich warte.»

«Auf was?»

«Das ist schwer zu erklären, besonders einem Mädchen.»

«Versucht's doch.»

Sie redeten einander mit «Ihr» an, wie es bei den alten Leuten hierzulande üblich ist, und sprachen beide sehr ernsthaft. Der Crik bemühte sich, die ganze Geschichte zu erzählen, und am Ende schüttelte das Mädchen den Kopf.

«Ich habe nicht begriffen, warum Ihr wartet», gestand es. «Aber ich will darüber nachdenken.»

Am folgenden Tag um vier Uhr war das Mädchen wieder da und reichte dem Crik ein Päckchen mit Brot und Wurst. Er errötete: «Nein, von Frauen kann ich nichts annehmen», brummelte er.

«Ihr müßt es aber annehmen», erklärte das Mädchen ruhig, «wenn Ihr nicht verhungern wollt.»

Plötzlich rebellierte der Crik; er riß den Wagenschlag auf und sprang hinunter. «Ich habe mir mein Brot immer mit diesen meinen Händen verdient!» schrie er. «Ich habe noch nie jemanden nötig gehabt, und ich werde auch nie jemanden nötig haben. Ich bin der Crik, und der Crik bleibt, was er ist!»

Auf dem Flußufer lag ein Nachen, und ein langer, dicker Eichenbalken sorgte dafür, daß der Nachen nicht abrutschen konnte; mit wütender Kraft packte der Crik den Balken, zwängte ihn einen halben Meter weit unter die Achse eines der Hinterräder des *Leopard*, bückte sich tief, um das freie Ende des Balkens auf die rechte Schulter zu schieben, stemmte die Füße in den Schlamm, der im Frost eisenhart geworden war, und richtete sich langsam auf.

Der *Leopard*, mit dem gefrorenen Boden sozusagen verschweißt, rührte sich nicht, dafür brach der Eichenbalken entzwei.

Das Mädchen zeigte keinerlei Begeisterung. «So grobe Leute gefallen mir nicht», bemerkte es bloß.

Der Crik verkroch sich in der Kabine, und das Mädchen setzte sich wieder auf den gewohnten Stein.

Wie oft saß das Mädchen noch auf diesem Stein? Wie oft versuchte es noch, den Crik umzustimmen?

Jedenfalls stand es eines Abends nach dem üblichen Zureden auf und sagte: «Ich komme jetzt nicht mehr; ich habe Euch ja gesagt, wo ich wohne. Wenn Ihr mich sehen wollt, müßt Ihr Euch selber auf den Weg machen.»

Schon war der Frühling im Anzug, und der Boden unter den Rädern des *Leopard* wurde wieder zu Morast.

Und der Schnee in den Bergen schmolz, und der Regen strömte in der Ebene und in den Hügeln nieder. Der große Fluß war zum Fürchten angeschwollen, und die kleinen Nebenflüsse füllten sich durch den Rückstau immer mehr.

Auch der Stivone stieg an, und bald beleckte das Wasser die Räder des *Leopard*.

Der Crik wartete einen Abend, zwei, drei Abende auf das Mädchen, aber das Mädchen kam nicht, und das

Wasser bedeckte den Stein, auf dem es gewöhnlich saß.

«Ihr wißt ja, wo ich wohne; wenn Ihr mich sehen wollt, dann müßt *Ihr* kommen» – ja, der Crik würde zu dem Mädchen gehen, aber nicht zu Fuß. Am Steuer seines *Leopard* würde er hinfahren. Er wartete gelassen, denn er spürte, daß der *Leopard* sich nun bald bewegen, bald wieder auf der Straße dahinrollen mußte.

Das Wasser bedrängte die Dämme, die Leute machten sich Sorgen. Den Crik hatten sie alle vergessen. Nur das Mädchen nicht: Es wartete auf ihn, denn es war sicher, daß er kommen werde.

Und in der Nacht, in der das Hochwasser den höchsten Stand erreichte, ließ der Crik sich tatsächlich sehen; es war fast elf Uhr, und es regnete in Strömen.

Das Mädchen in seinem Zimmer im ersten Stock des Hauses am Fuß des Hauptdammes hörte auf einmal ein Hupen, und als es ans Fenster trat, das sozusagen auf gleicher Höhe mit der Dammstraße war, sah es den *Leopard* gerade vor seinem Fenster auf der Dammstraße stehen.

Der Crik saß am Steuer; lächelnd zeigte er sich am Wagenfenster und hob winkend den Arm. Dann schaltete er den Gang ein und brauste davon. Noch von fern hörte das Mädchen sein Hupen.

Es waren etliche, die den Crik und den *Leopard* an diesem Spätabend sahen. Und etliche hörten das Hupen.

Als nach wenigen Tagen die Fluten zurückgingen, war Don Camillo der erste, der, bis zum Magen im Wasser watend, zum *Leopard* vordrang. Der war noch tiefer in den Boden versunken, und das Wasser stand bis zur Höhe des Sitzes in der Kabine.

Don Camillo öffnete den Schlag, und da saß der Crik am Steuer: stolz und lächelnd und sah aus wie lebendig.

Lange Zeit später war Don Camillo wieder an einem Regenabend auf der morastigen Straße zum Molinetto unterwegs, und als er ein Hupen hörte, trat er wieder kräftig in die Pedale, um sich auf dem Brücklein in Sicherheit zu bringen.

Und gleich darauf rumpelte der *Leopard* vorbei, aber er bespritzte ihn nicht mit Schlamm, denn der Crik verzichtete auf die Bosheit, den Wagen so herumzuwerfen, daß die rechten Räder die tiefe Pfütze durchquerten. Ruhig ließ der Crik die Hand auf dem Steuerrad, als er vorüberfuhr, und Don Camillo seufzte: «Wieviel hast du durchmachen müssen, arme Seele, um Anstand zu lernen. Gott sei dir und deinem Lastwagen gnädig.»

Ihr braucht euch nicht zu fürchten, wenn euch in der einen oder anderen Nacht auf den Straßen über den Dämmen der *Leopard* begegnet: Das ist nur der Crik, der vor den Fenstern seiner Schönen den stolzen Gockel spielt.

«Ceratom»

Ein verbeulter *Topolino* hielt auf dem Kirchplatz an, und heraus stieg ein hagerer Mann mit einer großen Ledertasche.

Beim Kirchenportal blieb er stehen, öffnete es einen Spalt weit, streckte kurz den Kopf hinein und marschierte dann stracks auf das Pfarrhaus zu.

Don Camillo genoß gerade das gemütliche Kaminfeuer in seiner Stube, und als er das Klopfen hörte, klang sein «Herein!» wie eine Drohung mit Waffengewalt. Doch beim Anblick dieses Mickermännchens wurde er gleich wieder friedlich.

«Ich muß nur schnell ein Päckchen abgeben, dann lasse ich Sie sofort wieder in Ruhe», erklärte der Fremde mit traurigem Lächeln und kramte in der Tasche, die er auf den Tisch gestellt hatte.

Das Päckchen enthielt eine Propagandabroschüre gegen die Roten. «Das schickt das Komitee», erläuterte der Überbringer.

«Setzen Sie sich doch!» forderte Don Camillo ihn freundlich auf.

«Hier drinnen ist es angenehmer als in meiner Mausefalle!» seufzte der Fremde und ließ sich vor dem Feuer nieder. «Auf der andern Seite – Geschäft ist Geschäft.»

Don Camillo erhob sich, um die Broschüren wegzuräumen und gleichzeitig eine Flasche Fortanella zu angeln. «Sind Sie vom Komitee?» erkundigte er sich.

«Nein. Ich bin ein Freund von den Leuten des Komitees und erweise ihnen gern eine Gefälligkeit. Komitee oder nicht, der Kampf ist ja für alle anständigen Menschen derselbe. Da ich ohnehin die ganze Gegend Dorf um Dorf abklappern muß, macht es mir nichts aus, ein paar Broschüren mitzunehmen. So können die Porto sparen und sind erst noch sicher, daß das Material nicht verloren geht.»

Der Fremde grinste trüb vor sich hin und nahm einen kräftigen Schluck Wein. «Das wird mich ein bißchen aufheitern», stellte er fest. «Ich hab's nötig.»

Don Camillo setzte sich wieder. «Wenn man fragen darf», forschte er, «was genau ist denn Ihr Geschäft?»

«Ach, reden wir nicht davon, Hochwürden!» jammerte der Fremde.

«Es ist der unglückseligste Beruf der Welt. Aber wenn man eine Familie zu ernähren hat, kann man eben nicht zimperlich sein.»

Don Camillo wartete.

«Ich reise», erklärte der Mann melancholisch. «Ich versuche Ware zu verkaufen, die niemand haben will. Ich bin als letzter zur Firma gekommen, die guten Plätze hatten sich schon die andern geschnappt. Mir sind nur die kleinen Ortschaften geblieben, die Dörfer!»

«Was verkaufen Sie denn?»

«Nichts!» antwortete der Reisende. «Ich mache Geschäfte wie einer, der am Nordpol Eis oder auf den Dolomiten Schiffsanker verkaufen möchte. Lassen wir das, Hochwürden. Vergessen wir einen Augenblick unsere Sorgen.»

Der Mann leerte sein Glas in einem Zug, und Don Camillo füllte es von neuem. Die Neugier zwickte ihn:

Was zum Kuckuck mochte dieser Pechvogel bloß verkaufen?

Der Fremde schüttelte den Kopf: «Hochwürden», sagte er halblaut, «wissen Sie, was ‹Ceratom› ist? Nein, zerbrechen Sie sich nicht den Kopf, ich sage es Ihnen: ‹Ceratom› bedeutet ‹Cera atomica› – Bohnerwachs.»

Er nahm einen Schluck Wein, ehe er fortfuhr: «Verstehen Sie? Ich muß Bohnerwachs verkaufen, wo es keine Fußböden zum Bohnern gibt. Wo alle Böden aus Ziegelstein sind.»

Don Camillo hielt es für seine Pflicht, zu widersprechen: «Es gibt aber auch hier Fliesen- und Kunststeinböden. In der Drogerie wird jedenfalls Bohnerwachs verkauft.»

Der Mann lächelte traurig: «Eben. Ich habe die beiden Drogerien hier aufgesucht und weiß alles. Bei dem, was an Bohnerwachs verkauft wird, reichen die Lagervorräte noch für mindestens fünfundzwanzig Jahre! Außerdem ist mein Produkt neu – ausgezeichnet und preisgünstig, aber neu, und die Leute sind Neuem gegenüber immer mißtrauisch. Privat verkaufen darf ich nicht; ich bemühe mich, mit den Gemeinden ins Geschäft zu kommen, mit den Organisationen, die Säle, Vereinslokale, Theater, Kinos besitzen. Aber leider sind die zu neunzig Prozent in den Händen der Roten, und bevor ich bei diesem Pack anklopfe, verhungere ich lieber!»

Wieder stärkte er sich mit einem langen Schluck. «Das muntert mich wirklich auf!» stellte er fast fröhlich fest. «Und so nötig hatte ich es noch nie! Wissen Sie, Hochwürden: Kilometer um Kilometer in dieser Mausefalle über gräßliche Straßen durch die Schneewüste fahren ... und wenn man am Abend zusammenzählt, merkt man, daß man die Zeit und das Benzin draufgezahlt hat!»

Er wühlte in der Tasche und zog ein Bestellbuch heraus, das er Don Camillo aufgeschlagen zeigte: «Da sehen Sie, Hochwürden, die Arbeit eines ganzen Vormittags: ‹Drogerie Piacini in Torricella: Ceratom, 1 große.› Verstehen Sie? Nachdem ich zwei Stunden lang geredet habe, bestellen die eine zum Ausprobieren. Und eigentlich auch das nur, damit sie mich loswurden.»

Don Camillo betrachtete die Bestellung und wiegte den Kopf: «Wirklich kein Anlaß zur Fröhlichkeit!»

Der Mann trank einen Schluck und berichtigte lebhaft: «Aber das ist ja gar nicht wahr! In Fiumetto habe ich ebenfalls ein Geschäft abgeschlossen: Der Pfarrer dort ist einer der wenigen, die Fliesen in der Kirche haben, und da hat er, auch zum Ausprobieren, eine Dose gekauft. Allerdings nur eine kleine, zu zweihundert Gramm.»

Er zeigte Don Camillo das Döschen und erklärte: «Ich hatte zwei als Muster bei mir, und da verkaufte ich ihm die eine direkt. Auch darum, weil ich mich nicht getraue, der Firma eine Bestellung für eine einzelne kleine Dose vorzulegen.»

Don Camillo schaute das Döschen mitleidig an und fragte: «Ist die große Dose sehr groß?»

Der Mann holte eine Büchse aus seiner Tasche: «Ein Kilo. Das ist nicht viel, aber das Produkt wird erst eingeführt, und da ist die Firma froh, wenn sie eine Dose probeweise anbringt. Denn wer dieses Wachs einmal verwendet, der bleibt auf jeden Fall dabei! Es ist wirklich außergewöhnlich gut.»

Don Camillo hielt den Moment für gekommen, seine

Entscheidung zu treffen: «Ich würde es gern ausprobieren», sagte er. «Lassen Sie mir auch eine Dose hier.»

Erstaunt blickte ihn der Reisende an: «Eine Dose? Und was wollen Sie damit, Hochwürden? Ihren Ziegelboden bohnern?»

«Hier im Haus habe ich Ziegel, aber in der Kirche ist ein Fliesenboden», betonte er stolz. «Letztes Jahr neu gemacht.»

«Hochwürden», seufzte der Mann, «Sie sind ein feiner Mensch; um mir zu helfen, sind Sie sogar imstande, zu schwindeln. Danke! Auch das muntert mich schon auf. Wenn Sie einmal Fliesen haben, dann erinnern Sie sich bitte an mich.»

Don Camillo stand auf und ging zur Tür; der Mann leerte noch hastig sein Glas, nahm seine Tasche und folgte ihm. Er glaubte, das Gespräch sei beendet, und wollte sich draußen verabschieden, doch Don Camillo faßte ihn beim Arm und führte ihn über den Vorplatz in die Kirche.

«Also – sind das Fliesen oder nicht?» fragte er triumphierend.

Der Fremde bückte sich und berührte mit dem Finger die matten, trüben Fliesen.

«Bei diesem Wetter bringen mir die Leute tonnenweise Schmutz herein. Aber der Boden ist sehr schön!» Er netzte seinen Zeigefinger mit Speichel und rieb damit über eine Fliese: «Sehen Sie, wie das glänzt? Aber man kann ihn nicht ständig bohnern, weil das Wachs beim nassen Aufwischen immer weggeht. Da würde man ja Tonnen von Bohnerwachs brauchen.»

Der Mann lachte. Er nahm die große Dose aus der Tasche, öffnete sie, fischte aus der Tasche noch einen

Lappen und bestrich eine der Fliesen mit einer dünnen Schicht *Ceratom*. Mit einem zweiten Lappen polierte er die Fliese auf Hochglanz. Dann ging er schnell hinaus und kam mit einer Handvoll Schnee zurück.

«Hochwürden», sagte er, «versuchen Sie jetzt, die Fliese naß zu machen!»

Don Camillo verstrich den Schnee energisch auf der Fliese, bis er ganz geschmolzen war. Dann wischte er mit einem Lappen die Fliese trocken – und sie blieb glänzend.

«*Ceratom*», erklärte der Mann, «ist wie ein Lack, der das Wasser nicht durchläßt. Sozusagen ein Kristallbelag auf den Fliesen.» Wieder ging er hinaus, trat in eine Pfütze und schmierte mit der Sohle so lange auf der *ceratomisierten* Fliese herum, bis sie eine einzige Schmutzfläche war. Die wischte er mit dem Lappen ab, und die Fliese strahlte wie zuvor.

«Einmal alle zehn Tage mit *Ceratom* bohnern genügt vollständig», schloß er frohlockend.

Sie traten auf den Kirchplatz hinaus.

«Danke für die Gastfreundschaft, und auf Wiedersehen, Hochwürden», sagte der Mann und tat, als wolle er in seinen Kleinwagen steigen. Aber Don Camillo faßte ihn erneut am Ärmel und zog ihn mit sich ins Pfarrhaus. «Eine angebrochene Flasche will ausgetrunken werden», erklärte er.

Sie setzten sich wieder ans Kaminfeuer. «Ich möchte es wirklich ausprobieren», meinte Don Camillo. «Wieviel kostet eine Dose?»

«Dreihundert Lire. Die kleine.»

«Und die große?»

«Vierhundertfünfzig, also nur wenig mehr. Aber lassen wir das, Hochwürden. Ich will nicht das Gefühl haben, Ihnen etwas ‹anzuhängen›. Bleiben wir lieber gute Freunde.»

Da fing Don Camillo an zu lachen: «Freundschaft ist eine Sache, Bohnerwachs eine andere. Ich nehme zwei Dosen. Nein, drei. Drei große.»

Der Mann schüttelte den Kopf: «Entweder eine oder gar nichts! Mir liegt etwas an der Freundschaft. Sie probieren das *Ceratom* aus, und wenn Sie damit zufrieden sind, schreiben Sie mir zwei Zeilen an diese Adresse, und ich lasse Ihnen soviele Dosen schicken, wie Sie nur wollen.»

Der Mann füllte den Bestellzettel aus, und Don Camillo griff zum Portemonnaie: «Wieviel bin ich Ihnen schuldig?»

«Nichts. Ich darf kein Geld entgegennehmen. Sie zahlen, wenn Sie die Ware bekommen. Also eine große, Hochwürden?»

«Ja.»

«So, das wär's. ‹*Ceratom - 1 Gr.*›. Kontrollieren und unterschreiben Sie. Die Unterschrift ist nicht für mich, sondern für die Firma, natürlich.»

Don Camillo unterschrieb und bekam den Durchschlag.

Der Mann hob sein Glas: «Gottseidank ist dieser Landstrich, dieser Käfig von entfesselten Roten, nicht die reine Hölle. Für den, der hungert, hat selbst eine Brotkrume ihren Wert, denn wenn sie auch nicht zu sättigen vermag, nährt sie doch die Hoffnung. Die Hoffnung braucht so wenig, um zu leben: ein Bröselchen Brot, übergossen mit dem Vertrauen in die göttliche Vorsehung, und weiter geht der Marsch!»

207

Don Camillo begleitete ihn zum Auto und sah ihm nach.

«Ich hätte ihn zum Mittagessen hierbehalten können!» bedauerte Don Camillo im Gedanken an das Brotbröselchen mit der Sauce des Vertrauens in die göttliche Vorsehung.

Es vergingen vierzehn Tage, da traf eines Nachmittags die Post mit dem Lastwagen vor dem Pfarrhaus ein, lud eine riesige Kiste ab, ließ Don Camillo eine Empfangsquittung unterschreiben und fuhr weiter.

Don Camillo öffnete die Kiste und fand darin hundertvierundvierzig Kilodosen *Ceratom*.

Im Besitz von rund anderthalb Doppelzentnern Bohnerwachs, erhielt er tags darauf auch einen Brief der Fabrik:

«Geehrte Firma, gemäß I/Bestellung No. soundso vom soundsovielten, übersandten wir Ihnen franko Domizil ein Gros Ceratom zum vereinbarten Preis von Lire 450 pro Dose, wobei wir Ihnen als besonderes Entgegenkommen die Umsatzsteuer im Betrage von Lire ..., sowie die Verpackungskosten nicht verrechnet haben. In der Gewißheit, Sie mit unserer Lieferung zufriedenzustellen, und in Erwartung Ihrer geschätzten weiteren Bestellungen zeichnen wir mit vorzüglicher Hochachtung.

Beilage: Wechsel auf 30 Tage im Betrage von L. 64'800.- (vierundsechzigtausendachthundert).

Irrtum vorbehalten.»

Irrtümer lagen freilich keine vor; die Leute hatten es bloß unterlassen, am unteren Rand des Briefes noch hinzuschreiben: «Wir haben Don Camillo hereingelegt, der sich erst jetzt, mit anderthalb Doppelzentnern *Cera-*

tom am Hals, vorsichtig erkundigt und dabei erfahren hat, daß ‹1 Gr.› nicht eine große Dose, sondern ein Gros – kaufmännischer Ausdruck für 12 Dutzend – große Dosen bedeutet.»

Don Camillo dachte nicht im Traum daran, Krach zu schlagen. Er hatte nur die eine Sorge, hundert von den hundertvierundvierzig Dosen so gut zu verstecken, daß niemand im Dorf merkte, wie man ihn zum Narren gehalten hatte – was der Gemeinde noch dreißig oder vierzig Jahre lang Stoff zu allgemeiner Heiterkeit geliefert hätte. Er kannte seine Pappenheimer!

Don Camillos zweite Sorge war, wie er die vierundsechzigtausend Lire zur Einlösung des Wechsels auftreiben sollte.

Vierundsechzig Tausendernoten zusammenzukratzen ist für einen armen Hungerleider von Pfarrer fast dasselbe, wie einen Hammerschlag auf den Kopf zu bekommen. Und zwar jeden Tag einen Hammerschlag, denn geliehenes Geld muß man zurückgeben.

Don Camillo schnallte sich den Gürtel enger, bis es nicht mehr ging; als er wegen einer fälligen Zahlung so tief in der Klemme saß, daß er nicht mehr aus noch ein wußte, begab er sich zu Peppone.

Der stand in der Werkstatt und wühlte im Bauch eines Traktors herum.

«Herr Bürgermeister», erklärte Don Camillo möglichst unbefangen, «könntet Ihr für das Gemeindehaus und für Euer Volkshaus nicht ein paar Dosen *Ceratom* brauchen, ein ausgezeichnetes Bohnerwachs? Es wäre eine günstige Gelegenheit. Ein Freund, der sich in Schwierigkeiten befindet, hat sich an mich gewendet.»

Peppone hielt in der Arbeit inne und starrte Don

Camillo erbost an: «Wer ist der Dreckskerl, der es Euch gesagt hat?»

Don Camillo breitete unschuldig die Arme aus.

«Hochwürden, laßt Euch geraten sein, den Mund zu halten! Wenn diese Geschichte herumkommt, nehme ich es Euch persönlich übel. Gewarnter Priester, halb geretteter Priester!»

Don Camillo seufzte: «Der Scherz mit der *großen Dose* und dem *Gros Dosen* ist gar nicht lustig, Genosse Bürgermeister.»

Peppone ballte die Fäuste: «Zum Kuckuck! Was soll einer, der gerade lesen und schreiben kann, von Gros und Klein verstehen? Ich habe schließlich nicht Latein studiert!»

«Was hat das damit zu tun? Ich *habe* es studiert, aber deswegen liegen jetzt trotzdem hundertvierundvierzig Dosen *Ceratom* in meinem Keller.»

Peppone fuhr hoch. «Nein!» schrie er.

«Doch», gestand Don Camillo demütig.

«Ehrenwort?»

«Ehrenwort!»

Da warf Peppone den Hut auf den Boden und tanzte wie ein Wilder darauf herum.

Don Camillo schüttelte den Kopf. «Na schön, jetzt weißt du's – aber was hast du davon?»

«Ich? Nichts! Die Hauptsache ist, daß *Ihr* eins auf die Schnauze bekommen habt!»

Don Camillo seufzte. «O menschliche Torheit! Wenn dir ein Ziegel auf den Kopf fällt, was freust du dich, daß auch deinem Nächsten ein Ziegel auf den Kopf fällt?»

«Ihr seid nicht mein Nächster», stellte Peppone klar.

«Ihr seid ein Volksfeind, und der Schaden, der den Volksfeind trifft, ist ein Vorteil für das Volk.»

«Richtig», gab Don Camillo zu. «Und der Schaden, der den Volksfreund trifft, ist dagegen zum Nachteil des Volkes, denn die hundertvierundvierzig Dosen *Ceratom* zahlt nicht der Genosse Peppone, die landen auf dem Konto der Gemeindeverwaltung.»

Da pflanzte sich Peppone vor Don Camillo auf. «Nein, Herr Pfarrer! Dieses verfluchte Bohnerwachs muß ich selber bezahlen, weil ich es bestellt habe, und wenn ich die vierundsechzigtausend Lire der Gemeinde belaste, schlagen mich Eure Banditen von der Opposition ans Kreuz wie Jesus Christus!»

«Wie den Räuber Barabas», berichtigte Don Camillo.

Peppone nahm seine Arbeit wieder auf, aber plötzlich hob er den Kopf vom Motor des Traktors. «Hochwürden, etwas möchte ich wissen: Wie hat er sich Euch vorgestellt?»

«Er sagte, er komme vom Komitee. Er hat mir eine Broschüre gebracht.»

«Dasselbe in Grün!» rief Peppone. «Komitee auch bei mir, und ein Umschlag mit dem Bild der neuen Friedenstaube drin. Wirklich ein gerissener Bursche! Aber wenn der mir in die Finger gerät, dem drehe ich den Hals um, das schwöre ich Euch!»

Er spuckte an die Wand, dann steigerte er sich immer mehr in seine Wut: «Wenn der mir in die Finger fällt, dann packe ich ihn um den Hals, knalle ihm eine hinter die Ohren und frage: ‹Gefällt Ihnen dieser Typ? Ausgezeichnet. Dann schicke ich Ihnen ein Gros davon.›»

Don Camillo kam nicht dazu, zu antworten, denn Peppone machte auf einmal Augen wie Wagenräder.

Vor dem Werkstattor hatte ein verbeulter *Topolino* angehalten.

«Er ist es!» sagte Peppone mit erstickter Stimme. «Versteckt Euch dort drin. Vielleicht kommt er herein. Er hat mich im Gemeindehaus aufgesucht und weiß nicht, daß die Werkstatt mir gehört!»

Tatsächlich betrat das Mickermännchen mit der Ledermappe in der Hand die Werkstatt.

Als Peppone sich umdrehte und sein Gesicht zeigte, versuchte der Mann wieder aus dem Tor zu flitzen. Aber dort stand breitbeinig Don Camillo.

Der Reisende wurde leichenblaß. «Ich hätte gern einen Viertelliter Öl für den Motor», stammelte er.

«Fest oder flüssig?» erkundigte sich Peppone und näherte sich mit dem Meßbecher dem Faß mit der Pumpe.

«Flüssig», antwortete der Mann zitternd.

Peppone füllte den Meßbecher und reichte ihn dem Reisenden. «Trinken Sie es hier oder lieber draußen im Auto?»

Der Mann schaute Peppone und dann Don Camillo an und begriff, daß es kein Entrinnen gab. Seine Augen füllten sich vor Angst mit Tränen.

«Hier», flüsterte er. «Draußen im Auto sitzt meine Frau.»

Ergeben führte er den Becher an den Mund. Da riß ihn Peppone ihm aus der Hand, ging hinaus, hob die Haube des Kleinwagens und goß das Öl in den Motor.

Der Mann lehnte an der Werkbank. «Sie können gehen», sagte Peppone.

«Wieviel kostet es?» ächzte der Mann.

«Nichts: Gratis-Service zum Kennenlernen des Produkts. Gehen Sie nur.»

«Ich möchte ja, aber bei mir spukt der Anlasser», erklärte der Ärmste mühsam, an die Werkbank geklammert.

«Wieso? Sie haben doch keinen Tropfen von dem Öl getrunken!» wunderte sich Don Camillo.

«Gewiß, Hochwürden, aber es ist, als hätte ich den ganzen Becher geleert.»

Peppone holte aus einem Schränkchen eine Flasche Cognac und schenkte ein Gläschen ein, das der Mann in einem Zug hinunterstürzte.

Don Camillo steckte ihm eine halbe Toscano-Zigarre zwischen die Lippen, fischte mit der großen Zange ein glühendes Kohlestück aus der Esse und zündete sie ihm an.

Der Mann rauchte ein paar Züge, dann löste er sich langsam von der Bank.

«Läuft's jetzt?» fragte Peppone.

«Die Kupplung rutscht noch ein wenig», antwortete der Mann bei den ersten zaghaften Schritten, «aber es kommt schon.»

Sein Gang wurde zusehends gelöster, und am Tor drehte er sich um: «Auf Wiedersehen», sagte er und schaffte es, seiner Stimme einen beinahe heiteren Klang zu geben. «Und wenn Sie etwas benötigen, haben Sie ja meine Adresse.»

«Danke – für den Augenblick sind wir bedient», knurrte Don Camillo.

Der Mann stieg ein, und der *Topolino* startete.

Peppone war mit der ganzen Sache durchaus nicht zufrieden. «Ich bin immer der, der draufzahlt», maulte er nach einer Weile. «Ihr seid mit einer halben Zigarre davongekommen, aber ich habe ihm Öl und Cognac geben müssen!»

«Und dazu mußt du mir noch achttausend Lire borgen», sagte Don Camillo. «Ich habe Schulden gemacht, um das Bohnerwachs bezahlen zu können, und jetzt stecke ich in der Klemme.»

Peppone schüttelte den Kopf. «Ich leihe kein Geld aus!» rief er. «Gebt mir zwanzig Dosen Wachs, wenn Ihr die achttausend Lire haben wollt.»

«Ausbeuter der Geistlichkeit! Du bescheißt mich um tausend Lire!»

«Macht, was Ihr wollt: Geschäft ist Geschäft!»

Don Camillo holte die zwanzig Dosen. Als er damit wiederkam, öffnete Peppone die Tür zu dem kleinen Kämmerchen hinter der Werkstatt: «Legt sie zu den andern hundertvierzig.»

Dann verschloß er die Tür wieder und fragte: «Glaubt Ihr, daß er es wirklich getrunken hätte?»

«Nein», antwortete Don Camillo. «Denn wenn du ihn gelassen hättest, hätte ich es verhindert.»

«Und was machen wir jetzt mit dem ganzen Bohnerwachs?» murrte Peppone.

«Interessiert mich nicht. Schließlich müssen wir das *Ceratom* nicht mitnehmen ins Jenseits.»

So besehen war das Problem schon viel leichter, und auch Peppone beruhigte sich.

Don Candidos Tomaten

Das von Peppone & Genossen betreute Gemeindegebiet war in sechs Fraktionen und eine Republik aufgeteilt.

Ursprünglich bildete das kleine Nest La Pioppina eine eigene Pfarrei, das heißt, es besaß außer der Kirche auch ein Pfarrhaus und eine Pfründe, die es dem amtierenden Priester erlaubten, bei Unwetter ein Dach überm Kopf zu haben und mit hinlänglicher Regelmäßigkeit seine Mahlzeiten einzunehmen.

Eines bösen Tages indessen bekam der große Fluß Lust auf das Grundstück, das die Pfründe ausmachte und das just ein Teil des fruchtbaren Landstreifens zwischen dem Fluß und dem Damm war.

Solche Scherze liebt er, der große Fluß: Tausend Jahre lang beleckt er ein Stück Boden, ohne daß etwas passiert, und dann fängt das Wasser mit einemmal am Ufer zu nagen an, nimmt Bissen um Bissen und frißt es völlig auf.

Oder aber es geschieht das Gegenteil: Unvermittelt fällt es dem Fluß ein, Land zu verschenken, und ein armer Teufel, der zwischen Damm und Wasserlauf ein Streifchen Pappelhain besitzt, findet sich plötzlich als Herr eines großen, fetten Landgutes wieder.

Dem Boden der Pfarrpfründe spielte der Fluß den Streich der ersten Sorte und hörte erst wieder auf, Land zu fressen, als er keine zehn Meter vom Pächterhaus entfernt war, das am Damm lehnte und in dem niemand mehr wohnen wollte, da vorauszusehen war, daß es bald dem Schicksal der übrigen folgen würde. Und in der Tat, als das Hochwasser kam, löste das Gebäude sich darin auf, und als die Fluten sich verzogen, lag da nur noch ein Haufen schlammbedeckter Ziegelsteine.

Der alte Pfarrer von Pioppina machte dennoch weiter; in ein gewisses Alter gelangt, lebt man ja aus reiner Trägheit fort. In einer unschönen Nacht aber brannte das Pfarrhaus nieder, und der Ärmste rettete von seiner Habe nur die eigene Haut. Und da nicht einmal daran zu denken war, das Geld für einen Wiederaufbau zusammenzukratzen, starb der arme Alte.

Mit dem Pfarrer von Pioppina starb auch die Pfarrei von Pioppina.

Die priesterlosen Pioppiner gingen zum Bischof, um zu protestieren, doch der Bischof hob nur betrübt die Arme: «Meine lieben Kinder, es gibt keinerlei Gründe, die so große Opfer rechtfertigen könnten, wie sie gebracht werden müßten, um die Pfarrei Pioppina am Leben zu erhalten.»

«Wenn die Pfarrei immer existiert hat, heißt das aber, daß es doch Gründe gibt», wandte der Angesehenste der Abordnung ein.

«Nein, meine Kinder», erwiderte der Bischof. «Ihr braucht euch nur an die Geschichte eurer Pfarrei zu erinnern, um das zu begreifen.»

Die von der Abordnung wußten von der Geschichte der Kirche von Pioppina nur das eine: daß es ihre Kirche war.

Da rief der Bischof seinen Sekretär, ließ sich ein dickes Aktenbündel aus dem Archiv bringen und zeigte den Leuten alte Papiere:

«Bis zum Jahre 1780», erklärte der Bischof, «war Pioppina keine Pfarrei und hatte keine Kirche: die geringe Einwohnerzahl und die Nähe des Hauptdorfes machten das überflüssig. 1780 aber starb, allein und ohne direkte Erben, ein gewisser Negrini, der ein schönes Haus, ein schönes Stück Land und einen Beutel voll Goldstücke besaß. Und in seinem Testament stand, wie ihr gesehen habt, klipp und klar: Ich vermache mein Geld für den Bau einer Kirche in Pioppina, ich vermache mein Haus, damit es als Pfarrhaus verwendet wird, und ich vermache mein Land für die Errichtung und den Unterhalt der Pfarrei von Pioppina. Andernfalls geht mein ganzer Besitz an den soundso über, meinen Vetter dritten Grades. Und so entstand und lebte die Pfarrei Pioppina.

Jetzt aber, da das Pfarrhaus zerstört ist und der Fluß sich die Pfründe genommen hat, können wir nichts weiter tun, als Don Camillo zu beauftragen, daß er jeweils an den Feiertagen von Sankt Hippolyt und Sankt Maurus, den Schutzheiligen von Pioppina, herüberkommt, um in eurer Kirche die Messe zu lesen. An den übrigen Tagen wird es euch nichts schaden, die paar Schritte zum Dorf zu gehen.»

«Es geht nicht um die Entfernung», antworteten die von der Abordnung. «Es geht ums Prinzip.»

«Das Prinzip jedes guten Christenmenschen ist es, nach dem Paradies zu trachten, auch wenn er den Gottesdienst nicht am Wohnort genießen kann. In Pioppina gibt es keinen Tierarzt; wenn bei euch ein Stück Vieh erkrankt, lauft ihr doch auch ins Dorf und holt den dortigen. Wollt ihr behaupten, das Heil eurer Seele sei weniger wichtig als die Gesundheit eines Kalbes?»

Die Abordnung kehrte nach Hause zurück und berichtete, was der Bischof gesagt hatte, und die Leute hörten aufmerksam zu, ohne Einwendungen zu äußern.

Dieses finstere Schweigen aber stellte – in geschichtlicher und geografischer Hinsicht – den Gründungsakt der Republik Pioppina dar.

Von dem Tage an nämlich begann in Pioppina die moralische Loslösung vom Hauptdorf, unter dem Motto: «Wir wollen nicht vom Dorf abhängig sein, weder in bezug auf den Priester, noch in bezug auf das übrige.»

Obwohl sie dreimal so weit zu gehen hatten, besorgten sie alle Einkäufe im Hauptort der Nachbargemeinde. Inzwischen richtete Cimossa, der Wirt des «Mohren», zu seiner Kneipe mit Bocciabahn und dem Tabak- und Salzkleinhandel noch einen Gemischtwarenladen ein.

Man fand einen jungen freien Arzt, der in Pioppina ein kleines Ambulatorium eröffnete und die Einwohner der neuen Republik in seinen Kundenkreis einschloß.

Solchermaßen vom Gemeindearzt befreit, versuchten die Pioppiner sich auch des Tierarztes zu entledigen. Als ihnen das nicht gelang, beschlossen sie feierlich: «Die Tiere können dem Hauptort unterstellt bleiben; die Hauptsache ist, daß wir, die wir kein Vieh sind, die Unabhängigkeit erlangt haben.»

Das alles ging still vor sich, doch das Manöver war bald einmal klar, und noch klarer wurde es, als Cimossa, der Kneipenwirt und Chef der kommunistischen Zelle Pioppina, Peppone aufsuchte und ihm sagte: «Chef, alle Genossen von Pioppina wollen nicht mehr von der Sektion des Hauptdorfes abhängig sein.»

«Das ist ja zum Lachen! Die Genossen der andern

Fraktionen hängen auch alle von der Gemeindesektion ab; sind die Genossen von Pioppina denn anders als die der übrigen Fraktionen?»

«Nein, Chef, die Genossen sind gleich. Nur Pioppina ist anders.»

Die Roten von Pioppina waren eine kräftige Bande, kernig und jederzeit bereit, die Ärmel hochzukrempeln. Peppone machte also gute Miene zum bösen Spiel: «Genosse, das verstehe ich. Aber denk daran, daß Kirchturmpolitik eine der schwersten Gefahren für den Sieg der Sache ist. Nichts darf die Genossen trennen, nicht einmal Staatsgrenzen. Ein Genosse von Pioppina muß sich mit einem Genossen von Peking als gleich betrachten, selbst wenn sie eine verschiedene Hautfarbe haben.»

«Einverstanden, Chef. Aber zwischen Pioppina und Peking ist der Abstand weniger groß als zwischen Pioppina und hier.»

Wenn es so stand, halfen wohl keine Einwände mehr. «Was möchtet ihr denn? Unmittelbar dem Provinzverband unterstehen?»

«Nein. Die Zelle Pioppina wird zur autonomen Sektion Pioppina umgewandelt.»

«Ach so – du hast es dir in den Kopf gesetzt, Parteibonze zu werden.»

«Nein, Chef. Sobald nämlich die Unabhängigkeit der Sektion anerkannt wird, wählen wir dich zum Sektionsobmann.»

«Na schön, aber bleibt dann nicht alles, wie es war?»

«Nein, alles wird anders. Wir unterstehen nämlich nicht mehr der Sektion der Gemeinde, sondern dem Genossen Bottazzi.»

Im Grunde hieß das nichts weiter, als daß man ein wenig Schreibpapier mit dem Briefkopf *K.P.I. Sektion La Pioppina – Der Obmann* bedrucken ließ. Und daß man die normalen Briefbogen benutzte, um die Befehle an die übrigen Fraktionen zu schicken, und die neuen Briefbogen, um die Befehle nach Pioppina zu schicken. Um eine Abspaltung zu vermeiden, lohnte es sich schon, ein paar Lire zu opfern. Und alles funktionierte denn auch tadellos. Als der Smilzo einmal das falsche Papier erwischte und in Pioppina ein Schreiben mit dem Briefkopf der Gemeinde eintraf, wurde es natürlich, von einer Klarstellung begleitet, an Peppone zurückspediert:

«An den Genossen Giuseppe Bottazzi,

Wir erhalten soeben ein vom Obmann der Sektion der Gemeinde unterzeichnetes Schreiben mit Anweisungen betreffend Bezug von Parteibüchern. Wie Du weißt, ist unsere Sektion autonom und nimmt Weisungen nur vom eigenen Obmann, dem Genossen Giuseppe Bottazzi, entgegen. Dies ordnungshalber.»

Worauf sich Peppone auf Briefpapier der Sektion der Gemeinde für den unabsichtlichen Fehler entschuldigte und auf Briefpapier der Sektion Pioppina die Anweisungen wegen der Parteibücher schrieb.

Nachdem nun die Republik Pioppina moralisch gegründet war und funktionierte, nahte das Fest von Sankt Hippolyt, einem der beiden Schutzheiligen des Dörfchens, und wie vom Bischof angeordnet, traf Don Camillo vor der Kirche ein, um die Messe zu lesen.

An die Kirchentür war ein Schild genagelt:

Bis zur Rückkehr des amtierenden Pfarrers GE-SCHLOSSEN. *Die Einwohnerschaft*

Don Camillo verstand den Wink, stieg wieder auf sein Fahrrad und kehrte nach Hause zurück.

Dann geschah etwas Unvorhergesehenes, das niemand bedacht hatte: ein Kind wurde geboren und sollte getauft werden.

«Eher lasse ich es überhaupt nicht taufen, als daß ich es zur Taufe nach drüben bringe», beteuerte der Vater des Kindes.

Da aber hatte er den ganzen weiblichen Teil der Familie gegen sich. Die Diskussion landete nach zwei Tagen auf dem Dorfplatz, unter Beteiligung aller Pioppiner.

Schließlich schien einer das schlagende Argument gefunden zu haben: «Auch als Pioppina noch eine Pfarrei war, wurden die Geburten nicht hier, sondern in der Gemeinde angemeldet. Jetzt, nachdem ihr die Geburt des Kindes in der Gemeinde gemeldet habt, wollt ihr sie dem Herrgott nicht melden. Das heißt ja, daß ihr den Bürgermeister für wichtiger haltet als Gott.»

Die Bemerkung gab zu denken, und was neben allem übrigen dem Kindesvater am meisten in die Nase stach, war die Tatsache, daß man beim Unterlassen der Taufe Gefahr lief, den Bürgermeister des Hauptortes zu überschätzen.

«Morgen gehe ich und lasse es taufen», entschied er.

Da mischte sich Cimossa ein: «Bis jetzt wurde jeder in Pioppina Geborene im Kirchenbuch von Pioppina eingetragen. Wenn ihr es im Hauptort taufen laßt, wird es im dortigen Kirchenbuch eingetragen. Mit dieser Amtshandlung verzichten wir von Pioppina auf unser Bürgerrecht und anerkennen, daß Pioppina keine Pfarrei mehr ist, sondern in allem und für alles vom Hauptort ab-

hängt. Damit akzeptieren wir, eine Kolonie des Hauptortes zu werden.»

Von dieser präzisen Folgerung waren alle beein-
druckt, und der Kindesvater kam auf seinen Entschluß
zurück: «Ich lasse es nicht taufen! Mein Sohn wird kein
Verräter der Heimat!»

Schlimm für das arme Neugeborene. Zum Glück
tauchte im richtigen Augenblick Don Candido auf.

Don Candido war ein junges, mageres Priesterchen.
Vielleicht mehr jung als mager. Vielleicht mehr mager
als jung.

Im übrigen war er äußerst schüchtern, und als er auf
die Piazza geriet und die Versammlung gestikulierender
und schreiender Leute vor sich sah, hätte er am liebsten
kehrt gemacht.

Doch er war bereits entdeckt und wurde sogleich
umringt.

«Wer schickt Euch?» fragte Cimossa und musterte ihn
mißtrauisch.

«Niemand», antwortete Don Candido. «Ich bin nur
auf der Durchreise. Ich besuche meinen Vetter in Torricella.»

Jemand sprach halblaut einen Namen aus, und gleich
ging ein großes Gemurmel los.

«Seid Ihr nicht der Sohn des armen Perini?» fragte
eine Frau den Priester.

«Ja. Meine Angehörigen sind alle tot, ich habe in
Torricella nur noch meinen Vetter Dante Malasca.»

«Da habt Ihr Pech, Herr Pfarrer: gestern früh haben
sie ihn zu Grabe getragen.»

Der Priester wischte sich den Schweiß vom Gesicht:

«Dann hat es keinen Sinn, weiterzugehen. Ich grüße nur noch schnell Don Giuseppe und kehre wieder um.»

«Ihr könnt gleich umkehren», brummte Cimossa. «Don Giuseppe ist seit einem halben Jahr tot.»

Der Priester bekreuzigte sich.

«Friede seiner Seele. Armer Don Giuseppe. Auch er hat mir so viel geholfen.»

«Er war über fünfundachtzig, und seine Zeit war um», rief eine alte Frau. «Nur schade, daß seine letzten Tage so unglückselig waren.»

Man erzählte Don Candido die Geschichte von der Pfründe, die der Fluß verschlungen hatte, und die Geschichte vom verbrannten Pfarrhaus.

Der Priester lächelte traurig: «Eigentlich ist es noch besser gegangen als bei mir.»

«Das glaube ich nicht!» widersprach Cimossa. «Kaum möglich, daß in einer Pfarrei noch Schlimmeres passieren kann.»

«Leider doch», sagte der Priester. «Ich war seit zwei Jahren in den Bergen. Man hatte mir die Pfarrei Rugino gegeben, ein Dörfchen am Monte Doletta. Bittere Armut, aber gute Luft und eine wunderschöne Landschaft. Vor zwei Monaten tut sich in der Dorfstraße plötzlich ein Riß auf. Tags darauf ist der Riß breiter, und weiter oben am Berg entstehen zwei neue.

Wir räumen alles aus, samt Vieh und Habe, schlagen in Sichtweite des Dorfes ein Lager auf und müssen zusehen, wie der Hang langsam abrutscht. Nach drei Tagen kommt ein furchtbares Wasser herunter.»

Der Priester hielt inne und breitete seufzend die Arme aus.

«Alles weggerissen: Häuser, Obstgärten, Pfarrhaus,

Kirche. Ich habe den armen Leuten geholfen, so gut es ging. Jetzt, wo sie alle irgendwo untergebracht sind, bin ich weggegangen. Ich warte darauf, daß eine andere Pfarrei frei wird.»

Cimossa wiegte nachdenklich den Kopf: «Mit andern Worten, Ihr seid arbeitslos.»

«Wenn man das bei einem Geistlichen sagen kann, ja», lächelte Don Candido.

«Ihr seid arbeitslos, und wir brauchen einen Pfarrer», rief Cimossa aus.

«Bleibt hier, und alles ist in Ordnung.»

«Schön wär's! Aber ich kann nur hierherkommen, wenn der Bischof mich schickt.»

«Der Bischof schickt weder Euch noch einen andern», mischte sich eine Frau ein. «Der hat seine Gründe, sagt er. Aber auch wir haben unsere Gründe, und wer muß darunter leiden? Die Unschuldigen!»

Sie erzählten dem Priester von dem Kind, das nicht getauft werden konnte, und zeigten es ihm.

«Habt ihr wirklich beschlossen, es nicht taufen zu lassen?» fragte das Priesterchen schüchtern und mit einer leisen Furcht im Herzen, nachdem er festgestellt hatte, daß das Kind überaus blaß und kümmerlich, ja fast schon wie tot aussah.

«Entweder es wird hier getauft oder gar nicht!» antwortete der Kindesvater grimmig.

«Nun gut», lenkte Don Candido ein. «Wenn es so ist, dann muß eben ich es taufen.»

Und es wurde die feierlichste Taufe in der Geschichte von Pioppina, weil das ganze Dorf daran teilnahm.

Bevor sie aus der Kirche gingen, wollte jedermann im Taufbuch die frische Eintragung lesen, die bedeutete:

Die Pfarrei Pioppina lebt noch. Die Freiheit ist nicht gestorben!

Man ließ Don Candido nicht gehen. Man gab ihm zu essen und stellte ihm ein Zimmer zur Verfügung: morgen früh könne er immer noch verreisen. Und als er zu Bett gegangen war, versammelten sich alle Männer von Pioppina im «Mohren» zu einer außerordentlichen Sitzung, und Cimossa ergriff das Wort: «Er ist jung, anspruchslos, hat keine Stelle und versteht sein Geschäft: Wir tun uns zusammen, und wenn wir ihn brauchen, mieten wir ihn auf eigene Kosten.»

«Und wovon lebt er an den Tagen, an denen wir ihn nicht brauchen? Soll er als Schuhwichsevertreter arbeiten?» wandte einer ein.

Cimossa, der als treuer Anhänger Peppones auch wie dieser zu denken versuchte, dozierte: «Priester haben zwei Hauptfehler. Erstens, daß sie Priester sind und daher nichts taugen. Zweitens, daß sie essen müssen, auch wenn sie etwas taugen. Ich jedenfalls bin dafür, daß wir morgen früh mit ihm reden.»

Am andern Morgen redeten sie mit ihm: «Herr Pfarrer, wir wären bereit, Euch für die Sonn- und Feiertage Kost und Logis und das Waschen der Wäsche zu offerieren, natürlich auch für die gelegentlichen Taufen, Hochzeiten und Begräbnisse.»

«Das würde mir schon gefallen», erwiderte Don Candido. «Ungeschickt ist nur, daß ich ... ich, nun, daß ich nicht wüßte, was ich an den andern Tagen tun sollte.»

Daß das Ungeschick darin bestand, daß er auch an den andern Tagen zu essen pflegte, sprach er nicht aus. Und die Leute wußten dieses Taktgefühl zu schätzen.

Cimossa, dem plötzlich einfiel, daß er der Anführer

der Roten und infolgedessen ein geschworener Pfaffenfeind war, bemerkte ironisch: «Wenn Ihr statt eines Priesters ein Mann wie wir wäret, würde ich Euch antworten, an den Tagen, an denen Ihr nichts in der Kirche zu tun habt, könntet Ihr ja arbeiten ...»

Don Candido schaute ihn an: «Das Problem für einen Geistlichen ist nicht das Arbeiten, sondern eine Arbeit zu finden, die der Würde seines Amtes und Gewandes nicht abträglich ist.»

«Alle anständigen Berufe sind ehrenhaft!» rief Cimossa.

«Es ist keine Frage der Ehrenhaftigkeit», gab Don Candido ruhig zurück. «Der Beruf des Straßen-Eisverkäufers ist ehrenhaft, aber ich könnte ihn nicht ausüben. Erstens weiß ich nicht, wie man Eis herstellt, zweitens würde ein Priester, der auf dem dreirädrigen Eiskarren herumfährt, die Leute zum Lachen bringen, und das würde ihm und der Kirche schaden. Auch als Schleifer oder Maurergehilfe könnte ich nicht arbeiten. Ich bin ein Bauernsohn aus dieser Gegend und weiß, wie man die Erde bearbeitet. Gebt mir ein Stückchen Land, und ich werde arbeiten.»

«Die Pfründe hat der Fluß gefressen!» protestierte Cimossa. «Und hier gibt's keine Grundbesitzer, nur Pächter und Halbpächter. Keiner kann Euch Land schenken.»

«Wer spricht denn von Schenken?» sagte Don Candido. «Geben denn die Pächter nicht oft ein paar Aren weiter, wenn etwas gepflanzt werden soll, das viel Arbeit gibt, wie etwa Tomaten?»

«Das schon», stimmte Cimossa zu.

«Also gut, gebt mir ein bißchen Land in Halbpacht.»

Cimossa starrte ihn an: «Und Ihr glaubt, das schafft Ihr?»

«Mein Vater war noch magerer als ich, und wer ihn je arbeiten gesehen hat, der weiß, daß er soviel leistete wie zwei Männer.»

Ein Alter mit weißem Schnauzbart mischte sich ein: «Er ist von guter Rasse. Das Land gebe ich. Aber einen Schlafplatz habe ich nicht.»

«Ein Zimmer könnte er bei mir haben», meinte Cimossa.

«Aber wie soll man einen Priester in einer Kneipe einlogieren?»

«Um das Schlafen kümmere ich mich selber», behauptete Don Candido. «Ich weiß, wo ich den Platz finde.»

Der Erste, der am folgenden Morgen auf den Dorfplatz kam, entdeckte die Neuheit: ein junger Mann im Overall arbeitete in den Trümmern des ehemaligen Pfarrhauses – und es war Don Candido.

Eine Stunde später arbeiteten alle kleinen Jungen von Pioppina in den Trümmern des ehemaligen Pfarrhauses. Und gegen Abend legten auch die Männer, die von den Feldern heimgekehrt waren, mit Hand an.

«Ich brauche nur soviel Platz zu räumen, daß ich ein Zimmer aufbauen kann», erklärte Don Candido. «Die Fundamente sind sehr solid, und zwei Meter hoch stehen die Mauern noch. Ziegelsteine sind vorhanden, soviel man will. Und auch Flachziegel. Die sind vorteilhafter als Falzziegel, weil man auch mit weniger als handbreiten Scherben daraus ein Dach machen kann. Sand und Kies sind nur ein paar Schritte von hier, im Fluß. Und für das übrige ist das Fahrrad da.»

Don Candidos Fahrrad war neu und fand schnell einen Liebhaber, und aus dem Geld wurden Mörtel und ein paar Holzbretter für eine Tür und einen Fensterrahmen.

Als der Boden geräumt war, begann Don Candido zu mauern. Das Dachgestühl war leicht zusammenzustükkeln, bis auf den Hauptträger, der auch als Firstbalken dienen mußte. Zwei gute Balkenstücke waren da, aber wie sollte man sie zusammenkleben? Don Candido löste auch dieses Problem mühelos: Er mauerte einen dicken Hohlpfeiler mitten ins Zimmer und hatte damit gleich auch den Rauchabzug für den ländlichen Herd aus Ziegelsteinen und Erde.

Von unten gesehen war das Dach ein Greuel, aber es ließ keinen Tropfen Wasser durch.

«Und das ist das Pfarrhaus», sagte Don Candido zufrieden, als das Ding fertig war.

Es war die richtige Jahreszeit, mit dem Pflanzen zu beginnen.

Don Candido hörte auf, Maurer zu sein, und wurde Bauer.

«Wenn alle Priester solche Landwirte wären», sagte Cimossa zu ihm, als er eines Tages persönlich hingegangen war, um sich über den Bauern Don Candido ein Bild zu machen, «dann könnten wir am Tag der Erhebung des Proletariats die Geistlichkeit mühelos unterbringen und zugleich die Landwirtschaft verbessern.»

Das sollte heißen, daß Don Candido auch als Landwirt seine Sache verstand. Und Cimossa und Genossen, die aus Gründen der Parteidisziplin die Kirche nicht betreten konnten, nahmen jeden Sonntag draußen vor der aufgesperrten Kirchentür an der Messe teil.

«Das soll keine Verneigung vor dem Priester bedeuten, sondern einen Akt der Solidarität mit dem Arbeiter», erklärte Cimossa Peppone.

«Schon gut; paß nur auf, daß du unterscheiden kannst, wo der Arbeiter aufhört und der Priester anfängt.»

«Das kann ich, Chef: Der Arbeiter hört auf, wenn der Priester mit seiner Arbeit auf dem Feld fertig ist. Der Priester dagegen fängt immer an und hört nie auf.»

«Gut, Genosse. *Herzliches Mißtrauen,* so heißt das Motto.»

Jedenfalls ging alles gut, bis es den Leuten der Republik Pioppina einfiel, ihre Heiligen zu wechseln.

Eigentlich entsprang die Idee dem Gehirn dessen, der am meisten daran interessiert war: dem des Wirtes Cimossa.

Die Festtage der Heiligen Hippolyt und Maurus fielen nämlich mitten in den August und mitten in den Januar. Und so waren die beiden Kirchweihen der Republik weit und breit die ungeschicktesten: einmal zu heiß, einmal zu kalt. Am meisten ärgerte sich Cimossa darüber: Während es an St. Maurus wegen der Kälte nicht möglich war, richtig Kirchweih zu feiern, war es an St. Hippolyt nicht günstig wegen der Hitze, bei der sich die Leute nicht auf den glühenden, staubigen Straßen aufhalten mochten. So kam Pioppina nie zu einer echten Kirchweih mit Tanz, Verkaufsständen und Touristenrummel. Und während die übrigen bloß moralisch darunter litten, hatte Cimossa, der Kneipenwirt, auch einen beträchtlichen materiellen Schaden davon.

Er war es also, der die Leute aufwiegelte. Und das gelang ihm so gut, daß sich eines schönen Tages Cimossa und die Honoratioren des Dorfes als Abordnung zu Don

Candido begaben und ihm erklärten, was das Volk wollte.

«Andere Schutzheilige?» stammelte Don Candido. «Aber warum denn? Haben sie euch etwas Böses getan?»

«Weder Böses noch Gutes. Wir wollen keine Sommerheiligen und keine Winterheiligen mehr, sondern Heilige der Zwischensaison, die das Volk zufriedenstellen und es fröhlich Kirchweih feiern lassen, wie es andernorts der Brauch ist.»

Don Candido war völlig verwirrt. «In einem solchen Fall muß man sich an den Bischof wenden», brachte er endlich heraus. «Den Bischof geht das nichts an», bekam er zur Antwort. «Dies hier ist eine freie, unabhängige Pfarrei, boykottiert von der Kirchenbehörde, aber vom Volk gewollt. Euer Bischof ist das Volk, und das Volk will andere Heilige.»

«Wie soll das gehen?»

«Man nimmt die alten Heiligen weg und stellt die neuen an ihren Platz.»

«Welche neuen?»

«Sankt Venantius und Sankt Virgilius», rief Cimossa. «Sie sind schon bereit und bis auf den letzten Centesimo bezahlt. In Cimello, auf der andern Seite des Po, ist eine Kirche überflutet worden, und man baut sie nicht mehr auf, weil auch das Dorf vom Hochwasser zerstört ist. Die beiden Heiligen von Cimello waren also arbeitslos, genau wie Ihr, Herr Pfarrer. Wir haben sie gekauft und geben ihnen hier einen Posten. Es sind genau die richtigen für uns: Heilige der Zwischensaison. Mitte Mai: Sankt Venantius; Ende September: Sankt Virgilius. Ihr braucht bloß die feierliche Zeremonie vorzubereiten,

230

die am 26. September mit großen Festlichkeiten begangen wird. So was belebt den Fremdenverkehr. Es gibt einen Festzug von blumengeschmückten Barken, die über den Fluß fahren, um die neuen Heiligen, die drüben warten, abzuholen und hierher zu bringen. Hier haltet Ihr den Heiligen die Begrüßungsrede und stellt ihnen das Dorf vor. Die Heiligen werden ausgeladen und in einer Prozession mit Musik vor die Kirche gebracht. Ihr geht dann in die Kirche, gefolgt von den Gläubigen, und haltet den alten Heiligen die Abschiedsrede. ‹Ihr habt in Treue und Ehre gedient, Ihr habt viel für uns getan› ... und so weiter. Ihr entlaßt sie also elegant, und dann kommen die neuen Heiligen und nehmen ihre Plätze ein. Anschließend feierliche Messe mit Gesang und mit einem Organisten, den wir aus der Stadt kommen lassen.»

Die Abordnung stimmte begeistert zu. Ein grandioses Fest!

«Was die Heiligen anbelangt, könnt Ihr beruhigt sein», fügte Cimossa hinzu. «Sie sind besser als neu, denn wir haben sie von einem Spezialisten frisch lackieren lassen. Im übrigen sind sie eine gute Spanne höher als die alten.»

«Nun gut», stammelte Don Candido. «Laßt mir nur Zeit, darüber nachzudenken, wie ich die Sache in Ordnung bringen kann.»

Als Don Camillo das Priesterchen erblickte, verfinsterte sich sein Gesicht.

«Ich bin Don Candido», erklärte das Priesterchen schüchtern. «Ich wäre der Pfarrer ... der Interimspfarrer ...»

«Der Interimspfarrer der Unpfarrei Pioppina», vollendete Don Camillo mit scharfer Betonung des «Un». – «Ich verstehe. Und?»

«Und nun ist es so, daß die Bevölkerung von Pioppina die Heiligen auswechseln will», flüsterte Don Candido bedrückt.

«Sagt der Bevölkerung, sie soll lieber ihre Köpfe auswechseln. Überhaupt ist das Eure Angelegenheit.»

«Ich weiß – aber ich brauche Eure Hilfe.»

«Ich Euch helfen?» brüllte Don Camillo. «Ich einem Geistlichen helfen, der vom rechten Weg abgekommen ist und auf der Straße der Verlorenen wandelt? Ich einem Rebellen, einem irregulären Priester helfen?»

Don Candido wurde leichenblaß, und seine Augen füllten sich mit Tränen: «Monsignore», stotterte er, «warum sagt Ihr mir so häßliche Dinge? Was habe ich Euch getan?»

«Ach was, Monsignore!» polterte Don Camillo. «Ich bin kein Monsignore und habe nichts damit zu tun. Ihr tut nicht mir etwas an, sondern der Kirche, indem Ihr Euch gegen den Bischof stellt!»

«Ich habe mich gegen niemanden gestellt, das schwöre ich!» beteuerte Don Candido voller Furcht. «Ich arbeite als Priester in einer Pfarrei, die keinen Priester hat, weil er gestorben ist.»

«Und wer teilt nach Eurer Meinung den Pfarreien die Priester zu? Der Bischof oder der Obmann der kommunistischen Sektion?»

«Die Pfarrei Pioppina wird von der Kirchenbehörde nicht mehr als Pfarrei anerkannt ...»

«Eben! Ihr habt Euch willkürlich zum Pfarrer einer aufgehobenen Pfarrei ernannt. Also habt Ihr gegen die

Entscheidung der Kirchenbehörde Stellung bezogen. Aber Ihr werdet sowieso demnächst von der bischöflichen Residenz die Quittung dafür bekommen.»

«Ich hatte nicht geglaubt, etwas Unrechtes zu tun. Morgen früh verlasse ich Pioppina und lasse nichts mehr von mir hören.»

«Ihr solltet aber etwas von Euch hören lassen! Und zum Bischof gehen und ihm alles erklären und Euch entschuldigen.»

«Das getraue ich mich nicht.»

Don Candido ging gesenkten Hauptes hinaus, und Don Camillo schritt im Flur des Pfarrhauses auf und ab.

«Er ist jung und unverständig», sagte er sich schließlich. «Man muß ihn auf den rechten Weg zurückführen.»

Auf dem Vorplatz stand Filottis Sohn mit seinem Seitenwagenmotorrad.

«Sei so gut», sagte Don Camillo, «und bring mich nach Pioppina hinüber.»

Don Candido war nicht im «Pfarrhaus»; nachdem Don Camillo drei – oder viermal an die Tür geklopft hatte, trat er zurück und betrachtete sich die Fassade der sonderbaren Baracke.

«Die hat er mit eigenen Händen gebaut», erläuterte eine alte Frau, die sich zu ihm gesellte.

«Wißt Ihr, wo er jetzt ist?»

«Auf dem Bissi-Grundstück.»

Don Camillo stieg wieder ein und ließ sich zum Pachtgut der Familie Bissi fahren. Dort zeigte man ihm einen Karrenweg: «Ganz hinten rechts.»

Don Camillo ging den Weg entlang und blieb an dessen Ende vor einem großen Tomatenfeld stehen.

Ein Bürschchen, das mitten im Feld arbeitete, sah ihn und trat näher.

«Was macht Ihr denn hier?» wunderte sich Don Camillo, als er entdeckte, daß das Bürschchen Don Candido war.

«Ich verdiene mir meinen Taglohn!»

Don Camillo musterte das zerrissene Hemd, die geflickten Hosen und die ausgetretenen Schuhe.

«Macht keine Geschichten; auf der Tenne steht ein Motorwagen. Ich begleite Euch zum Bischof.»

Don Candido setzte sich stumm in Bewegung. Auf der Tenne angekommen, sagte er: «In wenigen Minuten bin ich bereit. Ich wasche mir nur die Hände und ziehe mich an. Ich muß Handschuhe überziehen, die Tomaten machen scheußlich fleckige Hände.»

Don Camillo packte ihn beim Hemdkragen und stopfte ihn ohne Umstände in den Seitenwagen.

«Ihr kommt gleich so, wenn Ihr kein Feigling seid!»

Don Camillo schwang sich auf den Sattel.

«Borg dir ein Fahrrad und kehr zurück, das Motorrad brauche ich», erklärte er dem jungen Filotti, der ihm mit offenem Mund nachstarrte.

«Exzellenz», sagte Don Camillo, als er vor dem alten Bischof stand, «ich möchte Ihnen einen unpräsentablen Mann präsentieren.»

«Du hast nicht zufällig einen Sonnenstich erwischt, Don Camillo?»

«Nein, Exzellenz.»

«Also gehen wir.»

Sie stiegen in den Garten der bischöflichen Residenz hinunter.

234

«Laß den Unpräsentablen dort herein», erklärte der alte Bischof und wies auf eine schmale Tür in der hohen Gartenmauer.

Nach zwei Minuten war Don Camillo zurück und schleppte Don Candido hinter sich her.

«Exzellenz, seht Ihr dieses Häufchen Elend, das ich vor einer Stunde in einem Tomatenfeld aufgelesen habe?»

Der Bischof rückte die Brille auf der Nase zurecht und betrachtete den angstbebenden Don Candido aufmerksam. Und Don Camillo ergriff den Unglücklichen bei der Schulter und drehte ihn um, damit der Bischof auch die Rückseite bewundern konnte.

«Exzellenz, Sie werden nie erraten, wer dieser Unglückswurm ist.»

Der alte Bischof blickte den Armen noch einmal prüfend an, dann sagte er: «Es ist der Pfarrer von Pioppina.»

Die unerwartete Antwort raubte Don Camillo einen Augenblick lang die Sprache.

«Exzellenz», stammelte er endlich, «wenn Sie mit ihm zu reden haben, kann ich draußen warten.»

«Warum denn?» rief der alte Bischof ärgerlich. «Was ich ihm sagen mußte, habe ich bereits gesagt: Er ist der Pfarrer von Pioppina.»

Er erhob sich vom Bänkchen und schritt zum Palast zurück.

«Exzellenz!» rief Don Camillo ihm nach. «Die Gläubigen von Pioppina wollen ihre Heiligen wechseln. Sie wollen keine Winter- und keine Sommerheiligen mehr, sondern zwei Heilige der Zwischensaison.»

Verblüfft blieb der Bischof stehen: «Zwei Heilige der Zwischensaison?»

«Ja, Exzellenz. Sie haben sie in einer überfluteten Kirche auf der andern Seite des Po gefunden und wollen sie in einer großen Feier mit Barken herüberholen.»

«Mit Barken?»

«Ja, Exzellenz, mit Barken. Und er soll die Willkommensrede für die neuen Heiligen und dann die Abschiedsrede für die alten Heiligen halten. So hat es die Bevölkerung beschlossen.»

«Und er macht mit?» fragte der Bischof und zeigte mit seinem Stöckchen auf Don Candido.

«Nein, Exzellenz.»

«Was macht er denn?»

«Er zieht aus und überläßt die Seelen dieser Pioppiner-Wirrköpfe ihrem Schicksal.»

«Wenn Ihr Sankt Maurus und Sankt Hippolyt anfaßt, entweihe ich die Kirche!» sagte der alte Bischof und fuchtelte mit dem Stöckchen in der Luft herum. «Was Sankt Virgil und Sankt Venantius angeht ... na schön, sollen sie sie nehmen. Dann hat Pioppina eben vier Schutzheilige. Für so törichte Leute ist es besser, vier Schutzheilige zu haben als bloß zwei. Sag das dem Pfarrer von Pioppina.»

«Es wird mir eine Verpflichtung sein, Exzellenz», versprach Don Camillo.

Der alte Bischof entfernte sich. Don Camillo zog Don Candido, der immer noch auf dem Kiesweg kniete, an einer Schulter hoch, ging mit ihm durch die Gartentür hinaus und hob ihn unsanft in den Seitenwagen.

In Pioppina trafen die beiden Heiligen der Zwischensaison ein. Sie kamen auf der Barke angegondelt, und es war eine großartige Feier.

Sie wurden herzlich willkommen geheißen, dem Winterheiligen und dem Sommerheiligen vorgestellt und an deren Seite in ihr Amt eingesetzt.

Auch Don Camillo war zugegen, als einfacher Beobachter. Am folgenden Morgen eilte er in den Bischofspalast, um genau Bericht zu erstatten. Zum Schluß überreichte er dem alten Bischof ein Körbchen voll prachtvoller Tomaten: «Die schickt Euer Exzellenz der junge Bauer, der vor einiger Zeit hier gewesen ist.»

Der alte Bischof nahm das Körbchen und ging auf die Türe zu. Da stürzte der Sekretär herbei: «Geben Sie nur, Exzellenz!»

«*Vade retro!*» befahl der Bischof und setzte ihm das Stöckchen an die Brust. «Das gehört mir, und wehe, wenn jemand es anfaßt!»

Er schloß sich in seinem kleinen Privatschreibzimmer ein, setzte sich an den Tisch und betrachtete das Tomatenkörbchen lange. Und die ganze Zeit hatte er den blassen, zerlumpten jungen Bauern vor Augen, wie er im Garten gekniet hatte.

Dann fiel ihm auf, daß die prallen, rotglänzenden Früchte wie lauter Herzen aussahen. Ihm war, als sehe er sie klopfen.

«Gesegnetes Dörfchen Pioppina», flüsterte er vor sich hin.

«Du hattest zwei Schutzheilige, jetzt hast du vier. Mehr als vier ... beinahe fünf.»

In diesem selben Augenblick kniete ein junger Bauer am Rande eines Feldes des entlegensten Pachtgutes von Pioppina und betete: «Herr, gib mir die Gnade, daß ich immer arm bleibe, damit ich stets den Trost meiner Arbeit behalten darf.»

Dann bekreuzigte er sich, stand auf, nahm den Spaten, der an der letzten Ulme lehnte, und begann umzugraben.

Über den Damm flog ein Engel und blieb stehen, um Don Candido bei der Arbeit zuzusehen ...

Laßt mich doch keinen Unsinn schreiben, Brüder! Die Engel fliegen nicht über den Damm.

Eigentlich müßten sie es ab und zu doch tun. Das meine nicht nur ich, das meint auch der alte Bischof.

…aber Don Camillo gibt nicht auf…

Inhaltsverzeichnis

Koloß auf tönernen Füßen

Muskatellertrauben trug nur ein einziger Rebstock. Er stand im Pfarrgarten – und Don Camillo hatte eine ausgesprochene Schwäche für Muskatellertrauben.

Verständlich, daß er ärgerlich wurde, als er sah, wie sich irgendein Kerl mit Händen und Mund an seinen Muskatellertrauben zu schaffen machte.

Eine ganze Weile blieb Don Camillo hinter den Jalousien des Küchenfensters stehen in der Hoffnung, das Gesicht des Übeltäters sehen zu können: berechtigt war seine Neugier, doppelt berechtigt, weil er fürchten mußte, den Traubenfrevler nicht rechtzeitig erreichen und packen zu können.

Aber der Verbrecher fuhr fort, lediglich zwei völlig ausdruckslose Schultern zu zeigen, und da hielt es Don Camillo nicht länger auf seinem Beobachtungsposten; mit kleinen, vorsichtigen Schritten ging er in den Garten hinaus und begann gegen den Feind vorzurücken. Ein Traktor kam mit höllischem Lärm in die Nähe des Pfarrgartens, und das ermöglichte es Don Camillo, seine Operation glücklich zu beenden.

«Verzeihung, störe ich?»

Don Camillos Stimme ließ den Missetäter zusammenfahren. Langsam drehte er sich um: es war der Smilzo.

Don Camillo schaute ihn sich lange an, dann rief er: «Was machst denn du hier?»

«Ich bin zufällig vorbeigekommen, und da hab' ich

einen Moment haltgemacht, um mir ein paar abzuzupfen. Gehört das Zeug Euch?»

«Die Tatsache, daß sich dieser Rebstock innerhalb des Pfarrgartens befindet, hätte dich das vermuten lassen können.»

«Ich war ganz in Gedanken, da hab' ich's nicht gemerkt.»

Don Camillo schüttelte ernst den Kopf.

«Ich verstehe. Du mußt wirklich sehr in Gedanken gewesen sein, wenn du nicht einmal gemerkt hast, daß du über einen Maschenzaun steigst.»

«Ich bin über keinen Maschenzaun gestiegen», stellte der Smilzo richtig und fuhr fort, die Beeren von der Traube in seiner Hand abzuzupfen.

Es schien, als ginge ihn die Gegenwart Don Camillos überhaupt nichts an, so ruhig blieb er. Aber plötzlich war er unter den Weinstöcken verschwunden – wie vom Erdboden verschluckt.

Der Smilzo war schnell: wie eine Eidechse huschte er durchs Gras, erreichte in wenigen Sekunden die Stelle, an der der Maschenzaun gut zwei Spannen weit vom Boden hochgezogen war – und schickte sich an hindurchzuschlüpfen.

Unglückseligerweise war Don Camillo auf dem Quivive: er hatte sofort zur Verfolgung angesetzt und bekam gerade noch einen Fuß von Smilzo zu fassen. Energisch zog er daran, und der Übeltäter kehrte im Rückwärtsgang zurück.

«Im Grunde hattest du recht», meinte Don Camillo, nachdem er den Smilzo zurechtgeschüttelt und wieder auf die Füße gestellt hatte. «Um hier hereinzukommen, mußtest du nicht über den Maschenzaun. Dafür wirst du es beim Hinausgehen müssen – die sowjetische Luftfahrt braucht Unterstützung!»

«Hochwürden», erwiderte der Smilzo, dem die Vorstellung, an Nacken und Hosenboden gepackt und im Flug über den Eisernen Vorhang expediert zu werden, keineswegs behagte, «Ihr könnt doch so eine Nebensächlichkeit nicht politisch ausschlachten!»

«Ach, das nennst du eine Nebensächlichkeit: Hausfriedensbruch mit Diebstahl?»

«Lassen wir doch die Kirche im Dorf! Ich hab' keinen Diebstahl begangen, sondern mir lediglich erlaubt, einen Vorschuß zu nehmen. Der Tag der Proletarischen Revolution steht vor der Tür, und da werden alle Entrechteten ihr Teil bekommen.»

Inzwischen war Don Camillos Wut verraucht. «Smilzo», sagte er, «wenn die Sache so ist, dann nimm dir nur noch einen weiteren Vorschuß. Und wenn du außerdem noch einen Vorschuß auf Wein willst: Ich hab' eine Flasche Bianco amabile im Brunnen kaltgestellt.»

Es war ein Nachmittag Ende August, und kein Blättchen regte sich, nicht einmal wenn man drüberblies. Eine Hitze zum Krepieren. Don Camillo ging zum Brunnen, zog den Eimer mit der Flasche hoch und trat ins Haus.

Der Smilzo folgte ihm, und als Don Camillo die Flasche entkorkt und die zwei Gläser gefüllt hatte, die bereits auf dem großen Küchentisch standen, fragte er:

«Hochwürden, worauf wollt Ihr hinaus?»

«Smilzo, das einzige, worauf ich hinauswill, ist, mich hinzusetzen und ein Glas kühlen Wein zu trinken. Wenn du auch darauf hinauswillst, dann setz dich hin und trink. An einem Augustnachmittag um drei macht man keine Politik.»

Der Smilzo setzte sich hin und schüttete sein Glas Wein auf einen Zug hinunter.

«Wenn er nicht vergiftet ist, ist er gut», bemerkte er.

Don Camillo ging nicht darauf ein. Er trank ebenfalls und füllte die beiden Gläser neu. Dann zog er eine Toskanozigarre aus der Tasche, zerbrach sie mit den Daumennägeln und streckte Smilzo die eine Hälfte hin.

«Nein», erklärte der Smilzo, «ich rauche nur Zigaretten. Auch Zigarettenstummel.»

Don Camillo stand auf, wühlte in zwei, drei Schubladen und warf schließlich ein Päckchen Nazionali vor Smilzo auf den Tisch:

«Man muß auch dieses Zeug im Haus haben, denn es gibt immer wieder einen Trottel, der lieber Zigaretten als Zigarren raucht.»

Smilzo ließ es gut sein: er hatte Wein und Zigaretten. Alles übrige scherte ihn nicht.

Er rauchte und trank.

«Wenn Peppone erfährt, daß ich hier war!» rief er plötzlich.

«Da kannst du beruhigt sein: Ich erzähl' es ihm bestimmt nicht. Im übrigen reden wir schon eine Ewigkeit nicht mehr miteinander. Ehrlich gesagt, es tut mir eigentlich ein bißchen leid. Bei all seinen Fehlern ist er noch lang nicht der Übelste. Es gibt viel größere Narren im Dorf. Und nicht nur bei euch Wirrköpfen.»

Smilzo erwiderte nichts. Er trank einen langen Schluck Wein, dann seufzte er:

«Tja ...»

Dieses «Tja» ließ Don Camillo die Ohren spitzen. Er füllte die Gläser nach und sagte dann, während er sich den Schweiß von der Stirn wischte:

«Ich hab' keine Lust aufzustehen. Andererseits ist die Flasche leer, und um eine neue zu kriegen, muß man sie holen. Die Tür zum Keller wäre die hier.»

«Weiß oder Rot?» fragte der Smilzo und stand auf.

«Rot.»

«Ich wär' mehr für Weiß, um beim gleichen zu bleiben.»

«Finden wir einen Mittelweg: Rot, begleitet von einer Salami.»

Smilzo schoß wie eine Rakete davon und kam mit einer Flasche und einer Salami zurück.

«Das Brot ist dort in der Kredenz. Da findest du auch das Brett und das Messer», informierte Don Camillo mit müder Stimme.

Wenn der August in der Po-Ebene Ernst macht, dann sind die Kehlen so ausgedörrt, daß man einfach trinken muß. Und um richtig trinken zu können, gibt es nichts Besseres, als eine gute Salami anzuschneiden, die höllisch Durst macht.

Die Salami war hervorragend, und Don Camillo meinte:

«Warum nimmst du nicht mein Fahrrad und holst Peppone? Bei einer solchen Salami, da bin ich sicher, würden wir uns verstehen.»

Smilzo schüttelte den Kopf.

«Smilzo», rief Don Camillo, «versteh mich nicht falsch! Ich hab' nicht die mindeste Absicht, jemanden hereinzulegen. Morgen können wir uns meinetwegen in der Luft zerfetzen, aber wer verbietet uns heute, zwei Scheiben Salami miteinander zu essen? Sag ehrlich: Du glaubst doch nicht im Ernst, daß ich jeden Augenblick nur an die dreckige Politik denke?»

Smilzo schüttelte wieder den Kopf.

«Hochwürden, es ist nicht deswegen. Lassen wir Peppone. Reden wir nicht mehr von ihm.»

Don Camillo sah ihn an: «Ich wußte nicht, daß ihr zerstritten seid. Wenn dem so ist: Schwamm drüber!»

«Wir haben nicht gestritten! Wenn wir überhaupt miteinander streiten würden, dann stritte höchstens er mit mir, denn ich würde mich nie mit ihm streiten. Es geht um andere Dinge.»

«Smilzo, spülen wir's hinunter und reden wir von was anderem. Heut interessiert mich die Politik nicht.»

Smilzo spülte es zwar hinunter, aber als er getrunken hatte, fühlte er sich doch noch zu einer Richtigstellung verpflichtet:

«Es geht nicht um Politik. Sondern um Privatsachen. Kleinigkeiten ohne Bedeutung, aber mir gehn sie auf die Nerven.»

Don Camillo schüttelte den Kopf: «Das tut mir wirklich leid. Ich hätte nicht geglaubt, daß auch Peppone einer von denen ist, die plötzlich mit ihren Freunden Schindluder treiben. Du bist zwar ein Halunke, aber Peppone gegenüber hast du dich immer wie ein Freund verhalten. Es ist undankbar von ihm, wenn er dich schlecht behandelt.»

Smilzo protestierte: «Ihr habt mich falsch verstanden! Es geht nicht darum, daß er mich schlecht behandelt. Er ist genauso zu mir wie früher. Aber er selber ist nicht mehr so wie früher. Wie soll ich Euch das erklären, Hochwürden? Es ist ungefähr so, wie wenn Ihr der beste Freund des Weltmeisters im Radrennen wärt. Zwischen Euch und dem Weltmeister passiert gar nichts, die Freundschaft ist die gleiche, die Behandlung ist die gleiche. Aber was passiert, ist, daß der Weltmeister dick wird und anfängt, die Rennen zu verlieren. Und dann ist Eure Freundschaft mit ihm nicht mehr so wie früher.»

«Wenn ich mit deinem verworrenen Gehirn denken würde, vielleicht», antwortete Don Camillo. «Aber da ich mit einem normalen Gehirn denke, ändert sich meine Freundschaft nicht, denn ich bin der Freund des Menschen und nicht des Weltmeisters. Im Gegenteil: Je mehr Unglück er hat, desto mehr fühle ich mich als sein Freund.»

«Ja», rief der Smilzo. «Aber es tut Euch leid, daß er die Weltmeisterschaft verliert! Es ist so, wie wenn einer Ehefrau die Zähne ausfallen. Man mag sie noch immer, aber es tut einem leid, daß ihr die Zähne ausfallen!»

Don Camillo schüttelte den Kopf: «Peppone ist weder Radweltmeister noch deine Ehefrau: Meiner Ansicht nach hast du dir einen Sonnenstich geholt.»

Smilzo fing an zu brüllen: «Hochwürden, ist es denn möglich, daß Ihr überhaupt nichts kapiert?»

«Wenn du willst, daß ich etwas kapiere, dann drück dich deutlich aus!» antwortete Don Camillo schroff.

Smilzo goß ein Glas Wein in einem Zug hinunter und fing an, sich deutlich auszudrücken:

«Hochwürden, schuld an allem ist jener Unglücksmensch, der Peppones Frau den Floh ins Ohr gesetzt hat, ihre *sala* zu renovieren ...»

Es war ein drückend heißer Augustnachmittag – wieder ein glühender Augustnachmittag. Don Camillo troff vor Schweiß, aber er rührte sich nicht von der Stelle: Seit mehr als einer Stunde stand er hinter der Hecke und paßte auf. Er hatte den Mann, den er suchte, da hineingehen sehen, und er wollte ihn auch wieder herauskommen sehen.

Und als der Mann dann endlich herauskam und sich auf sein Fahrrad schwingen wollte, sah er Don Camillo vor sich.

«Guten Tag, Herr Bürgermeister.»

Peppone maß Don Camillo mit einem Blick voll Mißtrauen.

«Guten Tag, Herr Pfarrer.»

Don Camillo hob die Schultern.

«Ich glaube nicht, daß ich es bei meinem Gruß an Respekt habe fehlen lassen», beklagte er sich.

«Sie sind einer, der es den Leuten gegenüber immer an Respekt fehlen läßt. Sie sind eine permanente Provokation.»

Don Camillo hob die Augen zum Himmel.

«Herr», rief er aus, «ist es denn möglich, daß diese Leute immer im Dienst sind? Ist es denn möglich, daß diese Leute alles nur politisch sehen? Herr, was denken diese Leute bloß beim Anblick eines Sonnenuntergangs – oder eines Sonnenaufgangs – oder einer Mondfinsternis? Was denken diese Leute, wenn sie im Frühling die blühenden Kirschbäume sehen? Können diese Leute denn nicht einmal angesichts eines Vulkanausbruchs, eines Erdbebens, einer Wasserhose oder einer Lawine in ihrem Hirn einen Gedanken produzieren, der nichts mit der Partei und ihren letzten Direktiven zu tun hat?»

Peppone lauschte stirnrunzelnd Don Camillos Erguß, dann sagte er: «Solche Vorhaltungen dürft Ihr nicht mir machen, Hochwürden; ich bin es, der sie Euch machen muß, denn Euer Blut ist durch und durch von der Politik vergiftet.»

«Peppone», erklärte Don Camillo geduldig, «seit einer Ewigkeit habe ich dich nicht gesehen. Es hat mich gefreut, dich so gesund und munter zu finden, und meine einzige Schuld ist, daß ich diese meine aufrichtige Freude offen gezeigt habe.»

«Hochwürden, woran erkennt man, wann Ihr aufrichtig seid und wann nicht?»

Don Camillo war zu Fuß, und Peppone schob nun sein Fahrrad neben ihm her. Die Straße war voller Staub, und Staub hing auch in der Luft und dörrte die Kehle aus. Es hatte tatsächlich den Anschein, als sei Don Camillo von den aufrichtigsten Absichten erfüllt, und so gab Peppone nach und nach sein ganzes Mißtrauen auf, und die Unterhaltung wurde immer gelöster.

Sie redeten über dies und jenes, und als sie zum Pfarrhaus kamen, fand Don Camillo es ganz natürlich, Peppone zu einem Glas Bianco amabile einzuladen. Und Peppone fand es ganz natürlich, die Einladung anzunehmen.

Sie tranken eine Flasche, und als sie hinausgingen, sagte Don Camillo zu Peppone: «Ich muß noch zum Bicci, ich begleite dich bis zu deinem Haus.»

Sie nahmen die Abkürzung, einen scheußlichen Weg, der es fertigbrachte, selbst bei der mörderischen Hitze noch sumpfig zu sein, denn er lag in einer Senke, in der sich das Wasser der Abflußgräben aus den umliegenden Feldern sammelte.

Als sie vor Peppones Haus standen und der Bürgermeister sah, wie Don Camillo keuchte, fand er es natürlich, ihn auf ein Glas hereinzubitten.

Der Flur war schattig und kühl.

«Setzen wir uns hier hin?» fragte Don Camillo.

13

«Nein, nein, wir gehen da hinein.»

«Da hinein» hieß in den «Salon», die «gute Stube», jenen Raum, den man in der Bassa *la sala* nennt. In ihm stehen die Eßzimmermöbel, hängen die vergrößerten Photographien der verstorbenen Verwandtschaft, findet sich der Krimskrams, den man bei Lotterien gewonnen oder irgendwann geschenkt bekommen hat. Für gewöhnlich ist es der Raum, den keiner von der Familie freiwillig betritt, denn diese ganze Pracht schüchtert einen ein, und außerdem ist er der tristeste und ungemütlichste Ort der ganzen Wohnung.

Aber als Peppone nun die Tür öffnete, blieb Don Camillo der Mund offen stehen.

Das hatte er nicht erwartet – trotz Smilzos Beschreibung: alles frisch getüncht, supermoderner Lampenschirm, neue Möbel, an den Fenstern gestickte Vorhänge und, Wunder aller Wunder, ein Fußboden aus Fliesen wie Marmor, ein Fußboden, der funkelte wie Kristall: unglaublich glatt, unglaublich sauber und blank.

«Na?» sagte Peppone, als er sah, daß Don Camillo keine Anstalten machte einzutreten.

«Peppone!» rief Don Camillo. «Das ist ja sagenhaft! Eine so schöne und moderne *sala* wird man kaum in einem städtischen Herrschaftshaus finden!»

«Na, wir wollen's nicht übertreiben!» meinte Peppone grinsend. «Nur hinein!»

Vorsichtig wagte sich Don Camillo ins Zimmer, und Peppone wollte ihm eben folgen, als ein fast unmenschlicher Schrei erscholl. Peppones Frau stürzte herbei, klammerte sich an ihren Mann und nagelte ihn auf der Schwelle fest. Schreckensstarr betrachtete sie seine staubigen, schlammverkrusteten Schuhe und redete wie irr

14

auf ihn ein – Schreie ausstoßend wie ein verwundeter Adler.

Peppone verschwand aus der Tür, und als er wieder auftauchte, hatte er unter seinen Füßen die *pattine:* jene verdammten rechteckigen Filzlappen, die von den biederen Bürgersfrauen in der Stadt erfunden worden waren, um den Glanz der Fußböden zu schonen.

Don Camillo betrachtete Peppone, der wie ein Schlittschuhläufer über den Boden glitt: Groß und kräftig, wie er war, mit dem knallroten Tuch um den Hals, den wirren, auf der Stirn klebenden Haaren und Händen so groß wie Schaufeln und dunkel von der Sonne und vom Maschinenöl, hätte er eigentlich zum Lachen reizen müssen, aber statt dessen tat er einem fast leid.

Don Camillo war hergekommen, um zu lachen, aber nun verging ihm die Lust dazu. Er kehrte ebenfalls um, stellte sich mit seinen Schuhen auf zwei andere an der Tür bereitliegende Filzlappen und glitt nun seinerseits über den blitzenden Fußboden.

Wortlos setzten sie sich an den Tisch, dessen Platte genauso glänzte wie der Boden, und schwiegen sich an, bis Peppones Frau wieder erschien, in der Hand ein Tablett mit Gläsern und einer Flasche Wein. Die Frau setzte alles auf den Tisch, füllte die beiden Gläser und befahl im Hinausgehen: «Die Flasche aufs Tablett, die Gläser auf die Untersetzer!» Noch ehe er trank, wischte Don Camillo den Fuß des Glases an seinem Ärmel ab und setzte es dann mit Anstand in die Mitte des Untersetzers.

Keiner der beiden wußte, wie er anfangen sollte. Zum Glück erschien der Smilzo unter der Tür und schwenkte einen großen gelben Umschlag.

«Chef, ganz eilig, von der Parteileitung!»

«Bring es her!» befahl Peppone, der sich wieder aufraffte.

«Nein, ich leg's hierher», antwortete Smilzo und machte Anstalten, den Brief auf dem Polsterstuhl neben der Tür zu deponieren. Peppone fand wieder zum donnernden Ton vergangener schöner Zeiten zurück:

«Smilzo, bring den Brief her!» brüllte er. Smilzo zögerte einen Moment, dann bemächtigte er sich eines dritten Paares Filzlappen, das neben der Tür geparkt war, und glitt über den blitzenden Boden auf seinen Chef zu.

«Setz dich hin und trink!» schrie Peppone und goß ihm ein Glas ein.

Smilzo biß die Zähne zusammen und setzte sich hin.

«Flasche aufs Tablett, Glas auf den Untersetzer!» brüllte Peppone weiter und schmiß ein rundes gesticktes Deckchen vor Smilzo auf den Tisch.

Er las den ganz eiligen Brief und steckte ihn in die Tasche. Danach schüttete er seinen Wein in einem Zug hinunter, und nach einer gebührenden Pause absoluten Schweigens donnerte er:

«Hochwürden, das laßt Euch gesagt sein: Am Tag der Proletarischen Revolution werden wir *nicht* auf Filzlappen marschieren!»

«Steht das in dem Brief von der Partei?» erkundigte sich Don Camillo.

«Das steht in der Geschichte der Völker!» entgegnete Peppone.

Und er sagte das mit soviel Stolz und soviel edler Entschlossenheit, daß sich der Smilzo wieder in seinem Glauben an den Endsieg bestärkt fühlte.

«Jawohl, Chef!» pflichtete er ihm bei.

Die Lotterie

Hört man auf die Bauern, so geht es ihnen immer schlecht. Wenn es regnet, dann weil es regnet; wenn es nicht regnet, dann weil es nicht regnet; wenn sie zehn Prozent herausschlagen, dann weil es nicht zwölf sind. Und wenn es zwölf sind, dann weil sie nicht vierzehn herausschlagen konnten.

Don Camillo wußte das genau und machte sich daher nie Illusionen, wenn er herumlaufen und um Geld für diesen verflixten Kindergarten betteln mußte, der nun mal errichtet worden war und jetzt wohl oder übel zu funktionieren hatte.

Diesmal war Don Camillos Herz jedoch voll Optimismus: Das Jahr war für die ganze Landwirtschaft außergewöhnlich gut gewesen, und der Käse lag hoch im Preis. Aber nachdem der Seelenhirt an drei Türen geklopft hatte, kannte er bereits die ganze Litanei: Die Tomaten hatten nicht das gebracht, was sie hätten bringen sollen, die Rübenpreise waren gefallen, außerdem hingen die Trauben noch an den Stöcken.

Don Camillo beschloß, auf der Stelle seine Taktik zu ändern. Um den nötigen Mammon aufzutreiben, mußte man zum äußersten Mittel greifen: zur berüchtigten Lotterie mit verlockenden Preisen.

Also machte er sich daran, die verlockenden Preise zusammenzubringen.

Was die Lotterien und die Wohltätigkeitsbasare angeht, so ist es auf dem Land nicht anders als in der Stadt: Jeder nützt die Gelegenheit, seine Wohnung vom gräßlichsten Plunder zu befreien. Und zu guter Letzt sind es immer dieselben Scheußlichkeiten, die bei den Wohltätigkeitsveranstaltungen die Runde machen. Jedes Stadtviertel und jedes Dorf besitzt seinen festen Fundus, denn wer immer eine dieser Raritäten gewinnt, hat nichts Eiligeres zu tun, als sie bei der nächsten Wohltätigkeitslotterie wiederum großzügig als Preis zur Verfügung zu stellen.

Don Camillo arbeitete vierzehn Tage lang, und am Ende hatte er sein Pfarrhaus in einen afrikanischen Basar verwandelt. Wenn er mutig genug gewesen wäre, hätte er die Gelegenheit nutzen und das Dorf ein für allemal von dem ganzen Krempel befreien können – und tatsächlich fühlte er auch den heftigen Wunsch, das ganze Zeug auf dem Kirchplatz auszubreiten und mit der Straßenwalze darüberzufahren, aber er wußte sich zu beherrschen.

Nachdem er nun die Masse an *normalen* Preisen beisammen hatte, mußte er die zwei oder drei *außergewöhnlichen* auftreiben, ohne die keiner ein Los kaufen würde.

Es blieben ihm noch die zwei großen Brocken: Filotti und die Gemeinde.

Aber Filotti erklärte sofort, daß er mehr als fünfzig Flaschen Weißwein nicht herausrücken könne, denn die Tomaten seien nicht gut gegangen und die Rüben auch nicht und so weiter und so weiter. Da setzte Don Camillo alle Hoffnung auf die Gemeinde und ging hin, um beim Herrn Bürgermeister vorzusprechen.

Peppone ließ ihn nicht einmal ausreden: «Hochwür-

den, ich weiß alles. Der Kindergarten braucht dringend
Geld, genauso wie die Gemeinde. Mit dem einfachen
Unterschied, daß der Kindergarten Lotterien veranstalten kann, um zu Geld zu kommen, die Gemeinde aber
nicht. Folglich geht es uns schlechter als euch.»

Don Camillo sog einen Strom Luft ein – lang wie der
Simplontunnel –, bis er ganz aufgeblasen war, dann
explodierte er:

«Der Herr Bürgermeister will also sagen, daß sich die
Gemeinde weigert, ihren Beitrag zu leisten?»

«Nein: Der Herr Bürgermeister will sagen, daß die
Gemeinde gibt, was sie kann.»

Peppone öffnete eine Schreibtischschublade und zog
ein paar Handvoll Zeug heraus, wobei er erklärte:

«Fünfzig Bleistifte Superbus, dreißig Radiergummi,
fünfundzwanzig Packungen Protokollpapier und fünfzig
Kugelschreiber Perry. Als meinen persönlichen Beitrag
stifte ich fünf Dosen Bodenwichse Marke Ceratom.»

«Damit kannst du ...»

«Hochwürden», unterbrach ihn Peppone streng, «be-
achten Sie bitte, daß Sie hier mit dem Herrn Bürgermeister sprechen. Nehmen Sie das Schreibmaterial selbst
mit oder soll ich es Ihnen ins Haus schicken?»

Don Camillo gab überhaupt keine Antwort. Er machte kehrt und ging zur Tür. Auf der Schwelle drehte er
sich noch einmal um: «Weißt du, was ich dir sagen
muß?» schrie er.

«Sagen Sie es.»

«Daß ihr mir alle widerwärtig seid. Arme, Reiche,
Kommunisten und Antikommunisten!»

«Einen Augenblick, Hochwürden! Reden wir doch
mal offen miteinander.»

Don Camillo kehrte zum Schreibtisch zurück und sah Peppone fest in die Augen:

«Wenn du meinst, daß wir offen miteinander reden sollen – ich bin dabei! Paßt dir was nicht?»

«Mir paßt es nicht, daß Sie blödes Zeug verzapfen. Kommunisten, das lassen Sie sich gesagt sein, sind nicht widerwärtig! Kommunisten verhalten sich bei jeder Gelegenheit vorbildlich!»

Don Camillo ergriff das Bündel Bleistifte, hielt es Peppone unter die Nase und schrie:

«Fünfzig Bleistifte Superbus, die miesesten auf der ganzen Welt: Geschenk der kommunistischen Verwaltung!»

«Geschenk der *kommunalen* Verwaltung!» korrigierte ihn Peppone. «Die Kommunisten haben damit nichts zu tun. Bevor Sie behaupten, daß die Kommunisten widerwärtig sind, müssen Sie erst mal abwarten, was Ihnen die Sektion der Kommunistischen Partei antwortet.»

Don Camillo legte die Bleistifte auf den Schreibtisch zurück, dann stemmte er die Fäuste in die Hüften:

«Und was würde mir deiner Meinung nach die Sektion der Kommunistischen Partei antworten, wenn ich käme und sie um eine Spende für die Lotterie bitten würde?»

Peppone zuckte die Schultern.

«Mal sehen», murmelte er. «Meiner Meinung nach ... Wenn Sie sich an die Sektion der Kommunistischen Partei wenden würden, könnte Ihnen die Sektion – zum Beispiel – ein Fahrrad Stucchi anbieten, Luxusausführung, funkelnagelneu, mit elektrischer Beleuchtung und Simplex-Schaltung. Und sogar noch mit Satteldecke, Kippständer und Gepäckträger.»

Don Camillo starrte ihn einen Augenblick mit offenem Mund an. «Du willst dich wohl über mich lustig machen!» rief er schließlich.

«Ich vielleicht schon. Aber die Sektion der Kommunistischen Partei nicht. Wer das Fahrrad Stucchi Luxusausführung, funkelnagelneu und so weiter haben will, braucht nur ein kurzes schriftliches Gesuch direkt an die Sektion zu richten.»

«Natürlich», lachte Don Camillo höhnisch, «damit du mir antworten kannst: ‹Wenden Sie sich an Pella!›»

Peppone schüttelte den Kopf: «Nein, Hochwürden. Sie schreiben ein winziges Gesuch, und zwei Stunden später ist das Fahrrad im Pfarrhaus, noch in der Originalverpackung. Selbstverständlich muß es bei der Ausstellung der Preise den Ehrenplatz bekommen, mit einem Schild vierzig auf dreißig Zentimeter, auf dem in großen Druckbuchstaben steht: *Gespendet von der Kommunistischen Partei Italiens*. Um Ihnen die Mühe zu ersparen, liefern wir das Schild gleich fertig mit.»

«Oh, bitte keine Umstände», erwiderte Don Camillo trocken. «Behalt dein Schild samt dem Fahrrad. Ich bin doch keine Werbeagentur.»

«Hochwürden! Und wenn wir an dem Fahrrad Stucchi Superluxus und so weiter noch einen kleinen Mosquito-Motor anbrächten, ebenfalls funkelnagelneu?»

«Nicht einmal, wenn du einen Super-Motor mit Kompressor einbaust!»

«Das tut mir leid. Überlegen Sie es sich noch mal, Hochwürden.»

«Ich hab' es mir schon überlegt.»

Don Camillo lief auf Hochtouren, und als er nach Hause kam, stürmte er in die Kirche, um sich mit dem Gekreuzigten am Hochaltar auszusprechen. «Jesus», keuchte er, «wer ist wohl der größte Halunke unter all diesen Halunken?»

«Du», antwortete Christus.

Don Camillo sah verständnislos nach oben: «Ich? Wieso denn ich?»

«Weil dein Herz voll Zorn ist, Don Camillo.»

«Jesus», flehte er verzweifelt, «ist es denn möglich, daß einer nicht zornig wird, nach all dem, was mir passiert ist?»

«Ja, Don Camillo, das ist sehr gut möglich.»

Don Camillo traten die Tränen in die Augen.

«Jesus, ich habe an neunundneunzig Türen geklopft, und keiner hat mir aufgemacht. An der hundertsten haben sie mir aufgemacht, aber nur um mich zu verhöhnen. Wie soll ich da ruhig bleiben können?»

«Don Camillo, ich klopfe tagtäglich bei hunderttausend Seelen an, und keine macht mir auf, und da bin ich traurig. Aber wenn ich dann nach hunderttausend eine finde, die sich mir öffnet, wird mein Herz mit Freude erfüllt, auch wenn mich hinter der Tür dieser Seele nur Spott erwartet. Gott nicht zu kennen ist tausendmal schlimmer, als ihn zu verspotten. Wer Gott nicht kennt, ist wie der Blinde, der niemals das Licht sehen wird. Wer Gott nicht kennt, wird nie als rechter Mensch leben können, denn wer Gott nicht kennt, ist auch kein Mensch.»

Don Camillo lief immer noch auf vollen Touren und versuchte sich zu rechtfertigen:

«Herr, wenn ich Hunger habe, und neunundneunzig Menschen verweigern mir ein Stück Brot, ist dann nicht vielleicht der hundertste am niederträchtigsten, der mir

22

zu essen anbietet, auch noch reichlich, aber unter der Bedingung, daß ich eine ehrlose Tat begehe?»

«Natürlich, Don Camillo: Wenn Peppone versucht hat, dich zu einer Tat zu verleiten, die gegen die Gebote Gottes verstößt, dann ist er der Niederträchtigste.»

Don Camillo wischte sich den Schweiß von der Stirn.

«Herr, es läßt sich nicht exakt feststellen, ob er mir tatsächlich vorgeschlagen hat, gegen die Gebote Gottes zu verstoßen, schon weil sich in den Geboten Gottes keine eindeutigen Hinweise auf Stucchi-Fahrräder und Wohltätigkeitsbasare finden ... Auf alle Fälle aber steht fest, daß ich nichts tun kann, was den politischen Anschauungen Peppones nützt. Anschauungen, die nach dem Urteil der Kirche im Widerspruch zu den christlichen stehen. Findest du nicht, Herr?»

«Don Camillo, ich wüßte nicht, was ich dir exakt antworten sollte. Auch ich kenne mich mit Fahrrädern und Wohltätigkeitsbasaren nicht genügend aus.»

Don Camillo senkte den Kopf.

«Jesus», sagte er mit trauriger Stimme. «Wie sich wohl Peppone freuen würde, wenn er wüßte, daß auch du dich über mich lustig machst!»

Don Camillo kehrte ins Pfarrhaus zurück, um den zusammengetragenen Trödel noch einmal zu inspizieren. Kurz darauf erschien der Smilzo und deponierte auf dem Tisch im Hausflur die Bleistifte und das andere Zeug.

«Von der Kommunalverwaltung», erklärte er. «Wenn es Euch gelingt, einen von diesen Bleistiften zu spitzen, dann könnt Ihr ihn als Ahle benützen.»

«Ich lasse dem Herrn Bürgermeister danken. Sag ihm, er hätte nicht soviel Umstände machen sollen.»

«Das sind doch keine Umstände. Euer Hochwürden dienlich sein zu können, ist immer eine Freude. Wenn ich Euch helfen soll, diesen Krimskrams auf den Abfallhaufen zu werfen, tu ich's gern.»

Don Camillo griff nach einer scheußlichen Katze aus bemaltem Gips und schleuderte sie in Richtung Smilzo. Doch der war auf der Hut: er fing die Gipskatze im Flug auf und setzte sie behutsam auf den Tisch.

«Besser eine Gipskatze in der Hand als ein Fahrrad mit Motor auf dem Dach», rief er und zog Leine.

Don Camillo zertrat unter seiner Schuhsohle einen alabasternen Turm von Pisa, der aussah wie aus Zuckerguß.

Selbst wenn man die Flaschen vom Filotti bestmöglich placierte, wirkte die Ausstellung der Preise für die Kindergartenlotterie erschreckend dürftig.

Zum zweitenmal wurde Don Camillo von der heftigen Versuchung gepackt, all diese Scheußlichkeiten zu zertrümmern. Es gelang ihm jedoch noch einmal, ihr zu widerstehen, und er ging statt dessen, um sich mit Christus am Hochaltar zu unterreden:

«Herr», sagte er, «kann der Zweck die Mittel rechtfertigen?»

«Nein, Don Camillo. Aus dem Bösen kann zwar das Gute erwachsen, aber du darfst dich nicht bewußt des Bösen bedienen, um das Gute zu bekommen. Denn du mußt immer nach den Geboten Gottes handeln, und die Gebote Gottes verbieten dir, Böses zu tun.»

«Jesus, Strychnin ist doch ein schreckliches Gift, aber der Apotheker kann daraus bei richtiger Dosierung eine heilsame Arznei gewinnen.»

«Don Camillo, die christliche Moral ist nicht in der Apotheke gemacht worden.»

Don Camillo senkte den Kopf und ging.

«Alle gegen mich», seufzte er, als er sich in seiner Stube an den Schreibtisch setzte.

Dann nahm er ein Blatt Papier und schrieb das Gesuch.

Das Fahrrad mit Hilfsmotor kam eine Stunde später, es wurde vom Smilzo mit dem Lieferwagen gebracht. Dazu das Schild mit dem Text in riesigen Druckbuchstaben.

«Hochwürden», mahnte Smilzo, «nicht vergessen: Ehrenplatz!»

Die Ausstellung der Lotteriepreise wurde am nächsten Tag eröffnet, und die Leute drängten sich in dem großen Raum. Das Fahrrad mit Motor, «Gespendet von der Kommunistischen Partei», machte einen ungeheuren Eindruck.

Spiletti mißbilligte die Sache in aller Deutlichkeit: «Hochwürden, ich hätte von diesem Pack Spenden weder erbeten noch angenommen.»

«Ich auch nicht, wenn Sie und alle anderen mir statt dem ganzen Schund aus Gips und vergoldetem Blech etwas gegeben hätten, das für eine anständige Lotterie taugt.»

«Wenn keine Preise da waren, hättet Ihr die Lotterie nicht veranstalten dürfen. Ihr hättet uns eine Blamage erspart.»

«Richtig», rief Don Camillo, «wenn einer die Krätze hat, sorgt man dafür, daß er in der Öffentlichkeit nicht die Handschuhe auszieht, sondern immer schön die

Hände bedeckt hält, damit die Leute sagen: ‹Oh, was für ein eleganter, gepflegter Herr!›»

Natürlich kamen alle Roten, um ihr prächtiges Fahrrad mit Motor zu bewundern, und sie plusterten sich auf wie die Truthähne.

Am Tag der Ziehung erschien auch Peppone mit seinem Stab. Das Zimmer und der Kirchplatz waren gesteckt voll.

Die letzten Lose wurden verkauft und die dazugehörigen Abschnitte in die Urne gesteckt.

Die Ziehung begann: Don Camillo hatte nur fünfzig halbwegs anständige Preise zusammenstellen können. Wenn die in der Reihenfolge ihres Werts verlost waren, sollte der Rest des Plunders stückweise an jeden Losinhaber verteilt werden, so daß keiner mit leeren Händen heimgehen müßte.

«Erster Preis: ein Fahrrad mit Hilfsmotor!» verkündete Don Camillo.

Ein kleiner Junge zog eine Nummer aus der Urne.

«Achthundertsiebenundvierzig!» rief Don Camillo. «Wer die Nummer achthundertsiebenundvierzig hat, gewinnt das Fahrrad!»

Keiner der Anwesenden hatte diese Nummer.

«Das Fahrrad bleibt zur Verfügung des Besitzers der Nummer achthundertsiebenundvierzig!» rief Don Camillo. «Die vollständige Liste der Gewinner wird morgen veröffentlicht. Zweiter Preis: ein Korb mit fünfzig Flaschen Weißwein. Nummer ...»

Der Junge zog eine Nummer.

«Zweitausenddreihundert!»

Der Mann mit der Nummer zweitausenddreihundert bahnte sich, das Los in der Hand schwenkend, seinen

Weg nach vorn und nahm mit Hilfe seiner Freunde grinsend den Korb mit den Flaschen in Empfang.

Damit war die Losziehung praktisch beendet, denn das einzige, was die Leute interessiert hatte, war das Fahrrad mit Motor. Der Rest, mit Ausnahme der Weinflaschen, schien kaum der Rede wert. Aber keiner rührte sich, bis alle fünfzig «halbwegs anständigen» Preise verlost waren.

Und als die fünfzig Gewinner ihre Preise abgeholt hatten, fingen die Leute zu murren an. Es sei doch sehr merkwürdig, daß von den fünfzig Gewinnern ausgerechnet der mit dem Fahrrad fehle.

«Ich», sagte ein junger Mann, «habe die Nummer achthundertsechsundvierzig gekauft, und zwar hier drinnen, im letzten Moment, und ich habe gesehen, daß auf dem Block noch vier Lose übrig waren: die Nummern achthundertsiebenundvierzig, achthundertachtundvierzig, achthundertneunundvierzig und achthundertfünfzig. Ich würde gern mal den Losblock sehen. Man könnte ja das unverkaufte Los in die Urne gesteckt haben statt des Nummernabschnitts.»

Jemand ging zu Don Camillo und sagte es ihm. Keuchend kam er an.

«Hier gibt es keine Schiebung!» rief er aufgebracht. «Wir haben nur die Gegenabschnitte in die Urne getan. Bitte, da ist die gezogene Nummer. Und da ist der Block. Die Lose sind alle verkauft worden.»

«Und wer bezeugt das?» brummte der junge Mann.

«Der Polizeichef und der Notar, die beide hier anwesend sind!»

«Und woher wissen die, ob das Los verkauft worden ist? Vielleicht hat es jemand abgerissen und in die

Tasche gesteckt. Daß der Gegenabschnitt in der Urne ist, bedeutet noch lange nichts.»

Don Camillo wurde blaß: «Dieser jemand könnte nur ich sein, weil ich die letzten vier Lose verkauft habe.»

«Ich will ja nichts behaupten ...», meinte der junge Mann.

«Aber wenn die Lose hier drinnen verkauft wurden, warum ist dann der mit der Losnummer achthundertsiebenundvierzig nicht aufgetaucht?»

Don Camillo verspürte wahnsinnige Lust, diesen aufsässigen jungen Mann am Kragen zu packen und an die Wand zu werfen, aber er mußte Ruhe bewahren.

«Meine Herrschaften!» rief er. «Die Nummer achthundertsiebenundvierzig ist vor kurzem hier verkauft worden. Wer sie gekauft hat, muß hier sein. Schaut doch noch einmal alle genau nach: Die Angelegenheit muß auf der Stelle geklärt werden. Alle, die vor kurzem hier bei mir ein Los gekauft haben, sollen noch einmal in ihren Taschen suchen.»

Jeder kramte in seiner Tasche, auch die, die überhaupt kein Los gekauft hatten, und plötzlich hörte man jemanden murmeln: «Das hab' ja ich!»

Und Peppone trat vor und reichte Don Camillo ein Los. Don Camillo stieß einen riesigen Seufzer der Erleichterung aus.

«Alles in Ordnung?» fragte er fröhlich. «Ist der junge Mann jetzt überzeugt? Ausgezeichnet! Mit großer Freude händige ich hiermit den ersten Preis dem Herrn Bürgermeister aus. Nichts ist gerechter: Da der Preis von der Kommunistischen Partei gestiftet worden war, ist es nur recht und billig, daß er wieder an die Kommunistische Partei zurückgeht.»

Die Leute lachten.

«Na, die haben sich wirklich nicht angestrengt», brummte der alte Cibia. «Sie haben das Fahrrad gestiftet und es sich jetzt wiedergeholt. Die taugen auch bloß dazu, den Gänsen Wasser zu bringen, wenn's regnet!»

Peppone fuhr herum, rot wie die Oktoberrevolution: «Was redet Ihr da für einen Stuß? Ich hab' mein Los genauso gekauft wie alle anderen. Was kann ich dafür, wenn der erste Preis auf mich fällt?»

«Hättest du das Los nicht gekauft, dann hättest du auch nicht gewonnen.»

Smilzo mischte sich ein. Er ergriff das Fahrrad bei der Lenkstange und sagte zu Peppone:

«Laß sie doch reden, Chef! Wir sind vollkommen im Recht und in der Legalität.»

Er ging auf den Ausgang zu, und Peppone folgte ihm zähneknirschend.

«Das ist das sowjetische System», erklärte Don Camillo lächelnd. «Große Versprechungen und nichts dahinter. Sand in die Augen.»

Peppone, der das gehört hatte, drehte sich um: «Kommt bloß noch einmal und bittet mich um was, dann werdet Ihr sehen, was ich Euch stifte!»

«Da ist noch Euer Schild», antwortete ihm Don Camillo grinsend.

«Von wegen *Geschenk der Kommunistischen Partei*. Ihr hättet lieber draufschreiben sollen: *Leeres Versprechen der Kommunistischen Partei.*»

Peppone ging rasch hinaus, um nicht aus der Rolle zu fallen.

Und als Don Camillo triumphierend zum Hochaltar kam, um Christus zu danken, sagte dieser zu ihm: «Don

Camillo, der niederträchtigste Halunke bist immer noch du.»

«Herr, das weiß ich», erwiderte Don Camillo und breitete resignierend die Arme aus. «Und es tut mir leid. Aber in der Politik ist die Niedertracht eine schmerzliche Notwendigkeit, denn in der Politik hat man es nicht mit Menschen, sondern mit Parteien zu tun. Und die Parteien sind keine Geschöpfe des lieben Gottes. Amen.»

Die halbe Portion

Peppone benötigte einen Meter Kupferrohr von der Dicke eines Daumens, und da er im ganzen Dorf nichts dergleichen auftreiben konnte, die Arbeit aber am nächsten Tag in aller Frühe fertig sein mußte, nahm er kurz entschlossen den Bus, um in der Stadt nach dem Rohr zu suchen.

Als er ankam, läutete es gerade zwölf, und er mußte bis drei Uhr nachmittags warten. Doch damit, daß die Geschäfte wieder aufmachten, war die Geschichte keineswegs zu Ende, denn kein einziger Eisenwarenladen hatte daumendickes Kupferrohr, und so war Peppone gezwungen, die Werkstätten abzuklappern.

Kurz und gut: Als er das verdammte Rohr endlich aufgetrieben hatte, begann es bereits Abend zu werden. Und der Bus war auch schon fort.

Dreißig Kilometer sind kein· Kinderspiel. Auf der anderen Seite konnte die Arbeit nicht verschoben werden, denn es handelte sich um einen Auftrag von der Tomatenmarkfabrik, und die von der Fabrik wollten am nächsten Morgen schon um vier Uhr kommen, um die reparierte Maschine abzuholen.

Peppone machte sich auf den Weg, in der Hoffnung, ein Auto zu finden, das ihn mitnähme.

Hier, an der großen Straße, war es zwecklos, Zeit und Kraft darauf zu verschwenden, ein Auto anzuhalten: Hunderte von Autos passieren die Hauptstraße. Wie soll man da herausfinden, welches ausgerechnet in das und das Dorf fährt? Er mußte zumindest bis zur Landstraße gehen. Was dort fuhr, war bereits eine Vorauswahl: Wagen, bei denen wenigstens die Richtung stimmte.

Er ging also mit langen Schritten bis zur Landstraße, und kaum war er in sie eingebogen, kam auch schon ein Lieferwagen. Er fuhr langsam, und als der Fahrer Peppone winken sah, hielt er sofort.

Nach Peppones Ort fuhr er allerdings nicht, aber immerhin ungefähr sieben Kilometer weit den gleichen Weg wie Peppone, und so stieg Peppone ein. Sieben plus drei (von der Stadt bis hierher) ist zehn: besser zwanzig Kilometer als dreißig.

An der Abbiegung der neuen Brücke sprang Peppone vom Lieferwagen, verabschiedete sich vom Fahrer und setzte seinen Weg auf Schusters Rappen fort.

Inzwischen war es schon fast dunkel, und als ob das allein nicht genüge, fing es auch noch zu regnen an.

Nicht weit entfernt stand eine kleine Wegkapelle mit einem Madonnenbild, unter deren Dach sich Peppone retten konnte.

«Verzeih, wenn ich dir den Rücken zukehre», murmelte Peppone zum Madonnenbild und griff sich an die Hutkrempe. «Aber ich darf die Straße nicht aus den Augen lassen. Ich hab' wegen diesem verdammten Rohr den Bus versäumt und brauche jetzt jemand, der mich mitnimmt.»

Je mehr die Dunkelheit zunahm, desto stärker wurde auch der Regen, und beim Anblick der aufgeweichten und völlig verlassenen Straße beschlich einen das unangenehme Gefühl, für immer von der Welt abgeschnitten zu sein.

Peppone wartete eine halbe Stunde, er wartete eine Stunde, dann verlor er die Geduld.

«Wenn kein Auto mehr vorbeikommt», rief er zur Madonna gewandt, «dann mußt du mir sagen, was ich tun soll!»

Die Madonna sagte es ihm nicht, und Peppone fing an zu brüllen.

Doch siehe da: zwei Autoscheinwerfer auf der richtigen Seite! Peppone trat in Aktion und bereitete sich unter dem äußersten Rand des Daches auf den Sprung vor; denn natürlich mußte er das Auto erwischen, aber gleichzeitig mußte er versuchen, nicht triefnaß zu werden.

Als das Auto, das wegen des strömenden Regens und der Pfützen langsam fuhr, bis auf wenige Meter an die kleine Kapelle herangekommen war, sprang Peppone mitten auf die Straße.

Der Wagen, ein grauer Fiat 1400, stoppte. Mit einem Satz war Peppone bei der Tür und streckte seinen Kopf durchs Fenster, während ihm der Regen den Rücken und die angrenzenden Gebiete einweichte.

Der Fahrer hatte die kleine Lampe am Armaturenbrett angeknipst, und Peppone sah in ein leichenblasses Gesicht.

«Was ist los?» stammelte der Fahrer.

«Nichts», antwortete Peppone. «Was soll schon los sein? Nur daß es mir den Hintern vollregnet. Wohin fahren Sie?»

«Nach Torricella», erklärte der Fahrer, ein magerer, eleganter, sehr zarter und, wie es schien, auch sehr schüchterner junger Mann.

«Ausgezeichnet», rief Peppone, riß die Wagentür auf

und ließ sich neben dem jungen Mann ins Auto fallen. Während Peppone auf dem Sitz herumrutschte, um es sich bequem zu machen, stieß er mit dem Ende des Kupferrohrs den jungen Mann vor die Brust, der zurückwich und die Hände in Schulterhöhe hob.

Peppone wunderte sich einen Augenblick über das seltsame Verhalten des jungen Mannes, doch als er merkte, daß die Augen des Unglücklichen auf das Kupferrohr starrten, begriff er.

«Für was halten Sie denn dieses Ding?» rief er. «Für ein Maschinengewehr? Sehen Sie denn nicht, daß das ein Stück Kupferrohr ist, eingewickelt in schwarzes Ölpapier?»

Der junge Mann entlockte seinem schmächtigen Brustkorb einen Seufzer, der überhaupt nicht mehr aufhören wollte.

«Sie müssen mich begreifen», erklärte er verärgert. «Auf einer dunklen Landstraße springt einem plötzlich so ein Mordskerl mit solch einem Ding in den Weg, da kann es einem schon anders werden. Gerade in der heutigen Zeit ...»

Peppone zuckte die Achseln: «Was hätte ich denn sonst tun sollen? Seit einer Stunde steh' ich da und warte, weil ich den Bus versäumt habe, und ich muß unbedingt heut abend daheim sein, und es schüttet in Kübeln! Man muß sich auch mal die Situation vorstellen, in der sich ein anderer befindet!»

«Ich stelle sie mir vor», erwiderte der junge Mann kühl, legte den Gang ein und fuhr los. «Aber es kommt auch auf die Art und Weise an ...»

Auch der ruhigste und besonnenste Mensch wird nervös, wenn er einen völlig durchnäßten Hintern hat:

«Man hat leicht reden, wenn man bequem im Auto fahren kann und sich keinen Dreck um die anderen scheren muß!» knurrte Peppone übellaunig. «Aber wenn man sich, um zu leben, von morgens bis abends in Stücke reißen muß, dann sieht die Sache anders aus!»

«Ich reise nicht zum Vergnügen», rechtfertigte sich schüchtern der junge Mann.

«Das bezweifelt auch keiner!» grinste Peppone mit grimmigem Hohn. «Wenn Sie zum Vergnügen reisen würden, hätten Sie sich nicht diese Straße und dieses Wetter ausgesucht. Der Unterschied ist nur der, daß Sie Ihre Berufsreisen trocken im Auto machen und ich die meinen im Regen und zu Fuß. Und wenn ich jetzt heimkomme, kann ich noch nicht einmal ins Bett, sondern muß in der Werkstatt herumhämmern bis zwei Uhr früh. Wenn alles gutgeht!»

Der junge Mann, aufs Fahren konzentriert, antwortete nicht, und auch Peppone sagte nichts mehr. Als sie zwei bis drei Kilometer in absolutem Schweigen zurückgelegt hatten, stellte Peppone bei sich selbst folgende bedeutsame Betrachtung an:

«Ich bin doch ein Idiot», dachte er. «Ich stoppe diese halbe Portion und jage ihr einen Schrecken ein, der sie fast umbringt; ich springe in ihren Wagen, als ob es Gemeindeeigentum wäre. Und anstatt dem armen Kerl zu danken, daß er mir keinen Tritt in den Hintern gibt, halte ich ihm noch eine Predigt gegen das Bürgertum und setze ihn ins Unrecht. Ich muß das Stadtjüngelchen wieder ein bißchen aufrichten, sonst krieg' ich noch ein schlechtes Gewissen.»

Das Auto fuhr am Friedhof von Borghetto vorbei, dessen Tor zur Straße hin lag, direkt unter einer der spärlichen Dorflaternen. Peppone nahm seinen Hut ab, und ihm schien, daß das Jüngelchen diese Geste der Achtung vor den Verstorbenen durchaus zu würdigen wußte. «Arm, aber christlich!» rief Peppone. «Unsere Dörfer sind zwar nicht schön, aber sie sind gesittet.»

«Ich weiß», murmelte die halbe Portion aus der Stadt mit geringer Überzeugung.

«Kennen Sie sich hier aus?» fragte Peppone.

«Nein, ich komme zum erstenmal in diese Gegend, aber ich weiß, wie die Leute in der Bassa sind. ... *Falco rosso, Mitra, Pistolero,* stammen die nicht von hier?»

Peppone kam es vor, als höre er einen leisen sarkastischen Unterton in der Stimme der halben Portion, vor allem bei der Erwähnung der drei berühmtesten Figuren der äußersten Linken in der Bassa, und er empörte sich.

«Mein lieber Herr, *Falco rosso, Mitra* und *Pistolero* sind keine Leute aus der Bassa. Das sind drei verdammte Wirrköpfe, die zwar hier geboren sind, aber genausogut woanders hätten auf die Welt kommen können. Sie dürfen uns in der Bassa nicht nach drei Halbstarken beurteilen, die ihren Beruf als Schweinediebe auf die Politik übertragen haben und jetzt zu Recht im Gefängnis sitzen. Sie müssen sich die anderen ansehen! Glauben Sie vielleicht, daß hier in der Bassa die Gewalttätigen, die Lumpen und die Gottlosen das Wort führen?»

«Nein, nein!» protestierte die halbe Portion lebhaft. «Das wollte ich nicht behaupten. Ich hab' die drei nur erwähnt, weil die Zeitungen soviel über sie geschrieben haben ...»

«Die Zeitungen! Sie dürfen nicht in die Zeitungen schauen, wenn sie die Bassa verstehen wollen. Sie müssen uns anschauen!»

Der Wagen fuhr an der Madonnenstatue von Crociletto vorbei, und Peppone zog den Hut, um der Madonna die Ehre zu erweisen. Die halbe Portion, die keinen Hut aufhatte, neigte den Kopf.

«Ich sehe mit Freude, daß auch Sie ein guter Christ sind!» bemerkte Peppone befriedigt. «Und gute Christen verstehen einander immer, auch wenn sie unterschiedliche Anschauungen haben.»

Die halbe Portion warf ihm einen so perplexen Blick zu, daß Peppone den Jackenkragen hochschlug, um unauffällig das Parteiabzeichen aus dem rechten Knopfloch zu fingern. «Wenn dieses Muttersöhnchen auch nur ahnt, daß ich Kommunist bin, haut es ihn um», dachte er.

«Gute Christen sind auch gute Familienväter und damit auch gute Patrioten – hab' ich nicht recht?» rief er mit Pathos.

«Natürlich», erwiderte die halbe Portion. «Gott, Vaterland und Familie! Das ist die Basis.»

«Bravo! Das ist die richtige Einstellung! Glauben, gehorchen und kämpfen!»

Peppone merkte, daß er etwas gesagt hatte, was er so eigentlich gar nicht hatte sagen wollen. Doch wie auch immer: Als er nach dem Reisegefährten schielte, entdeckte er auf den Lippen der halben Portion ein beifälliges Lächeln. Versteht sich – genau das hatte Peppone erwartet. Aber er wollte es noch einmal bestätigt bekommen.

«Ich sehe, daß man mit Ihnen offen reden kann. Also gradheraus: Zwei Menschen können denken, was sie wollen, aber wenn es sich um Ehrenmänner handelt, müssen sie anerkennen, was recht ist. Tatsachen sind

Tatsachen, und Märchen sind Märchen. Man kann einen Menschen nicht bloß verurteilen und behaupten, alles, was er gemacht hat, ist falsch. Er hat manches verkehrt gemacht, aber seien wir doch ehrlich, er hat auch Gutes getan. Und wenn das einer leugnet, dann ist er ein gemeiner Kerl! Hab' ich recht oder nicht?»

«Sehr recht!» rief die halbe Portion. «Ich bin völlig Ihrer Ansicht! Er war ein außergewöhnlicher Mensch. Außergewöhnlich in seinen Vorzügen und in seinen Fehlern, aber außergewöhnlich. Solche Männer gibt es nicht mehr auf der Welt.»

Inzwischen hatte es aufgehört zu regnen, und als sie durch die Ortschaft Fraschetto kamen, mußte das Jüngelchen langsamer fahren, weil sich vor dem Volkshaus eine Menschenmenge um zwei junge Männer gebildet hatte, die Plakate zum bevorstehenden Landarbeiterstreik anschlugen.

Das Jüngelchen wandte sich mit einem besorgten Blick zu Peppone, doch der beruhigte es:

«Lassen Sie sich nicht beeindrucken», sagte er grinsend. «Angeklebtes Papier, in das man nicht einmal mehr die Kartoffeln einwickeln kann! Das hat überhaupt keine Bedeutung. Wissen Sie, was vor ein paar Tagen beim Generalstreik hier los war?»

«Nein», sagte der junge Mann.

«Plakate, Spruchbänder, Reden, Befehle und Gegenbefehle, nur um den Generalstreik vorzubereiten – und dann haben alle gearbeitet. Alle, verstehen Sie: Rote, Schwarze, Grüne, Weiße und Gelbe. So ist die Bassa: Hier zählt nur die Sache, nicht das Geschwätz!»

«Sehr gut!» stimmte der junge Mann befriedigt zu. «Wenn man sich um die Politik kümmern wollte ...»

«Die Politik ist der Ruin der Familie!» rief Peppone. «Daher hab' ich meine eigenen Anschauungen, und an die halte ich mich, ohne daß ich deshalb einer Partei beitreten muß! Und Sie?»

«Ich genauso! Man braucht wirklich kein Parteibuch, um Anschauungen zu haben! Im Gegenteil, meistens haben die, die eines besitzen, keine und umgekehrt.»

«Wie wahr!» rief Peppone.

Doch inzwischen waren sie angekommen. Bei der Einfahrt ins Dorf fing der Wagen wegen der großen Löcher, mit denen die Hauptstrasse zwischen dem Schotterbelag übersät war, zu hopsen an.

«Zum Teufel mit dem Bürgermeister und seinem ganzen Gemeinderat!» fluchte der junge Mann. «Schauen Sie sich nur diese Schweinerei an!»

Dann bekam er plötzlich Angst, einen Fauxpas begangen zu haben, und fragte mit dünner Stimme: «Wer stellt denn hier die Verwaltung?»

«Die Kommunisten», erwiderte Peppone.

Das Jüngelchen stieß einen tiefen Seufzer der Erleichterung aus: «Das hab' ich mir gedacht. Statt Politik zu machen, sollten sie lieber die Straßen richten.»

«Ganz recht!» pflichtete ihm Peppone bei.

Dann bat er den jungen Mann anzuhalten.

«Ich bin da», sagte er und stieg aus. «Ich danke Ihnen vielmals. Gute Weiterfahrt.»

Er machte zwei Schritte, aber der junge Mann rief ihn zurück: «Ihr Maschinengewehr!» sagte er lachend und streckte das Kupferrohr durchs Autofenster.

«Wenn alle Maschinengewehre so wären wie das hier, dann ginge es besser zu auf der Welt», erwiderte Peppone ebenfalls lachend, während er das Rohr herauszog.

Der Fiat 1400 fuhr weg, und Peppone sah ihm nach. «Was gibt es Schöneres», dachte er, «als einem armen Irren eine Freude zu machen? Dieser Trottel da wird heut nacht ruhig schlafen, und wenn er morgen in die Stadt zurückfährt, wird er den anderen halben Portionen dort erklären, daß es überhaupt keine kommunistische Gefahr gibt und daß die berüchtigte Bassa völlig harmlos ist.»

Um mit seiner Arbeit fertig zu werden, hämmerte Peppone bis um vier Uhr morgens herum und schlief dann bis elf. Er hätte auch noch länger geschlafen, wenn nicht der Smilzo um diese Zeit gekommen wäre, um ihn zu holen.

«Chef, der Bezirkssekretär von der Partei ist da», erklärte er ihm. «Er erwartet dich in deinem Büro.»

Um elf Uhr zwanzig war Peppone im Volkshaus. Er trat in sein Büro, und wen fand er dort? Die halbe Portion vom Vorabend! Die Verblüffung war auf beiden Seiten gleich groß.

Die halbe Portion fand als erster die Sprache wieder: «Ich bin der Bezirkssekretär», stellte er sich vor.

«Und ich der Sektionsvorsitzende und Bürgermeister», antwortete Peppone.

Sie schüttelten sich die Hand.

«Die Bezirksleitung möchte wissen, wie der Generalstreik in der Gemeinde verlaufen ist.»

«Ausgezeichnet! Totale Arbeitsniederlegung!»

«Gratuliere, Genosse! Und wie läßt sich der Landarbeiterstreik an?»

«Noch besser als der Generalstreik.»

Die halbe Portion lächelte: «Bravo, Genosse! Ich hab'

40

schon von dir gehört, und ich freue mich, daß ich dich jetzt kennenlerne.»

Sie setzten sich hin.

Smilzo brachte eine Flasche Wein und zwei Gläser, dann entfernte er sich und schloß die Tür sorgsam hinter sich.

Peppone schenkte den Wein ein. Sie tranken.

«Das war eine interessante Fahrt gestern abend», begann die halbe Portion. «Du bist großartig, Genosse Bottazzi, du kannst deine wahren Gefühle ausgezeichnet verbergen.»

«Auch du kannst deine wahren Gefühle ausgezeichnet verbergen, Genosse Bezirkssekretär.»

Feierlich kam die halbe Portion zu dem Schluß: «Wir sind beide großartig. Die Partei kann mit uns zufrieden sein.»

Peppone wiegte den Kopf: «Jetzt ginge es nur noch darum», murmelte er, «ob wir mit der Partei zufrieden sein können.»

Die halbe Portion füllte die beiden Gläser und sagte: «Mach weiter so, Genosse Bottazzi!»

Darauf tranken sie.

Dann stellten sie übereinstimmend fest, daß der Lambrusco ein ausgezeichneter Aperitif sei, und gingen zum Molinetto über.

Und darauf aßen sie.

Das Katzenrohr

Die Gnappi saßen seit fast einem Jahrhundert als Halbpächter auf Fossa, und Fossa gehörte zu einer Gruppe
von Höfen, die seit fast einem Jahrhundert im Besitz der
Barotti waren.

Man hätte also meinen können, daß die Gnappi für
die Barotti schon fast zur Familie gehörten. Doch jedesmal, wenn der alte Bia, der Stammeshäuptling der
Gnappi, in Villabianca auftauchte, bekam der Doktor
Barotti vierzig Grad Fieber. Und zum Ausgleich dafür
bekamen sämtliche Gnappi vierzig Grad Fieber, sobald
der Doktor Barotti auf der Tenne von Fossa erschien.

Der Doktor Barotti hatte sich noch nie mit Politik
befaßt, und er hatte auch nicht die geringste Absicht,
sich künftig damit zu befassen. Dagegen befaßten sich
die Gnappi damit, und das genügte, jede Unstimmigkeit
zwischen Grundherr und Pachtbauer in eine politische
Streitfrage zu verwandeln.

Die Tatsache zum Beispiel, daß der Doktor Barotti
nicht auf den Vorschlag einging, eine Reihe Maulbeerbäume herauszunehmen, hatte nichts mit Politik zu tun,
und Barotti dachte auch gar nicht daran, daraus eine
politische Streitfrage zu machen, aber während es für
ihn um nichts als eine Reihe Maulbeerbäume ging, ging
es für die Gnappi um eine Episode im Kampf zwischen
dem ausbeuterischen Kapitalisten und dem ausgebeute-
ten Arbeiter.

Natürlich, wenn die Gnappi dickschädlig waren, so war auch Barotti nicht gerade die Nachgiebigkeit in Person, und die Beziehungen zwischen Grundherr und Pachtbauer wurden immer schwieriger. Bis der Moment kam, an dem Barotti keine Lust mehr hatte, mit unvernünftigen Leuten vernünftig zu reden, und die Diskussion schroff abbrach:

«Wie dem auch sei, das Land gehört mir, und ich möchte es so bebaut haben, wie ich es mir vorstelle. Wenn euch das nicht paßt, dann müßt ihr euch eben einen anderen Grundherrn suchen!»

Der alte Gnappi hob den Zeigefinger: «Bevor Ihr so daherredet, solltet Ihr Rücksicht auf jemand nehmen, der Euch auf den Armen getragen hat. Wißt Ihr noch, wie oft Ihr mich vor fünfundvierzig Jahren, als Ihr noch ein so kleiner Dreikäsehoch wart, angepinkelt habt?»

«Das ist noch lang kein Grund, daß ich mich jetzt von euch anpinkeln lassen soll», entgegnete Barotti mürrisch.

«Anstatt Euch auf den Schultern herumzutragen, hätte ich Euch lieber in den Kanal schmeißen sollen!» schrie der alte Bia, der zwar schon achtundsechzig war, im Notfall jedoch so hitzig werden konnte wie ein Zwanzigjähriger.

Bei diesem Stand der Dinge hätte es der Sache mit dem Katzenrohr wirklich nicht mehr bedurft. Doch der Teufel hatte seinen Schwanz dazwischen.

Das ganze Wasser auf dem zu Fossa gehörenden Land floß in ein Kanälchen, das das Grundstück in zwei Teile zerschnitt und durch ein «Katzenrohr» in den Canalnuovo mündete. Genauer gesagt: Das Kanälchen stieß an der Ostgrenze des Grundstücks auf den Grenzgraben, der dem Besitzer des Nachbarhofes gehörte, und um in den Canalnuovo zu gelangen, mußte das Abflußwasser vom Barottigrundstück unter dem Grenzgraben durchfließen. Dazu diente das berühmte «Katzenrohr», eine etwa elf Meter lange Leitung aus solidem Zement.

Man nennt das hier «Katzenrohr», um anzudeuten, daß nur noch eine Katze durchkäme, da die Katzen sieben Leben und Knochen aus Gummi haben und durch alle Löcher kommen. Niemandem fiele es ein, von «Hunderohr» zu sprechen, denn obwohl eine solche Leitung einen Durchmesser von einem halben Meter hat, wird sie mit der Zeit durch Erdreich, Gestrüpp und sonstige Dinge, die sich fatalerweise im Knie sammeln, beträchtlich verengt.

Dem Hund von Doktor Barotti war diese Tatsache leider unbekannt, und als er eines Tages seinen Herrn bei der Inspektion der Felder begleitete, sah er eine Katze, die, nachdem sie auf dem fast trockenen Grund des Grabens dahingeflitzt war, plötzlich im Abflußrohr verschwand. Sofort nahm er die Verfolgung auf. Doch nachdem er mit Leichtigkeit in das Katzenrohr geschlüpft war, verhedderte er sich weiter drinnen so unglücklich in Schlamm und Unrat, daß er sich nicht mehr befreien konnte.

Barotti bemerkte das traurige Abenteuer, in das sich sein Hund gestürzt hatte, erst eine Stunde später, nämlich als er das herzzerreißende Jammern hörte, das aus dem Abflußrohr drang. Darauf lief er sofort zum Haus der Gnappi, um Hilfe zu holen, doch als er mit zwei oder drei von ihnen an die Unglücksstelle zurückkam, konnte er seinem armen Hund nur noch einen bewegten letzten Gruß nachsenden: Oben am Canalnuovo hatte irgend jemand nach Beendigung seiner Bewässerungszeit die Schleuse geöffnet, und das Wasser, das nun wieder im Canalnuovo floß, hatte den unteren Teil des Katzenrohrs gefüllt.

«Amen», murmelte der alte Bia. «Er ist so gestorben, wie gewisse Leute krepieren sollten, die ich kenne.»

Der Doktor Barotti kehrte sehr betrübt nach Hause zurück, die Tage vergingen, aber er konnte seinen armen Hund, der wie eine Ratte verreckt war, nicht vergessen. Als es dann zu regnen anfing, mußte er erst recht an ihn denken, denn nach zwei Tagen wolkenbruchartiger Regenfälle kam der alte Bia nach Villabianca, um mitzuteilen, daß der Abflußkanal überlaufe und die Felder sich in die Lagune von Venedig verwandelten.

Barotti verwunderte sich: «Das ist ja was ganz Neues. Zieht der Canalnuovo nicht mehr?»

«Der Canalnuovo zieht», erklärte Bia. «Das Katzenrohr zieht nicht mehr.»

«Das passiert doch nicht zum erstenmal», rief Barotti. «Wenn das Katzenrohr verstopft ist, dann schaut, daß ihr es ausräumt!»

«Das geht uns nichts an», antwortete Bia kühl. «Das ist Eure Sache. Ihr habt es verstopft.»

«Ich?»

«Jawohl. Der Hund war von Euch und nicht von uns. Der Hund war schließlich nicht auf Halbpacht.»

«Eine schöne Logik! Auch der Schlamm, die Steine und das Gestrüpp sind nicht auf Halbpacht, und doch habt ihr das Katzenrohr noch immer ausgeräumt, ohne zu diskutieren.»

Bia schüttelte den Kopf: «Damit kommt Ihr nicht

durch. Die Steine, das Gestrüpp und der Schlamm sind Naturereignisse wie der Hagel, die Trockenheit oder der Nebel. Dafür könnt weder Ihr was noch wir. Aber wenn Euer Hund morgen meinem jüngsten Enkel das Bein wegfrißt, zahlen wir dann vielleicht das Bein zur Hälfte? Für Euren Hund seid Ihr ganz allein verantwortlich, das hat überhaupt nichts mit dem Hof zu tun. Euer Hund hat das Katzenrohr verstopft, also müßt Ihr es ausräumen. Wenn Ihr es nicht ausräumt, dann wird der Schaden, den das Wasser anrichtet, nicht geteilt, sondern den zahlt Ihr ganz allein!»

Die Argumentation des alten Bia war einleuchtend, und Barotti, der Doktor der Jurisprudenz war, mußte das anerkennen. Er machte nur einen Einwand:

«Ja, das ist alles logisch. Doch wenn ich sehen würde, daß Ihr in einen Kanal fallt, dann würde ich Euch herausziehen, obwohl es sich um ein Unglück handelt, das nichts mit der Halbpacht zu tun hat.»

«Ich dagegen würde Euch nicht herausziehen, wenn ich sehen würde, wie Ihr in den Kanal fallt», antwortete Bia eiskalt. «Ich halte mich nur an das, was im Vertrag steht.»

«Gut, von jetzt an werde auch ich mich daran halten.»

Der Doktor Barotti schickte fünf Männer nach Fossa mit dem Auftrag, das Katzenrohr um jeden Preis freizuräumen. Das Katzenrohr wurde freigeräumt, und das Abflußwasser fand wieder seinen gewohnten Weg. Doch von nun an ließ sich Barotti jedesmal von zwei Zeugen begleiten, wenn er die Felder in Fossa inspizierte. Und jedesmal, wenn er etwas zu beanstanden hatte, teilte er das den Gnappi mit, aber nicht mehr mündlich, sondern per Einschreiben.

Nach dem fünften Brief riß den Gnappi die Geduld, und der älteste von Bias Söhnen legte Peppone die provozierenden Dokumente vor und erklärte ihm:

«Chef, wenn sich der Barotti das nächste Mal auf der Tenne sehen läßt, jag' ich ihn mit Fußtritten davon, samt den verfluchten Kerlen, die er immer als Zeugen mitschleppt.»

«Du jagst gar niemanden mit Fußtritten davon», erwiderte Peppone. «Wenn er dich schikaniert, schikanierst du ihn auch – und ebenfalls per Einschreiben.»

Gnappi sah ihn verständnislos an: «Und was soll ich ihm schreiben?»

«Alles, was euch nicht paßt: Reparaturen, sanitäre Anlagen, Steuern, Ungerechtigkeiten, Übergriffe, Vertragsbrüche und so weiter.»

Diese Erläuterungen schienen Gnappis Zweifel jedoch nicht zu zerstreuen.

«Chef, der Barotti ist zwar ein Schwein, aber an die Abmachungen hält er sich.»

«Als ob so ein verdammter Grundbesitzer sich an Abmachungen halten könnte!» höhnte Peppone. «Es geht nicht nur um das, was im Vertrag steht. Es gibt auch Pflichten, die nicht im Vertrag stehen, und das sind die wichtigsten! Steht vielleicht in deinem Vertrag, daß sich der Grundherr verpflichtet, für einen Ausguß ohne Kakerlaken zu sorgen?»

«Nein.»

«Und sind in deinem Ausguß Kakerlaken?»

«Milliarden!»

«Genügt dein Grundherr damit also den Anforderungen des sozialen Fortschritts?»

«Nein.»

«Gut. Fang also mit den Kakerlaken an. Zeugen und Einschreibebrief! Wenn er nicht dafür sorgt, daß dein Ausguß den hygienischen Vorschriften entspricht, dann schreib an den Bürgermeister, und ich schick' dir einen vom Gesundheitsamt, der die Sache feststellt.»

Der junge Gnappi kehrte nach Hause zurück, und die erste Vergeltungsaktion wurde unternommen – mit eingeschriebenen Kakerlaken.

Vier Tage später war er schon wieder bei Peppone.

«Er hat geantwortet.»

«Und was schreibt er?»

«Wir sollen einmal in der Woche das weiße Pulver unter den Ausguß streuen. Er hat es auch gleich mitgeschickt. Das Pulver wirkt prima: Die Kakerlaken sind weg.»

Peppone wurde grün vor Wut.

«Ihr laßt euch wie Trottel an der Nase herumführen!» schrie er. «Jedenfalls müßt ihr sofort weitermachen. Jetzt fangt ihr mit dem Abort an. Wie ist euer Abort?»

Gnappi öffnete die Arme: «Wie alle andern auch: eine Sauerei.»

«Gut! Schreibt einen Einschreibebrief: Wenn er sich nicht drum kümmert, schicken wir ihm die Behörde.»

Die Gnappi schrieben, und der Doktor Barotti antwortete sofort:

«Ich nehme Eure berechtigte Beanstandung zur Kenntnis. Ich bestelle unverzüglich eine komplette Sanitäranlage. Sobald die Gemeinde die Wasserleitung gelegt hat, bitte ich um Mitteilung, ich lasse dann die Installation vornehmen. Sollte die Gemeinde nicht die Absicht haben, die Leitung zu legen, werde ich eine elektrische Wasserpumpe installieren, vorausgesetzt, daß mir die Gemeinde sagt, wo ich die vier Millionen Lire herbekomme, die ich für die dreieinhalb Kilometer Stromleitung benötige. Ich bin auch jederzeit bereit, einen Brunnen mit Motor- oder mit Saugpumpe zu installieren, wenn die Gemeinde auch alle anderen Grundbesitzer verpflichtet, das zu tun.»

Es war eine in jeder Hinsicht komplizierte Angelegenheit, und Peppone beschloß, im Moment nicht darauf einzugehen. Vielmehr riet er den Gnappi, es mit den Naturalabgaben zu versuchen.

«Ihr habt doch Abgaben?»

«Natürlich: Hühner, Eier und so weiter, wie alle anderen.»

«Die Abgaben sind vom Gesetz verboten. Weißt du das nicht?»

«Doch, aber das regelt man außerhalb des Vertrags, weil die Hühner und das Schwein nicht auf Pacht sind und deshalb nicht zur Hälfte dem Grundherrn gehören.»

«Das hat keine Bedeutung. Steht im Vertrag, daß es dir verboten ist, Hühner und Schweine zu halten?»

«Nein.»

«Darauf kommt's an. Wenn der Vertrag abläuft, wird man weitersehen.»

Die Gnappi besprachen die Sache mit den Abgaben, und alle fanden sie ausgezeichnet. Sie warteten den ersten Fälligkeitstermin ab und schickten ihren Einschreibebrief:

«Da wir erfahren haben, daß die Abgaben verboten sind, schicken wir Euch heute statt der zwei von Euch unrechtmäßig geforderten Kapaune diesen Brief. Kocht Euch eine Brühe daraus. Es wird zwar eine leichte Brühe geben, aber sie ist genau richtig.»

Barotti war gekränkt. Nicht wegen der Kapaune, die er zur Genüge hatte, sondern wegen der kleinlichen Haltung. Und er beschloß, ein für allemal ein Ende zu machen.

Er schickte ebenfalls einen Einschreibebrief: «Da ich erfahren habe, daß Ihr außer meinem Hof auch noch das Anwesen Piopetta in Pacht führt, könnt Ihr nicht mehr als Kleinbauern gelten. Da ich jedoch gehalten bin, einen Kleinbauern auf mein Anwesen zu setzen, sehe ich mich leider gezwungen, Euch die Pacht aufzukündigen.»

Von da ab ließ sich der Doktor Barotti nicht mehr in Fossa sehen, und die Gnappi tobten alle vor Wut.

Die Sache wurde von Tag zu Tag verwickelter, weil Peppone und die Roten sie zu ihrer persönlichen Angelegenheit machten. Es gab Plakate an den Straßenecken, Artikel in der Zeitung, und an die Torpfosten von Villabianca schrieb eine Geisterhand mit Pech: «Barotti, Ausbeuter des Volkes, deine Stunde ist nahe!»

Doch Barotti hatte das Gesetz auf seiner Seite. Das Gesetz und die Durchschläge der Einschreibebriefe. Der Krieg dauerte ein ganzes Jahr, aber dann wurde entschieden, daß die Gnappi zum Martinstag Fossa verlassen mußten.

Der Sankt-Martins-Tag kam, und die Gnappi übersiedelten auf den neuen Hof, den Bia gepachtet hatte. Der letzte Wagen fuhr von der Tenne, auf dem Traktor saß Bias ältester Sohn. Er passierte die kleine Brücke und fuhr auf die Straße hinaus, dann stellte er den Motor ab.

«He, beeilt Euch, es kommt jeden Augenblick zum Regnen!» rief er seinem Vater zu, der unter dem Vordach stand, zusammen mit dem Mann, den der Doktor

50

Barotti mit der Übernahme des toten und lebenden Inventars beauftragt hatte.

Der alte Bia machte ein paar Schritte. An der Hand führte er ein kleines Kind, den jüngsten seiner fünf Enkel, und hinter ihm trottete Togo, der altersschwache Hofhund. Als Bia in der Mitte der leeren und verlassenen Tenne angekommen war, blieb er stehen.

«Ich rühr' mich nicht vom Fleck», erklärte er, «bis der kommt und mir Lebwohl sagt.»

Dem Vertrauensmann des Doktor Barotti blieb der Mund offen stehen.

«Aber ...» stammelte er, «wie soll man das denn machen? Ich weiß nicht ...»

Da mischte sich Gnappi junior vom Traktor herab ein: «Papa», schrie er, «kommt jetzt! Es fängt gleich an zu regnen. Laßt ihn doch sein, diesen Lumpenkerl!»

«Sei du still!» fuhr ihn der Alte an. Dann wandte er sich an den Vertrauensmann: «Ich rühr' mich nicht vom Fleck, bis der kommt und mir Lebwohl sagt», wiederholte er mit fester Stimme.

Inzwischen begann es in dichten Fäden zu regnen. Der Alte zog das Kind unter seinen Umhang, und der Hund kauerte sich zu seinen Füßen.

«Nach hundert Jahren verlassen die Gnappi Fossa», sagte er. «In einem Jahrhundert werden die Gnappi doch auch etwas Gutes für die Barotti getan haben!»

Als der Vertrauensmann sah, daß der alte Bia starr wie eine Statue im Regen stand, sprang er in seinen Topolino und raste in Höchstgeschwindigkeit nach Villabianca.

Der Doktor Barotti saß in seinem Arbeitszimmer vor dem Kamin.

«Bia will Sie sehen», sprudelte der Vertrauensmann heraus, sobald er im Zimmer war.

«Zum Teufel mit ihm und seiner ganzen Sippschaft!» antwortete Barotti.

«Er steht mitten auf der Tenne, mit einem Kind und dem Hund. Im Regen. Er sagt, wenn Sie nicht kommen und ihm Lebwohl sagen, rührt er sich nicht vom Fleck. Der älteste Sohn wartet mit der letzten Fuhre auf der Straße. Ich an Ihrer Stelle würde nicht hingehen. Der Sohn ist halbverrückt, das wissen Sie ja.»

Barotti stand auf: «Bleiben Sie hier. Ich geh' allein.»

Als Barotti die kleine Brücke von Fossa erreicht hatte, hielt er an und stieg aus dem Auto. Gnappi junior, der immer noch am Lenkrad des Traktors saß, drehte ostentativ den Kopf auf die andere Seite. Barotti trat auf die kleine Brücke, und da sah er den alten Bia vor sich mit dem schwarzen Umhang, reglos im Regen, in der Mitte der großen verlassenen Tenne.

Der schwarze Umhang bewegte sich, und das Kind schlüpfte heraus. Togo, der Hund, erhob sich.

Nach einem kurzen Zögern ging Barotti entschlossen auf den alten Bia zu.

«Nach einem Jahrhundert verlassen die Gnappi Fossa», sagte der Alte. «Sie sind als Ehrenmänner gekommen, und sie gehen auch als Ehrenmänner, mit erhobener Stirn.»

Seine rechte Hand kam aus dem Umhang hervor und traf sich auf halbem Weg mit der Rechten des Doktor Barotti.

Der Händedruck war hart und lang, nach Bauernart.

Als die rechte Hand des alten Bia wieder unter den

Umhang zurückgekehrt war, schlüpfte die linke heraus, die zwei große Kapaune an den Füßen hielt.

«Jedem, was ihm zusteht – und was er verdient», sagte der alte Bia und streckte Barotti die beiden Kapaune hin.

Der Doktor blieb wie eine Salzsäule mit den beiden Kapaunen in der Hand stehen, während der alte Bia langsam mit dem Kind und dem Hund auf die Brücke zuschritt. Auf der Brücke wandte sich Bia um und zog mit ausholender, feierlicher Geste den Hut.

Mit ausholender, feierlicher Geste zog auch Barotti den Hut.

Der alte Bia setzte seinen Hut wieder auf, machte kehrt und stieg auf den Wagen. Der Traktor ratterte los und verschwand.

Jetzt war alles leer und verlassen: die Straße, die große Tenne. Und inmitten der leeren und verlassenen großen Tenne stand immer noch reglos der Doktor Barotti, den Hut in der Rechten und die Kapaune in der Linken. Und er wußte nicht, ob er dem Rattern des davonfahrenden Traktors lauschte oder dem Pochen seines Herzens.

Wie es doch regnete!

Die alte Lehrerin

«In diesem Jahr», meldete der Smilzo, «scheint der Direktor wegen der Pflanzen einen großen Zirkus aufführen zu wollen.»

«Was für Pflanzen?» fragte Peppone, der in seinem Büro am Schreibtisch saß und Papiere unterschrieb.

«Die Pflanzen im Schulhof», brummte Smilzo. «Ich meine den Tag der Pflanze.»

«Die Pflanzen im Schulhof heißen Bäume», korrigierte ihn Peppone. «Der Tag der Pflanze heißt also Tag des Baumes!»

«Pflanzen oder Bäume, ist doch egal. Worum es geht, ist, daß morgen früh eine Reihe Nervensägen aus der Stadt zu uns kommen: Schulrat, Vizepräfekt und so weiter.»

Peppone hörte mit dem Unterschreiben auf: «Und wenn der Papst kommt, ich rühr' mich nicht vom Fleck!» erklärte er entschlossen. «Ich hab' für solchen Blödsinn keine Zeit.»

Smilzo hob die Schultern: «Chef, die Pflanzen sind kein Blödsinn, finde ich wenigstens.»

«Die Pflanzen nicht, aber die Bürokraten aus der Stadt», entschied Peppone. «Unsere Bäume können wir auch allein setzen, dazu brauchen wir nicht die von der Regierung. Die rühren sich nur von ihrem Sessel, wenn es darum geht, Schulkinder singen zu hören, oder wenn sie ein Band durchschneiden sollen zur Eröffnung von irgend etwas, das bereits fertig ist. Aber wenn es wo Schwierigkeiten gibt, rühren die sich bestimmt nicht. Von mir aus können sie alle zum Teufel gehen!»

Der Smilzo gab es noch nicht auf, Peppone zur Vernunft zu bringen: «Chef, ich bin ganz deiner Meinung: Alles Gauner, vom Präfekten bis zum Hausmeister. Trotzdem hast du als Bürgermeister die Pflicht ...»

«Als Bürgermeister habe ich die Pflicht, an Wichtigeres zu denken!» brüllte Peppone und ließ seine Pranke auf den Schreibtisch fallen.

Smilzo zog Leine und hütete sich, noch einmal auf das Thema zurückzukommen, so daß Peppone, als er an diesem Abend zu Bett ging, Festivitäten und Obrigkeiten bereits völlig vergessen hatte.

Die ganze Angelegenheit fiel ihm erst wieder ein, als am nächsten Morgen Bigio und Brusco hereinstürzten:

«Die von der Regierung kommen! Das ganze Dorf ist auf den Beinen, auf der Straße zur Schule drängen sich die Leute. Beeil dich! Wenn du zu spät kommst, verlierst du eine Menge Stimmen!»

Das bedeutete, daß Peppone sich seinem Amt entsprechend anziehen mußte, sich rasieren, jemanden zum Schuster schicken, um die neuen Schuhe abzuholen – und er geriet sofort in Panik. Er richtete ein höllisches Durcheinander an, begleitet von Salven von Flüchen und einem Gebrüll, daß sich die Dachziegel hoben, und wenn ihm Bigio und Brusco nicht geholfen hätten, wäre es ihm nie gelungen, sich in eine präsentable Form zu bringen.

Endlich konnte Peppone das Haus verlassen, aber die von der Regierung waren bereits alle da, und im Schulhof drängte sich eine solche Menschenmenge, daß Peppone sich vom Bürgermeister in einen Panzer verwandeln mußte, um überhaupt hineinzukommen.

Die Regierungsvertreter standen schon auf der weißrot-grün geschmückten Tribüne, und als Peppone sah, daß der Schuldirektor bereits ein dickes Bündel Blätter herausgezogen hatte und Anstalten machte, seine Rede zu beginnen, war er der Verzweiflung nahe: Wenn es ihm nicht gelang, sich auf die Tribüne zu hieven, ehe dieser Unglücksmensch zu reden anfing, war er ruiniert!

Er schaffte es nicht. Der Direktor drehte sofort den Hahn auf, und nachdem Peppone mit seinem Drängeln viel wütendes Gezisch hervorgerufen hatte, blieb er zornbebend stehen.

Der Direktor sprach hervorragend. Er war einer jener begnadeten Redner, denen es gelingt, eine halbe Million schöner Worte hervorzusprudeln, ohne etwas damit zu sagen. Diese Art Redner findet bei der Menge am meisten Anklang, denn die Leute lauschen ihnen wie Sängern und brauchen sich gar nicht erst Mühe zu geben, dem Sinn der Worte zu folgen.

Peppone hörte mit offenem Mund zu, als ihm von hinten jemand ins Ohr flüsterte: «Bravo, bravo, der erste Bürger kommt als letzter.»

Peppone drehte sich nicht einmal um: «Wenn schon, dann als vorletzter», gab er halblaut zurück. «Mir scheint, da ist jemand noch nach dem Bürgermeister gekommen.»

«Ich war vor allen anderen da», erklärte Don Camillo. «Ich hab' mich nur hier hinten hingestellt, um nicht mit gewissen Individuen auf die Honoratiorentribüne zu müssen. Aber das kannst du dir merken: Du hast das Dorf ganz schön blamiert! Die höchsten Regierungsvertreter der Provinz beehren unser Dorf, um an diesem Fest teilzunehmen, und keine Spur von einem Bürgermeister oder Vizebürgermeister, der sie empfängt!»

Peppone lüftete seinen Hut und wischte sich den Schweiß ab.

«Kümmert Ihr Euch um Eure eigenen Angelegenheiten!» knurrte er mit zusammengebissenen Zähnen. «Um die meinen kümmere ich mich schon selbst.»

«Das *sind* meine Angelegenheiten, denn auch ich bin ein Teil der Bürgerschaft», erwiderte Don Camillo.

«Priester haben keine Heimat», antwortete Peppone.

Don Camillos erster Impuls war, seinem Vordermann einen Fußtritt in den Bürgermeisterhintern zu geben. Aber er entsagte diesem Gelüst aus einleuchtenden Gründen, vor allem jedoch aus Platzmangel. Tatsächlich stand er rechts und links von der Menge eingezwängt, unmittelbar vor sich hatte er Peppones Rücken und hinter sich den Gitterzaun des großen Schulhofs.

Mittlerweile hatte der Direktor seine Rede unverdrossen fortgeführt, doch nun war er damit fast am Ende. Als er beim allerletzten Blatt angelangt war, richtete er seinen Blick auf die Seite, wo Don Camillo stand, und entdeckte dabei Peppone. Lächelnd fügte er noch zwei Sätze ein:

«Und nun möchte ich den Herren von der Regierung danken – im Namen des Lehrkörpers. Im Namen der Bürgerschaft wird dies der Herr Bürgermeister tun.»

Damit wies der Redner mit liebenswürdiger Geste auf Peppone, der sofort eine Milliarde Augen auf sich gerichtet fühlte. Dann hörte man die Schlußsalve des Direktors, den Applaus, der dem letzten Pistolenschuß des Redners folgte – und dann gar nichts mehr.

Tatsächlich hielten alle den Atem an, und jeder wartete darauf, daß der Bürgermeister das Wort ergriff.

Alle warteten, und mit Ausnahme der roten Anhängerschaft taten sie das mit diabolischer Freude auf Peppones übliche Stilblüten, über die man dann zwei bis drei Monate lang im Kaffeehaus oder daheim lachen konnte.

Peppone schwitzte vor Aufregung, aber er brachte kein Wort heraus.

«Bitte!» rief der Direktor lächelnd von der Tribüne, «kommen Sie hier herauf ans Mikrofon, Herr Bürgermeister. Darf ich bitten, Platz zu machen!»

Irgend etwas mußte jetzt geschehen.

«Danke, danke», stotterte Peppone. «Ich möchte lieber nicht von der Tribunale ...»

Das Publikum jubelte. Die Sache ließ sich großartig an.

Es war ein kalter Novembermorgen, und der Nebel war zwar nicht allzu dicht, aber er drang wie flüssiges Eis in die Lungen. Don Camillo zog seinen Umhang bis an die Augen und drückte seine warme schwarze Kappe tief ins Gesicht.

«Ich möchte lieber nicht von der Tribüne, sondern von hier unten aus sprechen», flüsterte Don Camillos Umhang.

«Ich möchte lieber nicht von der Tribüne, sondern von hier unten aus sprechen», wiederholte Peppone.

Der Umhang: «Denn ich habe mich absichtlich hierhergestellt ...»

Peppone: «Denn ich habe mich absichtlich hierhergestellt ...»

Der Umhang: « ... um mich wieder wie früher als

58

Schuljunge zu fühlen, wie eines von den Kindern, die hier zu Hunderten versammelt sind.»

Und Peppone: « ... um mich wieder wie früher als Schuljunge zu fühlen, wie eines von den Kindern, die hier zu Hunderten versammelt sind.»

«In eben diesem Schulhof haben auch wir damals feierlich unsere Bäume gepflanzt. Der Himmel und das Dorf waren zwar wie alle Tage, und doch lag etwas Geheimnisvolles in der Luft.»

Peppone war großartig: Er wiederholte Wort für Wort der langen Tirade, und Don Camillos Umhang soufflierte weiter: «Und unsere alte Lehrerin war bei uns.»

Peppone zögerte einen Moment, dann nahm er seinen Hut ab und sagte mit veränderter Stimme: «Und unsere alte Lehrerin war bei uns.»

«Und heute, nach so vielen Jahren», sagte Don Camillos Umhang ein, «erneuert sich dieses Staunen ...»

Aber Peppone griff es diesmal nicht auf:

«Unsere alte Lehrerin war bei uns, damals, an jenem längst vergangenen Morgen. Die alte Signora Giuseppina, die keiner von uns jung gekannt hat, vielleicht, weil sie nie jung gewesen war. Die alte Signora Giuseppina ist tot, aber sie ist immer noch lebendig, denn sie kann gar nicht sterben, und jetzt ist sie hier, ich fühle, daß sie da ist, da hinten, hinter den Schulkindern, die klassenweise um ihre Lehrerinnen stehen.

Die Signora Giuseppina ist hier, in ihrem gewohnten schwarzen Kleid und mit ihrem gewohnten schwarzen Hütchen auf den weißen Haaren. Mit ihrer gewohnten finsteren Miene. Und hin und wieder fährt ihre kleine, dürre Hand durch die Luft und läßt irgendeinen kurzgeschorenen Kopf die harten Knochen fühlen.»

Die Leute lachten nicht, und Peppone fuhr fort:

«Ja, auch die Signora Giuseppina ist hier, und wie alle anderen Lehrerinnen hat sie ihre Schüler um sich versammelt. Alle sind sie da. Kein einziger fehlt: Diego Perini, der mit acht Jahren unter die Räder eines Karrens kam; Angiolino Tedai, mit sechs Jahren an Typhus gestorben; Tonio Delbosco, mit zweiundzwanzig im Krieg gefallen. Mario Clementi, Giorgino Scamocci, Dante Fretti, Girolamo Anselmi, Giuseppe Rolli, Alvaro Facini ... Alle sind da, kein einziger fehlt, alle um die Signora Giuseppina geschart. Und alle, auch die, die mit vierzig oder fünfundvierzig gestorben sind, haben noch ihr Kindergesicht. Alle sind so, wie sie als Schüler gewesen waren. Die Signora Giuseppina hat sie zurückgeholt, einen nach dem anderen, und nach den Regeln der Grammatik bringt sie ihnen nun die Regeln der Ewigkeit bei.

Das ist für mich der Sinn dieser Feier heute morgen, und die kleinen Bäumchen, die ihr Kinder in die Erde pflanzen werdet, sind wie das Band zwischen Tod und Leben: zwischen dem Leben über der Erde und dem Tod unter der Erde. Wenn die Zukunft des Baumes auch über der Erde liegt, wenn er auch nach oben wächst, so hat er seine Wurzeln doch unter der Erde. Und das bedeutet, daß die Zukunft aus der Vergangenheit genährt wird. Wehe denen, die nicht die Erinnerung an die Vergangenheit pflegen: Das sind Menschen, die nicht in die Erde säen, sondern auf Beton ...»

Peppone wischte sich den Schweiß von der Stirn, dann sagte er mit ruhigerer Stimme:

«Kinder, ich spreche zu euch, ihr jungen Bäume, die ihr den Wald des Lebens mit neuem Laub schmückt, und ich sage euch, nicht als heutiger Bürgermeister, sondern als ehemaliger Schüler: Ich weiß, daß meine alte Lehrerin jetzt da ist, zusammen mit ihrer ganzen Schülerschaft. Ich weiß es ganz sicher, und ich könnte sie sehen, wenn ich nur den Kopf in eine bestimmte Richtung drehen würde. Aber ich habe nicht den Mut dazu, weil ich der schlimmste Schüler von der ganzen Welt war. Ich habe nicht den Mut, meiner alten Lehrerin ins Gesicht zu sehen. Paßt auf, daß ihr euch nicht eines Tages in meiner traurigen Lage findet ...

Ich werde die Frist leben, die mir vom Schicksal bestimmt ist, und nach meinem Tod werde ich mich bei meiner alten Lehrerin melden, wie sich die anderen gemeldet haben. Aber ich hab' Angst, daß sie mich nicht mehr in der Klasse haben will. Ich hab' Angst, daß sie wieder wie damals, als ich eine besonders große Frechheit begangen hatte, zu mir sagt: ‹Mach, daß du rauskommst, elender Spitzbube!›»

Peppone schloß seine Ansprache leise und mit gesenktem Kopf, den Hut in den Händen drehend, und die Leute waren ein paar Augenblicke ganz benommen. Dann brach ein rasendes Händeklatschen los.

Peppone hielt es nicht länger auf der Stelle. Er schlüpfte zwischen dem Zaun und den Leuten durch, und als er aus dem Schulhof war, schluckte ihn der Nebel.

Beim ersten Feldweg verließ er die Straße, ohne sich um die neuen Schuhe und den Bürgermeisteranzug zu kümmern.

Er ging langsam, mit gesenktem Kopf, um das Sträßchen am Damm zu erreichen und am Dorf vorbei nach Hause zu gelangen.

Da merkte er, wie Don Camillo ihn einholte, sich seinem Schritt anpaßte und an seiner Seite ging, aber er sagte kein Wort.

Auch Don Camillo redete nichts.

Sie erreichten den Damm und schienen noch weltentrückter, denn der Damm war völlig im Nebel ertrunken, und man sah nichts als das Band der Straße, fast als ob sie in der Luft schwebe.

Sie gingen langsam mit gesenkten Köpfen. Plötzlich hörte Don Camillo in der großen Stille eine leise Stimme hinter seinem Rücken:

«Camillo, ich hab' es dir schon tausendmal gesagt, daß du nicht einsagen sollst, wenn einer abgefragt wird. Du bist ein Esel. Du bist ein Esel, auch wenn dieser Unglücksmensch von deinem Vater dich aufs Seminar schicken will. Aufs Seminar! Es wäre viel besser, er würde dich Stallknecht werden lassen!»

Don Camillo ging stur weiter, denn wenn er sich umgedreht und geantwortet hätte, hätte Peppone ihn bestimmt für verrückt gehalten.

Dann wandte sich die Stimme an Peppone:

«Spitzbube! Spitzbube! Hast du gesehen, was aus dir geworden ist? Der Oberspitzbube des Dorfes. Chef der Gottlosen, Chef der Anarchisten ...»

«Ich ...» stammelte Peppone. Aber die Stimme versagte ihm.

«Schweig! Und paß auf, daß du dich anständig benimmst, wenn du nicht willst, daß ich dich wie damals rauswerfe, sobald du im Klassenzimmer erscheinst ... Was deine Leistung von heut früh betrifft ... Nun, dafür bekommst du ein Genügend: sagen wir eine Drei.»

«Das ist eine Ungerechtigkeit!» flüsterte Peppone.

«Drei minus! Und wenn du noch weiter maulst, bekommst du eine Vier. Und der Esel da, der dir falsch eingesagt hat, kriegt eine Fünf!»

Die Stimme schwieg, und die beiden Männer gingen weiter schweigend im Nebel nebeneinander her.

Doch plötzlich blieben sie stehen, sahen sich ins Gesicht, und drehten sich wie auf Kommando um.

Natürlich: Da stand die Signora Giuseppina, reglos mitten auf dem Damm, und um sie herum alle ihre toten Schüler.

Die Signora Giuseppina hob den Arm und bewegte den Zeigefinger drohend in der Luft.

Mit einem Ruck wandten sich Don Camillo und Peppone wieder ab und setzten ihren Weg fast im Laufschritt fort.

Don Camillo murmelte beim Gehen eilig ein paar Gebete, und Peppone sagte hin und wieder: «Amen».

O Land des wirren Widerspruchs ...

Togo

Das war einer jener Vorfälle, die für gewöhnlich auf den Farbseiten des *Domenica del Corriere* landen. Doch keine Zeitung erwähnte ihn auch nur. Denn es gab da besondere Umstände, die die Leute im Ort veranlaßten, so zu tun, als hätten sie nichts gesehen und nichts gehört.

Es war am Nachmittag von Silvester, und in allen Häusern war man dabei, das große Mitternachtsessen und die Verabschiedung des alten Jahres vorzubereiten. Wer nicht zu Hause blieb, schlenderte durchs Dorf und pendelte von einem Weinausschank zum anderen oder lungerte unter den Laubengängen herum.

Die Kinder waren schon seit dem frühen Morgen nicht mehr zu halten, und sie vertrieben sich die Wartezeit bis zum Schlußspektakel, indem sie vorzeitig ein paar Knallfrösche und Feuerwerkskörper opferten. Auf der Tenne bei den Rosi war ein halbes Regiment Kinder versammelt, und trotz des Gebrülls der Erwachsenen wurde genauso herumgeknallt wie an allen anderen Orten.

Als es jedoch Zeit wurde, das Vieh aus dem Stall zur Tränke zu führen, trat der alte Rosi mitten auf die Tenne und verkündete, wenn er jetzt auch nur noch einen einzigen Knall höre, werde er die ganze Bande mit dem Riemen verdreschen.

Die Kinder hörten mit dem Lärm auf, und die Tiere konnten in Ruhe trinken. Aber gerade als die Reihe an Togo kam, ging hinter dem Geräteschuppen so ein verdammtes Feuerrad los, zischte über die Tenne und explodierte auf Togos Maul.

Togo war ein kolossaler Stier, eine Art Panzer aus Fleisch, dessen bloßer Anblick einem schon Angst einjagte.

Als er fühlte, wie auf seinem Maul die Hölle losging, drehte er durch.

Mit einem Satz riß er sich vom Knecht los, zerschmetterte die dicke Holzstange, die man über die Toreinfahrt gelegt hatte, und war im Nu auf der Straße.

Die Tenne der Rosi lag sozusagen mitten im Dorf: nach fünfzig Metern zwängte sich die Straße zwischen die Häuser, und nach weiteren hundert Schritten war man auf der Piazza.

Bis sich die Rosi also von dem Schock erholt hatten und die Verfolgung aufnahmen, stürmte Togo bereits wie ein Blitz auf die Piazza.

Was nun geschah, dauerte bloß ein paar Sekunden und ließ sich hinterher nur schwer rekonstruieren: Togo war gerade im Begriff, seine Wut an einer Gruppe kreischender Frauen auszulassen, die zwischen einer Häuserwand und zwei großen parkenden Lastwagen eingekeilt standen, als der Polizeichef von wer weiß woher mit der Pistole in der Hand auftauchte und sich dem Stier in den Weg stellte.

Der Maresciallo schoß, streifte Togo aber nur, und das machte die Bestie noch wütender als zuvor.

Für den Maresciallo und für die in der Falle sitzenden Frauen schien das letzte Stündlein geschlagen zu haben. Nur eine Maschinenpistolensalve in Togos Schädel hätte den Amoklauf des rasenden Stiers noch aufhalten können.

Und tatsächlich: die Salve kam im rechten Augenblick.

Man weiß nicht, von wo, aber sie kam, und das Untier brach unmittelbar vor den Füßen des Polizeichefs zusammen.

Der Polizeichef steckte seine Pistole in die Tasche zurück, nahm die Mütze ab und trocknete sich die schweißgebadete Stirn. Dann blickte er reglos auf das leblose Tier. Um ihn herum herrschte ein höllisches Durcheinander, und die Frauen kreischten, als würden sie immer noch von Togo bedroht. Aber der Polizeichef hörte nichts als das Knattern der Maschinenpistole.

Die Waffe hatte ihre blitzschnelle Salve von sich gegeben und dann geschwiegen, aber für den Maresciallo schoß sie noch immer. Er war sicher, wenn er sich jetzt umdrehte und nach oben schaute, würde er ganz genau das Fenster ausmachen können, aus dem die Salve abgefeuert worden war.

Und deswegen schwitzte der Maresciallo. Nicht weil ihm die Gefahr solche Angst eingejagt hätte, sondern weil er fühlte, daß er sich umdrehen *mußte,* und dazu hatte er nicht den Mut.

Er drehte sich nicht um.

In Wirklichkeit konnte er sich auch gar nicht umdrehen, weil er sich von einem riesigen Kerl gepackt sah – es war Don Camillo.

«Bravo, Herr Maresciallo, bravo!» brüllte Don Camillo. «Alle diese Menschen verdanken Ihnen ihr Leben!»

«Er war wirklich sehr mutig!» kreischte eine schwachsinnige alte Frau. «Aber wenn der andere nicht geschossen hätte, der mit der ...»

Sie wollte sagen «mit der Maschinenpistole», aber sie

kam nicht dazu, denn jemand trat ihr so kräftig auf den Fuß, daß ihr schwarz vor den Augen wurde. Und die Menge verschluckte sie sofort.

«Bravo, Herr Polizeichef!» riefen die Leute. «Bravo, bravissimo!»

Don Camillo zog sich ins Pfarrhaus zurück und wartete ruhig darauf, daß der Maresciallo wieder auf der Bildfläche erscheine.

Und tatsächlich, nach etwa einer Stunde erschien er.

«Hochwürden», sagte der Maresciallo, «Sie sind der einzige Mensch, mit dem ich offen reden kann! Wollen Sie mich anhören?»

«Dazu bin ich hier», erwiderte Don Camillo und ließ ihn vor dem Kaminfeuer Platz nehmen.

«Hochwürden», begann der Maresciallo nach kurzem Schweigen, «haben Sie den ganzen Vorgang beobachtet?»

«Ja, ich bin in dem Moment aus dem Tabakladen gekommen, wo ich mir Briefmarken gekauft hatte. Ich habe alles ganz genau gesehen: Wie Sie sich vor die Bestie geworfen, wie Sie geschossen und wie Sie das Tier erledigt haben.»

Der Maresciallo schüttelte lächelnd den Kopf: «Sie haben tatsächlich gesehen, wie ich mit einer normalen Pistole auf den Stier geschossen und ihn mit einer Maschinenpistole erledigt habe?»

Don Camillo hob die Arme: «Maresciallo, ich verstehe nichts von Waffen und von Ballistik. Ich weiß nur, daß Sie eine Feuerwaffe in der Hand hatten, aber ich könnte nie mit Sicherheit sagen, um welche Waffe es sich dabei handelte.»

«Ich verstehe», murmelte der Polizeichef. «Sie wollen also sagen, daß Sie nicht in der Lage sind, einen einfachen Pistolenschuß von einer Maschinenpistolensalve zu unterscheiden?»

«Im Priesterseminar werden solche Dinge nicht gelehrt.»

«Auf der Polizeischule dagegen schon», beharrte der Marcesciallo. «Und daher ist es meine verdammte Pflicht zu wissen, daß dieses Tier, auf das ich mit meiner Dienstwaffe geschossen habe, durch eine Maschinenpistolensalve getötet wurde.»

«Herr Polizeichef, wenn Sie das behaupten, kann ich nichts dagegen sagen. Das fällt nicht in mein Fach. Aber das Wichtigste ist doch, daß der Stier getötet wurde, bevor er Sie und die armen Weiber, die hinter Ihnen standen, aufschlitzen konnte! Ich finde, man sollte daraus nicht eine ballistische Streitfrage machen.»

Der Maresciallo seufzte: «Hochwürden, diese Maschinenpistolensalve hat mir und einigen anderen Leuten das Leben gerettet, das steht außer Zweifel. Aber es steht auch außer Zweifel, daß eine Maschinenpistolensalve eben aus nichts anderem als einer Maschinenpistole stammen kann.»

Don Camillo zuckte die Achseln: «Maresciallo, wie gesagt, ich verstehe nichts von Feuerwaffen, aber wenn ich mir eine Meinung erlauben darf, so würde ich sagen, daß das, was Sie als ‹Maschinenpistolensalve› bezeichnen, beispielsweise auch aus einem mit Kugeln geladenen Jagdgewehr stammen könnte. Ich sehe keinen Grund, warum es Ihre Vorgesetzten merkwürdig finden sollten, daß man einen wildgewordenen Stier mit einer Doppelflinte erlegt.»

68

«Wenn es nur darum ginge, die Sache meinen Vorgesetzten zu erklären, dann könnte die These mit der Jagdflinte ausreichen», erwiderte der Maresciallo. «Aber was soll ich tun, um sie mir selbst zu erklären? Sehen Sie, Hochwürden, ein Polizist ist nie allein, er hat immer noch einen Maresciallo hier drinnen.»

Dabei klopfte er sich an die Brust, und Don Camillo antwortete lächelnd: «Und wenn Sie jetzt tot wären, wo befände sich dann der Polizist, den Sie da drin haben?»

«Der wäre auch tot. Aber ich bin nicht tot, und der Polizist, den ich da drin habe, sagt mir: ‹Es gibt jemanden im Ort, der eine tadellos funktionierende Maschinenpistole besitzt. Das stellt einen schweren Verstoß gegen das Gesetz dar: Du mußt einschreiten!›»

Don Camillo hatte sich die übliche halbe Toskanozigarre angezündet und zog ein paarmal daran.

«Maresciallo, es bringt nichts, wenn wir dauernd um den heißen Brei herumreden. Sprechen Sie offen. Wenn Sie gegen mich einen Verdacht hegen, dann schreiten Sie ein. Ich stehe zu Ihrer Verfügung, zu Ihrer und der Ihres inneren Polizisten.»

«Spaß beiseite, Hochwürden. Ich weiß genau, wer die Maschinenpistolensalve abgefeuert hat. Und Sie wissen es auch. Sie wissen es sogar noch besser als ich, weil Sie ihn gesehen haben.»

Don Camillo blickte dem Polizeichef in die Augen.

«Sie haben sich in der Tür geirrt», sagte er hart. «Für diese Art von Information wenden Sie sich überallhin, nur nicht an mich. Wenn Ihnen das nicht paßt, dann zeigen Sie mich doch an! Ich hab' hier drin zwar keinen Maresciallo, aber mein Gewissen, und das kann Ihnen und Ihrem Polizisten eine Menge beibringen.»

«Es wird uns nie beibringen können, daß ein gewöhnlicher Bürger, der noch dazu der örtliche Anführer von Revolution und Volksjustiz ist, eine Maschinenpistole besitzen darf!» schrie der Maresciallo.

«Ich will weder etwas von örtlichen Anführern noch von Revolutionen wissen», erwiderte Don Camillo. «Ich will Ihnen nur klarmachen, daß mein Beruf nicht der eines Spitzels ist. Und wenn Sie sich von mir eine Denunziation erhoffen, können Sie gleich wieder gehen.»

Der Polizeichef schüttelte den Kopf: «Ich wollte von Ihnen bloß hören, wie ein anständiger Mensch jemanden anzeigen soll, der ihm und anderen das Leben gerettet hat. Und ich wollte auch hören, wie derselbe anständige Mensch einen Waffenbesitzer, der eine ernste Gefahr für das Gemeinwesen darstellt, *nicht* anzeigen soll.»

Don Camillos Zorn verrauchte.

«Maresciallo, die Gefahr ist nicht der Waffenbesitzer, sondern die Waffe. Man muß sich vor Augen halten, daß man diese sogenannte Maschinenpistole aus Gründen der politischen Polemik zu sehr hochgespielt hat. Die MP ist eine furchtbare, mörderische Waffe, aber das heißt noch nicht, daß jeder, der eine MP besitzt, ein Mörder ist, eine Gefahr für die Gesellschaft. Für die Gesellschaft kann der Besitzer eines Nagels oder eines Küchenmessers gefährlicher sein. Und für einen, der gekämpft hat, wird die Waffe schließlich zu einem liebgewordenen Gegenstand, zu einem Erinnerungsstück an eine ehrenvolle Vergangenheit, an harte, entbehrungsreiche Tage, voll Opfermut, Glauben, Hoffnung ...»

«Ich verstehe», unterbrach ihn der Maresciallo. «Ein

‹Souvenir›, ein glattpoliertes Andenken, das mit einer Salve den größten Stier des ganzen Bezirks niedermähen kann ...»

«Und damit einen Polizeichef und verschiedene Bürger vor dem Tod bewahren», fügte Don Camillo hinzu.

Der Maresciallo stand auf.

«Hochwürden», rief er, «ich kann den Besitzer der Maschinenpistole suchen, und ich kann ihn möglicherweise nicht finden. Was ich aber um jeden Preis finden muß, ist die Maschinenpistole.»

Auch Don Camillo erhob sich:

«Sie werden die Maschinenpistole finden. Dafür verbürge ich mich. Ich werde sie Ihnen selbst überbringen.»

Nachdem der Polizeichef gegangen war, flog Don Camillo zu Peppone in die Wohnung.

«Den Stier hast du getötet, bravo! Aber jetzt her mit der MP!»

Peppone schaute ihn erstaunt an: «Was redet Ihr für Zeug, Hochwürden?»

«Peppone, der Polizeichef weiß, daß du es warst, der geschossen hat. Auch wenn du ihm das Leben gerettet hast, ist es seine Pflicht, dich wegen unerlaubten Waffenbesitzes aus dem Krieg anzuzeigen ...»

«Der Maresciallo spinnt ja», grinste Peppone. «Er kann überhaupt nichts wissen, aus dem einfachen Grund, weil ich weder eine Waffe besitze noch auch nur im Traum daran dächte, auf Stiere zu schießen.»

«Peppone, hör auf, dich lustig zu machen! Du hast geschossen. Ich hab' dich gesehen, mit diesen meinen Augen.»

«Dann geht doch hin und erzählt es dem Maresciallo! Warum kommt Ihr hierher und erzählt es *mir*?»

«Ich bin kein Spitzel, ich bin ein Diener Gottes, und Gott hat es nicht nötig, von mir darüber informiert zu werden, was hier oder anderswo passiert.»

Peppone schüttelte den Kopf: «Ihr seid ein Diener des Vatikans und Amerikas, und deshalb versucht Ihr auf jede Weise, einen ehrlichen Mann hereinzulegen.»

Don Camillo hatte beschlossen, sich auf keinerlei politische Provokation einzulassen, und erwiderte daher nichts darauf. Statt dessen versuchte er, Peppone die seelische Zwangslage des Maresciallo in allen Farben zu schildern. Er bat, flehte, beschwor.

Aber Peppone antwortete ihm nur mit höhnischem Grinsen: «Ich verstehe überhaupt nicht, worauf Ihr anspielt. Ich weiß weder etwas von Maschinenpistolen, noch von Stieren, noch von Polizisten. Vielleicht habt Ihr anderswo mehr Glück. Versucht es doch mal beim Pfarrer: Wenn Ihr lang genug bohrt, rückt der bestimmt mit einer MP heraus.»

Mit betrübtem Herzen verließ Don Camillo Peppones Haus.

«Es tut mir nicht leid für dich, wenn man dich anzeigt», sagte er noch, bevor er wegging. «Dir geschieht es recht, denn du bist ein schlechter Kerl. Aber mir tut der Maresciallo leid, der dem, der ihm das Leben und seinen Kindern das Brot gerettet hat, seine Tat mit einer Anzeige vergelten muß.»

«Darauf könnt Ihr Euch verlassen», rief ihm Peppone grinsend nach, «wenn ich eine MP gehabt hätte, wie Ihr es behauptet, dann hätte ich nicht auf den Stier, sondern auf den Polizisten geschossen!»

Wieder zu Hause, konnte Don Camillo keine Ruhe finden, und er ging rastlos in der kalten Diele des Pfarrhauses auf und ab. Schließlich faßte er einen Entschluß und stürmte die Treppen hinauf. Der große, staubige Dachboden war vollkommen dunkel, aber Don Camillo brauchte kein Licht, um zu finden, was er suchte.

Tatsächlich fand er rasch den Kamin, der zum Dachfirst hochging. Und er fand den berühmten Ziegel, den man rechts hineindrücken und dann am linken Ende herausziehen konnte. Nachdem er ihn weggenommen hatte, fuhr Don Camillo mit dem Arm in das Loch und tastete mit der Hand, bis er den Nagel zwischen den Fingern spürte. Am Nagel war ein Eisendraht befestigt. Er löste ihn und begann daran zu ziehen, wobei er mit der anderen Hand nachhalf. Schließlich fühlte er das längliche Paket.

Nachdem er es herausgezogen und den Inhalt ausgepackt hatte, ging er hinunter und schloß sich in seinem Zimmer ein, um nachzuprüfen, ob noch alles in Ordnung war. Dann nahm er seinen Umhang und verließ das Haus.

Er ging am Zaun des Pfarrgartens vorbei und nahm den Weg über die Felder. Als er das Wäldchen am Kanal erreicht hatte, wartete er darauf, daß es Mitternacht schlug.

Und als Schlag zwölf die Leute überall anfingen herumzuknallen, um das alte Jahr zu verabschieden, schoß auch er, im Abstand von ein paar Sekunden, einen Schuß nach dem anderen.

Dann marschierte er auf die Polizeistation.

Der Polizeichef war noch auf, und sobald Don Camillo ihn sah, sagte er:

«Hier ist das Ding, das Sie Maschinenpistole nennen. Fragen Sie mich nicht, woher es kommt, noch, wer es mir gegeben hat.»

«Ich frage Sie gar nichts», antwortete der Polizeichef. «Ich beschränke mich darauf, Ihnen für Ihre Hilfe zu danken. Ein gutes neues Jahr!»

«Ein gutes neues Jahr auch Ihnen und Ihrem inneren Polizisten», murmelte Don Camillo, zog den Umhang fester um sich und ging hinaus.

Aber es vergingen keine zehn Minuten, bis die Glocke der Polizeistation von neuem läutete. Der Maresciallo ging selbst, um zu öffnen, und beim Öffnen fiel ihm etwas Massives, Schweres, das von außen an die Tür gelehnt war, entgegen. Der Polizeichef hob den Gegenstand auf, an dem mit Draht ein Schild befestigt war.

Und auf diesem Schild stand mit Buchstaben, die aus der Zeitung ausgeschnitten und aufgeklebt worden waren: *Maschinenpistole, schuldig, einem Maresciallo das Leben gerettet zu haben.*

«Am Stil erkennt man den Mann», sagte der Polizeichef grinsend zu sich selbst.

Dann legte er das Ding neben das andere, das kurz zuvor Don Camillo gebracht hatte, breitete die Arme aus und rief – ohne sich darum zu kümmern, ob das auch die Meinung des verstorbenen Togo gewesen sein könnte: «Zuviel der Gnade, heiliger Antonius von Padua!»

Die «Flughühner»

Zur Feier des neuen Jahres hatte sich Don Camillo etwas Großartiges ausgedacht. Großartig, aber doch auch wieder ganz einfach, da sich sein Programm in die wenigen Worte fassen ließ: «Zu Neujahr jedem Armen ein Huhn im Topf!»

Und mit diesem Slogan hatte Don Camillo klugerweise schon zwei Wochen vor Neujahr seine Sammeltour gestartet.

Jeder Hof wurde besucht. Jeder Grundbesitzer, jeder Pachtbauer der Pfarrei lauschte den Worten Don Camillos mit großer Aufmerksamkeit, und keiner unterließ es, zum Schluß den edlen Eifer des Pfarrers zu loben.

Unglückseligerweise hatte jedoch auf vielen Höfen eine Seuche im Hühnerstall gewütet, auf anderen hatten die Pflichtabgaben zu Weihnachten den Hühnerbestand aufs äußerste reduziert, und auf wieder anderen war die geringe Zahl an verfügbarem Federvieh bereits verkauft worden.

Resultat: Am 30. Dezember hatte Don Camillo mit Müh' und Not sechs Hühner zusammengebracht – und er brauchte mindestens dreißig.

Don Camillo ging, um seine Not Christus am Hochaltar anzuvertrauen:

«Jesus», sagte er, «ist soviel Egoismus überhaupt denkbar? Was ist denn schon ein Huhn für einen, der so viele hat?»

«Es ist ein Huhn», erwiderte Christus traurig.

Don Camillo riß die Arme hoch und rief entrüstet: «Jesus, ist es denn möglich, daß die Menschen nicht begreifen, wie schön solch ein kleines Opfer sein kann, das soviel Freude bereitet?»

«Don Camillo, es gibt zu viele Menschen, für die jedes Opfer groß ist, zu vielen Menschen geht ihre eigene Freude über alles. Und für zu viele Menschen liegt die Freude darin, nichts von ihrem eigenen Überfluß herzugeben.»

Don Camillo geriet aus der Fassung.

«Jesus», sagte er mit zusammengebissenen Zähnen, «wenn du diese Menschen so gut kennst, warum behandelst du sie dann nicht, wie sie es verdienen? Warum schickst du nicht einen gewaltigen Frost, der ihnen das Korn auf den Feldern kaputtmacht?»

«Das Brot ist für alle, nicht nur für den, der das Korn sät. Die Erde bringt ihre Früchte für alle Menschen hervor, nicht nur für die, denen das Land gehört. Du versündigst dich, Don Camillo, wenn du deinen Gott bittest, das keimende Korn zu zerstören. Unser tägliches Brot gib uns heute – das ist es, worum die Gerechten Gott bitten sollen.»

Don Camillo senkte den Kopf.

«Verzeih mir», flüsterte er. «Ich wollte nur sagen, daß diese Egoisten es nicht verdienen, das Land zu besitzen und zu bebauen.»

«Wenn sie anstatt Getreide Steine säten, dann verdienten sie es nicht. Aber sie erhalten von der Erde das, was die Erde hervorbringen muß, und da ist es natürlich, daß sie das Land besitzen und bebauen.»

Don Camillo verlor vollends die Fassung.

«Jesus», protestierte er, «das heißt also, daß du die Interessen der Grundbesitzer verteidigst?»

«Nein», erwiderte Christus lächelnd, «ich verteidige die Interessen der Erde. Auf einer kleinen Insel lebte einmal ein kleines Volk von armen Menschen, unter denen zwei Ärzte waren. Der eine großzügig und mildtätig, der andere geizig und egoistisch. Der erste begnügte sich für seine Behandlungen mit einem ganz kleinen Entgelt. Der zweite dagegen verlangte Wucherpreise. Leider war der gute und mildtätige Arzt aber ein ganz schlechter, während der egoistische und wucherische seine Kunst ausgezeichnet verstand. Und alle Kranken gingen zu dem egoistischen Arzt und keiner zu dem guten und mildtätigen. War das gerecht, Don Camillo?»

Don Camillo zuckte die Achseln: «Jesus, daß sich die Kranken lieber von dem Arzt behandeln lassen, der sie gesund macht, als von dem, der sie sterben läßt, das ist natürlich. Daß aber der Mildtätige in Armut lebt, während der Egoist Reichtümer anhäuft, das ist nicht gerecht.»

«Da hast du's, Don Camillo: Es ist nicht gerecht, aber es ist *natürlich*. Es ist natürlich, daß die Menschen den besseren Arzt belohnen. Es ist gerecht, daß Gott den egoistischen Arzt bestraft, der in seinem Leben unrechterweise eine Gabe Gottes ausnützt.»

Don Camillo schüttelte seinen Dickschädel: «Jesus, ich ...»

«Wenn du zu den Bewohnern dieser abgelegenen Insel gehörtest, würdest du Gott dann bitten, den fähigen, aber egoistischen Arzt mit dem Blitz zu erschlagen und dem mildtätigen, aber unfähigen ein langes Leben zu bescheren?»

«Nein», antwortete Don Camillo. «Ich würde Gott bitten, den tüchtigen, aber egoistischen Arzt mildtätig und den mildtätigen, aber unfähigen Arzt tüchtig werden zu lassen.»

«Ist nicht der Bauer so etwas wie ein Arzt», fragte Christus lächelnd, «dem die Gesundheit und das Wohl der Erde anvertraut sind?»

«Jesus», rief Don Camillo, «ich habe begriffen. Und ich bitte Gott um Verzeihung wegen meiner dummen Worte. Aber ich werde meine Sorge nicht los, wenn ich daran denke, daß ich für morgen dreißig Hühner brauche und erst sechs besitze.»

«Acht», präzisierte Christus.

«Acht», bestätigte Don Camillo, dem in der Verwirrung entgangen war, daß er selbst zwei Kapaune im Gitter hatte.

Es ist nicht leicht, von einem Tag auf den anderen zweiundzwanzig Hühner aufzutreiben. Don Camillo wußte das genau, denn er hatte sich zwei volle Wochen plagen müssen, um sechs zusammenzubringen. Dennoch wollte er nicht von seinem Programm abrücken: «Zu Neujahr jedem Armen ein Huhn im Topf.»

Don Camillo zerbrach sich den Kopf, um irgendeine Lösung des schwierigen Problems zu finden. Plötzlich tauchte in seinem Hirn eine Frage auf: «Ein Huhn ist ein Huhn, gut. Aber was ist ein Fasan?»

Ein Fasan ist ein Fasan, wenn man es ganz genau nehmen will. Aber muß man wirklich alles so genau nehmen? Könnte man nicht beispielsweise sagen: «Ein Fasan ist ein Huhn, das fliegt?»

Don Camillo folgerte, daß sein Neujahrsprogramm im

Grunde nicht wesentlich verändert würde, wenn der Slogan anstatt «Zu Neujahr jedem Armen ein Huhn im Topf» lautete: «Zu Neujahr jedem Armen einen Fasan in die Pfanne.»

In diesem Fall gab es nur zwei Schwierigkeiten: die mangelnde Zeit, um das *Flughuhn* richtig abhängen zu lassen, und die mangelnde Zeit, jemanden zu finden, der bereit war, Don Camillo zweiundzwanzig Fasane zu schenken.

Don Camillo ging in der Diele des Pfarrhauses kilometerlang auf und ab. Und welche Lösung hatte er nach dieser Wegstrecke gefunden?

Er hatte lediglich gefunden, daß der Slogan noch einmal ein bißchen geändert werden könnte: «Zu Neujahr jedem Armen einen Fasan in den Einkaufskorb.» Denn das Wesentliche war doch, daß jeder Arme einen Fasan im Hause hatte.

Der Hund Ful, nach seiner Meinung befragt, gab zu verstehen, daß auch er es für das Wichtigste halte, die zweiundzwanzig Fasane zu finden, die an die Stelle der nicht gefundenen zweiundzwanzig Hühner treten sollten. Daraufhin erschien es Ful nur natürlich, daß sich sein Herr in eine Hose und eine Jacke aus braunem Flanell zwängte und sich eine Radfahrermütze auf den Kopf setzte. Es war nicht das erstemal, daß sich Don Camillo in der Lage befand, an Orten jagen zu müssen, wo ihm die lange Soutane hinderlich gewesen wäre.

Nicht natürlich erschien es Ful dagegen, daß Don Camillo ohne seine Doppelflinte fortging.

Ful dachte an ein Versehen. Er rief seinen Herrn, der bereits in der Tür zum Garten stand, zurück: «He, du hast ja die Flinte vergessen!»

Don Camillo machte kehrt und fand Ful im Wohnzimmer, den Blick auf die Flinte, die Jagdtasche und die Patronentasche gerichtet, die neben dem Büffet an der Wand hingen.

«Ful, komm jetzt!» fuhr ihn Don Camillo an.

Aber der Hund rührte sich nicht, sondern antwortete: «Nimm zuerst die Flinte, dann gehen wir.»

Natürlich sagte er das bellend, aber sein Herr verstand ihn genau.

«Los, komm jetzt und hör auf, Lärm zu machen!» rief Don Camillo. «Die Flinte bleibt hier. Stell dir vor, ich würde dieses Ding mitnehmen! Wir dürfen keinen Lärm machen, sonst sind wir geliefert.»

Als Ful sich jedoch immer noch nicht rührte, nestelte Don Camillo an seinem Gürtel herum, zog aus dem linken Hosenbein eine Büchse mit nur einem Rohr und zeigte sie Ful.

Ful betrachtete das Ding voll Erstaunen und verglich es mit der Doppelflinte, die an der Wand hing. Dann sagte er: «Das ist keine Flinte. Die Flinte ist das da oben.»

Don Camillo kannte Ful gut: ein Rassehund und daher voll Würde.

«Das ist auch eine Flinte», erklärte er ihm, «ein kleiner alter Vorderlader, der nur einen ganz leichten Knall verursacht, aber völlig reicht, um so einen blöden Fasan aus zwei oder drei Meter Entfernung herunterzuholen.»

Don Camillo zeigte ihm, wie man die kleine Büchse lud, dann öffnete er das Fenster, das auf den Obstgarten ging, und schoß auf eine leere Konservendose, die jemand auf einen Pfosten gestellt hatte.

Die kleine Büchse machte «plick», und die Konservendose flog vom Pfahl.

Ful sprang in den Garten, kontrollierte die Dose, dann wandte er sich um.

«Na gut», knurrte er, «dann gehn wir eben auf Konservendosenjagd.»

Die Fasane hockten fast völlig verblödet auf den Zweigen der niederen Bäume herum.

Schon seit drei Jahren befanden sich die Finetti im Ausland, und seit drei Jahren hatte niemand in dem ganzen Jagdrevier auch nur einen Schuß abgefeuert.

Die Fasane dösten also dumm und fett vor sich hin, und wenn einer keine Büchse gehabt hätte, hätte er sie mit seinem Hut fangen können.

Doch Don Camillo hatte eine Büchse und konnte daher auf seine Mütze verzichten. Auf jedes «plick» der Büchse folgte der Aufschlag eines Fasans, und obwohl Don Camillo einen Haufen Zeit mit dem Einsammeln verlor, kam er großartig voran. Bis zum einundzwanzigsten Fasan lief alles wie am Schnürchen.

Der zweiundzwanzigste aber bereitete ihm Kummer.

Ful hatte schon zuvor Anzeichen von Unruhe von sich gegeben, die darauf schließen ließen, daß etwas nicht stimmte, und zwar etwas, das weder mit Fasanen noch mit Hasen zu tun hatte. Aber Don Camillo wollte um jeden Preis auf die zweiundzwanzig *Flughühner* kommen und sagte daher zu Ful, er solle ihn nicht nervös machen und sich ruhig verhalten.

Ful gehorchte widerwillig, aber gerade als Don Camillo auf den zweiundzwanzigsten Fasan schoß, riß es ihn hoch.

Don Camillo begriff, daß er zu weit gegangen war, aber jetzt war es zu spät. Der Jagdhüter befand sich bereits im Anmarsch.

Don Camillo warf die Büchse ins Gebüsch, packte den Sack mit den einundzwanzig Fasanen und rannte, was das Zeug hielt.

Es fing bereits an, dunkel zu werden, und ein Nebelstreifen senkte sich gnädig zwischen Don Camillo und den Jagdhüter. Das erlaubte dem Wilderer, seinen Verfolger abzuhängen.

Ful führte mit äußerster Sicherheit den Rückzug an, und nachdem er das Loch im Maschenzaun, der das Jagdrevier umschloß, gefunden hatte, trat er zur Seite, um seinem Herrn den rettenden Ausweg zu zeigen.

Nun war Don Camillo eine Art Elefant, und zudem mußte er noch einen Sack mit einundzwanzig Fasanen mitschleppen. Doch er stürzte sich mit einer Genauigkeit und Behendigkeit in das Drahtnetz, die einem Torhüter der Nationalelf Ehre gemacht hätten.

Der Jagdhüter kam gerade noch rechtzeitig, um zu sehen, wie Don Camillos Nachhut die Bresche passierte. Er gab von weitem und ohne rechte Überzeugung einen Doppelschuß auf eben diese Nachhut ab.

Don Camillo sprang über den Graben und befand sich auf der Straße. Er konnte nicht über die Felder fliehen, denn auf der anderen Straßenseite floß der große Kanal, der zweieinhalb Meter breit war und viel Wasser führte. Er war also gezwungen, auf der Straße zu gehen, und der Jagdhüter würde ihn mit der Zeit bestimmt ausmachen, denn der Zaun des Jagdreviers verlief mindestens einen Kilometer stromauf- und einen Kilometer stromabwärts neben der Straße.

«Los, lauf nach Haus», befahl Don Camillo seinem Hund, der wie eine Rakete davonschoß und verschwand. Er selbst lief keuchend hinterdrein.

«Und wenn ich mich ins Wasser stürzen muß», sagte Don Camillo zu sich selbst, «der wird nicht rausbringen, wer ich bin.»

In der Kurve mit der Heiligenstatue sah Don Camillo einen Laster mit Höchstgeschwindigkeit auf sich zukommen. Er rettete sich auf die Kanalböschung und schwenkte seine Mütze.

Don Camillo wartete nicht einmal, bis der Laster hielt, sondern sprang schon vorher auf das Trittbrett, so daß der Fahrer den Wagen erschrocken zum Stehen brachte.

Don Camillo riß die Tür auf und zwängte sich ins Führerhaus.

«Nur weg! Schnell! Um Himmels willen!» keuchte er.

Der Fahrer ließ die Kupplung los, und der Laster fuhr an, als hätte er einen Tritt in den Hintern bekommen.

Nach etwa einem Kilometer brummte der Fahrer: «Ich hätt' Euch beinahe für einen Banditen gehalten. Was ist denn los? Warum so eilig?»

«Ich muß den Zug um sechs Uhr zweiundzwanzig erreichen.»

«Ach! Handelt Ihr mit Geflügel?»

«Nein, mit Waschpulver für deine schwarze Seele.»

Der Fahrer grinste.

«Ich bin doch ein Trottel», sagte er. «Ich hätt' Euch lieber stehenlassen sollen. Dann hätte der Jagdhüter Euer schönes Vatikanspitzelgesicht erkennen können. Aber alle Achtung, Ihr habt ganze Arbeit geleistet! Wie viele Gäste kommen denn zum Essen?»

«Dreißig. Sechs Hühner hab' ich auftreiben können, zwei hatte ich selber, und dann brauchte ich noch zweiundzwanzig Stück Geflügel, um keinen Armen in der Gemeinde leer ausgehen zu lassen. Einundzwanzig hab' ich erwischt – beim zweiundzwanzigsten hat der Jagdhüter *mich* erwischt. Das ist alles. Brauchst du noch etwas für deinen Rapport an die Partei?»

«Ich möchte gern wissen, was Ihr für eine Moral habt.»

«Die eines guten Christen und anständigen Bürgers», erwiderte Don Camillo.

Peppone stoppte den Wagen.

«Gut. Und nun, Hochwürden, gehen wir mal einen Schritt zurück: Als ich Euch im vergangenen Monat vorgeschlagen habe, bei dem Brennholz für die Arbeitslosen mit mir gemeinsame Sache zu machen, warum habt Ihr Euch da gegen mich gestellt und eine riesige Kampagne veranstaltet?»

Don Camillo zündete sich seine halbe Toskano an.

«Weil ich den Leuten nicht helfen darf, das Gesetz zu brechen», antwortete er.

«Welches Gesetz?»

«Das Gesetz zum Schutz des Privateigentums. Die Armen brauchen Brennholz zum Einheizen – darüber sind wir uns einig. Aber man darf nicht zu ihnen sagen: ‹Wir gehen und holen uns das Holz aus den Wäldern der Reichen.› Du sollst nicht stehlen, lautet Gottes Gebot. Du sollst nicht stehlen, heißt auch das Gesetz der Menschen.»

«Du sollst nicht stehlen, sagen die Gesetze Gottes und der Menschen!» brüllte Peppone. «Aber während der Arbeiter den Besitz der Reichen nicht antasten darf, dürfen die Reichen dem Arbeiter die paar Groschen stehlen, die sie ihm für seine Arbeit schulden, und ihm das Recht auf Leben verweigern!»

«Es ist unnütz, daß du hier eine Parteirede hältst», erwiderte Don Camillo. «Ich darf niemandem helfen, das Gesetz zu brechen.»

«Ausgezeichnet!» donnerte Peppone. «Und damit kommen wir zum Kapitel zwei: Die Armen haben das Recht, am Neujahrstag etwas Gutes zu essen – aber wer hat, will nicht geben. Und was macht da der Herr Pfarrer? Er verstößt gegen das Gesetz Gottes und der Menschen und stiehlt die Fasane! Gibt es für Pfarrer eine Sondermoral? Wieso maßt Ihr Euch das Recht an, gegen das sogenannte Gesetz zu verstoßen?»

«Ich maße mir überhaupt kein Recht an, Genosse Bürgermeister. Ich ziehe meinen Priesterrock aus und verkleide mich, um meine Identität zu verbergen, und versuche heimlich das Gesetz zu brechen. Ich ziehe nicht Arm in Arm mit dem Genossen Bürgermeister durchs Dorf und brülle, wie es der Genosse Bürgermeister wollte: ‹Das Gesetz sind wir! Nieder mit dem Gesetz! Das Gesetz ist unmoralisch und ungerecht!› Ich handle wie ein gewöhnlicher Dieb. Ich entledige mich meiner Autorität als Pfarrer und agiere im Verborgenen, wie ein ganz normaler Verbrecher. Und allein die Tatsache, daß ich mich verkleide und heimlich vorgehe, bedeutet, daß ich die Existenz und die Gültigkeit des Gesetzes anerkenne. Wenn ich Soldat bin und am General vorbeigehe, muß ich ihn grüßen. Wenn ich vom General nicht gesehen werden möchte, kann ich versuchen, mich zu verdrücken. In dem Fall brauche ich ihn auch nicht zu grüßen. Aber ich kann nicht an ihm vorbeigehen, die

Hände in den Hosentaschen, ihn mit arrogantem Blick mustern und schreien: ‹Scheißgeneräle wie Sie werden nicht gegrüßt!› Ich habe die Fasane gestohlen. Aber ich habe nicht gebrüllt: ‹Kommt, Freunde! Die Fasane gehören uns!›» Peppone schüttelte den Kopf und schlug mit der Faust aufs Lenkrad.

«Ihr seid einer, der die andern lehrt, man darf nicht stehlen, und dann selber stiehlt. Ihr seid einer, der das Gute predigt und das Schlechte tut!» brüllte er.

«Peppone, wenn ich lehre, daß man nicht stehlen darf, und dann selber stehle, wäre ich nach deiner Moral doch eher einer, der das Schlechte predigt und das Gute tut. Aber du hast vollkommen recht: Ich predige das Gute und tue das Schlechte. Doch wenn ich der Masse Gutes predige, tue ich damit der Masse auch etwas Gutes; wenn ich ausschließlich für mich und auf meine private Rechnung Schlechtes tue, dann tue ich damit doch nur mir allein etwas Schlechtes. Und wegen dieser schlechten Tat werde ich mich verantworten müssen. Wegen dieser schlechten Tat werde ich meine gerechte Strafe empfangen. Ich mag der menschlichen Gerechtigkeit entfliehen, der göttlichen kann ich nicht entfliehen.»

Peppone grinste: «Es ist bequem, auf dieser Welt Schulden zu machen und dann zu sagen: ‹Ich zahle, wenn ich tot bin!› Es muß sofort gezahlt werden!»

«Ich werde sofort zahlen, und zwar mit dem Kummer, den mir der Gedanke bereitet, daß ich das Gesetz Gottes und das der Menschen gebrochen habe. Mein Gewissen als Christ und Staatsbürger ...»

«Hmm», röhrte Peppone. «Euer Gewissen! Ich sag' Euch, wo Ihr Euer Gewissen habt, als Christ und Staatsbürger: da, worauf Ihr sitzt!»

Don Camillo seufzte.

«Na gut, Peppone», sagte er versöhnlich. «Nehmen wir mal an, daß ich mein Gewissen dort habe, wo du meinst. Ändert das vielleicht etwas an dem, was ich behauptet habe?»

Peppone sah ihn verdrießlich an: «Was wollt Ihr damit sagen, Hochwürden?»

«Nichts. Ich wollte dich lediglich fragen, Genosse Peppone, ob du nie ausprobiert hast, wie es ist, wenn man eine Ladung Schrot in die Sitzfläche bekommt?»

Don Camillo hatte plötzlich mit seltsamer Stimme gesprochen, die von weither zu kommen schien, und Peppone knipste das Lämpchen am Armaturenbrett an.

Er sah, daß Don Camillo bleich wie ein Leintuch war.

«Hoch ...» stammelte Peppone.

«Mach das Licht aus und reg dich nicht auf», unterbrach ihn Don Camillo. «Das ist eine kleine ... Gewissenskrise. Das wird vorbeigehen. Bring mich nach Torricella zu dem alten Doktor. Das ist ein Freund von mir, und der wird mich entschroten, ohne irgend etwas zu fragen.»

Peppone zischte los wie eine Atomrakete und flog über die löcherigen Straßen. Nachdem er Don Camillo in Torricella vor der Tür des alten Doktors abgesetzt hatte, wartete er.

Er säuberte den Sitz, der voll Blut war. Dann versteckte er den Sack mit den Fasanen unter dem Sitz und machte einen kleinen Rundgang, um wieder Ordnung in seine Gedanken zu bringen.

Nach ungefähr einer Stunde kam Don Camillo zurück.

«Wie geht es?» fragte ihn Peppone.

«In bestimmter Hinsicht könnte ich dir antworten, daß ich mit meinem Gewissen wieder im reinen bin, doch ich werde aus technischen Gründen im Stehen heimfahren müssen. Wenn du nichts dagegen hast, steig' ich hinten ein. Vielleicht kannst du dich mit der Geschwindigkeit ein bißchen zurückhalten.»

Zum Glück war der Laster mit einer Plane bedeckt, und die Heimfahrt wurde für Don Camillo nicht übermäßig qualvoll. Der Nebel hatte inzwischen den Vorhang zugezogen, und im Heimathafen angelangt, konnte Don Camillo ins Pfarrhaus schlüpfen, ohne von jemandem gesehen zu werden.

Peppone folgte ihm mit dem Sack Fasane, den er im Keller verstaute.

Als er ins Wohnzimmer kam, fand er Don Camillo in der Soutane, wieder ganz Pfarrer. Und das Schwarz des langen Rocks ließ seine Blässe noch deutlicher hervortreten.

«Hochwürden», stotterte Peppone, «wenn Ihr etwas braucht, geniert Euch nicht.»

«Ich brauche nichts. Aber ich sorge mich um meinen Hund. Schau doch ein bißchen herum, ob du Ful nicht irgendwo findest.»

Ein Seufzer ertönte, mit dem Ful, der unter dem Tisch lag, «hier» antwortete.

Peppone bückte sich zu ihm hinunter.

«Es sieht so aus, als hätte auch er eine ... Gewissenskrise», murmelte er, während er sich wieder aufrichtete. «Soll ich ihn auch zu dem alten Doktor fahren?»

«Nein», erwiderte Don Camillo. «Die Sache muß in der Familie bleiben. Den entschrote ich selbst. Bitte trag' ihn mir in mein Schlafzimmer.»

Ful ließ sich von Peppone hochziehen und auf den Arm nehmen.

Peppone sagte nichts mehr, bis er Ful in den oberen Stock gebracht hatte. Dann kehrte er zurück, stellte sich unter die Wohnzimmertür und sprach streng, mit erhobenem Zeigefinger:

«Die Sünden der Pfarrer fallen auf das Haupt ihrer unschuldigen Hunde!»

«Feigling, du mordest einen toten Pfarrer!» antwortete ihm Don Camillo bleich. Und im Stehen.

Als Peppone gegangen war, legte Don Camillo die Sperrkette vor die Tür und stieg in den Keller, um die einundzwanzig *Flughühner* auszupacken. Tatsächlich waren es aber zweiundzwanzig, denn unter ihnen befand sich ein wunderschöner Kapaun, bereits fertig gerupft und ausgenommen. Den hatte Peppone in Torricella gekauft, um die Zahl voll zu machen.

Bevor sich Don Camillo (bäuchlings) zu Bett legte, wollte er noch vor Christus am Hochaltar niederknien.

«Jesus», flehte er, «ich darf dir nicht danken, daß du mich bei meinem Unternehmen heut nachmittag beschützt hast, denn das, was ich heut nachmittag getan habe, ist eine Schändlichkeit, die schwere Strafe verdient. Vielleicht wäre es besser gewesen, wenn mich die Flinte des Jagdaufsehers erledigt hätte.»

«Auch der schlechteste Priester ist immer noch mehr wert als zweiundzwanzig Fasane», antwortete Christus ernst.

«Genau gesagt, einundzwanzig», flüsterte Don Camillo. «Den zweiundzwanzigsten habe ich nicht mitgenommen.»

«Aber es war deine Absicht, ihn mitzunehmen.»

«Jesus, mein Herz ist voller Betrübnis, weil ich mir bewußt bin, wie schlecht ich gehandelt habe.»

«Nein, Don Camillo, du lügst: Dein Herz ist voller Freude, weil du daran denkst, daß du morgen dreißig Arme glücklich machen wirst.»

Don Camillo stand auf, ging zwei Schritte zurück und setzte sich mit seiner ganzen Schwere auf die erste Bank. Der Schweiß rann ihm über die Stirn und übers Gesicht, das immer blasser wurde.

«Steh auf», gebot ihm nach einer Weile die Stimme des Gekreuzigten. «Ego te absolvo.»

Der Vergaser

Die Zeitungen schrieben immer noch über die berühmte Geschichte von dem Kind, das durch die eigens aus Amerika eingeflogenen Ampullen gerettet worden war.

Sie schrieben noch darüber, denn jetzt, da es dem Kind wieder gut ging, fühlten sich die von Hammer und Sichel schlecht. Nach ihrer verqueren Logik handelte es sich nämlich nur um eine groß aufgebauschte Propagandaaktion des amerikanischen Botschafters.

Das Ereignis hatte sich in einer Ortschaft abgespielt, die keine vierzig Kilometer von Don Camillos Gemeinde entfernt am großen Fluß lag. Als es zu der Polemik kam, fühlte Peppone sich deshalb verpflichtet, mit besonderem Eifer daran teilzunehmen, denn es ging schließlich darum, «den Namen der Bassa hochzuhalten».

Und er redete so viel und soviel Stuß darüber, daß sich Don Camillo veranlaßt sah, «rein zufällig» vor dem Café unter den Arkaden mit dem Herrn Bürgermeister zusammenzutreffen, der gerade einer um ihn gescharten Gruppe das Wieso und Warum der Angelegenheit auseinandersetzte.

Kaum erblickte Peppone den schwarzen Koloß von Pfarrer, als er seine Stimme hob: «Politische Propaganda – in Ordnung, alles in Ordnung, auch was nicht in Ordnung ist. Doch was man diesen Leuten nicht verzeihen kann, ist, daß sie ein Kind für ihre politischen

Machenschaften ausnutzten. Wer selber Kinder hat, begreift das, ohne daß man es ihm erklären muß; aber einer, der keine Kinder hat und auch keine haben wird, begreift das nie!»

Alle drehten sich um und schauten Don Camillo an, und als dieser sich so unmittelbar angesprochen fühlte, hob er die Schultern und sagte: «Herr Bürgermeister, wenn der Kranke, den es zu retten galt, zufällig ein Kind war, dann konnte man keinen Erwachsenen retten.»

«Ach was, *retten!* Das Kind war gar nicht so schwer krank.»

«Wenn Sie das als Fachmann behaupten, dann sage ich nichts weiter», erwiderte Don Camillo.

Peppone regte sich auf: «Ich bin kein medizinischer Fachmann. Aber die Sachverständigen haben erklärt, daß man das Medikament im Nu aus Holland hätte herkriegen können, ohne diesen Zirkus mit den Nonstop-Flügen über den Atlantik zu veranstalten.»

«Ich verneige mich vor dem Sachverstand der Sachverständigen. Und ich würde Ihnen, Herr Bürgermeister, völlig Recht geben, wenn da nicht eine Kleinigkeit wäre, die Ihre sachverständigen Genossen übersehen haben: Um gesund zu werden, benötigte das Kind weder eine ausgesuchte Milchkuh noch eine Windmühle, sondern ein ganz bestimmtes Globulin, das es nur im Gesundheits-Department von Michigan gibt. Und das hat weder etwas mit Kühen noch mit Windmühlen noch mit dem holländischen Globulin Gamma zu tun. Was man brauchte, war genau das amerikanische Globulin, und wie soll man es da dem amerikanischen Botschafter vorwerfen, daß er nicht nach Holland jemanden geschickt hat, sondern nach Amerika?»

92

Peppone schüttelte seinen Dickschädel mit belustigtem Grinsen: «Lirum, larum! Wenn denen nichts mehr einfällt, kramen sie ihr bißchen Latein aus, kommen einem mit Alpha, Gamma und Omega, und wer nicht Latein gelernt hat, hält den Mund.»

«Selbst wenn», warf Don Camillo höflich ein, «dann handelt es sich hier um Griechisch, nicht um Latein, Herr Bürgermeister. Doch ich möchte Sie darauf aufmerksam machen, daß das oben erwähnte Globulin nicht von den Pfarrern so getauft wurde. Das fällt in den Kompetenzbereich der Naturwissenschaftler.»

Peppone klammerte sich an den Strohhalm, den ihm die sowjetische Vorsehung hinstreckte:

«Aber die Geschichte mit der Madonna, die dem kranken Kind im Traum erscheint, die fällt allein in den Kompetenzbereich der Pfarrer, Hochwürden! Und das werden Sie wohl zugeben müssen: Wenn die Naturwissenschaftler das Globulin Gamma erfunden haben, dann haben sich die Geschichte von der Madonna, die dem Kind im Traum erscheint, allein die Pfarrer ausgedacht.»

Don Camillo blickte Peppone erstaunt an: «Herr Bürgermeister, der Klerus hat keinerlei Möglichkeit, sich in Träume einzumischen, weder bei Kindern noch bei Erwachsenen. Kinder und Erwachsene träumen, was und wann sie wollen.»

«Aber», brüllte Peppone, der anfing, aus der Fassung zu geraten, «während das Flugzeug auf Rechnung der Spekulanten-Propaganda aus Amerika über den Atlantik fliegt: wovon träumt da dieses Kind, das träumen kann, was es will? Von der Madonna! Es träumt, daß die Madonna kommt und es holt, es ins Paradies bringt und ihm Jesus zeigt, und Jesus erklärt ihm, daß mit Hilfe der Signora Clare Luce und der Vereinigten Staaten alles wieder gut werden wird.»

Don Camillo breitete die Arme aus: «Herr Bürgermeister, und wovon hätte Ihrer Meinung nach dieses Kind träumen sollen? Von Lenin, der es in den Kreml bringt, wo ihm Stalin dann den Fünfjahresplan erklärt?»

Einer in der Gruppe kicherte, und Peppone geriet noch etwas mehr aus der Fassung.

«Drehen wir die Dinge nicht ins Politische, Hochwürden!» rief er. «Auf jeden Fall hüten *wir* uns, einem Kind Träume dieser Art zuzuschreiben! Erstens, weil wir ein Kind nicht für politische Machenschaften ausnützen, und zweitens, weil wir es nicht nötig haben, mit Märchen zu operieren ...»

«Und drittens, weil sowieso keiner daran glauben würde», schloß Don Camillo seelenruhig.

«Und an Eure Märchen glaubt jemand?»

«Es sieht so aus, Herr Bürgermeister. Es gibt Leute, die nicht nur an das Märchen vom Paradies glauben, sondern sich sogar so verhalten, daß sie sich das Paradies verdienen. Sie führen ein anständiges Leben und sind immer heiter, weil sie auf die Göttliche Vorsehung vertrauen.»

Peppone schob seinen Hut nach hinten und stemmte die Fäuste in die Hüften.

«Die Göttliche Vorsehung!» rief er. «Weil die Ampullen aus Amerika gekommen sind, darf man hier von der Göttlichen Vorsehung sprechen. Wären sie dagegen aus Rußland gekommen, dann würde Hochwürden nicht mehr von der Göttlichen Vorsehung, sondern von einem Teufelswerk reden.»

Don Camillo schüttelte den Kopf.

«Nein, Herr Bürgermeister», erklärte er. «Da Hochwürden mit einem Gehirn denkt, das ihm der liebe Gott anvertraut hat, würde Hochwürden nie einen solchen Blödsinn verzapfen. Schon weil Hochwürden genau weiß, daß die Göttliche Vorsehung weder über eine Nationalität noch über eine Partei verfügt. Von welcher Seite sie auch kommt, sie ist immer ein Zeichen göttlichen Wohlwollens.»

«Amen», murmelte der Smilzo.

«Immerhin», fuhr Don Camillo fort, «können wir festhalten, daß im vorliegenden Fall die Göttliche Vorsehung nicht aus dem Osten, sondern aus dem Westen gekommen ist.»

«Also», schrie Peppone: «Es lebe Amerika, und nieder mit Rußland!»

Don Camillo lächelte: «Es lebe Amerika, von mir aus, wenn der Herr Bürgermeister unbedingt meinen. Aber warum nieder mit Rußland? Wem hat Rußland in dieser Angelegenheit denn geschadet? Ich, Herr Bürgermeister, kann objektiv sein, und deshalb scheue ich mich nicht, öffentlich zu erklären, daß das möglicherweise der einzige Fall ist, in dem Rußland niemandem geschadet hat. Aber glauben Sie mir, Herr Bürgermeister, anstatt ‹Es lebe Amerika› zu schreien, wie Sie es wollen, sollte man lieber rufen: ‹Es lebe die Göttliche Vorsehung!›, denn sie hat das Kind gesund werden lassen.»

Peppone war rot im Gesicht wie die Oktoberrevolution.

«Statt es gesund werden zu lassen», schrie er, «hätte die Göttliche Vorsehung lieber dafür sorgen sollen, daß es gar nicht erst krank wurde!»

«In der Tat», erwiderte Don Camillo, «die Göttliche Vorsehung hat das Kind auch nicht krank werden lassen. Die Krankheiten hängen nicht von der Göttlichen Vorsehung, sondern von der Natur ab. Und diese Natur ist durch äußerst strenge Gesetze geregelt (wehe, wenn dem nicht so wäre!), deren Nichtbeachtung zu den schmerzlichsten Störungen führen kann. Sie, Herr Bürgermeister, sind ein erfahrener Mechaniker und wissen, daß ein Motor perfekt funktioniert, solange nichts daran kaputtgeht. Wenn sich bei einem Vergaser die Leerlaufdüse verstopft, ist das vielleicht die Schuld der Göttlichen Vorsehung, oder die eines Staubkörnchens? Alles, was der Materie angehört, fällt in den Zuständigkeitsbereich der Natur. Auf der anderen Seite: Gibt es in Rußland, wo alles nicht von Gott, sondern von Lenin erschaffen wurde, vielleicht keine Krankheiten?»

Peppones Gesicht hatte sich nach und nach wieder aufgehellt, und als Don Camillo mit seiner Rede zu Ende war, wandte sich der Bürgermeister lächelnd an den Smilzo.

«Smilzo», sagte er, die einzelnen Worte laut betonend, «möchtest du bitte Hochwürden etwas im Zusammenhang mit dem Vergaser fragen: Wenn der hier anwesende Mechaniker das Staubkörnchen, das die Leerlaufdüse verstopft, entfernt, stellt er dann die Göttliche Vorsehung dar?»

Smilzo sah Don Camillo an und sagte: «Der Angeklagte hat die Frage der geschädigten Partei vernommen?»

Don Camillo nickte: «Ja, der Angeklagte hat die Frage der hirngeschädigten Partei vernommen. Und er antwortet, daß der Mechaniker nicht die Göttliche Vorsehung darstellt, sondern lediglich einen Schraubenzieher mit einem Mann dran. Wir bewegen uns auf dem Gebiet der dumpfsten Materie. Nichts von Göttlichem. Nichts, was weniger natürlich wäre.»

Peppone freute sich über diese Antwort.

«Und nun, Hochwürden, setzen wir einen anderen Fall: Der Vergaser funktioniert nicht mehr, weil sich die Schraube der Leerlaufdüse gelockert hat und verlorengegangen ist. Unglückseligerweise ist der Vergaser ein amerikanisches Fabrikat, von dem man hier keine Ersatzteile bekommt. Was tun? Müssen wir das Auto verschrotten lassen? Zum Glück gibt es den amerikanischen Botschafter, der, als er von dem Schaden erfährt, das Ersatzteil mit dem Flugzeug aus Washington holen läßt. Man setzt die fehlende Schraube ein, und das Auto fährt wieder wie geschmiert. Wir bewegen uns immer noch auf dem Gebiet der dumpfsten Materie, weil sich die Geschichte nach wie vor um den Vergaser dreht. Aber da das Ersatzteil aus Amerika kommt, müssen wir schreien: ‹Es lebe die Göttliche Vorsehung!› Die Argumentation von Hochwürden ist also unterschiedlich, je nachdem, ob der Vergaser aus dem Osten oder aus dem Westen stammt.»

Peppones Anhänger grölten vor Begeisterung, und Don Camillo ließ ihnen Zeit, sich abzureagieren. Dann erwiderte er: «Meine Argumentation ist für alle Himmelsrichtungen gleich.»

«Unsinn!» brüllte Peppone. «Wenn die Krankheit des Kindes auf den Naturgesetzen beruht, so wie der Vergaser kaputt ist, weil ihm eine Schraube fehlt – was hat es dann mit der Göttlichen Vorsehung zu tun, wenn der Amerikaner die Ersatzschraube für das Kind auftreibt?»

«Der Unterschied besteht darin», erklärte Don Camillo ruhig, «daß das Kind kein Vergaser ist und im Gegensatz zu einem Vergaser sehr wohl auf die Göttliche Vorsehung vertrauen kann. Und es hat diesen Glauben und zeigt, daß es ihn hat. Alles, was die bloße menschliche Maschine betrifft, ihre Schäden und die Reparatur der Schäden, fällt ausschließlich in den Bereich der Natur und der Materie. Der Glaube an Gott ist eine andere Sache, die du, Genosse Vergaser, nicht kapieren kannst. Und deshalb kannst du bei der Geschichte mit dem Kind nicht die Göttliche Vorsehung sehen, sondern nur den Atlantikpakt und den amerikanischen Botschafter. Wer nicht an Gott glaubt, kann nicht begreifen, was Göttliche Vorsehung bedeutet.»

«Also dann», schrie Peppone, «ist diese Göttliche Vorsehung etwas für Privilegierte und nicht für den, der sie nötig hat! Wenn hundert Menschen Hunger leiden und nur sieben an die Göttliche Vorsehung glauben, dann ist Gott nicht gerecht, wenn er nur den sieben Privilegierten eine Büchse Fleisch schickt!»

«Nein, Genosse Bürgermeister. Gott schickt allen hundert eine Büchse Fleisch, aber nur sieben davon haben einen Büchsenöffner. Die anderen haben keinen, weil sie nicht daran glauben und keinen haben wollen.»

Peppone hatte seine Fassung endgültig verloren, und das sah man an der Art, wie er schwitzte: «Hochwürden, lassen wir die Märchen beiseite und betrachten wir die Realität! Und die Realität sieht doch so aus: Während hier nur sieben etwas zu essen haben, weil sie an die Göttliche Vorsehung glauben und daher einen Büchsenöffner besitzen, glaubt in Rußland niemand an die Göttliche Vorsehung, aber einen Büchsenöffner hat jeder.»

«Aber keine Büchse», schloß Don Camillo lächelnd.

Die Leute lachten über Don Camillos Schlagfertigkeit, und das brachte Peppone ganz aus dem Häuschen: «Ihr versteht es, mit den Worten zu spielen, Hochwürden! Und es gelingt Euch immer, jede Diskussion in eine Wortspielerei zu verwandeln. Aber wir sind hier nicht von Worten, sondern von konkreten Fakten ausgegangen. Politische Machenschaften! Dreckig aufgebauschte amerikanische Propaganda auf dem Rücken eines unschuldigen Kindes! Mit all Eurem Unsinn ist es Euch nicht gelungen zu beweisen, daß ich im Unrecht bin.»

Don Camillo zuckte die Achseln: «Ich weiß, und das wird mir auch nie gelingen, denn ich werde dir nie beweisen können, daß zwei und zwei vier ist, wenn du fest daran glaubst, daß zwei und zwei fünf ist, wie man es dir beigebracht hat. Jedenfalls sage ich dir, wenn es die politische Propaganda war, die dem Kind das Leben gerettet hat, dann rufe ich: ‹Es lebe die politische Propaganda!› Und wenn ich einen Sohn hätte und seine Rettung von einem russischen Medikament abhinge, dann würde ich ...»

Peppone ließ ihn nicht ausreden: «Ich aber nicht!» brüllte er. «Ich hab' einen Sohn, aber wenn seine Rettung von den Ampullen der amerikanischen Botschaft abhinge, dann würde ich ihn lieber sterben lassen als das Spiel dieser Banditen mitmachen!»

Don Camillo starrte ihn mit entsetzt aufgerissenen Augen an.

Um drei Uhr nachts setzte sich Peppone ruckartig im Bett auf. Er konnte nicht einschlafen. Er stand auf und zog sich im Finstern an.

Mit den Schuhen in der Hand schlich er in die Kammer, in der sein jüngster Sohn schlief. Er knipste das Licht an und betrachtete lange das Gesicht des schlafenden Kindes. Eine ganze Weile stand er so da, dann löschte er das Licht und verließ leise das Zimmer.

Kurz darauf ging er, bis zu den Augen eingemummt, auf der eisigen Straße.

Als er auf dem Kirchplatz unter den Fenstern des Pfarrhauses angekommen war, suchte er nach einem Stein, aber der gefrorene Schnee hatte alle Steine an den Boden geschweißt. Er kratzte im Eis, bis ihm die Finger bluteten.

Und je mehr die Minuten vergingen, desto stärker wuchs die Angst, bis sie zur Verzweiflung wurde.

Schließlich gelang es ihm, einen Stein zu lösen, und er warf ihn gegen die Läden des zweiten Fensters im ersten Stock. Als er das trockene Geräusch des Kiesels gegen das Holz hörte, beruhigte er sich.

Die Fensterläden öffneten sich.

«Was gibt's?» fragte eine mürrische Stimme.

«Kommt herunter.»

Don Camillo warf sich die Steppdecke um, ging hinunter und machte auf.

«Was willst du um diese Zeit? Was ist passiert?»

«Nichts ist passiert», erklärte Peppone finster.

«Um so besser», murmelte Don Camillo erleichtert. «Bei deinem Anblick ist mir angst und bang geworden.»

«Wieso? Ich bin doch kein Räuber.»

«Jeder, der mich aus dem Schlaf reißt, macht mir Angst. Man kommt nicht in der Nacht zu einem Priester, um ihm einen Witz zu erzählen.»

Peppone blieb ein paar Minuten schweigend mit ge-

100

senktem Kopf stehen, dann murmelte er: «Wenn man in der Öffentlichkeit diskutiert, sagt man oft Sachen, die man eigentlich gar nicht sagen will.»

«Ich weiß», räumte Don Camillo ein, «darauf braucht man nichts zu geben.»

«Aber die Leute geben was darauf!»

«Ach wo. Die Leute wissen doch, welche Argumente man von einem Vergaser erwarten kann.»

Peppone ballte die Fäuste.

«Hochwürden», knurrte er, «Ihr redet dummes Zeug!»

«Vielleicht hast du recht. Vergaser kommen nicht, um einen Pfarrer um drei Uhr nachts aufzuwecken. Du kannst wieder ins Bett gehen.»

Peppone rührte sich nicht.

«Brauchst du noch was, Genosse Peppone?» fragte Don Camillo. «Vielleicht einen Büchsenöffner?»

«Den hab' ich», antwortete Peppone finster.

«Bravo, dann schau, daß du ihn nicht verlierst! Und Gott erleuchte dich auch in der Öffentlichkeit.»

Peppone ging weg.

Ehe Don Camillo ins Bett zurückkehrte, kniete er noch rasch vor dem Gekreuzigten nieder.

«Jesus», sagte er, «er ist kein Vergaser geworden, er ist immer noch derselbe Unglücksmensch wie vorher. Gelobt sei die Göttliche Vorsehung!»

Dann schlüpfte er ins Bett, und endlich konnte auch er Schlaf finden.

Kriminalissimo

Bradonis Frau öffnete die Tür, und als sie Don Camillo vor sich stehen sah, schien sie einigermaßen verblüfft.

«Was, Ihr seid das, Hochwürden?» rief sie.

«Ja, ich bin's, warum? Was ist daran so Besonderes?»

«Bei dieser Kälte und bei dem Schnee! Wie haben Sie es nur angestellt, bis hier raus zu kommen?»

«Das Pferd hat mich im Wagen hergezogen», erklärte Don Camillo und trat in die große Küche. «Ist Euer Mann daheim?»

«Ihr seid eigens gekommen, um mit meinem Mann zu reden?» sagte die Frau bedauernd. «Das tut mir aber leid! Mein Mann ist heut in aller Frühe auf den Markt gegangen, um drei Kälber zu verkaufen, und er kommt erst heut abend zurück. Ich bin ganz allein im Haus. Mein Sohn ist auch mit.»

«Das ist nicht so schlimm», murmelte Don Camillo. «Was ich Eurem Mann sagen wollte, kann ich auch Euch sagen: Ich bräuchte ein bißchen Weizen für den Kinderhort. Ich glaub' nicht, daß Ihr mich mit leeren Händen nach Hause schicken werdet.»

Die Frau hob die Schultern. «Viel ist's nicht, Hochwürden, denn auch wir sind fast damit am Ende, aber so an die zwanzig Kilo werd' ich wohl noch für Euch zusammenbringen.»

Don Camillo breitete die Arme aus.

«Viel ist's nicht, sagt Ihr? Na, wenn mir alle dreißig

102

Kilo Weizen geben würden wie Ihr, dann wär's das reinste Schlaraffenland!»

«Man tut, was man kann», antwortete die Frau, während Don Camillo Bleistift und Notizbuch aus der Tasche zog. «Schreibt auf: ‹Familie Bradoni fünfundzwanzig Kilo.›» Don Camillo notierte es.

«Wann laßt Ihr es holen?» erkundigte sich die Frau.

«Ich nütze die Gelegenheit, daß ich den Pferdewagen hab', und lad' es gleich selber auf.»

«Ach, es ist ein Kreuz», jammerte die Frau. «Ich bin allein im Haus, und mein Rücken ist kaputt vor Rheumatismus. Ich kann nicht schwer tragen.»

«Da braucht Ihr Euch nicht zu sorgen», erwiderte Don Camillo lachend. «Ich hab' keinen Rheumatismus, und fünfundzwanzig Kilo Weizen trag' ich wie ein Paket Kekse.» Die Frau ging voraus, und Don Camillo folgte ihr in den obersten Stock, wo der Kornspeicher lag.

«Hochwürden, kümmert Euch nicht um die Unordnung», bat die Frau, während sie den Schlüssel ins Schloß der Speichertür steckte.»

«Ich kümmere mich nur um meine fünfundzwanzig Kilo Weizen», antwortete Don Camillo. «Wenn die da sind, ist alles in Ordnung.»

Die Frau hatte nicht gelogen: Wenn der Getreidehaufen klein war, so war die Unordnung dafür groß, denn der Kornspeicher diente auch als Abstellraum für jedwedes Gerümpel.

«Sobald der Lumpensammler hier vorbeikommt», rief die Frau, «dreh' ich ihm das ganze Zeug an, und wenn ich es ihm schenken muß.»

Don Camillo stutzte und trat zu dem Berg von Plunder.

«Wenn das so ist», sagte er, «dann könnt Ihr diesen Ofen da anstatt dem Lumpensammler mir vermachen. Den könnte ich für den Gang im Kinderhort brauchen. Da ist es eisig kalt, und die Kinder möchten immer im Flur spielen.»

«Aber er ist alt und kaputt», wandte die Frau ein.

«Den kann man wunderbar reparieren!»

«Also dann, Hochwürden, wenn Ihr ihn haben wollt, könnt Ihr ihn gleich mitnehmen. Ihr tut mir sogar einen Gefallen.»

Don Camillo zögerte keinen Augenblick. Er zog den Ofen heraus und steckte ihn in einen Sack, da er voll Staub und Dreck war. Dann trug er ihn zusammen mit den fünfundzwanzig Kilo Weizen hinunter.

«Habt herzlichen Dank», verabschiedete er sich von der Frau. «Die Säcke schick' ich Euch in ein paar Tagen zurück.»

«Nur den vom Weizen», erwiderte die Frau. «Den anderen könnt Ihr behalten, der nützt uns sowieso nichts mehr.» Mit seiner Beute auf dem Wagen machte sich Don Camillo auf den Heimweg. Natürlich hielt er bei jedem Hof an, und so kam er erst bei Dunkelheit ins Pfarrhaus.

Er machte sich nicht einmal die Mühe, jemanden zu suchen, der ihm beim Abladen helfen könnte, sondern packte gleich allein zu, und als er den zusammengebettelten Weizen verstaut hatte, ging er dran, das Pferd vom Wagen zu spannen. Aber plötzlich änderte er seine Absicht.

«Ich könnte das mit dem Ofen gleich auch noch erledigen», dachte er. «Möglicherweise findet sich der Halunke bereit, mir das Ding bis morgen früh zu reparieren.»

Er zog den Ofen aus dem Sack und lud ihn wieder auf den Wagen, und nachdem er den Gaul überredet hatte, sich noch einmal in Marsch zu setzen, machte er sich auf die Suche nach dem «Halunken».

Der war noch in seiner Werkstatt und gerade damit beschäftigt, sein Werkzeug aufzuräumen.

«Ist der Schlosser da?» fragte Don Camillo vorsichtig.

«Geschlossen!» antwortete der «Halunke», ohne sich umzudrehen.

«Oh, wie schön!» rief Don Camillo. «Wenn geschlossen ist, wieso konnte ich dann hereinkommen?»

«Ihr seid widerrechtlich hereingekommen!» erwiderte Peppone mürrisch. «Daher könnt Ihr gleich wieder hinausgehen.»

«In Ordnung: Ich geh' wieder, aber ich laß dir diesen Ofen da. Ich brauch' ihn morgen früh.»

«So, den Ofen braucht Ihr morgen früh?» höhnte Peppone. «Wenn Ihr darauf warten wollt, Euch an diesem Ofen den Hintern zu wärmen, dann krepiert Ihr vor Kälte!»

«Der Ofen ist nicht für mich, sondern für die Kleinen im Hort», erklärte Don Camillo. «Wenn dich auch das nicht interessiert, dann nehm' ich den Ofen eben wieder mit.»

Peppone wandte sich um.

«Wir schlagen auch aus dem Ofen ein bißchen politisches Kapital, wie, Hochwürden?» erkundigte er sich sarkastisch.

«Peppone, laß die Politik in Ruh und denk an die Kälte! Schau, daß du ihn mir so reparierst, daß er diesen Winter hält. Wenn es dir gelänge, ihn mir bis morgen ...»

«Ich verpflichte mich zu nichts!» brummte Peppone.
«Probiert mal gegen zehn Euer Glück.»

Don Camillo ging, und Peppone zog mit großem Krach den Rolladen herunter.

Am nächsten Tag gegen zehn wollte Don Camillo gerade den Mesner wegschicken, um den Ofen abzuholen, als ein Rasender ins Pfarrhaus stürmte: Bradoni.

«Hochwürden», keuchte er, «der Ofen!»

«Der Ofen?»

«Ja, der Ofen, den Euch gestern meine Frau geschenkt hat. Wo ist er?»

«Ich hab' ihn zum Schlosser gebracht», erklärte Don Camillo. «Er wird jeden Moment fertig sein.»

Der Mann schien völlig verrückt geworden.

«Der Ofen», brüllte er. «Ich muß sofort den Ofen sehen!»

Don Camillo warf sich den Umhang über die Schultern und folgte Bradoni, der hinausgerannt war. Unmittelbar vor der Tür zu Peppones Werkstatt holte er ihn ein, konnte ihn aber nicht mehr zurückhalten.

Peppone arbeitete gerade am Schraubstock und blickte erstaunt auf Bradoni.

«Was ist denn los?» brummte er.

«Der Ofen!» schrie Bradoni. «Der Ofen, den Euch Don Camillo gebracht hat!»

«Deswegen braucht Ihr Euch doch nicht so aufzuregen», erwiderte Peppone. «Da steht er, fix und fertig.»

Bradoni stürzte sich auf den Ofen, nahm den Deckel ab, riß die Klappe auf und starrte gierig ins Innere. Nachdem er lang genug gestarrt hatte, fuhr er mit einem Arm in den Ofen, und als er auch dann noch nicht

106

befriedigt war, stellte er ihn auf den Kopf. Zum Schluß wandte er sich totenbleich an Peppone.

«Meine Sachen!» sagte er.

«Eure Sachen?» fragte Peppone.

«Ich hatte etwas in den Ofen gesteckt», erklärte Bradoni in höchster Aufregung. «Meine Frau wußte das nicht und hat den Ofen Don Camillo geschenkt. Ich hab' es erst heut früh gemerkt, als ich in den Speicher gegangen bin.»

Peppone öffnete die Arme: «Bradoni, ich hab' nur Ruß und Dreck in dem Ofen gefunden.»

«Und Ihr, Hochwürden?» fragte Bradoni Don Camillo.

«Was soll ich schon gefunden haben!» rief Don Camillo. «Wenn ich etwas gefunden hätte, hätt' ich es Euch sofort zurückgebracht, ohne daß Ihr eigens hättet herkommen müssen. Ich hab' den Ofen nicht einmal genau angeschaut. Wie ihn mir Eure Frau gegeben hat, so hab' ich ihn hierhergebracht.»

Bradoni ließ sich auf einen Hocker fallen – ein Bild der Verzweiflung.

«Wenn da Sachen drin waren, so können sie beim Transport von Euch bis hierher verlorengegangen sein», meinte Peppone.

Bradoni schüttelte den Kopf.

«Das ist unmöglich!» rief er. «Der Herr Pfarrer hat den Ofen in einen Sack gesteckt, bevor er ihn mitnahm, und der Sack war zwar schmutzig, aber ohne Löcher.»

Peppone rückte seinen Hut nach Westen.

«Um das mal festzuhalten», sagte er: «Hier ist der Ofen ohne Sack angekommen. Sind wir uns über diesen Punkt einig, Hochwürden?»

«Aber meine Frau schwört, daß der Herr Pfarrer den Ofen in den Sack gesteckt hat», beteuerte Bradoni.

«Immer mit der Ruhe», mischte sich Don Camillo ein. «Wer behauptet denn was anderes? Ich hab' den Ofen in den Sack gesteckt, als ich ihn bei Euch mitgenommen habe, und ich hab' ihn aus dem Sack genommen, als ich zu Hause ankam.»

Peppone zog daraus die Schlußfolgerung: «Also dann ist die Sache einfach: Entweder sind die Sachen noch in dem Sack, oder sie sind auf dem Weg vom Pfarrhaus zur Werkstatt verlorengegangen.»

Bradoni blickte ängstlich zu Don Camillo: «Habt Ihr den Sack noch?»

«Natürlich», erwiderte Don Camillo. «Ich hab' ihn ein bißchen ausgeschüttelt, bevor ich ihn weggeräumt habe. Aber wenn es etwas Kleines ist, das Ihr verloren habt, dann kann es gut sein, daß es noch im Sack ist.»

«Etwas Kleines!» seufzte Bradoni. «Ein solches Bündel war das! Eine Million in Lire-Scheinen zu zehntausend, fünftausend und tausend!»

Don Camillo und Peppone sahen sich verblüfft an.

«Und Ihr steckt eine Million in einen alten Ofen auf dem Kornspeicher, wo Euch die Mäuse alle Scheine zerfressen können?» rief Peppone und fixierte Bradoni.

«Ach was, Mäuse!» brüllte Bradoni. «Die Scheine waren in einer großen Blechdose, und der Deckel war mit Draht festgemacht. Und die Blechdose paßte genau in den Ofen, so genau, daß ich sie von oben mit einem Pfahl hineinstoßen mußte. Sie kann gar nicht von allein herausgefallen sein, nicht einmal, wenn man den Ofen auf den Kopf gestellt hätte. Man muß sie mit Gewalt herausgeholt haben.»

Don Camillo wiegte den Kopf.

«Dann ist ja alles ganz einfach», erklärte er. «Da die Blechdose während des Transports nicht herausfallen konnte, muß sie entweder von mir oder von Peppone herausgeholt worden sein.»

«Das habe ich nicht behauptet!» antwortete Bradoni. «Ich sage nur, daß jemand sie herausgeholt haben muß!»

«Was mich betrifft», erklärte Peppone, «so hat den Ofen außer mir niemand gesehen und angerührt, seit er hier hereingekommen ist.»

«Das gleiche gilt für mich», beteuerte Don Camillo. «Von Eurem Haus bis hierher ist der Ofen nur von meiner Wenigkeit gesehen und angerührt worden. Im Ganzen gibt es also drei Möglichkeiten: Die Blechdose ist entweder von mir herausgeholt worden oder von Peppone oder aber von einem Dritten, und zwar noch bevor der Ofen in meine Hände kam.»

«Das ist unmöglich!» rief Bradoni. «Das Geld hab' ich vorgestern abend in der Stadt bekommen, wo ich vier Ochsen verkauft habe. Sobald ich heimkam, hab' ich es in den Ofen gesteckt. Und die Scheine sind nur wenige Stunden in dem Ofen gewesen: von vorgestern abend bis gestern, als der Herr Pfarrer den Ofen geholt hat. Keiner hat gesehen, wie ich das Geld im Ofen versteckt habe, denn meine Frau und mein Sohn waren bereits im Bett. Und der Schlüssel zum Kornspeicher war immer in der Hand meiner Frau: Als ich gestern früh um halb sieben mit meinem Sohn auf den Markt fuhr, hab' ich ihn meiner Frau in die Hand gedrückt und ihr gesagt, daß sie ihn ja niemandem geben darf.»

«Ich bin um zwei Uhr nachmittags zu Euch gekommen», bemerkte Don Camillo. «Könnte es denn nicht sein, daß jemand in der Zeit zwischen halb sieben früh und zwei Uhr nachmittags Eurer Frau den Schlüssel weggenommen hat, ohne daß sie es merkte?»

«Nein», antwortete Bradoni. «Erstens war sie allein im Haus, und zweitens hat sie den Schlüssel immer in der Tasche gehabt.»

«Hört mal, Bradoni», meinte Peppone. «Ich möchte ja niemanden verdächtigen, aber könnte es nicht sein, daß Eure Frau selber im Speicher herumgeschnüffelt hat? Ihr versteht mich recht: Frauen werden mißtrauisch, wenn man ihnen sagt, daß sie den Schlüssel ja niemandem geben dürfen ...»

Bradoni schüttelte den Kopf: «Nein, sie war's nicht. Wenn sie's gewesen wäre, dann hätte sie's gestanden – bei den Prügeln, die ich ihr gegeben habe.»

Peppone ballte die Fäuste.

«Jetzt hört mal gut zu», sagte er: «Ich hab' in diesem Ofen nichts gefunden, und ich will keine Scherereien. Eure Geschichten erzählt Ihr am besten dem Polizeichef.»

«Dasselbe mit Sauce», fügte Don Camillo hinzu. «Geht zur Polizei, denn wenn Ihr nicht geht, geh' ich!»

«Ich geh' hin, ja, ich geh' hin, und zwar sofort!» brüllte Bradoni wie rasend. «Und dann werden wir ja sehen!»

Er entfernte sich wild gestikulierend, und Peppone wandte sich mürrisch an Don Camillo.

«Hättet Ihr dazu nicht einen anderen finden können?» fuhr er ihn an. «Ausgerechnet mich müßt Ihr in Eure dunklen Geschichten hineinziehn?»

«Ich habe keine dunklen Geschichten, und ich habe niemanden hineingezogen!» erwiderte Don Camillo

110

hart. «Ich hatte einen Ofen zu reparieren, und den hab'
ich zu einem Schlosser gebracht. Ich habe nicht gesehen,
was drin war. So, wie ich ihn bekommen habe, hab' ich
ihn hierher gebracht.»

«Und so, wie ich ihn bekommen habe, geb' ich ihn
Euch zurück: leer und ohne Sack! Ohne Sack, damit das
klar ist. Und jetzt nehmt Euren verdammten Ofen und
schaut, daß Ihr hier rauskommt!»

«Ich nehme gar nichts, und du läßt den Ofen so
stehen, wie er ist, ohne daß ihn jemand anrührt. Denn
jetzt gehört der Ofen der Justiz, und wer ihn anfaßt,
macht sich strafbar.»

Wütend kehrte Don Camillo ins Pfarrhaus zurück. Er
hatte gerade seinen Umhang an den Kleiderhaken ge-
hängt, als es an die Tür klopfte.

Es war der Maresciallo.

«Hochwürden», entschuldigte er sich, «es tut mir leid,
daß Sie in diese unangenehme Geschichte verwickelt
sind ...»

«Verwickelt?» stammelte Don Camillo. «Wie komm'
ich dazu? Ich bin ein anständiger Mensch!»

«Das zieht auch niemand in Zweifel, Hochwürden.
Aber leider geht die Justiz bei jeder Sache, und sei sie
noch so klein, davon aus, daß alle darin verwickelten
Personen schuldig sind. Alle, angefangen von demjeni-
gen, der sich als Opfer der verbrecherischen Tat erklärt.»

Don Camillo wehrte sich. «Ich würde erst einmal die
Frau von Bradoni verhören. Sie ist die einzige, die
wirklich sagen kann, wie die Dinge stehen.»

«Leider ist sie auch die einzige, die nicht verhört
werden kann, denn während des ‹Verhörs›, das ihr

Mann mit ihr veranstaltet hat, hat sie soviel Prügel bezogen, daß sie jetzt mit Gehirnerschütterung im Krankenhaus liegt. Bitte, Hochwürden: Name, Vorname, Nationalität, Geburtsort und -datum, Beruf ...»

Don Camillo kam sich fast wie ein Verbrecher vor.

Nachdem die Leute das Problem mit äußerstem Eifer erörtert und alles Nachprüfbare nachgeprüft hatten, spaltete sich das Dorf in zwei Parteien: Die erste unterstützte die These: «Die Million hat sich Peppone unter den Nagel gerissen.» Die zweite: «Die Million hat Don Camillo behalten.»

Natürlich hatte die Anti-Peppone-These die weitaus größere Mehrheit. Was soll denn ein kleiner Landpfarrer mit einer Million anfangen? Gibt es im Dorf einen armen Teufel, der kontrollierbarer ist als der Pfarrer?

Aber wer kontrolliert eine Partei oder kann sie kontrollieren? War Peppone vielleicht nicht einer jener Fanatiker, die, nur um ihrer Partei zu dienen, zu allem und jedem bereit sind? Hatte Stalin vielleicht nicht seinerzeit Postwagen ausgeraubt, um der Sache und der Partei zu nützen? Und wurde die Tatsache, daß Stalin für die Partei zum Posträuber geworden war, von den Roten vielleicht nicht als großes Verdienst statt als Schuld angesehen?

Es hängt alles vom Blickwinkel ab.

Peppone wußte genau, was die Leute redeten, aber er rührte sich keinen Millimeter. Und die Tatsache, daß sich Peppone nicht aufregte und herumbrüllte, machte Don Camillo immer bestürzter.

So ging es eine Weile, bis Peppone und Don Camillo einmal unter vier Augen aufeinandertrafen.

Es war ein Winternachmittag, und die Begegnung fand an einem einsamen Ort statt. Die beiden standen sich plötzlich mit dem Jagdgewehr gegenüber und sahen sich finster an.

Der erste, der etwas sagte, war Peppone: «Hochwürden, wir sind hier nur zu dritt: ich, Ihr und der liebe Gott. Und wenn ich jetzt vor Euch und vor Gott schwöre, daß ich dieses Geld nie genommen habe und auch nicht weiß, wer es genommen haben könnte, glaubt Ihr mir dann?»

Das kam so spontan und so feierlich, daß Don Camillo wie ein Stockfisch dastand und keine Worte fand.

Schließlich fand er doch eins, ein ganz kurzes, aber es genügte: «Ja.»

Danach fand er noch andere, die aber völlig unnötig waren: «Und wenn ich dir schwöre ...», begann er.

Doch Peppone unterbrach ihn sofort: «Ihr braucht nicht zu schwören. Ich weiß, daß Ihr es nicht gewesen seid.»

Don Camillo blieb der Mund offen stehen.

«Also», stotterte er, «wenn ich es nicht gewesen bin und wenn es du nicht warst, wer war es dann?»

Peppone öffnete die Arme: «Das weiß Gott allein.»

Don Camillo ging nach Hause und rannte zum Gekreuzigten über dem Hochaltar.

«Jesus», rief er aufgeregt. «Er ist es nicht gewesen! Es war nicht Peppone!»

«Don Camillo», erwiderte Christus, «das erzählst du mir? Hab' ich denn je behauptet, Peppone sei es gewesen?»

«Ich auch nicht, Herr, ich hab' es nie gesagt!»

«Aber du hast es gedacht.»

Don Camillo senkte den Kopf.

«Ja, ich hab' es gedacht», gab er zu. «Und es tut mir unendlich leid, daß ich es gedacht habe. Aber wer war es dann? Denn wenn dieses Geld verschwunden ist, dann doch nicht unter der Einwirkung des Heiligen Geistes!»

«Ganz gewiß nicht», stimmte ihm Christus zu.

In dieser Nacht fand Don Camillo keinen Schlaf. Er spürte, daß die Wahrheit in greifbarer Nähe lag, und es gelang ihm nicht, sie zu fassen.

Am nächsten Morgen besuchte Don Camillo Peppone in der Werkstatt.

«Ich kann nicht von hier fort», sagte er, «aber du könntest auf einen Sprung nach Turin fahren.»

«Nach Turin?» verwunderte sich Peppone. «Was soll ich in Turin?»

Don Camillo erklärte ihm, warum Peppone seiner Meinung nach dringend nach Turin fahren müsse.

«Wäre es denn nicht einfacher, mit dem Maresciallo zu reden?» warf Peppone ein.

«Nein. Denn mit dem Polizeichef über irgend jemand reden heißt, diesen Jemand anzuklagen, verdächtig zu machen. Und wenn dieser Jemand dann überhaupt nichts mit der Sache zu tun hat?»

Peppone fuhr nach Turin, und vier Tage später kam er zurück und ging geradewegs zum Maresciallo.

«Hier bin ich Partei, und ich denunziere niemanden, sondern verteidige nur meine Reputation – und die des Pfarrers», erklärte er dem Maresciallo. «Vier Tage nach dem Verschwinden der berühmten Blechdose von Bradoni ist Bradonis Sohn zum Militär eingezogen worden.

114

Jetzt ist er seit drei Monaten in Turin, und obwohl er ein einfacher Soldat ist, führt er ein glänzenderes Leben als ein General. Wollen Sie nicht hinfahren und ihn fragen, wo er das Geld dazu herbekommt? Oder wo er es gefunden hat?»

Als Bradoni junior einige Tage später von ein paar gewieften Burschen in Turin vernommen wurde, sagte er, das Geld habe er in einem Ofen gefunden – auf dem Kornspeicher bei sich zu Hause.

«Das Geld war für mich viel nützlicher als für meinen Vater», erklärte er zum Schluß. «Ich brauch' so viele Sachen, weil ich jung bin. Mein Vater braucht nichts mehr.»

«Und die Prügel, die deine Mutter deinetwegen hat einstecken müssen?» fragte der Chef der gewieften Burschen den jungen Mann.

«Die Mütter müssen sich für das Wohl ihrer Kinder opfern», erwiderte das Jüngelchen achselzuckend. «Man lebt nur einmal!»

Der Chef der gewieften Burschen wiegte den Kopf und sagte: «Mein Sohn, du hast recht: Man lebt nur einmal. Aber das heißt noch lang nicht, daß man das als Schuft tun muß.»

Und damit verpaßte er ihm eine Ohrfeige jenseits aller Vorschrift. Aber eine so klare, so präzise, so vornehm massive Ohrfeige, daß sie es verdienen würde, unter der Bezeichnung «heilige Ohrfeige» in den Kalender aufgenommen zu werden.

Die Riesenschlange

La Palanca, eine der sieben Fraktionen, die zu der von Peppone & Co. verwalteten Gemeinde gehörten, war genauso wie all die hundert anderen Weiler der Bassa.

Die gleiche Luft, die gleichen Häuser, die gleichen Leute. Die gleichen Gehirne, die gleichen Ideen.

Und doch: Wenn ein Fremder nach La Palanca gekommen wäre und irgendeinen Einheimischen gefragt hätte: «Ist das hier La Palanca?», wäre ihm mit äußerst bedrohlicher Stimme geantwortet worden: «Ja, warum?»

Und wenn dieser Fremde dann nach seiner Rückkehr in den Hauptort einem dortigen Einheimischen verwundert von der merkwürdigen Aufnahme erzählt hätte, die er in La Palanca erfahren hatte, wäre ihm lachend geantwortet worden: «Na klar! Die von La Palanca, das sind doch die, die den Kirchturm wegrücken wollten!»

In der italienischen Volksüberlieferung gibt es fünf oder sechs unselige Geschichten, die sich seit Jahrhunderten vom äußersten Norden bis zum äußersten Süden behaupten. Geschichten, in denen jeweils ein ganzes Dorf die Hauptrolle spielt und von denen jede dazu dient, ein ganzes Dorf lächerlich zu machen.

«Die aus X, das sind doch die, die eine Uhr mit dreizehn Stunden auf den Kirchturm malen ließen!»

«Die aus Y, das sind doch die, die das Bronzedenkmal auf der Piazza mit Sand blankpoliert haben.» Und so weiter.

116

Denn es steht fest, daß es in jeder Gegend und in jedem Sprengel ein «dummes Dorf» geben muß. Und tatsächlich gibt es das auch.

In neunundneunzig von hundert Fällen handelt es sich dabei um ein Dorf, das nie etwas getan hat, was die Bezeichnung rechtfertigen würde, die die Nachbardörfer ihm angehängt haben, und in neunundneunzig von hundert Fällen besteht die Schuld des unglücklichen Dorfes einzig und allein darin, daß es einen komischen Namen hat, einen Namen, der vom Gewohnten abweicht.

La Palanca («Die Planke») hatte den komischsten Namen unter den Ortschaften der Gegend, und so mußte es die Rolle des Dorfes übernehmen, das den Kirchturm wegrücken wollte. «Die von La Palanca, das sind doch die, die den Kirchturm wegrücken wollten», erzählen sich die Leute. «Und damit er besser rutschte, hatten sie um den Turm herum Stroh ausgelegt, ehe sie mit dem Schieben anfingen. Und da sie mit den Füßen auf dem Stroh rutschten, kam es ihnen vor, als bewege sich der Turm, und sie schrien: ‹Los, fester, er bewegt sich!›»

Eine blöde, eine kindische Geschichte. Aber es sind genau diese verqueren Geschichten, die die Leute mögen. Und ist eine solche Geschichte einmal jemandem angehängt worden, dann wird er sie nicht mehr los.

So war es auch La Palanca ergangen, und seit hundert und mehr Jahren litt es unter dem «Strohkomplex».

Als einmal eine Schar Lausbuben aus dem Hauptort während des Karnevals mit einem Wagen, auf dem nichts als Strohballen lagen, in La Palanca eingefahren waren, war es zu einem schrecklichen Zusammenstoß gekommen, und einige Leute hatten sich ihren Schädel im Krankenhaus zusammenflicken lassen müssen.

Von allen kleinen Ortschaften in Peppones Verwaltungsbereich war La Palanca zweifellos die tristeste. Die Leute aus La Palanca, selbst die vernünftigsten und geistreichsten, litten insgeheim an dem «Strohkomplex», der nichts anderes war als ein ausgewachsener Minderwertigkeitskomplex.

Und so waren die ehemals herzlichen und fröhlichen Menschen mißtrauisch und griesgrämig geworden.

«Sie sind aus La Palanca?»

«Ja, warum?»

In jedem Fremden, der sich mit La Palanca beschäftigte, witterten die Palanchesen sofort einen Provokateur. Und in einem Fremden, der sich nicht mit La Palanca beschäftigte, witterten sie einen potentiellen Provokateur, so daß sie schließlich jeden, der nicht aus ihrem Dorf stammte, mit Mißtrauen und Feindseligkeit betrachteten.

La Palanca war das schwermütigste Dorf der ganzen Gegend geworden. Und das eintönigste dazu, denn obwohl es auch unter den Palanchesen Leute mit Schwung und Organisationstalent gab, organisierte keiner etwas und keiner brachte etwas in Schwung.

Sie fühlten ständig Tausende von Augen auf sich gerichtet und wußten, daß Tausende von «Auswärtigen» sich höhnisch freuen würden, wenn irgend etwas, das die Palanchesen organisierten, schief ginge.

Die verhaßtesten «Auswärtigen» waren natürlich die aus dem Hauptort. Die spielten sich schon fast wie Städter auf und wirkten daher in den Augen der Bauern von La Palanca noch sarkastischer und überheblicher.

Außerdem spielten natürlich die Mädchen dabei eine Rolle: die Mädchen aus dem großen Dorf, die den

Burschen aus La Palanca sehr gefielen, aber ihnen ins Gesicht lachten, sobald sie sich als Bewohner von La Palanca zu erkennen gaben. «Ach, einer von denen, die den Kirchturm wegrücken wollten?» riefen dann die «Städterinnen» aus dem Hauptort.

Die Burschen von La Palanca waren gezwungen, ihren Herkunftsort geheimzuhalten. Aber auch das nützte nichts, denn den machten dann die Rivalen aus dem Hauptort ausfindig. Und wenn die Mädchen vorher nicht gelacht hatten, so lachten sie danach.

Seit über hundert Jahren grämten sich die von La Palanca, denn die Lebenden grämten sich für die Verstorbenen mit. Seit hundert Jahren träumten sie davon, sich zu rächen. Aber bisher war das Schicksal den Unglücklichen nie hold gewesen.

Und La Palanca wurde immer trister.

Und jeder Palanchese fing an, La Palanca zu verabscheuen und alle Palanchesen dazu – so wie ein Arbeiter, der von einer stupiden Arbeit zermürbt ist, eines Tages anfängt, den Betrieb, in dem er arbeitet, zu hassen und alle, die mit ihm arbeiten, auch.

Mitte Februar dieses Jahres ereignete sich im Hauptort etwas Außergewöhnliches.

Nach Monaten winterlicher Düsterkeit war die Sonne hervorgekommen und hatte rasch den Schnee weggeleckt und das Dorf neu belebt, das wie im Winterschlaf versunken war.

In den frühen Stunden eines lauen und hellen Nachmittags, als die Leute friedlich vor der Haustür saßen und sich den Bauch in der Sonne wärmten, hörte man plötzlich ein großes Geschrei. Eine Schar Kinder kam auf die Piazza gerannt, denen das Entsetzen im Gesicht stand. Sie keuchten vom Laufen und vor Angst. Die Kinder blieben vor dem Café unter den Arkaden stehen und fingen alle gleichzeitig an, den Leuten an den kleinen Tischen zu erzählen, was passiert war.

Man verstand kein Wort, und Peppone befahl donnernd: «Einer allein soll reden, und die anderen halten den Mund!»

Es redete einer allein und sagte, sie hätten eine riesige Schlange gesehen.

Peppone lachte und versetzte dem Jungen eine freundschaftliche Kopfnuß. Aber die anderen aus der Gruppe bestätigten seine Aussage: Sie hätten das nicht geträumt. Es sei die reine Wahrheit. Im übrigen brauche man bloß hundert Meter weit zu gehen, um sich selbst zu überzeugen. Dort liege die Riesenschlange auf den Trümmern des ehemaligen Schlachthofs und wärme sich in der Sonne.

Drei oder vier Frauen flatterten aufgeregt hinzu: Auch sie hatten die Riesenschlange gesehen, und eine der Frauen wurde nach ihrem Bericht sogar ohnmächtig und stürzte in die Arme des versammelten Volkes.

Peppone machte sich auf den Weg, und die Bürgerschaft folgte ihm.

Da war der Schutthaufen des alten Schlachthofs. Fast unmerklich verlangsamte Peppone seinen Schritt. Als er bis auf zwanzig Meter herangekommen war, blieb er schlagartig stehen. Oben auf dem Schutthaufen glänzte etwas Schleimiges in der Sonne.

«Die Schlange!» schrien die Kinder.

Wie von diesem Lärm gestört, bewegte sich das Reptil, und den Leuten gefror das Blut in den Adern.

Während die anderen unbeweglich stehen blieben, wagte sich Peppone noch ein paar Schritte weiter. Jetzt sah er die Riesenschlange genau: Sie mußte einige Meter lang sein und so dick wie ein kräftiger Männerarm. Das Ungeheuer machte Anstalten, sich wegzubewegen, beruhigte sich jedoch wieder.

Eine Abordnung wagemutiger Bürger, angeführt vom Smilzo, erreichte Peppone und studierte das Untier aufmerksam.

«Ich hab' noch nie eine so große Schlange gesehen und von dieser blauschwarzen Farbe», sagte schließlich der Smilzo. «Wahrscheinlich ist sie aus einem Wanderzirkus entwischt.»

Tatsächlich hatte vor zwei Monaten ein Zirkus in der Nähe sein Gastspiel gegeben, ein Zirkus mit Löwen, Tigern, Affen und Schlangen.

Die Riesenschlange mußte also aus diesem Zirkus entkommen sein. In dem Schutthaufen hatte sie einen sicheren Unterschlupf gefunden und in der Winterstarre überlebt. Jetzt war sie aufgewacht und herausgekrochen, um sich den Buckel zu wärmen.

Doch wie auch immer, es handelte sich um eine Gefahr, und daher mußte sofort gehandelt werden, ehe sich das Reptil wieder verkroch.

Peppone flüsterte dem Smilzo etwas zu, der sich rasch entfernte.

In diesem Augenblick tauchte Don Camillo auf. Er erkundigte sich vorsichtig bei den Zuschauern in der ersten Reihe und stieß dann zu Peppone vor. Aufmerksam musterte er die in der Sonne glänzende Schlange, dann wandte er sich an Peppone und fragte:

«Ein Genosse, der aus der Partei abgehauen ist?»

«Nein, ein Priester, der aus dem Seminar entwischt ist», antwortete Peppone finster, ohne seinen Nachbarn eines Blickes zu würdigen.

Da kam der Smilzo zurück.

«Chef!» rief er und zeigte ihm schon von weitem die Doppelflinte und die Patronentasche.

Peppone ging ihm entgegen und nahm ihm Waffe und Munition ab. Er steckte zwei Patronen in die Flinte.

Ein alter Mann kam nach vorn.

«Herr Bürgermeister», sagte er, «ich hoffe, Ihr seid nicht so verrückt und schießt!»

«Was soll ich denn sonst tun? Der Bestie ein Ständchen bringen?» erwiderte Peppone.

«Man darf nicht schießen», bekräftigte ein zweiter Alter.

«Wenn man auf eine Schlange schießt, zerbersten die Flintenläufe.»

«Redet doch keinen Unsinn!» brummte der Smilzo. «Was haben denn die Schlangen mit den Flinten zu tun? Gibt es da irgendeinen Zusammenhang?»

«Und gibt es zwischen dem Mond und dem Wein einen Zusammenhang?» fragte ein dritter alter Mann.

«Nein», antwortete der Smilzo. «Was soll das?»

«Das soll sagen, daß man den Wein nur bei Vollmond und nach einem Mittwoch in die Flaschen abfüllen darf, sonst hält er sich nicht.»

«Abergläubischer Quatsch aus dem finsteren Mittelalter», sagte Peppone höhnisch, der seinerseits nie bereit gewesen wäre, ohne den rechten Mondstand seinen Wein abzufüllen, und wenn man ihm eine Pistole in den Nacken gesetzt hätte.

Peppone ließ das Flintenschloß einklicken und näher-

122

te sich dem Schutthaufen, doch ein Schrei nagelte ihn fest: «Giuseppe, mach keine Dummheiten! Man darf nicht auf Schlangen schießen!»

Es war die Ehefrau, die im letzten Augenblick dazugekommen war, sich rasch einen Überblick über die Lage verschafft hatte und sofort die Leitung der Operation in die Hand nahm.

«Du halt den Mund und geh nach Haus!» antwortete Peppone wütend. Aber man sah, daß er nicht mehr die Sicherheit von vorher hatte und zu schwitzen anfing.

Die Sache mit den berstenden Flintenläufen war nur bis zu einem bestimmten Grad ein Märchen, denn vor zwanzig Jahren hatte sich ein gewisser Verola auf diese Weise zugrunde gerichtet, als er im Wald auf eine Schlange schoß.

Inzwischen schien das Untier des Wartens müde und bewegte sich ein wenig. Peppone mußte um jeden Preis schießen. Während er die Flinte anlegte, hörte er Don Camillos Stimme:

«Gib sie mir, Genosse! Ich glaube nicht an den Quatsch des finsteren Mittelalters. Außerdem hab' ich weder Weib noch Kinder.»

«Bevor ich Euch diese Befriedigung verschaffe, zerberste ich lieber!» antwortete Peppone.

«Laß es sein!» redete Don Camillo ihm zu und legte ihm die Hand auf die Schulter. Aber Peppone schüttelte ihn ab. Mit einem Satz erreichte er eine etwas höhere Stelle und schoß eine Doppelladung auf die Schlange.

Die Riesennatter fuhr hoch, doch Peppone, von der Verzweiflung gepackt, war nun nicht mehr zu halten: blitzschnell lud er die Flinte nach und schoß eine zweite Ladung ab. Dann eine dritte und eine vierte.

«Es ist zu Ende», verkündete ihm Don Camillo. «Die Kugeln haben sie völlig zerfetzt. Herr Bürgermeister, Sie haben das Dorf gerettet!»

Dann kletterte Don Camillo auf den Schutthaufen und beugte sich über die leblose Hülle der Schlange. Nachdem er sie gepackt und hochgehoben hatte, wandte er sich um und zog sie hinter sich drein.

Von instinktivem Schrecken erfaßt, wich die Menge zurück. Doch als sie sah, daß es sich um den dicken, ölverschmierten Gummischlauch eines Tankwagens handelte, machte sie wieder einen Schritt nach vorn.

Peppone war weiß geworden wie die Wand.

«Wenn mir der Verbrecher in die Finger kommt, der sich diesen Scherz ausgedacht hat!» brüllte er.

Aber es handelte sich um gar keinen Scherz. Die Wahrheit kam wenige Stunden später ans Tageslicht, als Giarini, der Fernfahrer, völlig naiv im Café erzählte, daß er den alten verschmierten Gummischlauch am Abend zuvor auf den Schutthaufen geworfen habe.

Inzwischen war jedoch das Nichtwiedergutzumachende passiert, und man mußte sofort Gegenmaßnahmen ergreifen.

Peppone ließ die drei Zeitungsreporter holen und hielt ihnen einen knappen und klaren Vortrag:

«Wenn diese Geschichte in irgendeiner Zeitung erscheint, dann dreh' ich euch den Hals um!»

Das ganze Dorf war von selbst mobilisiert und brauchte keine Direktiven. Alle wußten, was sie zu tun hatten: den Mund halten und sich stellen, als sei nichts vorgefallen.

Ob es sich dabei um Peppone oder um irgendeinen anderen handelte, spielte keine Rolle. Der gute Ruf des ganzen Dorfes stand auf dem Spiel. Wenn nicht alle Bürger ihre Pflicht erfüllten, würde daraus ein Schaden für die Allgemeinheit erwachsen. Denn wenn die Leute aus den Nachbardörfern von dem, was vorgefallen war, Wind bekämen, wären die Bewohner des Hauptortes ein für allemal als ‹die mit der Riesenschlange› abgestempelt.

Im Hauptort ereignete sich nun etwas Wunderbares: Ressentiments und Parteiinteressen verschwanden, und alle Bürger verschmolzen zu einem einzigen Felsblock.

Und keiner redete, keiner spielte auf das Abenteuer mit der Riesenschlange an. Doch nach drei Tagen schlug eine Schreckensnachricht wie ein Blitz im Ort ein.

Peppone zögerte keinen Augenblick und raste ins Pfarrhaus.

«Hochwürden», rief er in höchster Aufregung, «heute müssen wir alle zusammenhalten, und jeder muß widerspruchslos seine Bürgerpflicht erfüllen!»

«Einverstanden», erwiderte Don Camillo.

«Ihr nehmt also das Fahrrad und rast nach La Palanca! In drei Tagen haben wir den Karnevalszug, und es ist durchgesickert, daß die aus La Palanca mit einem Wagen daran teilnehmen wollen.»

Don Camillo sah ihn erstaunt an.

«Was ist daran Böses?»

«Das Böse daran ist, daß die aus La Palanca einen Wagen mit einer großen Schlange machen wollen! Und während des Umzugs wollen sie ein Lied singen, das die Geschichte von der Riesenschlange erzählt!»

Don Camillo wiegte den Kopf.

«Das ist schlimm», murmelte er. «Auf der anderen Seite war es nicht anders zu erwarten. Es ist einfach unmöglich, einen so lächerlichen Vorfall geheimzuhalten.»

«Hochwürden», brüllte Peppone, «ich sage Euch, wenn die aus La Palanca sich hier mit einem solchen Wagen sehen lassen, dann geschieht ein Unglück! Wir sind nicht bereit, einen solchen Affront hinzunehmen! Nur Ihr könnt noch intervenieren und diese Leute überreden, ihre Idee aufzugeben. Wenn ich hinfahre, dann kann es passieren, daß ich fünfzehn oder sechzehn davon umbringe.»

«Das ist nicht nötig, Genosse», ermahnte ihn Don Camillo. «Es genügt schon, daß du die Riesenschlange umgebracht hast.»

«Schämt Euch!» kreischte Peppone. «Vergeßt nicht: Wenn ich auf Euch gehört hätte, dann hättet Ihr die Gummischlange selber erlegt! Im Geist habt Ihr sie sowieso mit umgebracht, weil Ihr neben mir gestanden seid!» Don Camillo warf den Umhang um, schwang sich aufs Fahrrad und nahm den Weg nach La Palanca.

Don Camillo war erst vor vierzehn Tagen in La Palanca gewesen und hatte es als das tristeste, düsterste und schwermütigste Dorf der Welt in Erinnerung. Ein Dorf mit einer finsteren, griesgrämigen, schweigsamen Bevölkerung.

Als er nun in La Palanca ankam, glaubte er, sich im Weg geirrt zu haben, denn er befand sich in einem lachenden, leuchtenden Dorf, mit herzlichen, aufgeschlossenen Leuten, die alle schrecklich wichtig taten.

Es schien, als seien selbst die Häuser anders – in der Farbe, in der Bauweise. Sie hatten sogar etwas Kokettes an sich.

Ein frisch hergerichtetes Dorf.

Ein neu erstandenes Dorf.

Don Camillo fragte nach dem Pfarrer.

«Der ist in der Sitzung der kommunistischen Genossenschaft», wurde ihm geantwortet.

Don Camillo dachte, man wolle ihn auf den Arm nehmen, aber als ein alter Mann vortrat und sich anerbot, ihn hinzubringen, begriff Don Camillo, daß die Sache ernst war.

Als er zur kommunistischen Genossenschaft kam, lehnte er sein Fahrrad an die Mauer und trat vorsichtig ein. Er kannte diese Mischung aus Verkaufsstelle und Kneipe als das Nest der palanchesischen Roten, die zu den wildesten gehörten.

Sobald er drin war, bot sich seinen Augen ein unglaubliches Schauspiel: Um einen großen Tisch voller Flaschen saßen in heiterer Harmonie die Anführer sämtlicher Richtungen diskutierend beisammen: der Pfarrer, die Klerikalen, die Monarchisten, die Republikaner, die Faschisten, die Sozialisten, die Kommunisten. Die Reichen und die Armen, die Jungen und die Alten, die Demokraten und die Nichtdemokraten, die Progressiven, die Konservativen und die Reaktionären.

Don Camillo hatte nicht den Mut, sich sehen zu lassen. Statt dessen schlich er sich wieder hinaus und schickte einen jungen Mann, der gerade vorbeikam, hinein, um den Pfarrer zu holen.

Kurz darauf kam der Pfarrer aus dem Saal.

«Oh, unser Don Camillo!» rief er und drückte ihm herzlich die Hand. «In welcher Angelegenheit kann ich Euch nützlich sein?»

«Ich wollte mit Euch reden, damit wir gemeinsam die

Maiprozession organisieren ...», stotterte Don Camillo, nur um irgend etwas zu sagen.

«Don Camillo, entschuldigt mich», erwiderte der andere. «Da werde ich an einem der nächsten Tage selbst zu Euch kommen. Dann haben wir Zeit soviel wir wollen. Jetzt aber muß ich sofort in die Versammlung zurück. Wir müssen die letzten Entscheidungen treffen. Die allerwichtigsten.»

Don Camillo hob resigniert die Arme, und der andere trat aufgeregt dicht an ihn heran:

«Ich darf Euch nichts verraten. Aber ihr werdet es am Sonntag sehen! Ihr werdet es am Sonntag sehen!»

«Ich verstehe», antwortete Don Camillo. «Aber meint Ihr nicht, daß das Spiel gefährlich werden könnte? Ich kenne die Leute aus dem Hauptort. Ich möchte nicht, daß irgend etwas Schlimmes passiert.»

«Etwas Schlimmes? Aber warum denn?» rief der Pfarrer. «Seit hundert Jahren warten wir darauf! Seit hundert Jahren leidet das Dorf schweigend. Hundert Jahre Provokationen, Beleidigungen, Verleumdungen! Haben wir nicht das Recht, endlich auch mal das Wort zu ergreifen?»

Don Camillo bohrte nicht weiter.

«Seht zu, daß Ihr es nicht übertreibt», riet er schüchtern.

«Seid beruhigt, Hochwürden!» rief der Pfarrer. «Wir in La Palanca, wir behalten einen klaren Kopf. Wir sind schließlich nicht die mit der Riesenschlange!»

Don Camillo fuhr direkt in Peppones Werkstatt.

«Da ist nichts zu machen, Genosse. Am Sonntag kommen die mit dem Schlangenwagen.»

«Wir lassen sie gar nicht erst in den Ort rein!» rief Peppone wütend.

«Die kommen rein, Peppone», bemerkte Don Camillo. «Die aus La Palanca sind nicht mehr dieselben wie früher. Ich hab' sogar das Dorf nicht mehr erkannt. Es wirkt wie neu. Und die Leute sind wie ausgewechselt.»

Don Camillo erzählte, was er in La Palanca gesehen hatte, und schloß: «Die Riesenschlange hat die von La Palanca merken lassen, daß sie zusammengehören. Vom Pfarrer bis zum extremsten Roten, vom Grundbesitzer bis zum letzten Feldarbeiter stehen die Leute aus La Palanca zusammen wie ein Felsblock. Sie sind einander so gewogen, daß es ein Verbrechen wäre, die holde Atmosphäre des Friedens zu stören.»

Peppone ballte die Fäuste: «Dann sollen sie machen, was sie wollen! Wenn am Sonntag Blut fließt, sind nicht wir schuld!»

Doch dann dachte er noch einmal darüber nach und modifizierte sein Programm:

«Wenn die gemerkt haben, daß sie zusammengehören, dann merken wir das erst recht! Heut abend halten wir auch eine Generalversammlung ab und beschließen die Gegenmaßnahmen.»

Die geplanten Gegenmaßnahmen sahen so aus, daß Reiche und Arme, Rote und Schwarze, Junge und Alte, Frauen und Männer sich darauf einigten, in rasender Eile einen Notwagen mit dem Thema «Der Triumph des Strohs» zusammenzustellen.

Als am folgenden Sonntag der Maskenzug im Hauptort stattfand, waren alle aus La Palanca anwesend. Auch die ganz alten Weiber, auch die Kranken.

Und alle verhielten sich großartig. Denn als sie den Strohwagen vorbeiziehen sahen, taten sie so, als sähen sie ihn gar nicht.

Und als die aus dem Hauptort den Wagen mit dem Schild: «Jagd auf die Riesenschlange» vorüberziehen sahen, machten sie es ebenso.

Der Wagen war ein Meisterwerk: Die große Schlange aus Ofenrohren riß immer wieder wild den Rachen auf, und um sie herum standen Kinder als Jäger verkleidet, die laute Schüsse auf das Untier abgaben.

Das Lied (der Wagen war mit einem Lautsprecher versehen) erläuterte den Vorfall in allen Einzelheiten.

Nachdem die sechsundneunzigjährige Gelinda Beghini, die älteste Frau aus La Palanca, die «Riesenschlange» hatte vorbeiziehen sehen, hob sie die Augen zum Himmel und sagte: «Und jetzt, Herr, kannst du mich auf der Stelle sterben lassen, denn ich sterbe zufrieden.»

Der Königswein

«Giocondo, könnten wir nicht eine Flasche von diesem besonderen Malvasier haben?»

Seit Jahren wiederholte sich dieses Spielchen mindestens dreimal die Woche, aber die Leute schienen es nicht satt zu bekommen, sondern im Gegenteil immer größeres Vergnügen daran zu finden.

Wer Wirt sein will, muß ein dickes Fell haben, und Giocondo verstand sein Handwerk. Trotzdem: immer wenn ihn dieser Ruf unvermittelt traf, konnte er nur schwer an sich halten. Als Antwort pflegte er dann alle möglichen anderen Sorten von süßem Weißwein zu offerieren, jedoch in einem Ton, als wolle er sagen: «Geh zum Henker!»

Natürlich wählte der Bösewicht vom Dienst mit teuflischer Sicherheit den geeignetsten psychologischen Moment und landete den Schlag, wenn die Osteria gesteckt voll war, so daß er schreien mußte, um von Giocondo – und allen anderen – gehört zu werden.

«Giocondo, könnten wir nicht eine Flasche von diesem besonderen Malvasier haben?»

Die Geschichte dieses «besonderen Malvasiers» hatte um 1908 begonnen, als Giocondo zwei oder drei Jahre alt war und sein Vater, Amilcare Bessa, die Osteria führte. Amilcare, seinerseits Sohn eines Gastwirts, war als Kellermeister geradezu ein Zauberer. Er arbeitete als Ehrenmann der guten alten Zeit, ohne chemisches

Dreckzeug zu verwenden, und beim Verschnitt hatte er das Gespür eines begnadeten Künstlers.

Doch Amilcare Bessas eigentliche Passion war der Weinbau. Er fühlte, daß ihn der liebe Gott zum Winzer geschaffen hatte. Allerdings hätte selbst Raffael, der doch bestimmt zum Maler geboren war, es nicht geschafft, etwas Großes in der Malerei zu leisten, wenn ihm der Besitz einer Leinwand, eines Pinsels und eines bißchen Farbe verwehrt geblieben wäre. Amilcare Bessa, zum Winzer geboren, besaß nur das Haus, in dem er wohnte und in dem sich die Osteria und der Weinkeller befanden. Er führte daher den Beruf seines Vaters weiter und begnügte sich damit, die von anderen erzeugten Trauben zu keltern. Trotzdem gab er den Traum, Winzer zu werden, nie auf, und nach Jahren geduldigen Wartens konnte er ihn tatsächlich verwirklichen: Es gelang ihm, den Garten seines Nachbarn zu kaufen und in einen Rebgarten zu verwandeln.

Einen mehr symbolischen Rebgarten freilich, denn es handelte sich nur um eine Handbreit Land. Aber Amilcare genügte es. Und tatsächlich konnte er nach einer bestimmten Zahl von Jahren seine eigenen Trauben keltern. Seine eigenen Trauben, nicht nur, weil sie aus seinem Weingarten stammten, sondern auch, weil niemand sonst diese Rebsorte hatte.

Die Gesamtproduktion des ersten Jahres betrug zwanzig Flaschen. Amilcare Bessa lagerte sie an der besten Stelle des Weinkellers und wartete voll Vertrauen.

An dem Tag, an dem er sich entschloß, eine Flasche zu öffnen, hatte er vor Aufregung Fieber. Er war allein im Keller, und er zögerte lange, ehe er das Glas an die Lippen setzte.

Aber kaum hatte er einen winzigen Schluck seines Weins gekaut, war es mit dem Zögern vorbei: Er rannte aus dem Keller, spannte das Pferd vor den Wagen und fuhr davon wie der Blitz. In Castellino angekommen, klopfte er an die Tür des alten Notars Barozzi, und als dieser öffnete, sagte Amilcare nur:

«Nehmen Sie Ihren Hut und kommen Sie mit mir!»

Aus Amilcares Erregung ersah der alte Notar Barozzi, daß etwas Wichtiges vorgefallen sein mußte, und erhob deshalb keine Einwände. Auch während der Fahrt machte er den Mund nicht auf. Auf diese Weise fand er sich eine halbe Stunde später im Weinkeller der Osteria, und erst jetzt fragte er:

«Darf man erfahren, worum es geht?»

«Ich brauche ein Gutachten», antwortete Amilcare.

«Worüber?»

«Über meinen Malvasier.»

Der Notar verzog das Gesicht.

«Malvasier!» rief er mit Abscheu. «Zeug für kleine Mädchen!»

Amilcare Bessa kramte in einem Winkel des Kellers und kehrte mit einer Flasche zurück. Er entkorkte sie, goß die ersten Tropfen auf den Boden, schenkte zwei Finger hoch Wein in ein Glas und reichte es dem Notar.

Der wandte sich zur offenen Tür und hielt den Wein gegen das Licht, dann setzte er das Glas an die Lippen und schlürfte einen kleinen Schluck.

Lange wälzte er das Schlückchen zwischen Zunge und Gaumen, wobei er angestrengt nachzudenken schien. Dann nahm er einen zweiten – ausgiebigeren – Schluck zur Bestätigung. Danach gab er Amilcare das leere Glas zurück und verkündete:

«Das ist ein Königswein.»

Der Notar Barozzi, ein Brummbär mit einem goldenen Herzen, war in Sachen Wein die Unnachgiebigkeit in Person. «Ich scheue mich nicht, es zu gestehen», pflegte er zu sagen, «auch wenn von meinem positiven Urteil mein Leben oder das eines anderen abhinge, würde ich nie zulassen, daß ein mittelmäßiger Wein gut genannt wird. Man kann zur Polenta Brot sagen oder zum Brot Polenta, aber zum Wein muß man Wein sagen.»

Und dieser Notar Barozzi hatte gesagt, Amilcares Wein sei ein Königswein!

Es brauchte ein paar Minuten, bis sich der Wirt wieder erholte. Schließlich gelang es ihm zu fragen:

«Was bin ich Ihnen für Ihre Bemühungen schuldig?»

«Ein Glas von deinem Malvasier», antwortete der Notar.

Amilcare dachte ausgiebig nach über das, was ihm der Notar Barozzi gesagt hatte. So kam er eines Tages zu der überaus logischen Folgerung: «Es ist ein Königswein, denn das hat der Notar Barozzi gesagt. Und wer soll ihn dann trinken? Diese ungehobelten Bauernlümmel? Oder der erstbeste, der zufällig hier einkehrt? Wenn es ein Königswein ist, dann soll ihn auch der König trinken!»

Er ging in die Stadt und ließ sich schöne Etiketten drucken mit der Aufschrift: *Königsmalvasier – Produktion Amilcare Bessa*. Die klebte er dann auf die verbliebenen zwölf Flaschen, packte die Flaschen in eine feste Kiste und schickte sie, zusammen mit einem kleinen Brief, den ihm der Notar diktiert hatte, an den König.

Natürlich kam einige Zeit später aus der königlichen Residenz ein prächtiger Brief, in dem stand, daß sich Seine Majestät sehr über das Geschenk gefreut und den Wein «hervorragend» gefunden habe.

Das war ein denkwürdiger Tag. Amilcare ließ den Brief mit einem prunkvollen Goldrahmen versehen und hängte ihn in die Mitte des Regals hinter der Theke, unter ein großes Porträt des Königs. Der kleine Hausaltar wurde durch zwei Flaschen des berühmten *Königsmalvasiers* vervollständigt.

Amilcare Bessa war ein ernsthafter und genauer Mann. «Der König», dachte er, «hat mir eine außerordentliche Ehre erwiesen, und ich wäre ein Schuft, wenn ich die Großmütigkeit Seiner Majestät ausnützen würde, um Geld zu verdienen. Wenn der Wein *Königsmalvasier* heißt, dann darf ihn auch nur der König trinken. Natürlich muß ich ganz sicher sein, daß der Wein tadellos ist, eh' ich die Flaschen wegschicke; so werde ich neben dem König der einzige sein, der den *Königsmalvasier* kostet.»

Er reduzierte daraufhin seine Produktion von zwanzig auf fünfzehn Flaschen, und von den fünfzehn gingen jedes Jahr zwölf als Geschenk an den König. Drei wurden zurückbehalten: eine zum Probieren und die beiden anderen für den Hausaltar.

Auf diese Weise blieben jedes Jahr zwei Flaschen *Königsmalvasier* übrig. Sie bildeten im Keller die *Königliche Reserve* für den Fall, daß eine der jährlichen Partien sich einmal als nicht würdig erweisen sollte, an den König geschickt zu werden. Nur in ganz großen Ausnahmefällen wurde eine Flasche der *Reserve* entkorkt.

Soweit der verwaltungstechnische Teil der Geschichte. Der historische Teil ist noch rascher erzählt.

Amilcare Bessa schickte also jedes Jahr pünktlich seine zwölf Flaschen *Königsmalvasier* an den König, und bis zu seinem Tod blieb das Hausaltärchen der Mittelpunkt des Regals.

Amilcares Sohn Giocondo konnte das Altärchen nur noch wenige Monate halten, denn dann brach die faschistische Republik von Salò aus, und man wollte nichts mehr von Königen und Königinnen wissen.

Genau damals begann das Spielchen, daß man Giocondo nach einer Flasche von «diesem besonderen Malvasier» fragte.

Während der Republik von Salò schlug das Schicksal ein zweites Mal hart zu: Bei einer Hausdurchsuchung entdeckten die Deutschen im Keller der Osteria die Flaschen der *Königlichen Reserve* und soffen sie alle aus.

Der alte Amilcare hatte vor seinem Tod noch zu seinem Sohn gesagt: «Giocondo, ich lege dir die Flaschen für den König ans Herz. Blamier mich nicht!»

Und Giocondo war ein anständiger Mensch und voll guten Willens. Aber wie sollte er den Wunsch seines Vaters erfüllen? Als das Durcheinander von Krieg und Republik vorbei war und es so aussah, als würde nun alles wieder wie früher, da brach eine neue Republik aus, und der König mußte ins Exil.

Das war ein Fall von höherer Gewalt, und nachdem sich Giocondo eine Weile abgehärmt hatte, fand er seinen inneren Frieden wieder: «Der Alte», dachte er, «wird verstehen, daß es nicht meine Schuld ist, wenn der König nicht kriegen kann, was ihm zusteht.»

So hatte er zwar seinen Frieden gefunden, aber die anderen ließen ihn nicht in Frieden, und nach dem 6. Juni 1946 ging das Spielchen wieder los:

136

«Giocondo, könnten wir nicht eine Flasche von diesem besonderen Malvasier haben?»

Inzwischen ging das schon sieben, acht Jahre lang so. Und Giocondo ertrug es nur mit Mühe. Aber es blieb ihm nichts anderes übrig.

Doch eines Tags verlor Giocondo die Geduld.

Diesmal traf ihn der Schlag in einem Augenblick relativer Ruhe: Es fehlte gerade noch eine Stunde bis zur Schließung des Lokals, und draußen regnete es in Strömen. In der Osteria saßen nur noch vier Gäste und spielten Karten: Peppone, Smilzo, Bigio und Brusco. Giocondo hatte die Ellbogen auf die Marmorplatte der Theke gestützt und sah ihnen schläfrig zu.

Plötzlich rief der Smilzo: «Giocondo, noch eine Flasche!»

«Ach ja», setzte Peppone hinzu, während er die Karten mischte, «warum bringt Ihr uns nicht zur Abwechslung mal eine schöne Flasche von diesem berühmten Malvasier?»

Smilzo, Bigio und Brusco feixten.

«Von was für einem berühmten Malvasier redet Ihr?» fragte Giocondo und kam hinter der Theke hervor.

Diese Reaktion war unerwartet.

«Ach», stotterte Peppone verwirrt, «von diesem besonderen Malvasier eben ... Hattet Ihr nicht einen besonderen Malvasier eigener Produktion?»

«Aber ja», fügte Smilzo hinzu. «Ich erinnere mich noch ganz genau, daß bis vor kurzem dort oben im Regal ein großes Bild hing mit zwei prächtigen Flaschen Malvasier davor. Kannst du dich nicht mehr daran erinnern, Bigio?»

«Doch, natürlich», bestätigte Bigio. «Wart mal, wie hieß doch dieser Malvasier?»

«Mir liegt es auf der Zunge», rief Brusco. «Er hatte so einen komischen Namen.»

Das Spiel hatte jetzt lange genug gedauert.

«Er hatte überhaupt keinen komischen Namen», sagte Giocondo.

«Den Namen hatte sich mein Vater ausgedacht. Er hieß *Königsmalvasier.*»

«Ja, genau!» rief Peppone vergnügt. «Genauso hieß er. Und wieso produziert die Firma diesen Malvasier nicht mehr?»

Die anderen drei der Bande grinsten.

«Die Firma produziert ihn noch», erklärte Giocondo.

Auch diese Antwort war nicht vorgesehen und verwirrte die vier. «Wenn die Firma diesen Malvasier noch produziert», warf Smilzo ein, «wie nennt sie ihn dann jetzt?»

«*Königsmalvasier.*»

«Oh wie schön!» brüllte Peppone.

«Und an wen schickt Ihr ihn jetzt? An den Kartenkönig?»

«An niemanden», erklärte Giocondo ruhig. «Ich behalte ihn hier, und wenn der König zurückkehrt, schicke ich ihm auch die aufgehobenen.»

Die vier sahen sich an, dann brachen sie in lautes Lachen aus.

«Giocondo ist heut abend zu Scherzen aufgelegt», rief Peppone vergnügt. «Also, es lebe die Fröhlichkeit, und darauf trinken wir jetzt eine schöne Flasche Lambrusco!»

«Die Flasche Lambrusco bring' ich sofort. Aber ich hab' keineswegs gescherzt. Überzeugt euch selbst.»

Giocondo wandte sich zum Keller, und nach kurzem Zögern standen die vier auf und gingen ihm nach.

Unten im Keller blieb Giocondo vor einer Tür stehen, die oben eine Klappe hatte. Die öffnete er und drehte an einem Schalter. Ein Licht ging an. «Da könnt ihr schauen», sagte Giocondo und trat zur Seite.

Als erster schaute Peppone durch die Klappe, dann die anderen drei, und alle sahen das Regal mit den Flaschen, deren Etikett deutlich zu erkennen war: *Königsmalvasier – Produktion Amilcare Bessa & Sohn.*

Im Mittelpunkt des Regals stand das berühmte Hausaltärchen mit zwei Porträts: dem des verstorbenen und dem des lebenden Königs.

«Das ist die Produktion von neun Jahren, von fünfundvierzig bis dreiundfünfzig», erklärte Giocondo. «Zwölf mal neun macht hundertacht Flaschen. Dazu zwei Flaschen pro Jahr für die *Königliche Reserve.*»

Peppone schüttelte den Kopf: «Und die hebt Ihr hier auf?»

«Die heb' ich hier auf.»

«Und wartet?»

«Und ihr», erwiderte Giocondo, «macht ihr das vielleicht anders? Die Proletarische Revolution könnt ihr jetzt nicht verwirklichen, aber habt ihr deshalb darauf verzichtet? Ihr bereitet alles für das Kommen der Proletarischen Revolution vor. Ich bereite alles für das Kommen des Königs vor. Kommt die Proletarische Revolution zuerst, dann trinkt ihr den Königswein, wie ihn die anderen da getrunken haben. Kommt der König vorher, dann trinkt er seinen Wein selbst.»

«Und die Moral», rief Peppone: «Im einen wie im anderen Fall bleibt Ihr selbst ohne Wein.»

«Es ist ein Unterschied, ob man etwas freiwillig hergibt oder ob es einem genommen wird», erklärte Giocondo. «Wie auch immer: Jeder soll seine eigenen Ansichten haben und die der anderen respektieren. Ich bin ein guter Demokrat.»

«Ob Ihr ein guter Demokrat seid mit diesen nostalgischen Rosinen im Kopf, das muß erst noch festgestellt werden», meinte Peppone. «Sicher ist jedoch, daß Ihr ein schlechter Wirt seid. Denn als guter Wirt müßtet Ihr den Namen Eures Weines ändern und ihn in den Handel bringen. Ein guter Wirt reserviert seinen besten Wein für die Gäste und nicht für seine politischen Träumereien.»

«Und wie sollte ich ihn nennen?» erkundigte sich Giocondo.

«Statt *Königsmalvasier* nennt Ihr ihn *Präsidentenmalvasier,* und alles ist in Ordnung.»

Giocondo schüttelte den Kopf: «Der Präsident der Republik braucht meinen Wein nicht. Der hat mehr als genug eigenen. Außerdem hat der Doktor Barozzi, als er den Wein versuchte, zu meinem Vater nicht gesagt: ‹Das ist ein Präsidentenwein.› Er hat gesagt: ‹Das ist ein Königswein.›»

Peppone schüttelte grinsend den Kopf. Dann fragte er:

«Giocondo, unter den Flaschen der *Königlichen Reserve* ist nicht zufällig eine mit *Bürgermeisterwein?*»

«Nein», erklärte Giocondo. «Das ist alles Königswein. Ihr seht doch, daß es auf den Etiketten steht.»

«Halt!» brüllte der Smilzo. «*Königliche Reserve,* erste Reihe, dritte Flasche von links: da fehlt das Etikett!»

Tatsächlich hatte sich das Etikett gelöst und war irgendwo hinuntergefallen. Giocondo überprüfte den Tatbestand durch die Klappe, dann sagte er: «Der Inhalt ist der gleiche, mit und ohne Etikett. Die da könnte man schon trinken, aber nur auf das Wohl des Königs.»

Peppone drehte sich um und ging zur Kellertür: «Zu teuer!» rief er. «Das ist nichts für arme Proletarier.»

Zusammen mit den anderen kehrte er an den Tisch zurück, und sie fingen wieder an zu spielen.

Nach etwa zehn Minuten kam Giocondo: «Also, soll ich jetzt die Flasche Lambrusco bringen?»

«Nein», antwortete Peppone finster. «Bringt den Malvasier. Wir zahlen, was zu zahlen ist. Es ist das Schicksal des Proletariers, daß er immer den Halsabschneidern in die Hände fällt.»

Giocondo ging und kam kurz darauf mit fünf besonderen Gläsern wieder, solchen aus dünnem Glas, und setzte sie auf ein Tablett aus funkelndem Messing.

Dann brachte er die Flasche, und beim Entkorken sagte er: «*Königliche Reserve,* Jahrgang 1945.»

Er füllte jedes der fünf Gläser zwei Finger hoch.

«Auf das Wohl des Königs», sagte er und hob das Glas.

«Zum Wohl», murmelten die anderen vier und hoben ihr Glas gerade so hoch, daß es als schwache Andeutung gelten konnte.

Sie tranken einen Tropfen.

Dann kauten sie ihn, dachten darüber nach und tranken einen zweiten Tropfen zur Bestätigung.

Danach stellte Peppone sein Glas aufs Tablett und erklärte: «Es ist ein Königswein.»

«Bei allem Respekt und der Ergebenheit, die ich für die Republik habe», sagte der Smilzo, während er sein

Glas ebenfalls abstellte, «ich bin derselben Meinung wie der Chef.»

«Ich auch», murmelten Bigio und Brusco.

Peppone füllte sich sein Glas neu und die der anderen auch. «Politische Überzeugung bleibt politische Überzeugung», verkündete er mit feierlicher Stimme, «und davon darf man nicht abweichen, selbst nicht angesichts der sieben Weltwunder. Aber man muß auch den Mut und die Ehrlichkeit haben, der Göttin der historischen Gerechtigkeit ins Auge zu blicken. Und wenn Giuseppe Mazzini selber hier säße, würde er frank und frei anerkennen, daß das ein Königswein ist!»

«Gut gesprochen, Chef!» applaudierte die Bande.

Giocondo sagte nichts, denn er war gerührt. Ergriffen von der inbrünstigen Risorgimento-Stimmung, lief er in den Keller und kam mit einer neuen Flasche der *Königlichen Reserve* wieder.

Einer Flasche mit einem großen Etikett.

Draußen regnete es immer noch in Strömen.

Giocondo sperrte die Tür der Osteria ab, um Peppone und dem verbleibenden Volk die Möglichkeit zu geben, der Göttin der historischen Gerechtigkeit noch freimütiger ins Auge zu blicken – bei einer zweiten und vielleicht sogar bei einer dritten Flasche *Königsmalvasier.*

Das Attentat

Der Smilzo stand immer noch am Bahnübergang an der Krummen Straße, denn genau da hatte er Anita getroffen, die mit dem Fahrrad aus dem Dorf gekommen war.

Es ging um nichts Politisches: Anita war eine alte Jugendflamme, und der Smilzo war ein paarmal nahe daran gewesen, sie zu heiraten. Statt dessen hatte er dann die Moretta geheiratet. Trotzdem: wenn er Anita traf, die immer noch unverheiratet war, ließ er sich nur allzu gern auf ein Schwätzchen ein.

Auch Anita hatte nichts dagegen, und sei es nur, um die Moretta zu ärgern. Und so war es an diesem Abend genauso gegangen wie an anderen auch: Eineinhalb Stunden nachdem sie sich getroffen hatten, standen die zwei immer noch eng beisammen und lachten und tändelten in der Dunkelheit.

Smilzo lehnte am linken Schrankenpfosten. Es wäre besser gewesen, er hätte sich an den rechten gelehnt, das heißt an den, auf dem die Eisenstange mit dem Gegengewicht auflag.

Gerade als es am schönsten war, hatte man nämlich vom Bahnhof im Dorf das Stahlkabel gezogen, mit dessen Hilfe die Schranke aus der Ferne heruntergelassen werden konnte, und der arme Smilzo bekam einen solchen Schlag auf den Kopf, daß er wie tot zu Boden ging.

Nachdem Anita vergeblich versucht hatte, ihn mit

Wasser aus dem Straßengraben, das sie ihm über Gesicht und Kopf goß, wieder zum Leben zu erwecken, bekam sie's mit der Angst zu tun. Sie nahm ihr Fahrrad und machte, daß sie fortkam.

Vor allem lag ihr daran, hier nicht in der Nacht zusammen mit einem Mann überrascht zu werden, der nicht nur verheiratet war, sondern auch noch tot zu sein schien.

In Wirklichkeit war der Smilzo aber nicht tot. Die Bahnschranke hatte seinen Kopf nur gestreift und mit ihrer vollen Wucht erst die Schulter getroffen. Es dauerte eine Zeitlang, bis er wieder zu sich kam. Aber er kam zu sich.

Inzwischen war der Zug bereits durchgefahren und die Schranke wieder offen. Der Platz war nach wie vor still und verlassen, voller Schatten und Geheimnisse, wie in den stimmungsvollen Romanen.

Smilzo rappelte sich mühsam hoch, und nachdem er sein Fahrrad wiedergefunden hatte, schlich er im Schneckentempo auf den Hauptort zu.

Als er endlich den Saal der Genossenschaft erreichte, ließ er sich erschöpft auf einen Stuhl fallen. Sein Gesicht war voll Blut, und auf der rechten Kürbisseite sproß eine riesige Beule.

Sofort drängten sich alle um ihn. Peppone goß ihm ein kleines Glas Grappa auf den Kopf und ein großes in den Schlund, und als der Smilzo es überall brennen fühlte, kehrten seine Lebensgeister zurück.

Daraufhin schleppte ihn Peppone mit Bigios Hilfe ins Büro, weg von den indiskreten Blicken, und nachdem er die Tür abgeschlossen hatte, fragte er:

«Wer war es?»

«Ich weiß es nicht», murmelte Smilzo.

«Wann ist es passiert?»

«Vor zwanzig Minuten, glaub’ ich. Ich war bewußtlos.»

«Wo ist es passiert?»

«Am Bahnübergang an der Krummen Straße. Ich hab’ mich dort unterhalten. Der Schlag hat mich von hinten getroffen, ich konnte es nicht sehen.»

Peppone faßte Smilzo am Rockaufschlag: «Smilzo, rede! Mit wem hast du dich unterhalten?»

«Mit einem aus Molinetto ...»

«Rede, oder ich sorg’ dafür, daß dir noch eine zweite und größere Beule am Hirn wächst! Wer ist dieser Kerl aus Molinetto, der dich niedergeschlagen hat?»

Smilzo protestierte: «Nein, der hätte gar nicht können. Wir standen ganz eng umschlungen ...»

Peppone sah Bigio an. Dann faßte er erneut Smilzos Kragen: «Wie heißt dieser Kerl aus Molinetto, mit dem du eng umschlungen standst?»

«Anita»,. flüsterte Smilzo traurig.

«Ich verstehe», sagte Peppone. «Du bist so blöd wie eh und je. Aber diesmal geht es für Ricciolino nicht gut aus.»

Ricciolino war Anitas älterer Bruder, einer, der die «Roten» nicht ausstehen konnte. Als Anita noch mit Smilzo ging, war es Ricciolino gewesen, der das Verhältnis auseinandergebracht hatte. Und des öfteren hatte er in der Öffentlichkeit erklärt, wenn sich seine Schwester noch einmal mit einem bestimmten Gesindel abgäbe, würde es eingeschlagene Schädel geben.

«Komm», knurrte Peppone finster zu Bigio. «Mit dem müssen wir sofort abrechnen.»

«Chef», keuchte Smilzo, «stürz mich nicht ins Unglück!»

«Mach du dir keine Sorgen: Den Ricciolino nehmen *wir* uns vor.»

«Und wer nimmt sich meine Frau vor, wenn es zum Skandal kommt?»

«Das ist deine Sache. Vielleicht vergeht es dir dann, um die Mädchen herumzuschwänzeln.»

Ricciolino saß in aller Ruhe in der Osteria von Molinetto beim Kartenspiel. Peppone ließ ihm vom Wirt sagen, er möchte in einer dringenden Angelegenheit für einen Moment herauskommen. Zwei Viehhändler wollten ihn sprechen.

Und Ricciolino ging ohne Argwohn hinaus.

Als er sah, um welche Art von Viehhändlern es sich handelte, preßte er die Zähne zusammen.

«Was soll das?» fragte er. «Was sind das für Scherze?»

«Das ist kein Scherz», antwortete Peppone düster. «Ich glaube, das wirst du bald merken. Komm ganz ruhig mit und werd' nicht frech, denn je mehr du dich aufführst, desto schlimmer wird es für dich.»

Bigio blieb als Deckung zurück, und Peppone bog mit Ricciolino in einen Karrenweg ein.

«Junger Mann», begann Peppone drohend, sobald sie außer Sichtweite waren. «Seit Jahren versuchst du uns zu provozieren, und keiner hat dich jemals ernst genommen. Solange es um Worte ging, hab' ich's durchgehen lassen. Aber jetzt, wo du vom Wort zur Tat geschritten bist, sieht die Sache anders aus!»

Ricciolino war ehrlich erstaunt.

«Peppone», rief er, «es ist mindestens ein Jahr her,

daß ich dich und deine Genossen überhaupt erwähnt habe – öffentlich oder privat. Was erzählst du denn da für eine Geschichte?»

«Eine Geschichte, die vor einer halben Stunde am Bahnübergang an der Krummen Straße passiert ist!»

«Und was soll ich damit zu tun haben? Fünfzig Personen können bezeugen, daß ich seit zwei Stunden da drin in der Osteria sitze, fest auf meinen Stuhl genagelt.»

«Und wenn das so ist, wer hat dann dem Smilzo vor einer halben Stunde den Schlag auf den Kopf verpaßt?»

Beim Namen Smilzo fuhr Ricciolino wütend hoch: «Was geht mich denn dieser aufgeblasene Trottel an? Was hab' ich damit zu tun, wenn der einen Schlag auf den Kopf kriegt?»

«Du *hast* damit zu tun, Ricciolino», erklärte Peppone. «Denn der Smilzo war damit beschäftigt, sich mit deiner Schwester zu unterhalten.»

«Mit meiner Schwester?» brüllte Ricciolino. «Heut abend schlag' ich ihm den Schädel ein!»

Peppone packte ihn an der Schulter: «Du schlägst gar nichts ein, du komische Figur! Vor allem weil ich hier bin, um *dir* den Schädel einzuschlagen.»

«Peppone», schrie Ricciolino mit Schaum vor dem Mund. «Wenn du hergekommen bist, um eine Gemeinheit zu begehen – meinetwegen. Aber dann laß wenigstens die blöden Rechtfertigungen! Seit zwei Stunden sitz' ich da und spiel' Karten, und ich bin keine Sekunde vom Tisch aufgestanden!»

Peppone war ziemlich verwirrt ob der Sicherheit des jungen Mannes.

«Wenn du's nicht warst», murmelte er, «wer kann dann Smilzo verprügelt haben?»

«Alle können ihn verprügelt haben, denn er ist ein solcher Gauner, daß ihn keiner leiden kann, der ihn kennt.»

«Das stimmt nicht! Smilzo hat seine Qualitäten!»

«Seine Qualitäten soll er für seine Frau aufsparen und nicht für meine Schwester! Er profitiert doch bloß davon, daß er von dir und deiner ganzen Bande gedeckt wird. Aber der kommt mir schon noch mal in die Schußlinie!»

«Und ist er dir nicht schon vor einer halben Stunde in die Schußlinie gekommen?» gab Peppone nicht auf.

«Nein! Und das tut mir leid!» schrie Ricciolino.

Angesichts dieses Schreis, der wirklich aus tiefster Seele zu kommen schien, fühlte sich Peppone entwaffnet. Er rief Bigio:

«Geh in die Osteria und schau, ob du einen von uns siehst. Den nimmst du dir beiseite und fragst ihn, seit wann der da drin sitzt.»

Bigio ging mit seinem Auftrag ab und kam nach wenigen Minuten zurück. «Seit zwei Stunden», sagte er. «Überprüfte Nachricht.»

Peppone breitete die Arme aus: «Ricciolino, es tut mir wirklich leid, daß nicht du es warst, der den Smilzo verprügelt hat.»

«Stell dir vor, wie leid es erst mir tut!» erwiderte Ricciolino giftig.

«Wir müssen die Untersuchung in eine andere Richtung lenken», murmelte Peppone. «Mal sehen: Ricciolino, mit wem geht deine Schwester jetzt?»

«Mit allen, mit denen sie nicht sollte!» knurrte der junge Mann. «Aber heut abend dreh' ich ihr den Hals um.»

Ricciolino lief wütend weg, und Peppone ließ ihn laufen.

Bis sie zum Hauptquartier zurückkamen, hatte sich Smilzo mit Grappa vollaufen lassen. Peppone zog ihn hoch und schleppte ihn hinaus ins Freie.

«Steig aufs Rad und fahr hinter uns drein», befahl er, während er sich selbst in den Sattel schwang.

Nach zehn Minuten waren alle drei an dem verdammten Bahnübergang. Sie ließen die Räder am Rand des Straßengrabens liegen.

«Smilzo», sagte Peppone, «stell dich jetzt genauso hin, wie du gestanden hast, als dich der Schlag getroffen hat.»

Smilzo lehnte sich an den linken Pfosten, und Peppone betrachtete ihn sich einen Augenblick. Dann wandte er sich zu Bigio: «Probier mal, die Schranke langsam herunterzulassen.»

Bigio hob das Gegengewicht aus Gußeisen hoch, und die weißrote Stange senkte sich.

«Halt!» befahl Peppone, als die Stange vier Finger über Smilzos Kopf stand.

Dann sagte er zu Smilzo: «Jetzt dreh dich auf die andere Seite. Ja so, bleib stehen. Du, Bigio, mach weiter, aber jetzt mit mehr Schwung!»

Eine Sekunde später hörte man einen Schrei: Smilzo hatte einen neuen Schlag auf den Kopf bekommen, jetzt auf der anderen Seite.

«Hast du jetzt begriffen, wie's passiert ist?» fragte Peppone.

Niemand hatte gesehen, was sich am Bahnübergang zugetragen hatte. Niemand hatte ein Wort gehört, das am Bahnübergang gesprochen worden war.

Doch am nächsten Morgen hing am Anschlagbrett des Pfarrhauses eine Zeichnung, die einen Bahnübergang darstellte. Statt der Schranke hatte der Künstler einen langen knotigen Prügel gezeichnet. Die Bildunterschrift lautete: «*Wir protestieren gegen die nächtlichen Ausschreitungen des Bahnübergangs an der Krummen Straße! Es handelt sich um eine faschistische Schranke, die meuchlings Genossen niederschlägt – unter schamloser Ausnützung ihrer Gefühle und ihrer Rückkehr zu alten Flammen!*»

Der Smilzo konnte das nicht ruhig hinnehmen. Aber wie sollte sich einer, der den Kopf voller Beulen hat, auch bezähmen können – selbst wenn er die Tröstungen des marxistischen Glaubens genießt. Als Smilzo die Zeichnung sah, riß er sie ab und steckte sie in die Tasche.

Im selben Moment erhielt er einen unbeschreiblichen Fußtritt in den Hintern, versehen mit der liebenswürdigen Rechtfertigung: «Das ist der einzige Teil deines Kopfes, der noch frei ist.»

Smilzo steckte den Fußtritt standhaft ein und entfernte sich würdevoll. Nach zehn Schritten drehte er sich um und sagte: «Wer aus politischen Gründen in den intimen Angelegenheiten eines Gegners wühlt, ist ein Schmutzfink.»

«Aber ein noch viel größerer Schmutzfink ist einer, der Frau und Kinder hat und mit den Mädchen herumpoussiert. Du hast es ja gesehen: Wenn er auch Gottes Strafe entgeht, der Strafe der Staatlichen Eisenbahnen entgeht er nicht.»

Da sich die Szene in aller Öffentlichkeit abgespielt hatte, begriff der Smilzo, daß ihn seine Frau, wenn er jetzt heimginge, mit irgendeinem gußeisernen Gegenstand empfangen würde. Daher lenkte er seine Schritte direkt zum Volkshaus und ging zu Peppone.

«Chef, man hat mir öffentlich einen Fußtritt in den Hintern versetzt. Diesmal war es nicht die Bahnschranke, sondern Don Camillo.»

«Meuchlings?»

Smilzo zog das zerknitterte Blatt aus der Tasche und reichte es Peppone: «Diese Gemeinheit hab' ich am Anschlagbrett der Pfarrei gefunden und abgerissen. Daraufhin hat er mir den Fußtritt verpaßt.»

Peppone betrachtete die Zeichnung. Dann rief er die Frau des Kantinenwirts und gab ihr das Blatt: «Bügle es, damit es wieder wie neu wird.»

Nach zehn Minuten bekam er das Blatt zurück, und nachdem er es sorgfältig zwischen zwei Pappen gelegt hatte, ging er weg.

Vor der Anschlagtafel des Pfarrhauses angelangt, zog er die Zeichnung heraus und heftete sie mit vier Reißnägeln ans Brett.

Natürlich stand sofort Don Camillo hinter ihm, und als sich Peppone umwandte, trafen sich ihre Blicke.

«Die Ordnung ist wieder hergestellt», erklärte Peppone. «Damit sich die Leute amüsieren können. Das wird aber ein schwerer Schlag für die marxistische Idee sein!»

Don Camillo trat zu dem Anschlagbrett, nahm die Zeichnung herunter, zerriß sie und warf die Fetzen weg.

«Wir bekämpfen die marxistische Idee nicht mit solchen Klatschgeschichten», erklärte er. «Das ist nicht auf meinem Mist gewachsen.»

«Und der Fußtritt, den Ihr dem Smilzo gegeben habt? Stammt der von Eurem Mist?» erkundigte sich Peppone.

«Das kann ich nicht leugnen», gab Don Camillo zu.

«Und wären das die Argumente, mit denen Ihr die marxistische Idee zu bekämpfen beabsichtigt, Hochwürden?»

«Nein. Aber unter bestimmten Umständen schließe ich nicht aus, daß ein saftiger Fußtritt eine beredte Bestätigung des Prinzips darstellen kann.»

Peppone sah ihn mit mitleidigem Kopfschütteln an: «Das ist das Prinzip des Untergangs, Hochwürden. Ich bin jedoch stets ein Mann von Welt, und wenn Ihr mal keinen Ausweg mehr wißt, bin ich gern bereit, den ganzen Laden hier zu übernehmen.» Und damit zeigte er mit großer Geste auf Kirche und Pfarrhaus.

Die beiden trafen sich am Nachmittag des folgenden Tages wieder, und zwar im Salon der Wohltätigkeitslotterie für Ferienheime am Meer.

Es handelte sich um eine unpolitische Angelegenheit, organisiert von Personen der unterschiedlichsten Richtungen, und so war es logisch, daß alle die Initiative unterstützten. Die Preise waren ausnahmslos zusammengebettelt worden und stellten daher ein seltsames Sammelsurium dar.

Der Bürgermeister Peppone kaufte zwanzig Lose, und daraufhin kaufte auch Don Camillo zwanzig Lose.

Es wirkte wie eine von einem Regisseur gestellte Szene: Neunzehnmal gewann Peppone Bleistifte, Federn und Holzpfeifen, die er an die umstehenden Kinder verteilte. Beim zwanzigsten Mal aber gewann er einen der Hauptpreise: «Ein Madonnenbild mit prachtvollem Rahmen». Und Don Camillo gewann neunzehnmal wertlosen Plunder, aber beim zwanzigsten Mal fiel auch auf ihn ein Hauptpreis: «Ein Farbporträt des sowjetischen Ministerpräsidenten Malenkow mit prachtvollem Rahmen, Ge: chenk der Sektion der PCI».

«Da: : ieht ja au: , al: hätten die : ich abge: prochen!» riefen alle. Beim Hinausgehen fanden sich Don Camillo und Peppone Seite an Seite, und so gingen sie ein gutes Stück auf der Straße nebeneinander her. Als sie am Kirchplatz angekommen waren, blieb Don Camillo stehen.

«Herr Bürgermeister», sagte er und reichte Peppone das Farbporträt des Kommunistenführers, «wenn auch das Schicksal ungerecht war, wir können das wiedergutmachen: Tauschen wir?»

Peppone schüttelte den Kopf: «Und warum? Euch kann das Bild doch sehr nützlich sein: Ihr prägt Euch das Gesicht ein, und wenn sein Träger auch hierher kommt, dann ist es für Euch keine Überraschung mehr.»

«Ganz recht, Herr Bürgermeister. Aber wozu kann Ihnen das Madonnenbild nützlich sein?»

«Um auf den Knien davor zu bitten, daß Ihr endlich mal was aufs Dach bekommt», knurrte Peppone und entfernte sich. Vergnügt trat Don Camillo ins Pfarrhaus. Er legte das Porträt in eine Truhe, und bevor er den Deckel schloß, entschuldigte er sich: «Ich kann dich nicht bitten, Genosse, dem Peppone was aufs Dach zu geben. Das Schlimme ist, daß du es ihm trotzdem gibst – ihm und uns allen, wenn es so weitergeht.»

Dann machte er die Truhe zu.

«Jesus», flüsterte er und hob die Augen zum Himmel. «Wir sind wie ein dummer Hund, der sich damit abmüht, im Kreis herum seinem Schwanz nachzurennen, während das Haus einstürzt. Wehe, wenn der Kopf zum Feind des Schwanzes wird ...»

Don Gildo

Um neun Uhr klärte sich der Himmel, der bis dahin ein zweideutiges und besorgniserregendes Verhalten an den Tag gelegt hatte, rasch auf, und die Sonne zeigte sich von ihrer besten Seite.

Ein solches Ereignis war in diesem unseligen Frühjahr ganz und gar ungewöhnlich und erfreute Don Camillo, der bereits seit einer Stunde in seinem Garten hackte.

Doch die Freude dauerte nicht lange, denn am Horizont erschien die Mutter des Mesners.

«Hochwürden», erklärte die alte Frau, «der Herr Kaplan ist angekommen.»

Don Camillo war auf den Schlag vorbereitet und steckte ihn daher mit scheinbarer Gelassenheit ein.

«Gut, laßt ihn herkommen», antwortete er und hackte weiter. Die Alte sah ihn verdattert an.

«Hochwürden», murmelte sie, «ich hab' ihn schon ins Wohnzimmer geführt.»

«Da ich jetzt nicht im Wohnzimmer bin, sondern im Garten, werdet Ihr ihn wohl oder übel in den Garten führen müssen.»

Die Alte ging weg, und kurz darauf betrat ein junger Geistlicher den Gemüsegarten und blieb hinter Don Camillo stehen.

«Guten Morgen, Hochwürden.»

Don Camillo hörte auf zu hacken, wandte sich um und trat auf den jungen Mitbruder zu, der sich vorstellte:

154

«Ich bin Don Gildo.»

«Sehr erfreut», erwiderte Don Camillo und schüttelte ihm mit seiner Pranke die Hand, als wolle er eine Boa constrictor erwürgen.

Der Kaplan wurde blaß. Er hatte jedoch eine gesunde sportliche Erziehung genossen, und so gelang es ihm trotzdem, sich ein Lächeln abzuringen.

«Ich habe einen Brief des Herrn Sekretärs Seiner Exzellenz», erklärte er und reichte Don Camillo einen großen Umschlag.

«Mit Verlaub», sagte Don Camillo, während er den Umschlag öffnete und das Blatt mit der Botschaft des Herrn Sekretärs Seiner Exzellenz herausholte.

Nachdem er das Sendschreiben gelesen hatte, wandte er sich an den jungen Geistlichen: «Ich hatte dem Herrn Sekretär gesagt, daß er sich nicht zu bemühen brauche. Obwohl ich ein armer alter Mann bin, würde ich mit der Pfarrei noch allein zurechtkommen. Da mir jedoch der Herr Sekretär auf ausdrücklichen Wunsch Seiner Exzellenz des Bischofs meine Mühen erleichtern will, bleibt mir nichts anderes übrig, als Sie willkommen zu heißen, Don Gildo.»

Der junge Geistliche verbeugte sich außerordentlich höflich: «Danke, Don Camillo. Ich stehe ganz zu Ihrer Verfügung.»

«Sehr freundlich. Ich werde gleich davon Gebrauch machen», erwiderte Don Camillo. Er ging zum Sauerkirschenbaum, holte eine Hacke, die an einem Zweig baumelte, herunter und drückte sie dem Kaplan in die Hand.

«Zu zweit schaffen wir es schneller», erklärte er.

Der junge Geistliche betrachtete die Hacke und hob dann den Blick zu Don Camillo.

«Eigentlich», stotterte er, «habe ich keine Praxis mit solchen Geräten ...»

«Machen Sie sich keine Sorgen. Sie stellen sich neben mich und tun genau das, was ich mache.»

Der Kaplan lief rot an. Es war ein junger Mann, der sensible Nerven und Würde besaß.

«Hochwürden», wandte er mit einem gewissen Unmut ein, «ich bin hierhergekommen, um für die Seelen zu sorgen, nicht für Gemüsegärten.»

«Natürlich», antwortete Don Camillo ruhig. «Aber Sie müssen sich klarmachen, daß man auch für den Gemüsegarten sorgen muß, wenn man Salat, Erbsen und Bohnen auf dem Tisch haben will.»

Don Camillo fing wieder an zu hacken. Der Kaplan blieb starrköpfig auf dem Weg stehen, die Hacke in der Hand.

«Sie wollen also diesem armen, alten, gebrechlichen Pfarrer partout nicht helfen?» fragte Don Camillo nach einer Weile, ohne den Kopf zu heben.

«Es ist nicht so, daß ich nicht helfen will», erklärte der Kaplan lebhaft. «Die Sache ist nur die, daß ich als Priester hierhergekommen bin.»

«Don Gildo, die erste Gabe eines guten Priesters ist die Demut», sagte Don Camillo.

Der Kaplan preßte die Zähne zusammen, stellte sich neben Don Camillo und fing an, die Hacke zu schwingen.

«Don Gildo», bemerkte Don Camillo nach einiger Zeit mit Sanftmut, «wenn ich etwas gesagt haben sollte, das Sie geärgert oder gekränkt hat, dann lassen Sie es lieber an mir aus und nicht an der Erde, die wirklich keine Schuld trifft.»

156

Der Kaplan fing an, etwas gemäßigter zu hacken.

Es dauerte zwei Stunden, bis der Garten fertig war. Und als die beiden bis zu den Knien voll Dreck ins Pfarrhaus traten, schlug es elf.

«Wir haben gerade noch Zeit, eine andere Kleinigkeit zu erledigen», sagte Don Camillo und ging auf die Tür des Schuppens zu.

Im Schuppen lagen Ulmenstämme zum Zersägen, und bis zum Mittagläuten mußte der Kaplan Don Camillo beim Brennholzmachen helfen.

Der junge Geistliche hatte in diesen drei Stunden soviel Ärger geschluckt, daß er den Magen davon voll hatte. Daher setzte er sich mit Widerwillen an den Tisch, und nachdem er die Gemüsesuppe gekostet hatte, legte er den Löffel gleich wieder hin.

«Denken Sie sich nichts, wenn Sie keinen Appetit haben», beruhigte ihn Don Camillo. «Das ist die Luftveränderung.»

Er selbst aß dagegen mit Riesenappetit, und erst nachdem er zwei kolossale Teller Gemüsesuppe mit Speck verschlungen hatte, nahm er den verbalen Kontakt mit dem Kaplan wieder auf.

«Gefällt Ihnen denn das Dorf?» fragte er.

Der Kaplan zuckte die Achseln: «Ich habe es noch kaum gesehen.»

«Es ist ein Dorf wie alle anderen auch, lieber Don Gildo. Mit guten Menschen und mit schlechten. Die Schwierigkeit liegt nur darin herauszufinden, welches die wirklich guten und welches die wirklich schlechten Menschen sind. Was die Politik angeht, will ich Ihnen sagen, daß die Roten hier einen großen Einfluß haben. Und das Schlimme ist, daß ihre Macht zunimmt anstatt abzunehmen. Man bemüht sich auf jede nur erdenkliche Weise, man versucht alles mögliche, aber es wird immer schlimmer.»

Der Kaplan lachte: «Das ist eine Frage der Methode.»

Don Camillo sah ihn neugierig an: «Hätten Sie vielleicht eine bessere?»

«Ich ziehe keine Vergleiche, Hochwürden, und ich behaupte nicht, ein Wundermittel gefunden zu haben. Ich sage nur, daß man die Situation mit anderen Augen betrachten muß. Oder besser: ohne die traditionellen Scheuklappen, die einen daran hindern, die sozialen Erfordernisse in Rechnung zu stellen. Warum haben die Kommunisten bei den weniger wohlhabenden Klassen soviel Erfolg? Weil sie den Armen versprechen: ‹Kommt zu uns, dann geht es euch gut, denn wir werden den Reichen etwas wegnehmen, um es den Armen zu geben. Die Pfarrer versprechen euch das Paradies im Himmel. Wir verschaffen euch den Wohlstand auf Erden.›»

Don Camillo breitete die Arme aus: «Ich verstehe, Don Gildo. Aber auf der anderen Seite dürfen wir nicht zu Materialisten werden.»

«Man braucht gar nicht zum Materialisten zu werden. Man darf nur einfach nicht den Eindruck erwecken, als wolle man den Wohlstand der Privilegierten verteidigen. Anstatt immer von Pflichten zu reden, muß man von Rechten sprechen. Wir sind uns doch einig: Wenn jeder seine Pflicht täte, blieben alle Rechte von selbst gewahrt. Aber wenn man will, daß die Reichen ihre Pflichten erfüllen, ist es notwendig, die Rechte der Armen zu betonen. Auf diese Weise kann man den Kommunismus seiner Rolle berauben.»

Don Camillo wiegte bedächtig den Kopf: «Ganz

158

recht. Man müßte also in Konkurrenz zu den Kommunisten treten und wenn nötig die sogenannte Legalität verletzen.»

«Genau. Wenn die Legalität dazu dient, die Privilegien der Ausbeuter zu verteidigen, ist sie nicht gerecht und widerspricht daher dem Geist der göttlichen Gebote.»

Don Camillo riß die Arme auseinander: «Sehen Sie, lieber Don Gildo, ich versuche zwar Ihren Ausführungen zu folgen, aber ich kann sie nicht einholen. Ich besitze nicht mehr die geistige Wendigkeit von früher. Sie müssen mir verzeihen!»

Der Kaplan war jung und von außergewöhnlicher geistiger Beweglichkeit. Er überschüttete den armen Don Camillo mit einer Lawine wunderschöner Worte, die prachtvolle Ideen zum Ausdruck brachten. Außerdem hatte er eine ganz bestimmte Mission zu erfüllen, und zum Schluß sagte er es frei heraus:

«Lieber Herr Pfarrer, wir wissen genau, was wir erreichen müssen, und wir werden es erreichen. Sie haben in diesem schwierigen Ort Großartiges geleistet, und jetzt haben Sie das Recht auf Beistand. Nicht nur, wenn Sie den Gemüsegarten hacken oder Holz sägen müssen!»

Don Camillo war tief beschämt: «Verzeihen Sie mir! Ich hatte ja keine Ahnung von Ihrer Bildung und Ihren Fähigkeiten.»

Der Kaplan hatte die Partie haushoch gewonnen. Noch am selben Abend knüpfte er die ersten Kontakte und errichtete die Basis für zukünftige Aktionen.

Als Don Camillo sah, wie sich die Dinge anließen, sagte er nach drei Tagen zu dem jungen Kaplan: «Sie sind gerade im rechten Moment gekommen, denn ich muß wirklich einmal richtig ausspannen. Wenn es Ihnen nichts ausmacht und keine zu große Belastung für Sie ist, sollten Sie mich eine Zeitlang völlig ersetzen. Diese scheußliche Jahreszeit macht mir schrecklich zu schaffen: Ich bräuchte Sonne, Trockenheit, und statt dessen regnet es seit Monaten.»

Das war genau das, was sich der Kaplan wünschte. Begeistert anwortete er, Don Camillo brauche sich überhaupt keine Sorgen zu machen. Er würde schon alles schaffen.

Und Don Camillo zog sich zurück.

Er ging nicht weit weg. Er übersiedelte in den oberen Stock und beschränkte sich auf die zwei großen Zimmer, die auf den Garten und den Sportplatz hinausgingen. Die alte Mutter des Mesners brachte ihm das Essen, und Don Camillo lebte völlig abgeschlossen.

Im Zimmer, das neben dem Schlafraum lag, hatte er seinen kleinen Feldaltar aufgebaut, und dort las er jeden Morgen die heilige Messe – ganz allein. Aber Gott war bei·ihm.

Don Camillo hatte sich eine Kiste Bücher mit hinaufgenommen und verbrachte seine Zeit mit Lesen.

Nach vierzehn Tagen riet ihm die alte Frau, die bisher nie etwas gesagt hatte, ganz plötzlich:

«Don Camillo, kommt runter, sobald Ihr imstand dazu seid. Der Kaplan stellt eine Menge Unfug an.»

«Unfug? Mir kam er so ruhig vor.»

«Ruhig? Das ist doch kein Pfarrer, der ist eine ununterbrochene politische Versammlung. Einige Leute kommen schon nicht mehr in die Kirche.»

«Macht Euch keine Sorgen. Das ist eine neue Methode, und die Leute müssen sich daran gewöhnen.»

160

Aber die neue Methode schien offensichtlich bei niemandem Anklang zu finden, und eines Morgens umriß die Mutter des Mesners mit wenigen Worten die Situation:

«Hochwürden, wißt Ihr, was Peppone gestern gesagt hat? Er hat gesagt, wenn Don Gildo es endlich fertiggebracht hat, die Kirche ganz leer zu kriegen, dann wird er ihn als Parteikaplan anheuern.»

Und ein paar Tage später berichtete dieselbe alte Frau Don Camillo, was Filotti geantwortet hatte, als man ihn fragte, warum er nicht mehr zur Messe käme: «Da hör' ich mir lieber Peppone im Volkshaus an als Don Gildo in der Kirche. Peppone wirft mir wesentlich weniger Beleidigungen an den Kopf.»

Don Camillo hielt durch, solange er konnte. Aber nach vierzig Tagen riß ihm die Geduld, und vor dem Kruzifix des Feldaltars kniend, sagte er: «Jesus, ich habe demütig das Haupt gebeugt vor dem Willen der Oberen. Ich habe mich zurückgezogen, um Don Gildo völlige Handlungsfreiheit zu lassen. Jesus, du weißt, was ich in dieser ganzen Zeit gelitten habe! Vergib mir, aber heute geh' ich hinunter, packe diesen Don Gildo am Kragen und schick' ihn als Postpaket in die Stadt zurück!»

Es war acht Uhr morgens.

Don Camillo wollte in vollkommenem Zustand unten erscheinen und beschloß daher, sich zu rasieren.

Als er die Fensterläden aufstieß, sah er, daß es ein strahlender Tag war. Er blieb am Fenster stehen, um das Sonnenlicht und den Frieden zu genießen. Aber ein paar Minuten später hörte er lautes Krakeelen. Er zog sich etwas zurück und sah die Mannschaft der «Gagliarda» zum Training auf den Sportplatz rennen.

Don Camillo vergaß seinen Bart und bewunderte seine Jungen, die leider ganz und gar nicht bei der Sache waren und kein anständiges Spiel zusammenbrachten.

«Wenn sie so gegen Peppones Mannschaft spielen, dann wird das eine Riesenblamage für uns», dachte Don Camillo besorgt.

Genau in dem Moment erschien Don Gildo auf dem Sportplatz. Brüllend unterbrach er das Spiel, versammelte die Jungen und redete lebhaft auf sie ein.

«Jetzt will er mir auch noch die Fußballmannschaft kaputtmachen», knurrte Don Camillo. «Wenn er da nicht sofort verschwindet, geh' ich runter und mach' Kleinholz aus ihm!»

Aber der Kaplan zeigte nicht die leiseste Absicht zu verschwinden. Im Gegenteil, er übernahm die Rolle des Mittelstürmers, und als er erst einmal den Ball zwischen den Füßen hatte, legte er ein Spiel hin, daß es einem den Atem verschlug.

Daraufhin verlor Don Camillo die Beherrschung. Er ging nicht hinunter, er flog.

Am Sportplatz angekommen, packte er Don Gildo im Fluge und schleifte ihn ins Pfarrhaus.

«Jetzt», gebot er ihm, «legen Sie die Soutane ab, ziehen sich Trikot und Schuhe an und machen sofort mit dem Training weiter!»

«Aber», stammelte der Kaplan, «wie soll ich denn ...»

«Spielen Sie mit langen Hosen, mit falschem Bart, mit einer Maske – aber spielen Sie! Sie müssen mir die Mannschaft auf Trab bringen!»

«Aber meine Mission hier ...»

«Das ist Ihre Mission! Sie machen, daß meine Mannschaft gewinnt, und wir haben den Roten einen tödlichen Schlag versetzt!»

Die «Gagliarda» überrollte die «Dynamos». Sie spielte sie in Grund und Boden. Und während Peppone und Genossen völlig gebrochen erschienen, platzten die anderen vor Zufriedenheit aus allen Nähten.

Am Abend spendierte Don Camillo dem Kaplan ein Festmahl.

«Sie», sagte er zum Schluß, «vergessen jetzt die sozialen Erfordernisse und kümmern sich ausschließlich um die Fußballmannschaft. Alles andere geht Sie nichts an. Die kommunistische Gefahr übernehme ich!»

Bauchlandung

Auch in diesem Jahr kamen die Schausteller Mitte Mai zur Kirmes, aber diesmal durften sie nicht auf die Piazza, denn die wurde für die lokale Politik benötigt. Es brodelte in der ganzen Gegend, und das Programm der Agitatoren umfaßte eine lange Reihe wichtiger Versammlungen.

Die Schausteller mußten sich also mit der Wiese begnügen, auf der sonst der Viehmarkt abgehalten wurde. Ein wenig günstiger Ort, abgelegen, neben der Straße, die nach Molinetto führt.

Zum Ausgleich dafür hatten sie zwei absolute Neuheiten mitgebracht: eine riesige Skooterbahn und das Flugkarussell.

Das Flugkarussell war eine große Maschine aus Stahlrohren, die wie ein Schirmgestell angeordnet waren. Am Ende jeder Stange war ein Flugzeug angebracht, und wenn sich das Karussell drehte, konnte jeder sein Flugzeug mit Hilfe eines Hebels nach Belieben auf- und niedersteigen lassen.

Die Wiese, auf der die Schausteller ihre Buden aufgeschlagen hatten, lag hinter dem Pfarrhaus, etwa drei- bis vierhundert Meter entfernt, und jeden Abend, wenn Don Camillo in seinem Schlafzimmer im ersten Stock ans Fenster ging, um die Läden zu schließen, konnte er das Flugkarussell in Aktion sehen. Und er blieb ganze halbe Stunden stehen, um das Schauspiel zu bewundern.

Es ist ja wirklich nichts Ehrenrühriges oder Sündhaftes dabei, in ein Karussell zu steigen. Trotzdem darf sich ein Pfarrer ein solch legitimes Vergnügen nicht gönnen: Die Leute sehen es, und da sie zwar Augen, aber kein Hirn im Kopf haben, lachen sie, wenn sie entdecken, daß sich ein Pfarrer beim Karussellfahren amüsiert.

Don Camillo wußte das alles, und er bedauerte es sehr.

Natürlich machten die Riesenskooterbahn und das Flugkarussell am meisten Geschäfte. Das ging so weit, daß sie jeden Abend noch lang weiterfuhren, wenn die anderen Schausteller ihren Laden aus Mangel an Kundschaft bereits dichtgemacht hatten. Und selbst wenn die Skooterbahn ihre Lichter löschte, drehte sich das Flugkarussell immer noch eine ganze Weile.

Don Camillo war ein aufmerksamer Beobachter, und diese Tatsache entging ihm nicht. Und so ging er eines Tages hinunter, als er sah, daß die Skooterbahn zumachte, überquerte mit ruhigem und gleichgültigem Schritt das Luzernefeld, das sich hinter dem Pfarrhaus ausdehnte, und erreichte die Hecke entlang der Straße nach Molinetto. Hinter ihr bezog er Posten.

Auf der anderen Straßenseite lag der Platz mit dem Jahrmarkt. Die Schaubuden hatten ihre Lichter gelöscht und schliefen bereits in der Dunkelheit, während sich der Schirm des Flugkarussells immer noch im Mittelpunkt einer kleinen Lichtinsel drehte.

Don Camillos Plan war ganz einfach: Sobald die letzte Gruppe von Flugbegeisterten gelandet und heimgegangen wäre, würde er hinter der Hecke hervortreten, zum Karussellbesitzer gehen und ihn bitten, ihn eine Runde drehen zu lassen.

Don Camillo mußte nicht lange warten: Das Karussell hielt, die allerletzte Gruppe sprang aus den Flugzeugen, schwang sich auf die Motorroller und verlor sich lärmend in der Nacht.

Nun sprang Don Camillo über den Graben und schritt entschlossen auf sein Ziel zu.

Der Karussellbesitzer war in seine Bude gegangen und zählte die Einnahmen. Als er plötzlich eine große schwarze Masse vor sich sah, fuhr er erschrocken zusammen.

«Haben Sie noch nie einen Pfarrer gesehen?» fragte ihn Don Camillo.

«Doch, Hochwürden, aber nie nach Mitternacht. Kann ich etwas für Sie tun?»

Don Camillo zeigte aufs Pfarrhaus: «Ich schlafe da drüben, und Sie können sich gar nicht vorstellen, wie mir Ihre verdammte Musik auf die Nerven geht.»

«Das tut mir leid, Hochwürden», erwiderte der Karussellbesitzer. «Auf der anderen Seite wird jedes Karussell sterbenslangweilig, wenn es ohne Musik fährt. Ich versuche sowieso schon, am späteren Abend die Lautstärke zu drosseln, aber von einer gewissen Zeit an wird auch die leiseste Musik zum Lärm.»

«In Ordnung», erwiderte Don Camillo. «Doch wenn Sie mir jeden Abend soviel Ärger machen, dann sollten Sie sich verpflichtet fühlen, mir auch einmal einen Gefallen zu erweisen.»

«Gern, Hochwürden. Ich stehe zu Ihrer Verfügung.»

«Gut, dann lassen Sie mich doch mal eine Runde in Ihrem Karussell drehen. Schnell, beeilen Sie sich!»

Der Karussellbesitzer machte ein ehrlich betrübtes Gesicht: «Hochwürden, Sie müssen leider noch ein paar

Minuten Geduld haben. Gleich kommt eine Gruppe, die ein paar Runden vorbestellt hat. Da ist sie schon!»

Don Camillo machte kehrt, um die Flucht zu ergreifen, aber da war es schon zu spät. Die Gruppe stand bereits hinter ihm, an ihrer Spitze Peppone.

«Oh, unser über alles geliebter Herr Pfarrer!» rief Peppone.

«Erklärt Ihr vielleicht dem Karussellbesitzer, daß auch das Fahren mit dem Flugkarussell eine Todsünde ist?»

«Ich habe ihm lediglich erklärt, daß die Musik seines Karussells anständige Menschen am Schlafen hindert.»

«Dann ist es ja nicht so schlimm», sagte Peppone grinsend.

«Ich dachte schon, die Musik ließe auch Euch nicht schlafen.»

Smilzo, Bigio, Brusco, Lungo und Fulmine, die ganze Horde also, hatten Don Camillo gar nicht beachtet, sondern jeder flegelte sich bereits vergnügt in seinem Flugzeug.

«Und Sie, Herr Bürgermeister, was machen Sie Schönes hier?» erkundigte sich Don Camillo. «Lassen Sie Ihre süßen Kleinen karussellfahren?»

«Chef, beeil dich!» rief der Smilzo.

«Gehen Sie, gehen Sie, Herr Bürgermeister», mahnte ihn lächelnd Don Camillo. «Die Kinder rufen Sie. Wie hübsch es doch sein muß, einen so dicken Bürgermeister in einem so kleinen Flugzeug fliegen zu sehen!»

Peppone sah ihn erbittert an: «Jedenfalls lang nicht so hübsch wie einen so dicken Pfarrer!»

«Die Sache ist nur, daß ich zwar den Bürgermeister fliegen sehen werde, Sie aber nicht den Pfarrer.»

«Dann viel Vergnügen, Hochwürden!» brüllte Peppone und ging zum Karussell. «Und morgen schreiben Sie dann einen schönen Hetzartikel für Ihre Wandzeitung.»

Peppone zwängte sich ebenfalls in ein kleines Flugzeug, und der Karussellbesitzer trat zu dem Schalthebel, der sich in der Kassenbude befand.

«Viel Vergnügen, Hochwürden!» wiederholte Peppone. «Erzählen Sie Ihren Marienkindern, daß die kommunistische Verwaltung in nächtlichen Ausschweifungen die Gelder der Steuerzahler verpraßt!»

Das Karussell setzte sich in Bewegung, und aus dem Lautsprecher ertönte in gemäßigter Lautstärke eine fröhliche Marschmusik. «Volles Rohr!» brüllte Peppone, als er an der Kassenbude vorbeiflog, «damit der Herr Pfarrer sein Schlaflied bekommt!»

«Halt den Mund, du Halunke!» schrie jemand in seinem Rücken. Peppone wandte sich um und sah, daß im Flugzeug hinter ihm Don Camillo saß.

Inzwischen drehte sich das Karussell auf vollen Touren, und ein paar Minuten lang machte die Sache allen richtig Spaß.

Dann empfand Don Camillo, vor allem aufgrund der kühlen und feuchten Abendluft, ein leichtes Unbehagen.

«Sag dem Mann, er soll einen Moment langsamer machen», schrie Don Camillo Peppone zu.

Peppone drückte auf seinen Hebel, und sein Flugzeug senkte sich. Als es an der Kassenbude vorbeiflog, wollte er etwas rufen, aber es gelang ihm nicht.

«Und? Was ist?» brüllte Don Camillo.

Peppone drehte sich um und rief irgend etwas Unverständliches, wobei er auf die Bude deutete.

168

Daraufhin reduzierte auch Don Camillo seine Flughöhe, und als er an der Kassenbude vorbeiflog, sah er, was kurz vor ihm Peppone gesehen hatte: drei junge Männer, jeder das Gesicht bis zu den Augen mit einem Tuch verhüllt und mit einer Pistole in der Hand.

Der Karussellbesitzer stand mit dem Gesicht zur Wand und hatte die Hände hochgehoben, und die drei Burschen drückten ihm ihre Pistolenläufe in den Rükken. Ein vierter Maskierter wühlte in der Kassenschublade und stopfte die Geldscheine in eine Tasche.

Das Flugkarussell drehte sich dabei immer weiter auf vollen Touren, mit Musikbegleitung.

Die Beute aus der Kassenschublade hatte die Ganoven nicht überzeugt, und zwei von ihnen begleiteten den Karussellbesitzer in seinen Wohnwagen, um den Rest der Einnahmen aufzustöbern. Kurz darauf kamen sie wieder zurück und ließen ihre Wut an dem armen Kerl aus.

«Das hat doch keinen Zweck!» protestierte der Mann. «Alles übrige Geld hab' ich auf die Bank gebracht. Schaut im Geldbeutel nach, dann findet ihr die Quittung!»

Sie fanden die Quittung und zerrissen sie wutentbrannt. Inzwischen drehte sich das Karussell immer weiter. «Anhalten, ihr verdammten Kerle!» brüllte Smilzo, als er an den Banditen vorbeiflog.

Einer der Maskierten drehte sich um und fuchtelte drohend mit der Pistole. Daraufhin zogen alle Männer der Flugstaffel verzweifelt an ihrem Hebel, und die Karussellarme hoben sich.

Jetzt sah das Flugkarussell aus wie ein Schirm, den der Wind umgestülpt hat.

Die vier Burschen waren wütend über die geringe Beute, aber ihr Anführer zeigte sich als Mann von Ideen: «Rupfen wir die sieben Amseln da oben», sagte er.

Er schaute hinauf und schrie: «Alles Geld raus, das ihr in der Tasche habt, sonst lassen wir euch fliegen, bis euch das Hirn bei den Ohren rauskommt!»

«Geh zum Teufel!» rief Peppone als Antwort zurück.

Der Bandenchef erteilte seinem Stellvertreter einen Befehl, der trat in die Bude und packte den Hebel:

Das Karussell erhöhte seine Geschwindigkeit.

Die Flugstaffel fing an zu brüllen, aber der Vizebandenchef drehte den Lautsprecher voll auf, und die Musik übertönte die Schreie. Nach einem halben Dutzend Runden gab der Chef ein Zeichen, und der Vizechef brachte die Geschwindigkeit wieder auf den vorigen Stand zurück, ja sogar noch etwas darunter.

«Jeder knüpft sein Geld ins Taschentuch, und wenn er an der Bude vorbeifliegt, wirft er das Bündel hinein. Dreißig Sekunden Zeit!»

Als die halbe Minute vorbei war, gab der Chef den Befehl: «Der Schwarze da fängt an – los, Abwurf!»

Don Camillo warf als erster sein Bündel in die Bude. Die anderen folgten ihm. Der Anführer sammelte die Säckchen ein, knüpfte sie auf und überschlug die Summe.

«Zu wenig!» schrie er. «Werft die Geldbeutel mit dem Rest herunter, oder ich bring euch wieder auf Touren! Fünf Sekunden Zeit ... Der Schwarze da fängt wieder an! Abwurf!»

Sieben Geldbeutel flogen dem Bandenchef vor die Füße; sie wurden ausgeleert und in eine Ecke der Bude geworfen.

Der Anführer wandte sich an den Karussellbesitzer:

170

«Du hältst das Karussell erst an, wenn wir fünfzehn Minuten weg sind. Versuch ja nicht, uns reinzulegen: Wir kennen dich, und es könnte passieren, daß wir dir eines Nachts den Wohnwagen mit Benzin vollgießen und dich grillen!» Die vier rannten zu dem Auto, das an der Straße stand, und fuhren blitzschnell davon.

«Anhalten, verdammt nochmal!» brüllte die Flugstaffel dem Karussellbesitzer zu. Aber der Unglücksmensch war völlig verängstigt und stoppte die Maschine erst, als die fünfzehn Minuten vorbei waren. Das Karussell stand, und der Schirm schloß sich langsam.

Die sieben der Flugstaffel blieben zwanzig Minuten unbeweglich in ihren Flugzeugen hocken, bis sie genügend Kraft gesammelt hatten, um überhaupt aufstehen zu können. Schließlich fanden sich alle sieben zusammen mit dem Karussellbesitzer in der Kassenbude. Sie sammelten ihre leeren Geldbeutel wieder ein.

Keiner hatte bis zu diesem Augenblick etwas gesagt.

Als erster redete Peppone.

Er packte den Karussellbesitzer vorn an der Jacke: «Wenn du auch nur ein Wort von dem erzählst, was heut nacht hier passiert ist, dann schlag ich dir nicht nur den Schädel ein, sondern laß dich auch nicht mehr arbeiten, weder hier noch in irgendeiner anderen Gemeinde, in der wir das Sagen haben.»

«Und ich in keiner, in der *wir* das Sagen haben», setzte Don Camillo hinzu. Alle sieben nahmen den Weg über die Felder und trennten sich hinter dem Pfarrhaus.

«Alles in allem, Herr Bürgermeister, hatten wir doch einen schönen Abend», sagte Don Camillo.

Peppone antwortete ihm mit einem gebrüllten Fluch, der weithin durch die samtene Nacht hallte.

Wissenschaft und Leben

Der Notar kam von weit her und war ein Mann von wenigen Worten. Als er sah, daß Peppone zögerte und um den Brei herumzureden versuchte, schnitt er ihm das Wort ab:

«Herr Bürgermeister», sagte er, «hier geht es nur um ja oder nein. Ich bin kein Makler, sondern ein Testamentsvollstrecker.»

«Was das Anwesen betrifft, so kann ich Ihnen sofort antworten, daß wir annehmen», beteuerte Peppone. «Doch wegen des Denkmals muß ich zuerst den Gemeinderat und die Bürgerschaft hören.»

Der Notar steckte seinen Akt wieder in die Tasche.

«Sie haben vierzehn Tage Zeit für die Entscheidung», sagte er abschließend. «Bitte halten Sie sich vor Augen, daß es keine Möglichkeit für einen Kompromiß gibt: Entweder alles oder nichts. Das ist der ausdrückliche Wunsch des Verstorbenen.»

«Wir lassen uns nichts vorschreiben, weder von Lebenden noch von Verstorbenen!» erklärte Peppone stolz.

Da die Angelegenheit jedoch ziemlich wichtig war, mußte Peppone sie, nachdem er privatim mit seinem Stab darüber diskutiert hatte, vor den Gemeinderat bringen.

«Unser Mitbürger Luigi Lollini ist in Turin, wo er seit dreißig Jahren lebte, gestorben. Er hat in seinem Testament festgelegt, daß er bereit sei, dem Altersheim das Anwesen Pioppazza zu vermachen, wenn wir dafür der Statue seines Vaters die Mitte unserer Piazza zum ewigen Gebrauch überließen. Mir scheint, man kann ihm antworten, daß das Altersheim zwar Unterstützung bräuchte, die Piazza aber deswegen noch lange kein Friedhof sei.»

Piletti, der einzige Vertreter der Opposition, sprang entrüstet auf: «Herr Bürgermeister, der Mann, den Sie als ‹Vater des Mitbürgers Luigi Lollini› bezeichnen, heißt Anselmo Lollini und ist in der ganzen Welt als Gelehrter von höchstem Rang bekannt. Wenn Sie das nicht wissen, dann informieren Sie sich gefälligst!»

«Ich brauche mich nicht zu informieren», erwiderte Peppone. «Ich weiß, wer Anselmo Lollini war und daß er nichts geleistet hat, was ihm das Recht gäbe, ein Denkmal auf dem Hauptplatz des Dorfes zu bekommen. Die Piazza ist der Tempel des arbeitenden Volkes, und wir wollen dort keine Statuen falscher Götter.

«Bravo!» rief die Mehrheit begeistert.

Aber die Opposition ließ sich nicht einschüchtern.

«Anselmo Lollini war kein politischer Hanswurst, sondern ein Wissenschaftler!» schrie Piletti. «Sein Name und seine Forschungen werden in allen bedeutenden entomologischen Abhandlungen erwähnt.»

Peppone schüttelte lächelnd den Kopf: «Die Entomologie ist keine Wissenschaft, sondern ein Zeitvertreib für feine Herren.»

«Reden Sie kein dummes Zeug, Herr Bürgermeister!» brüllte die Opposition. «Die Tatsache, daß Sie nicht wissen, was Entomologie ist, gibt Ihnen noch lang kein Recht, sie zu verachten.»

Aber Peppone hatte sich vorbereitet, und seine Antwort kam prompt:

«Die Reaktion sollte sich keine Witze über unsere drei Klassen Volksschule erlauben. Denn wenn wir uns in diesen drei Klassen auch nicht mit Entomologie beschäftigt haben, so können wir der Reaktion doch antworten, daß das arbeitende Volk auf alle die pfeift, die hinter den Schmetterlingen herjagen. Die Vertreter der wahren Wissenschaft und der wahren Bildung jagen heute den sozialen Problemen nach!»

Die Opposition konnte darauf nichts mehr sagen und mußte mit eingezogenem Schwanz nach Hause gehen. Aber Peppone machte sich keine Illusionen.

Die Entomologie oder Insektenkunde erfreut sich keiner besonderen Popularität, und es läßt sich immer über den effektiven Wert eines Entomologen diskutieren wie auch darüber, ob es mehr oder weniger opportun ist, einem Entomologen auf einem öffentlichen Platz ein Denkmal zu errichten.

Doch über den effektiven Wert von Grund und Boden gibt es wenig zu diskutieren, ebensowenig darüber, ob es mehr oder weniger opportun ist, auf ein Anwesen von vierzig tadellos in Schuß gehaltenen Hektar, wie das für Pioppazza zutraf, zu verzichten. Ein Anwesen dieser Art stellte ein Kapital von mindestens siebzig Millionen dar, und was der Verlust einer sicheren Rendite von vierzig Hektar erstklassigen Bodens für das Altersheim bedeuten würde, war etwas, das alle verstehen konnten.

Um so mehr, als die Gemeinde keine Lira für das Denkmal hätte ausgeben müssen, denn das Monument, bestehend aus einer soliden Bronzestatue und einem soliden Marmorsockel, war bereits fix und fertig – das Werk eines bekannten Bildhauers. Und wenn die Gemeinde den Vorschlag annahm, würden sich die Testamentsvollstrecker des verstorbenen Luigi Lollini auch noch um die Aufstellung auf der Piazza kümmern.

Der erste Schlag der Reaktion war kühn. In aller Eile wurde ein «Komitee für die Ehrung Anselmo Lollinis» gegründet, unter der Präsidentschaft einer gewichtigen Persönlichkeit des Ortes.

Bevor die Liste abgeschlossen und der Plakatentwurf in die Druckerei gegeben wurde, hielten es die Mitglieder des Komitees natürlich für ihre Pflicht, einen angesehenen Vertreter zum Bürgermeister zu schicken.

Der angesehene Vertreter ließ sich vom Bürgermeister empfangen und sagte:

«Auf Initiative von Bürgern guten Willens wurde ein Komitee für die Ehrung unseres Mitbürgers, des großen Entomologen Anselmo Lollini, 1830–1918, gegründet. Diesem Komitee sind bedeutende Persönlichkeiten beigetreten. Wir sind sicher, daß der Herr Bürgermeister als aufmerksamer Wächter unseres heimatlichen Ruhms einer der unseren sein wird.»

«Niemals!» erwiderte Peppone angewidert.

Der angesehene Vertreter des Komitees schien von der unerwarteten Antwort des Bürgermeisters im tiefsten getroffen.

«Ich vermag den genauen Sinn Ihrer Antwort nicht zu erfassen», stammelte der angesehene Vertreter. «Entweder haben Sie sich nicht deutlich ausgedrückt, oder ich habe nicht recht verstanden.»

«Ich habe mich sehr deutlich ausgedrückt, und Sie haben mich tadellos verstanden, Hochwürden», erwiderte Peppone. «Ich schließe mich keinen klerikalen Machenschaften an!»

Don Camillo lächelte: «Einen hervorragenden Mitbürger zu ehren, ist keine Machenschaft, Herr Bürgermeister. Und wenn meine Person das Komitee der wertvollen Mitgliedschaft des ersten Bürgers berauben sollte, bin ich bereit, mich zurückzuziehen.»

«Seien Sie ohne Sorge, Hochwürden», rief Peppone drohend, «wir werden Sie schon im richtigen Moment von uns aus zurückziehen!»

«Die Zukunft liegt in Gottes Händen, nicht in denen des Bürgermeisters», antwortete Don Camillo. «In den Händen des Bürgermeisters liegt dagegen der Erfolg der edlen Initiative des Komitees, das ich hier vertrete.»

Peppone konnte sich nicht mehr beherrschen und öffnete die Sicherheitsventile: «Merkt Euch das ein für allemal: Wenn Ihr den Mut habt, die Statue dieses Käferjägers auf die Piazza zu stellen, dann laß ich sie nicht nur entfernen und in den Fluß schmeißen, sondern ich zeige Euch auch noch wegen widerrechtlicher Besetzung öffentlichen Grund und Bodens an! Die Piazza gehört dem Volk und darf nicht der klerikalen Reaktion für ihre politischen Interessen dienen!»

Jetzt hatte auch Don Camillo keine Lust mehr zu scherzen. Im Regal neben Peppones Schreibtisch waren zwei ganze Fächer von einer Reihe dicker Bände ausgefüllt. Don Camillo zog den heraus, auf dessen Rücken in Gold der Buchstabe ‹L› prangte, blätterte rasch darin, und als er gefunden hatte, was er suchte, legte er den aufgeschlagenen Band vor Peppone hin und sagte:

«Da, lies: *Lollini Anselmo ...*».

Peppone schlug das große Buch heftig zu.

«Schon gelesen», rief er. «Ich kenn' den ganzen Käse schon auswendig, der da über *Euren* verdammten Lollini steht.»

«Der Ruhm der Heimat ist der Stolz aller Bürger und ihr gemeinsames geistiges Gut. Wenn du diese elementaren Dinge nicht begreifst, dann reich deinen Rücktritt ein – als Bürgermeister wie als Bürger.»

«Ich reiche meinen Rücktritt als Bürgermeister ein, sobald Ihr als Pfarrer zurücktretet! Wenn Anselmo Lollini das Gut aller ist, dann überlassen wir Euch gern unseren Teil. Wenn Ihr ihn als Denkmal verewigen wollt, dann verewigt ihn doch auf dem Kirchplatz!»

Don Camillo sah Peppone mit ehrlichem Erstaunen an.

«Das sind die Argumente eines Verrückten», sagte er schließlich. «Ob dir die Entomologen mehr oder weniger sympathisch sind, ist deine Sache. Aber daß du aus reinem Eigensinn das Altersheim um eine Hinterlassenschaft von siebzig Millionen Lire bringen willst, das geht mir nicht in den Kopf.»

Peppone schlug wütend mit der Faust auf die Schreibtischplatte: «Hochwürden», brüllte er, «wir kennen uns seit geraumer Zeit, und wir verstehen uns ganz genau!»

Don Camillo zuckte die Achseln: «Herr Bürgermeister, wir sind vom Thema abgekommen. Ich kam hierher, um Sie zu fragen, ob Sie die Absicht haben, dem Komitee für die Ehrung Anselmo Lollinis beizutreten oder nicht.»

«Nein!» antwortete Peppone wild.

Don Camillo kehrte ins Pfarrhaus zurück, um dem Komitee, das dort auf ihn wartete, Bericht zu erstatten.

«Na, wie steht's», fragte Piletti begierig.

«Er nimmt nicht an», erklärte Don Camillo.

Die Versammlung brach in einen Freudenschrei aus.

«Diesmal sind sie geliefert!» rief Piletti aufgeregt. «Das ist ein dicker Hund: ‹Nur um einen berühmten Wissenschaftler unseres Orts nicht ehren zu müssen, dessen einziges Unrecht darin bestand, daß er der Bürgerlichen Klasse und nicht dem Proletariat angehört hat, schlägt die kommunistische Verwaltung eine Hinterlassenschaft von siebzig Millionen zugunsten des Altersheims aus!› Damit haben wir ein unglaubliches Argument. Mit Ausnahme der vier oder fünf Wirrköpfe seines Stabs wird Peppone auch seine eigenen Leute gegen sich haben.»

Das Komitee arbeitete sofort den Plan für die Aktion aus.

«Als erstes», erklärte Piletti, «wird das Plakat des Komitees für die Ehrung Lollinis veröffentlicht, mit den Namen aller, die sich der Initiative angeschlossen haben. Die Tatsache, daß der Name des Bürgermeisters fehlt, wird mir Gelegenheit geben, im Gemeinderat öffentlich eine Erklärung zu verlangen. Auf der Grundlage dieser Erklärung werden wir unverzüglich handeln und einen Riesenskandal daraus machen, der die Roten zwingt, entweder das, was sie gesagt haben, zurückzunehmen oder ihren Rücktritt einzureichen. Diesmal kommt er nicht damit davon, daß er die ganze Angelegenheit ins Politische dreht!»

Die Versammlung arbeitete intensiv bis spät in den Abend, und als das Plakat des Komitees fix und fertig war, wurde ein Vertrauensmann zu Barchini, dem Drukker, geschickt mit dem Auftrag, das Original sofort in die Setzerei zu geben.

Piletti und Don Camillo hielten im Pfarrhaus Wache.

Gegen Mitternacht kam der Bürstenabzug des Plakats. Don Camillo setzte sich die Brille auf und begann langsam und laut die Korrektur zu lesen, während Piletti aufmerksam zuhörte, die Augen auf das Original geheftet.

Barchini hatte gewissenhaft gearbeitet, und Don Camillo konnte dem Boten aus der Druckerei, der inzwischen auf dem Sofa in der Diele ein bißchen geschlafen hatte, den korrigierten Abzug rasch wieder mitgeben.

«Sag Barchini, daß er in Höchstgeschwindigkeit drukken soll», trug Piletti dem Burschen auf. «Morgen früh um sechs kommt die Anschlägerkolonne, um die Plakate abzuholen.»

Piletti und die anderen Mitglieder des Komitees gingen um acht aus dem Haus, um das Schauspiel zu genießen. Die Plakatankleber hatten großartige Arbeit geleistet. Trotzdem sah Don Camillo gegen halb neun Piletti und die anderen ausgesprochen bedrückt ins Pfarrhaus kommen.

Ohne etwas zu sagen, legte Piletti Don Camillo ein Exemplar des Plakats vor, und das erste, was Don Camillo in die Augen sprang, war der Name des Bürgermeisters, ziemlich oben in der Liste der Komitee-Mitglieder.

Don Camillo sah Piletti verblüfft an, und Piletti hob betrübt die Arme.

«Es ist so, Hochwürden», sagte er. «Ich war bereits bei Barchini, um den Bürstenabzug mit dem Original zu vergleichen: beide sind verschwunden. Barchini war, nachdem er das Plakat gesetzt hatte, zu Bett gegangen.

Er kann sich nicht mehr erinnern, ob der Name des Bürgermeisters draufstand oder nicht.»

«Dafür haben *wir* gesehen, daß der Name nicht auf dem Abzug stand!» rief Don Camillo.

«Es hat keinen Sinn, daraus einen Streitfall zu machen», schloß Piletti. «Was zählt, ist nur, daß der Name des Bürgermeisters auf dem Plakat steht. Wir können Barchini und seine Arbeiter schließlich nicht durch die Mangel drehen, um herauszukriegen, wie sich dieses Phänomen erklären läßt.»

Die Mitglieder des Komitees verließen niedergeschlagen den Pfarrhof, und Don Camillo ging in die Kirche, um sich beim Gekreuzigten am Hochaltar auszusprechen: «Jesus», sagte er, «meiner Meinung nach hat Peppone noch einmal darüber nachgedacht. und sich dann auf die Lauer gelegt. Als er sah, wie der Bote mit dem Korrekturabzug in die Druckerei zurückging, hat er ihn abgefangen, seinen Namen dazugesetzt und dem Burschen gedroht, daß er ihm den Schädel einschlägt, wenn er etwas sagt und nicht Abzug und Original verschwinden läßt. Denn als ich den Abzug korrigiert habe, stand Peppones Name nicht auf der Liste!»

«Bist du da ganz sicher, Don Camillo?» fragte Christus.

«Ehrlich gesagt, ich war gestern abend sehr müde», gab Don Camillo offen zu. «Unter solchen Umständen kann man auch mal was übersehen. Auf alle Fälle ist es besser so: Lollini wird zu Ehren kommen, und das Altersheim wird eine große Wohltat erhalten statt einen großen Verlust zu erleiden. Ganz abgesehen von den verschiedenen Wohltaten, die dem ganzen Dorf zugute kommen werden.»

Das Denkmal für Anselmo Lollini (1830–1918), bedeutender Entomologe, wurde an einem schönen Aprilsonntag feierlich eingeweiht.

Tatsächlich handelte es sich um eine ausgezeichnete Skulptur, und der ernste Herr in Bronze auf seinem marmornen Sockel entbehrte nicht eines gewissen Charmes.

«Jetzt, da das Denkmal dasteht», meinte Don Camillo am Schluß der Feier zu Peppone, «merkt man erst, wie leer die Piazza vorher war. Es hat ihr etwas gefehlt. Finden Sie nicht auch, Herr Bürgermeister?»

«Das muß man später sehen», erwiderte Peppone.

Die Tage und die Wochen vergingen, und es kam das große Juni-Fest der Kommunisten.

Genauer gesagt: Es kam der Vorabend des Festes, und an eben jenem Samstagabend ging Don Camillo, nachdem er lange den bronzenen Anselmo Lollini betrachtet hatte, der oben auf seinem Sockel inmitten der leeren und verlassenen Piazza thronte, besonders zufrieden ins Bett.

Am nächsten Morgen stand er in glänzender Laune auf, und nachdem er die erste Messe gelesen hatte, konnte er dem Verlangen nicht widerstehen, die paar Schritte bis zur Piazza zu gehen.

Nachdem er die paar Schritte gegangen war, blieb er wie angewurzelt stehen, als sei er plötzlich zu einem Betonpfarrer erstarrt.

Wie schon seit Jahren bei diesem Fest erhob sich auf der Piazza ein großes Festzelt. Und wie man aus den Plakaten erfuhr, hatten die Jugendgruppen der Peppone-Bande wie in den vergangenen Jahren wieder eine «volkstümliche Tanzunterhaltung» organisiert.

Das große Festzelt ragte majestätisch auf der Piazza, in deren Mitte bis zum Abend vorher der berühmte Entomologe Anselmo Lollini unangefochten dominiert hatte.

Don Camillo schüttelte seine Verblüffung ab, und die ersten Augen, mit denen sich sein Blick kreuzte, waren die Peppones.

«Seid ihr übergeschnappt?» rief Don Camillo entrüstet.

«Dadurch, daß ihr die Statue von ihrem Platz entfernt habt, um euer verdammtes Sündenzelt mit allem Drum und Dran aufzubauen, habt ihr gegen die Verpflichtung verstoßen, die ihr Lollinis Erben gegenüber eingegangen seid!»

«Wieso denn, Hochwürden?» antwortete Peppone. «Die Verpflichtungen sind heilig und bindend. Da wir Herrn Anselmo Lollini also nicht wegschicken konnten, haben wir ihn zum Fest eingeladen!»

Don Camillo trat zum Zelt, um durch einen Schlitz in der Seitenwand zu spähen, und genau zwischen den beiden Mittelsäulen, die das große Leinwanddach stützten, stand der bronzene Entomologe würdevoll auf seinem Marmorsockel.

«Heute wird sich der Herr Lollini bestimmt amüsieren», rief Peppone. «Gute Musik und gute Gesellschaft!» Don Camillo zog sich entsetzt zurück.

«Ein solcher Narrenstreich wird die ganze Welt zum Lachen bringen!» rief er.

«Macht nichts! Hauptsache, daß dem das Lachen vergeht, der uns mit Hilfe des Denkmals daran hindern wollte, unser Volksfest auf der Piazza zu feiern!»

Und in der Tat: Don Camillo lachte nicht.

Landschaft mit Frauenfigur

Eines Morgens kam ein junger Mann geradelt, hielt auf dem Vorplatz der Kirche an und schaute sich um, als suche er etwas. Plötzlich schien er es gefunden zu haben, lehnte sein Fahrrad an eine dicke Säule und machte sich an dem dicken Bündel auf dem Gepäckträger zu schaffen.

Er zog einen Klappstuhl heraus, eine Staffelei, einen Kasten mit Farben, eine Palette, und wenige Minuten später war er bereits an der Arbeit.

Glücklicherweise war die Jugend in der Schule, so daß der Maler eine gute halbe Stunde lang ruhig arbeiten konnte. Dann aber strömten immer mehr Leute von allen Seiten herbei, so daß der Jüngling die Last von hundert neugierigen Augen auf der Pinselspitze fühlte.

Langsam und unauffällig, als käme er durch Zufall hier vorbei, näherte sich auch Don Camillo. Jemand fragte ihn halblaut, was er denn von dieser Sache halte.

«Es ist noch zu früh, um zu urteilen», antwortete Don Camillo.

«Ich verstehe nicht, was an diesem Laubengang schön sein soll», kritisierte ein Bursche aus der Gruppe der Intellektuellen. «Da gibt's doch den Fluß entlang viel malerischere Sujets.»

Der junge Mann hörte die leise gesprochenen Worte und sagte, ohne sich umzuwenden: «Das Malerische taugt für Ansichtskarten. Die Gegend hier, die Bassa, gefällt mir gerade darum, weil sie nicht malerisch ist.»

Die Erklärung verblüffte die Menge, die der Arbeit des Malers bis zur Mittagsstunde argwöhnisch weiter zusah. Dann gingen alle weg, und der Künstler blieb allein zurück und konnte volle zwei Stunden ungestört pinseln. Als das Volk wiederkam, um sich an dem Schauspiel zu erlaben, war daher das Bild so weit vorangekommen, daß einer ins Pfarrhaus lief, um Don Camillo zu holen: «Hochwürden, kommt und seht Euch das an!»

Tatsächlich, der Junge konnte allerhand, und Peppone, der sich unter den Zuschauern befand, faßte die Situation mit schlichten Worten zusammen: «Seht ihr, das ist Kunst! Seit fast fünfzig Jahren sehe ich diesen Säulengang Tag für Tag, und erst jetzt merke ich, daß er schön ist!»

Der junge Mann war müde; er legte Palette und Pinsel weg, schloß den Farbenkasten und stand auf.

«Sind Sie schon fertig?» fragte jemand.

«Nein, ich mache morgen weiter. Jetzt hat das Licht gewechselt, da ist die ganze Wirkung anders.»

«Wenn Sie mögen, können Sie Ihre Sachen bei mir im Pfarrhaus einstellen, ich habe Platz genug, und niemand rührt etwas an», sagte Don Camillo, als er sah, daß der Jüngling nicht recht wußte, wohin mit der noch feuchten Leinwand.

«Ich danke Ihnen vielmals», antwortete der Fremde.

«Hab' ich doch kommen sehen, daß der ihn sich schnappt», brummte Peppone erbost und verzog sich.

Als seine Geräte im großen Flurschrank des Pfarrhauses verstaut waren, fragte der junge Mann: «Hochwürden, könnten Sie mir vielleicht sagen, wo ich möglichst billig essen und schlafen kann?»

«Ja», erwiderte Don Camillo. «Hier».

Auf den erstaunten Blick des Jungen hin erklärte er: «Sie sind ein Künstler, und es macht mir Freude, Sie bei mir zu haben.»

Im Wohnzimmer brannte das Kaminfeuer, der Tisch war gedeckt. Der junge Mann war hungrig und durchfroren, und während er aß, nahm sein blasses Gesicht allmählich Farbe an. Auch das war wie Malerei.

«Ich weiß gar nicht, wie ich Ihnen danken soll, Hochwürden», sagte er zuletzt.

«Sie brauchen mir nicht zu danken», antwortete Don Camillo. «Bleiben Sie lange hier?»

«Morgen nachmittag fahre ich in die Stadt zurück.»

«Schon aus mit Ihrer Begeisterung für die Bassa?»

«Aus mit dem Geld», seufzte der Jüngling.

«Haben Sie viel Arbeit in der Stadt?»

Der Fremde lachte: «Man nimmt's halt, wie es kommt!»

Don Camillo schaute ihn an: «Geld kann ich Ihnen nicht geben, weil ich keins habe», sagte er. «Aber wenn Sie mir ein paar kleine Arbeiten für die Kirche ausführen, können Sie einen Monat lang bei mir essen und schlafen. Überlegen Sie es sich.»

«Da brauche ich nicht zu überlegen», erwiderte der junge Mann. «Der Vertrag gefällt mir. Vorausgesetzt, Sie lassen mir Zeit, auch für mich zu malen.»

«Aber selbstverständlich!» rief Don Camillo. «Es genügt, wenn Sie der Kirche täglich zwei Stunden widmen. Sie werden sehen, es ist nicht viel zu tun.»

Die Kirche war vor einem Monat repariert worden, und an den frisch verputzten Stellen waren die Verzierungen weiß übertüncht. Die Ziermalerei mußte ausgebessert und vervollständigt werden. Als der Junge gesehen hatte, worum es ging, lächelte er: «Das ist alles?»

«Das ist alles.»

«Damit bin ich in einem Tag durch, Hochwürden. Ich kann den Vertrag nicht annehmen, es wäre nicht anständig von mir. Sie müssen mir etwas anderes zu tun geben.»

Don Camillo öffnete die Arme. «Da wäre schon noch etwas anderes», sagte er. «Aber das ist etwas Großes, Anspruchsvolles, ich habe gar nicht den Mut, davon zu reden.»

«Reden Sie nur!»

Don Camillo trat an die Balustrade einer kleinen Seitenkapelle und machte Licht. «Da sehen Sie, was passiert ist!»

Der Junge hob den Blick und sah nichts als einen großen Flecken, der die Wand über dem Altar verdunkelte.

«Da ist Wasser durchgesickert», erklärte Don Camillo, «und wir haben es erst zu spät bemerkt. Als das Dach geflickt war, ist der ganze Mörtel heruntergefallen, weil er sich im Frost von der Mauer gelöst hatte. Und so ist das Bild von der Muttergottes hin.»

Der Junge wiegte nachdenklich den Kopf. «Das sieht bös aus», bestätigte er. «Man muß den ganzen Mörtel neu auftragen, denn was davon noch übriggeblieben ist, ist nichts mehr wert.»

«Wenn es nur um den Mörtel ginge, dann wäre es eine Kleinigkeit!» jammerte Don Camillo. «Aber das Madonnenbild muß neu gemalt werden.»

«Das überlassen Sie mir!» rief der Junge. «Kümmern Sie sich darum, daß die Mauer trockengelegt wird. Inzwischen denke ich mir die Figur aus und mache die Skizze und die Schablone bereit. Wenn es soweit ist, besorgen Sie mir den Maurer für den Mörtel. In der Freskomalerei kenne ich mich gut aus. Aber ich muß ungestört arbeiten können: Sie bekommen das Bild erst zu sehen, wenn es fertig ist. Für mich ist es eine Tortur, wenn man mir beim Arbeiten über die Schulter starrt.»

Don Camillo war so glücklich, daß ihm sogar der Schnauf für ein «Jawohl» wegblieb.

Der junge Mann war ein leidenschaftlicher Künstler, und daß er sich hier nicht nur an einem Ort befand, der ihm gefiel, sondern sich neuerdings auch noch regelmäßig und reichlich sattessen konnte, verlieh ihm einen außerordentlichen begeisterten Schwung. So machte er sich, nachdem das Bild mit den Laubengängen am Kirchplatz – unter dem ungeteilten Beifall des Dorfes – fertig war, auf Entdeckungsfahrten durch die Bassa und auf die Suche nach einer Inspiration für Don Camillos Muttergottes.

Eine konventionelle Madonna konnte er nicht malen: Er mußte ein echtes, lebendes Gesicht vergeistigen. Das Gemälde sollte nicht nur eine Huldigung für Don Camillo, sondern eine Huldigung an die Kunst sein.

In der ersten Woche brachte er die Flickarbeiten an der Ziermalerei hinter sich. Darüber hinaus restaurierte er noch das große Oelbild über dem Chor – aber wohl war ihm nicht dabei. Erst wenn er die Anregung zum Muttergottesbild in der kleinen Kapelle fand, würde die innere Unruhe, die von Tag zu Tag stärker wurde, sich legen.

Am Ende der zweiten Woche aber sah es für den armen Jungen noch schlechter aus: Die Mauer in der

Seitenkapelle wartete, völlig saniert, schon seit einer ganzen Weile auf den Maler, und der Maler war noch weit vom Ziel.

Bald tausend Frauen hatte er angeschaut, im Dorf und in allen Nebengemeinden, aber kein einziges interessantes Gesicht gefunden.

Don Camillo wurde bald inne, daß etwas nicht stimmte: Der junge Mann schien seine Arbeitslust verloren zu haben und mehr als einmal brachte er von seinen Streifzügen nicht einmal eine Skizze zurück.

«Interessiert Sie die Gegend nicht mehr?» erkundigte sich Don Camillo eines Abends. «Es gibt doch noch so viele schöne Dinge hier, die Sie nicht auf der Leinwand festgehalten haben.»

«Mich interessiert jetzt nur noch *eine* schöne Sache, und die kann und kann ich nicht entdecken!» erwiderte der junge Mann mutlos.

Am nächsten Morgen bestieg er sein Fahrrad und machte sich mit dem festen Vorsatz auf den Weg: «Wenn ich heute nichts finde, verlasse ich das Dorf.»

Er überließ es dem Zufall, ihn zu führen: er fuhr in die Gehöfte, um ein Glas Wasser oder sonst etwas zu erbitten, er hielt jedesmal an, wenn er einem weiblichen Wesen begegnete, doch seine Bitterkeit nahm ständig zu.

Zur Mittagszeit war er in La Rocca, der Fraktion, die der Hauptgemeinde am nächsten lag, und betrat das Wirtshaus «Zum Fasan», um etwas zu essen. Er mochte nicht nach Hause.

Die Gaststube, ein großer, niedriger Raum mit Balkendecke und kitschigen Oeldrucken an den Wänden, war leer.

Als eine alte Frau erschien, bestellte der Maler Brot, Wurst und ein Glas Wein.

Kurze Zeit später stellte eine Hand einen Teller mit aufgeschnittener Wurst, ein Glas Wein und ein Stück Brot auf die dunkle Tischplatte, und als der Junge aufblickte, verschlug es ihm den Atem: die Inspiration war gefunden!

Die Inspiration war höchstens fünfundzwanzig Jahre alt und bewegte sich mit der Unbekümmertheit einer Achtzehnjährigen. Was ihn aber interessierte, war einzig und allein das Gesicht der Frau.

Unverwandt und entgeistert starrte er in dieses Gesicht, das er so lange gesucht hatte.

Das Mädchen hielt dem Blick eine Weile stand, dann fuhr es ihn ärgerlich an: «Was ist? Haben Sie etwas gegen mich?»

«Entschuldigen Sie», stotterte der junge Mann verwirrt.

Das Mädchen ging hinaus, kam aber bald zurück und setzte sich mit einer Näharbeit neben die Tür.

Der Maler konnte nicht widerstehen: Er zog seinen Block heraus und begann zu zeichnen.

Nach einer Weile hob das Mädchen, das seine Blicke auf sich fühlte, den Kopf und sagte: «Darf man fragen, was Sie tun?»

«Wenn Sie gestatten, möchte ich Ihr Porträt zeichnen», antwortete der junge Mann.

«Mein Porträt? Wozu?»

«Ich bin Kunstmaler», gab der Jüngling verlegen Auskunft, «und einen Maler interessiert alles, was schön ist.»

Das Mädchen verzog halb mitleidig, halb verächtlich

das Gesicht, zuckte die Achseln und arbeitete weiter. Mehr als eine Stunde lang saß sie still dort, dann kam sie herüber und fragte: «Darf man sehen, was Sie zusammengestrichelt haben?»

Der junge Mann zeigte die Skizze.

«So sehe ich aus?» lachte das Mädchen.

«Es ist erst angefangen, Fräulein; wenn Sie nichts dagegen haben, komme ich morgen wieder und zeichne weiter daran.»

Das Mädchen räumte Teller und Glas weg.

«Was bin ich schuldig?» fragte der Jüngling.

«Sie können morgen zahlen.»

Kaum war der Maler zu Hause, schloß er sich in seinem Zimmer ein und zeichnete bis abends.

Am Morgen arbeitete er weiter. Als er gegen Mittag ausging, schloß er hinter sich die Tür ab. «Hochwürden», erklärte er, «es ist soweit: die Inspiration ist da!»

In voller Fahrt radelte er zum «Fasan» und fand alles wie am Vortag: verlassene Gaststube, Brot, Wurst, Wein und die Inspiration auf dem Stuhl neben der Tür.

Als diesmal das Mädchen nach zwei Stunden das Ergebnis der Arbeit sah, erschien sie zufriedener als am ersten Tag:

«So ist's besser», sagte sie.

«Wenn ich auch morgen kommen dürfte, würde es noch besser», seufzte der Junge.

Schließlich ging er noch zweimal hin, dann aber ließ er sich im «Fasan» nicht mehr blicken, weil er den Kopf voll anderer Dinge hatte. Drei Tage lang blieb er in seinem Zimmer, dann verabredete er sich mit dem Maurer und begann mit der Arbeit in der Kapelle.

Fieberhaft machte er sich ans Werk, und niemand

konnte sehen, was er malte, denn eine hohe Bretterwand trennte jetzt die Seitenkapelle von der übrigen Kirche ab.

Und nur der junge Mann hatte einen Schlüssel zum kleinen Eingangstürchen.

Don Camillo verging fast vor Neugier, wußte sich aber zu bezähmen und fragte lediglich jeden Abend: «Nun, wie steht's?»

«Sie werden schon sehen, Hochwürden!» antwortete der Maler jeweils freudig erregt.

Und endlich kam der Schicksalstag.

Der junge Mann verhängte das vollendete Fresko mit einem Tuch, ließ die Bretterwand entfernen und holte Don Camillo.

«Hochwürden, es ist soweit.»

Im nächsten Augenblick stand Don Camillo schon an der Balustrade der Seitenkapelle und wartete mit klopfendem Herzen.

Mit einer Stange brachte der Maler das Tuch zu Fall, das die «Muttergottes vom Fluß» verhüllte.

Es war ein herrliches Bild; mit offenem Mund staunte Don Camillo das Wunder an.

Plötzlich aber griff eine kalte Hand nach seinem Herzen, seine Stirn bedeckte sich mit Schweiß, und dann entfuhr ihm ein entsetzter Schrei: «Die Celestina!»

«Was für eine Celestina?» fragte der junge Mann erstaunt.

«Das ist Celestina, die Tochter der Wirtin vom ‹Fasan›!»

«Nun ja», bestätigte der Maler ruhig, «es ist ein Mädchen, das ich im ‹Fasan› gefunden habe.»

Don Camillo packte die Bockleiter, drang in die Kapelle ein, stieg hinauf und verhüllte das Bild wieder mit dem großen Tuch.

Der junge Mann war ratlos. «Hochwürden», fragte er, als Don Camillo wieder auf dem Boden stand, «seid Ihr verrückt geworden?»

Ohne zu antworten, eilte der Priester ins Pfarrhaus hinüber, gefolgt von dem immer verdutzteren Maler.

«Sakrileg!» ächzte er, als sie im Wohnzimmer angekommen waren. «Die Celestina vom ‹Fasan›! Die Celestina vom ‹Fasan›! Die Muttergottes mit dem Gesicht der Celestina vom ‹Fasan›! Wissen Sie denn nicht, wer die Celestina ist?»

Der junge Mann wurde bleich.

«Wissen Sie nicht, daß die Celestina das fanatischste aller Kommunistenweiber weit und breit ist? Wissen Sie nicht, daß man ebensogut einen Christus mit dem Gesicht von Stalin malen könnte?»

Der Jüngling hatte sein Gleichgewicht einigermaßen wiedergefunden. «Hochwürden», verteidigte er sich ruhig, «mich hat nicht die politische Überzeugung des Mädchens inspiriert, sondern ihr Gesicht. Es ist ein wunderschönes Antlitz, und das hat ihr nicht die Partei geschenkt, sondern der liebe Gott.»

«Aber die schwarze Seele, die sich hinter dieser Schönheit verbirgt, die hat ihr der Teufel geschenkt!» wütete Don Camillo.

«Alles Schöne ist ein Geschenk des Himmels», beharrte der Maler.

Don Camillo hob die Hände anklagend zum Himmel. «Sie haben ein Sakrileg begangen! Und wenn ich nicht wüßte, daß Sie in gutem Glauben gehandelt haben, hätte ich Sie vorhin gleich zum Teufel gejagt. Sind Sie sich denn überhaupt bewußt, wie ungeheuerlich die Sache ist?»

Der Junge schüttelte den Kopf. «Nein», erwiderte er. «Ich habe ein gutes Gewissen. Um das Antlitz der Madonna zu malen, habe ich meine Eingebung in dem schönsten Gesicht gesucht, das ich finden konnte.»

«Sie haben nicht Ihre gute Absicht gemalt, sondern eine Ausgeburt der Hölle! Eine Exkommunizierte! Finden Sie es nicht selber lästerlich, der Madonna das Aussehen einer Exkommunizierten zu verleihen? ‹Muttergottes vom Fluß›? ‹Muttergottes exkommuniziert› müßte das Bild richtig heißen!»

Der junge Maler hätte am liebsten geweint. «Und dabei habe ich so lange gesucht und mit aller Inbrunst dieses Gesicht vergeistigt ...»

Mit fuchtelnden Armen unterbrach ihn Don Camillo: «Was wollen Sie denn da vergeistigen! Wie kann man ein so vulgäres Gesicht wie das der Celestina vergeistigen? Das Gesicht einer Frau, die mit ihrem Fluchen jeden Fuhrmann zum Erröten bringt? Wie kann man nur so schamlos sein, sich einzubilden, die Muttergottes könnte das niederträchtige Gesicht der Celestina tragen?»

Der junge Mann rannte in sein Zimmer und warf sich auf das Bett. Zum Abendessen kam er nicht herunter, und Don Camillo hatte nicht die geringste Lust, ihn zu rufen. Gegen zehn Uhr abends aber ging er zu ihm.

«Nun, sind Sie jetzt überzeugt, daß es ein Sakrileg war? Ich hoffe, Sie haben inzwischen mit kühlem Kopf Ihre Skizzen durchgesehen und gemerkt, daß man auf der ganzen Welt kein gemeineres Gesicht findet als das

193

dieses Mädchens. Sie sind jung, Sie haben ein aufreizendes Mädchen gesehen, und da haben die Augen des Künstlers versagt und sind den Augen des Lüstlings gewichen.»

Der Maler schüttelte den Kopf. «Sie denken schlecht von mir, Hochwürden. Sie beleidigen mich ohne Grund.»

«Aber so nehmen Sie doch Ihre Skizzen hervor! Sehen Sie doch genau hin!»

«Ich habe alles zerrissen.»

«Kommen Sie mit hinüber!» forderte Don Camillo. «Ich will, daß Sie sich selber überzeugen.»

Sie gingen durch die stille, verlassene Kirche, und in der kleinen Seitenkapelle löste Don Camillo mit der Stange das Tuch vor dem Bild. «Sehen Sie es mit Ruhe an und sagen Sie mir, ob ich nicht recht habe.»

Der junge Mann betrachtete das Bild, richtete die beiden Scheinwerfer darauf, betrachtete es wieder und schüttelte den Kopf: «Nein, Hochwürden, dieses Gesicht ist weder niederträchtig, noch vulgär.»

Don Camillo grinste höhnisch und musterte das Fresko mit zornigen Blicken.

Die Muttergottes vom Fluß hatte ein sanftes, heiteres Gesicht mit klaren, unschuldigen Augen.

«Zum Verrücktwerden!» fauchte Don Camillo. «Ich möchte nur wissen, wie Sie im Gesicht dieser Schlampe Geistigkeit gefunden haben!»

«Sie geben also zu, Hochwürden, daß dieses Bild ein geistiges Gesicht hat?»

«Das Bild, ja, aber die Celestina hat ein ordinäres Gesicht! Und wer immer das Bild anschaut, wird sagen: ‹Sieh mal an, die Celestina als Muttergottes verkleidet!›»

«Es lohnt sich nicht, eine Tragödie daraus zu machen», entschied sich der junge Mann. «Morgen früh kratzen wir alles ab und fangen von vorne an.»

Don Camillo verhüllte das Bild wieder und löschte das Licht. «Darüber reden wir morgen», sagte er. «Das Schlimmste ist, daß das Gemälde prachtvoll ist und es zu zerstören ein Verbrechen.»

Die Muttergottes vom Fluß gefiel dem armen Don Camillo in der Tat wahnsinnig. Für ihn war das Fresko ein Meisterwerk, das Schönste, was er je gesehen hatte. Aber wie konnte er andererseits dulden, daß die verfluchte Celestina als Madonna über dem Altar prangte?

Anderntags rief Don Camillo die fünf, sechs zuverlässigsten seiner Anhänger zu Hilfe. Er führte sie vor die Kapelle, zog das Tuch weg und befahl: «Sagt eure Meinung frei heraus!»

Und alle riefen zuerst «Wundervoll!», zuckten dann zusammen und fügten entsetzt hinzu: «Das ist ja die Celestina vom ‹Fasan›!»

Don Camillo erzählte von dem Unglück, das dem Maler zugestoßen war. «Es bleibt nichts anderes übrig, als alles zu löschen», schloß er.

«Schade um das Meisterwerk!» war die einhellige Meinung der Anwesenden. «Aber man kann doch wohl nicht zulassen, daß die Muttergottes das Gesicht einer verfluchten Exkommunizierten trägt . . .»

Don Camillo verhüllte das Fresko und bat die Getreuen, zu niemandem etwas zu sagen.

Die Folge war natürlich, daß sich Andeutungen wie ein Lauffeuer verbreiteten, und gleich begann ein lebhaftes Kommen und Gehen vor der kleinen Kapelle; doch das Bild war verhängt und der Zugang versperrt.

Das Gerücht drang auch über das Dorf hinaus, und als am Abend Don Camillo das Kirchenportal abschließen wollte, löste sich aus dem Schatten ein feindseliges Gesicht. Es war die Celestina vom «Fasan».

«Was wollt Ihr?» fragte Don Camillo kurz angebunden.

«Ich habe mit dem Trottel dort ein paar Worte zu reden», zischte Celestina.

Don Camillo wandte sich um: der junge Mann war soeben angekommen.

«Abgesehen davon, daß Sie viermal zu mir zum Essen gekommen sind, ohne je zu zahlen», fuhr Celestina ihn drohend an, «möchte ich wissen, wer Ihnen die Erlaubnis gegeben hat, mein Gesicht für das Malen von Madonnen zu mißbrauchen und mich damit zu verunglimpfen.»

Der Junge starrte Celestina ungläubig, ja bestürzt an: Da war es, das vulgäre, falsche, widerwärtige Gesicht, von dem Don Camillo gesprochen hatte! Verstört fragte er sich, wie er in diesem Antlitz bloß etwas Geistiges oder zu Vergeistigendes hatte sehen können.

Er stammelte etwas, aber das Mädchen fuhr ihm über den Mund:

«Ein blöder Simpel sind Sie!»

Da griff Don Camillo ein. «Mädchen, wir wollen hier keinen Krach. Wir sind hier in der Kirche, nicht in Eurer Kneipe.»

«Ihr habt nicht das Recht, mein Gesicht für Eure Madonnen auszunutzen!» schimpfte Celestina weiter.

«Kein Mensch denkt daran, Euch auszunutzen», gab Don Camillo zurück. «Ich weiß nicht, was Ihr wollt.»

«Es gibt Leute, die haben die Madonna mit meinem

Gesicht gesehen!» schrie Celestina. «Versucht doch zu lügen, wenn Ihr das könnt!»

Don Camillo fühlte sich unbehaglich.

«Hier ist keine Madonna mit Eurem Gesicht und könnte auch niemals eine sein», behauptete er. «Aber weil jemand in dem Bild, das dieser junge Mann gemalt hat, eine entfernte Ähnlichkeit mit Euch zu erkennen glaubt, wird das Gemälde morgen weggemeißelt und neu gemacht.»

«Ich will es sehen!» verlangte das Mädchen wütend. «Und ich will, daß Ihr mein Gesicht sofort wegmacht. In meiner Gegenwart.»

Don Camillo betrachtete dieses von Wut entstellte Gesicht; er dachte an das liebliche Antlitz der Muttergottes vom Fluß und sagte ruhig: «Es ist nicht Euer Gesicht. Ihr könnt es kontrollieren.»

Das Mädchen ging entschlossen auf die Kapelle zu und blieb vor der Balustrade stehen. Don Camillo nahm die Stange und ließ das verhüllende Tuch fallen. Dann beobachtete er Celestina.

Reglos sah sie zu dem Fresko auf. Und dann geschah etwas Unerwartetes, etwas sehr Merkwürdiges.

Da glättete sich das Gesicht der Celestina nach und nach, da wurden die haßglühenden Augen allmählich immer sanfter, immer heiterer. Da verschwand aus den Zügen alles Vulgäre, da wurde das Gesicht der Celestina dem Gesicht auf dem Bild immer ähnlicher.

Der Jüngling klammerte sich an Don Camillos Arm. «So habe ich sie gesehen», flüsterte er ihm ins Ohr.

Don Camillo bedeutete ihm, zu schweigen.

Eine Weile war alles totenstill, dann hörte man Celestinas unterdrückte Stimme: «Wie schön sie ist! ...»

Das Mädchen wurde nicht müde, zur Muttergottes aufzublicken; plötzlich wandte es sich zu Don Camillo um: «Löscht sie nicht aus, ich bitte Euch!» flehte es angstvoll. «Wartet noch!»

Dann kniete es vor der Muttergottes vom Fluß nieder und bekreuzigte sich.

In atemlosem Staunen schaute Don Camillo zu, wie Celestina schluchzend aus der Kirche lief und der Maler ihr nacheilte.

Alleingeblieben, deckte Don Camillo das Fresko wieder zu und ging dann zum Hauptaltar, um sein Herz vor dem Gekreuzigten auszuschütten.

«Jesus», keuchte er, «was geht hier vor?»

«Von Malerei verstehe ich nichts», antwortete Christus lächelnd.

Am nächsten Morgen nahm der Junge sein Rad und fuhr zum «Fasan». Die Gaststube war leer, Celestina saß mit gesenktem Kopf an ihrem gewohnten Platz und nähte.

«Ich bin gekommen, um meine Schulden zu bezahlen», sagte der Maler. Celestina hob langsam das Gesicht, und der junge Mann fühlte, wie sein Herz vor Erleichterung weit wurde, denn es war das sanfte, heitere Antlitz des Bildes.

«Wie tüchtig Ihr seid», seufzte das Mädchen. «Wie schön diese Madonna ist!»

Der Maler begann etwas zu stottern, aber Celestina fuhr fort: «Sie ist zu schön, man darf sie nicht zerstören!»

«Ich weiß, es tut mir ja auch leid, denn ich habe beim Malen mein ganzes Herz und meine ganze Seele hineingelegt, aber die Leute sagen, es sei nicht möglich, eine

Muttergottes in der Kirche zu lassen, die das Gesicht einer Exkommunizierten trägt ...»

Da lächelte Celestina: «Ich bin nicht mehr exkommuniziert. Heute morgen habe ich getan, was zu tun war.» Als der junge Maler gestand, daß er nicht begreife, wovon sie rede, erklärte sie ihm alles. Dann nutzte sie sein verwundertes Schweigen zu der Frage, ob seine Frau ihm die Wäsche flicke und so, und er antwortete, niemand flicke ihm die Wäsche, denn er sei ganz allein auf der Welt und mausarm.

Worauf sie seufzend bemerkte, daß in einem gewissen Alter das Alleinsein auch für die umschwärmtesten Frauen eine Last werde und man das Bedürfnis verspüre, eine Familie zu gründen.

Worauf der arme Kerl zugab, daß eine Familie zu gründen schon immer sein Traum gewesen sei, daß er aber kaum sich selber durchbringen könne.

Worauf Celestina weise erwiderte, das liege nur daran, daß er in der Stadt lebe, wo alles doppelt soviel koste. Wenn er hingegen auf dem Land wohnte, wäre alles viel leichter, besonders wenn das Schicksal ihm ein tüchtiges Mädchen mit einem kleinen, aber sauberen Haus und einem kleinen, aber rentablen Unternehmen über den Weg führte.

Worauf der junge Mann ein paar Worte sagte, aber da schlug es schon Mittag, denn die Zeit geht unheimlich schnell vorbei, wenn man von solchen Dingen plaudert, und das Mädchen stand auf und holte Brot, Wurst und Wein.

Nach dem Essen fragte der junge Mann: «Wieviel macht das alles?»

«Sie können morgen bezahlen», antwortete Celestina.

Die Muttergottes vom Fluß blieb ungefähr einen Monat lang hinter dem Tuch verborgen. An dem Tag aber, als der junge Mann und die Celestina mit allem Drum und Dran und Orgelbegleitung heirateten, zog Don Camillo den Vorhang weg und überflutete die kleine Kapelle mit Licht.

Er war ziemlich besorgt, was die Leute wohl sagen würden, wenn sie sahen, daß die Madonna die Gesichtszüge Celestinas trug. Doch die Leute meinten bloß:

«Ach, wo denn! Das möchte der Celestina freilich passen, wenn sie so schön wäre wie die Muttergottes auf dem Bild! Nicht einmal von ferne sieht sie ihr ähnlich!»

So bin ich

Giovanni Guareschi über sich selbst, ca. 1952
Mein Leben begann am 1. Mai 1908, und wie es aussieht, wird es noch eine Weile schlecht und recht weitergehen.

Als ich auf die Welt kam, war meine Mutter bereits seit neun Jahren Volksschullehrerin, und sie hielt noch bis 1949 weiter Schule. Der Pfarrer des Dorfes, in dem sie bis 1950 lebte, schenkte ihr im Namen der Bevölkerung einen Wecker, und meine Mutter verbrachte nach fünfzig Jahren Unterricht in Schulen ohne elektrisches Licht und Trinkwasser, dafür aber mit reichlich Schaben, Fliegen und Stechmücken, ihre Zeit damit, darauf zu warten, daß der Staat die Bearbeitung ihres Pensionsantrags in Erwägung ziehe. Und während sie sich damit vergnügte, dem Ticken des Weckers zuzuhören, den ihr die Bevölkerung geschenkt hatte, kam der Tod und trug sie fort.

Mein Vater dagegen beschäftigte sich, als ich geboren wurde, mit jeder Art von Maschinen: von Dreschmaschinen bis zu Grammophonen, und er hatte einen wunderschönen Schnurrbart, ganz ähnlich dem, den ich unter der Nase trage. Diesen prächtigen Schnurrbart hatte er noch bis 1950, aber da beschäftigte er sich schon seit einer Weile mit nichts mehr und verbrachte seine Tage mit Zeitunglesen. Er las auch das, was ich schrieb, aber meine Art zu schreiben und zu denken gefiel ihm nicht.

Und im Grunde hatte er vollkommen recht, denn auch mir gefällt das, was ich schreibe, überhaupt nicht.

Zu seiner Zeit war mein Vater ein lebhafter, aufgeweckter Mann gewesen, der schon ein Automobil fuhr, als in Italien noch ganze Völkerscharen von Dorf zu Dorf zogen, um diese Teufelsmaschine zu sehen, die von allein lief.

Die einzige Erinnerung an diesen vergangenen Glanz ist eine alte Autohupe, eine von denen mit Gummibirne, die mein Vater an das Kopfende seines Bettes geschraubt hatte und mit der er immer wieder hupte, vor allem im Sommer.

Ich habe ein Motorrad mit fünfundsechzig Kubikzentimetern Hubraum, einen Kleinwagen mit fünfhundert Kubikzentimetern Hubraum, eine Ehefrau und zwei Kinder, deren Hubraum ich nicht genau angeben kann, die mir aber sehr nützlich sind, da ich sie als Figuren in vielen Geschichten verwende. Diese Geschichten veröffentliche ich in einem Wochenblatt, das meine Mitarbeit sehr schätzt, vielleicht weil ich der Direktor bin.

Und genau in dieser Wochenzeitung, die sich *Candido* nennt, habe ich wöchentlich die Erzählungen gedruckt, die seinerzeit zum kleinen Teil im ersten Don-Camillo-Band erschienen sind.

Meine Eltern hatten entschieden, daß ich Schiffsingenieur werden sollte. So kam es, daß ich Jurisprudenz studierte und in kurzer Zeit in der Stadt Parma als Schöpfer von Werbeplakaten und Karikaturist bekannt wurde.

Da mir in der Schule nie jemand das Zeichnen beigebracht hatte, war es logisch, daß die Zeichenkunst auf mich eine besondere Anziehungskraft ausübte. Daher beschäftigte ich mich nach Karikatur und Werbeplakat viel mit Holzschnitt und Bühnenmalerei.

Zur gleichen Zeit versuchte ich mich auch als Pförtner in einer Zuckerfabrik und als Inhaber eines bewachten Fahrradparkplatzes. Und obwohl ich keine Ahnung von Musik hatte, gab ich sogar einigen Kindern vom Land Mandolinenunterricht. Großartig bewährt habe ich mich als Amtsperson bei der Volkszählung. Ein Jahr lang war ich Privatlehrer in einem Internat, dann ging ich dazu über, in der Lokalzeitung Korrektur zu lesen. Um mein bescheidenes Gehalt aufzubessern, begann ich Geschichten zu schreiben, danach beschäftigte ich mich mit der Stadtchronik, und da ich den Sonntag noch völlig frei hatte, übernahm ich die Leitung eines Montagsblattes, das ich, um Zeit zu sparen, zu drei Vierteln selber schrieb. Eines schönen Tags nahm ich den Zug und fuhr nach Mailand, wo es mir gelang, mich in eine ganz neue humoristische Wochenzeitung mit Namen *Bertoldo* einzuschmuggeln. Dort wurde ich gezwungen, das Schreiben sein zu lassen, doch dafür durfte ich zeichnen. Und ich nützte das aus und zeichnete in Weiß auf schwarzes Papier – was in der Zeitung traurig schwarze und, ich muß es zugeben, auch deprimierende Akzente setzte.

Ich bin in der Bassa von Parma geboren, in der Po-Ebene. Und die Menschen, die aus dieser Gegend stammen, haben einen Kopf, so hart wie Gußeisen: Es gelang mir, Chefredakteur des *Bertoldo* zu werden, immerhin einer Zeitung, in der Steinberg, der damals in Mailand Architektur studierte, seine allerersten Zeichnungen veröffentlichte und an der er bis zu seiner Abreise nach New York mitarbeitete.

Aus Gründen, die nicht von meinem Willen abhingen, brach der Krieg aus, und 1942 trank ich mir einen großen Rausch an, weil mein Bruder in Rußland vermißt war und ich nichts über ihn in Erfahrung bringen konnte. Ich brüllte in jener Nacht einiges durch die Straßen von Mailand und sagte Dinge, die ich dann am nächsten Morgen, nachdem die Politische Polizei mich festgenommen hatte, auf zwei Protokollseiten wiederfand. Eine Menge Leute kümmerte sich damals um mich und brachte es fertig, mich wieder frei zu bekommen. Doch um mich aus dem Verkehr zu ziehen, wurde ich am 9. September 1943 zu den Waffen gerufen, und nachdem wir die Bescherung hatten, wurde ich von den Deutschen in Alessandria festgenommen. Da ich keine Lust hatte, meinem König den Gehorsam zu verweigern, kam ich in ein polnisches Lager. Danach passierte ich verschiedene deutsche Lager, und das bis Ende April 1945. Damals wechselte ich von der deutschen Verwaltung zur englischen, und nach fünf Monaten wurde ich wieder nach Italien zurückgeschickt.

In der Zeit der Gefangenschaft entfaltete ich die intensivste Aktivität meines Lebens. Tatsächlich mußte ich vor allem danach trachten, am Leben zu bleiben, und das gelang mir fast vollständig, da ich mich auf ein präzises Programm festgelegt hatte, unter dem Motto: «Ich sterbe nicht, nicht einmal, wenn sie mich umbringen!»

Es ist nicht leicht, am Leben zu bleiben, wenn man nur noch aus Haut und Knochen besteht, 46 Kilo wiegt und von Läusen, Wanzen, Flöhen, Hunger und Schwermut heimgesucht ist.

Als ich nach Italien zurückkam, fand ich, daß sich

viele Dinge verändert hatten. Vor allem die Italiener hatten sich verändert, und ich verwendete viel Zeit darauf, herauszufinden, ob zum Besseren oder zum Schlechteren. Zum Schluß entdeckte ich, daß sie sich überhaupt nicht verändert hatten, und da packte mich die Schwermut. Ich schloß mich im Haus ein und zeichnete die Illustrationen für mein *Weihnachtsmärchen,* das ich 1944 geschrieben hatte, um die Weihnachtstraurigkeit etwas zu lindern – meine und die meiner Lagerkameraden.

Dann gründeten wir die Wochenzeitschrift *Candido,* und ich fand mich bis zum Hals in der Politik, obwohl ich damals, wie ich es auch heute noch bin, völlig unabhängig war. Aus dieser Zeit, ich meine aus der unmittelbaren Nachkriegszeit, habe ich einen dicken Band mit dokumentarischen Tafeln herausgeschlagen, unter dem Titel *Italia provvisoria.*

1950 verlor der italienische Kommunistenführer Togliatti bei einer öffentlichen Rede in La Spezia die Nerven und nannte jenen Mailänder Journalisten, der die Figur mit den «drei Nasenlöchern» erfunden hat, einen «dreifachen Idioten». Dieser dreifache Idiot bin ich, und dieser Ausspruch war für mich die am heißesten ersehnte Anerkennung meiner Arbeit als politischer Journalist.

Der Mann mit den drei Nasenlöchern ist inzwischen in den italienischen Sprachgebrauch eingegangen, und ich war es, der ihn in einem glücklichen Moment satirischer Laune erfunden hat. Ehrlich gesagt, darauf bin ich stolz, denn es ist mir gelungen, den Typus des Kommunisten mit einem winzigen Federstrich von wenigen Millimetern zu charakterisieren (indem ich ihm eben statt der zwei üblichen drei Nasenlöcher zeichnete). Das ist kein schlechter Einfall. Und er schlug ein.

Und (weshalb bescheiden sein?) auch die anderen Dinge, die ich während der Zeit vor der Wahl schrieb oder zeichnete, schlugen ein. Aber das gehört nicht hierher: Ich habe auf dem Dachboden einen Sack voller Zeitungsausschnitte, in denen Schlechtes über mich steht. Wer mehr darüber wissen will, soll kommen und sie lesen.

Die Erzählungen um Don Camillo und Peppone haben in Italien einen außergewöhnlichen Erfolg gehabt. Viele Leute haben lange Artikel über sie verfaßt, und sehr viele haben mir Briefe über diese oder jene Geschichte geschrieben: So sind mir die Gedanken etwas durcheinandergeraten, und es würde mich jetzt ziemlich in Verlegenheit bringen, wenn ich ein Urteil über diese Erzählungen abgeben müßte.

Das Milieu dieser Geschichten ist das meiner Heimat: der Bassa von Parma, der Ebene an den Ufern des Po. Hier erreicht die politische Leidenschaft oft eine besorgniserregende Intensität; und doch sind die Leute dort sympathisch, gastlich und großzügig und haben einen ausgeprägten Sinn für Humor.

Es muß die Sonne sein, eine verdammte Sonne, die den ganzen Sommer lang die Gehirne martert. Oder der Nebel, ein dicker Nebel, der den ganzen Winter lang auf den Gehirnen lastet.

Die Typen sind echt, und die Geschichten sind so wahrscheinlich, daß mehr als einmal ein erfundenes Ereignis ein paar Monate später tatsächlich passiert ist und man in der Zeitung davon las.

Ja, die Wirklichkeit überstieg sogar die Phantasie:

Denn als ich die Geschichte von Peppone schrieb, in der er, um ein Flugzeug loszuwerden, das während einer Wahlversammlung gegnerische Flugblätter abwirft, eine Maschinenpistole aus dem Strohschober zieht, da brachte ich es nicht fertig, ihn schießen zu lassen. «Das ist zu phantastisch», sagte ich mir. Zwei Monate später schossen in Spilimbergo im Friaulischen die Kommunisten nicht nur auf ein Flugzeug, das antikommunistische Flugblätter abwarf, sie schossen es sogar ab!

Ich habe nichts weiter zu meinen Geschichten zu sagen. Niemand kann schließlich von einem armen, anständigen Menschen verlangen, daß er, nachdem er ein Buch geschrieben hat, es auch noch verstehen soll.

Guareschi

CIP-Titelaufnahme
der Deutschen Bibliothek

Guareschi, Giovannino:
Die schönsten Geschichten von Don Camillo und Peppone /
Giovanni Guareschi. [Ins Dt. übertr. von Rosemarie
Winterberg; Ragni Maria Gschwend]. – Frankfurt/M; Berlin:
Ullstein, 1989
(Ex-libris-Ausgabe)
Enth.: ... und da sagte Don Camillo ... ... aber Don Camillo gibt
nicht auf ...
ISBN 3-550-08561-3
NE: Guareschi, Giovannino: [Sammlung < dt. >]